富寿荪 选注
刘拜山 富寿荪 评解

千首唐人绝句

下

刘禹锡

刘禹锡 字梦得,原籍洛阳,迁居嘉兴(今浙江嘉兴市),生于大历七年(七七二),卒于会昌二年(八四二)。贞元九年(七九三)进士,为监察御史。曾参与王叔文政治集团,叔文败,贬朗州司马,迁连州刺史,历夔州、和州,入为主客郎中,复刺苏州,后迁太子宾客,终于检校礼部尚书。世称刘宾客。早岁与柳宗元交谊甚笃。晚年与白居易相善,时称刘、白。其诗大抵短章优于长篇,抒情胜于叙事。绝句登临、咏怀之作,沉郁委婉,韵味深醇;其《竹枝词》、《浪淘沙》等,清新朗润,极富民歌情调。清沈德潜《唐诗别裁》谓:"七言绝句,中唐以李庶子(益)、刘宾客为最,音节神韵,可追逐龙标、太白。"有《刘梦得文集》,《全唐诗》编存其诗十二卷。

视刀环①歌

常恨言语浅,不如人意深。

今朝两相视,脉脉万重心。

① 刀环:刀柄铜环,古时多借作归还之义。《汉书·李陵传》:"立政等见陵,未得私语,即目视陵,而数数自循其刀环……言可还归汉也。"

【集评】

钟惺《唐诗归》:"诗作如是语,却妙在题又是'视刀环',所以诗益觉深至。"

沈德潜《唐诗别裁》:"着意'视'字。"

黄叔灿《唐诗笺注》:"'不如人意深',谓两心相照,两意相期,疑有变更,故曰'今朝两相视,脉脉万重心',盖因其不还也。"

【评解】

迁客思归及忧谗畏讥之情,有非言语所能形容者,故寸心脉脉,托刀环以寄慨。词意深沉惝恍,含蕴无尽。(富)

淮阴行① 五首

古有《长干行》,言三江②之事悉矣。余尝阻风淮阴,作《淮阴行》,以裨乐府。

簇簇③淮阴市,竹楼缘岸上。
好日起樯竿④,乌飞惊五两⑤。

① 淮阴行:乐府《新乐府词》,述淮阴船家生活及男女爱情。
② 三江:在长江下游。
③ 簇簇:攒聚貌。此指市中房屋,即次句之竹楼。
④ 好日句:好日,晴好之日。起樯竿,指准备开船。
⑤ 乌飞句:乌飞,一作"鸟飞"。五两,古时候风器,以鸡毛五两系于高竿顶而成。汉许慎《淮南子》注:"综,候风也,楚人谓之五两也。"

今日转船头①,金乌指西北②。
烟波与春草,千里同一色③。

① 转船头:开船。
② 金乌句:金乌,即相风乌,其形如乌,铜制,置于樯上,以占风向。因东南风,故金乌转向西北。
③ 烟波二句:于写景中寓离情。

【集评】

宋顾乐《唐人万首绝句选》评:"绿波千里,去路方长,春浪悠悠,正堪送棹。词丽情深,乐府妙作。"

船头大铜镮,摩挲①光阵阵。

早晚便风来②,沙头一眼认③。

① 摩挲:摩抚。
② 早晚句:早晚,犹云何时。便风,顺风。
③ 沙头句:谓船头铜镮闪闪发光,于滩头一看便能认出。此二句有盼归之意。

何物令侬①羡,羡郎船尾燕。

衔泥趁②樯竿,宿食长相见。

① 侬:我也。
② 趁:追随。

隔浦望行船,头昂尾幌幌①。

无奈挑菜时,清淮春浪软②。

① 幌幌:翘起貌。
② 无奈二句:谓正值良辰美景,非分别之时。挑菜,古时二月二日为挑菜节,于是日作春游。清淮,见刘方平《送别》注。

【集评】

俞陛云《诗境浅说续编》:"首二句言郎船已过别浦,但远见船之首尾低昂,可见其临波凝望之久。后二句言问其时则挑菜良辰,览其景则清波春软,芳时惜别,尤情所难堪。宜黄山谷谓'《淮阴行》情调殊丽'也。"

黄庭坚《山谷题跋》:"《淮阴行》情调殊丽,语气尤稳切。白乐天、元微之为之,皆不入律也。"

锺惺《唐诗归》:"极似六朝清商曲,正以音响质直。"

【评解】

诸诗写淮阴水乡生活及男女爱情,曲折生动,从朴质中出秀丽,乃深得南朝小乐府神理者。(刘)

秋风引[①]

何处秋风至,萧萧送雁群。
朝来入庭树,孤客最先闻。

① 秋风引:乐府《琴曲歌辞》。

【集评】

锺惺《唐诗归》:"不曰'不堪闻'而曰'最先闻',语意便深厚。"

黄叔灿《唐诗笺注》:"谁不闻而曰'最先闻',孤客触绪惊心,形容尽矣。若说'不堪闻',便浅。"

李锳《诗法易简录》:"妙在'最先'二字为'孤客'写神,无限情怀,溢于言表。"

俞陛云《诗境浅说续编》:"四序迭更,惟乍逢秋至,别有一种感人意味,况天涯孤客,入耳先惊,能无惆怅?苏颋之《汾上惊秋》,同此感也。"

罢和州游建康[1]

秋水清无力[2],寒山暮多思[3]。

官闲不计程,遍上南朝寺[4]。

[1] 刘禹锡于宝历二年(八二六)冬罢和州刺史后,尝游金陵。和州,治所在今安徽和县。建康,今南京市。
[2] 清无力:谓水流清浅。
[3] 多思:谓甚有情致。
[4] 南朝寺:南朝帝王及贵族多好佛,所建寺庙甚多,故杜牧有"南朝四百八十寺"之句。

【集评】

宋顾乐《唐人万首绝句选》评:"言外见仕路迤逦意,语语有味。"

俞陛云《诗境浅说续编》:"首句'无力'二字,状秋水殊精。"

经檀道济故垒[1]

万里长城坏[2],荒营野草秋。

秣陵多士女,犹唱白符鸠[3]。

[1] 此罢和州刺史游金陵时作。檀道济,南朝宋名将,征秦伐魏,屡建殊勋。曾

任江州刺史。后为彭城王刘义康等疑忌,矫诏杀之。时人怜其冤,歌曰:"可怜白浮鸠,枉杀檀江州。"见《宋书·檀道济传》。道济故垒在今南京市附近。
② 万里句:《宋书·檀道济传》:"道济见收,脱帻投地曰:'乃复坏汝万里之长城!'"
③ 秣陵二句:谓金陵士女至今犹唱《白符鸠》歌,不忘道济有功而被枉杀也。秣陵,南京之别称。白符鸠,《晋书·乐志》:"杨泓序云:'自到江南见《白符舞》,或言《白鬼鸠舞》,云有此来数十年矣。察其辞旨,乃是吴人患孙皓虐政,思属晋也。'"则当时唱"可怜白浮鸠",殆是以刘义康比孙皓也。

【评解】

此游金陵时怀古之作,诗中多用《宋书》本传中语,一经点染,便饶唱叹之妙。(富)

别苏州① 二首选一

流水阊门②外,秋风吹柳条。

从来送客处,今日自魂销。

① 此罢苏州刺史时作。
② 阊门:苏州西门。

【集评】

宋顾乐《唐人万首绝句选》评:"与严维《送人往金华》诗同一机局,而此更情胜。"

【评解】

先说送客,后说被送,意自深至。(刘)

望洞庭①

湖光秋月两相和②,潭面无风镜未磨③。

遥望洞庭山翠色,白银盘里一青螺④。

① 此为朗州司马时作。
② 两相和:相互辉映。
③ 潭面句:潭面,湖面。镜未磨,有风则湖面波涛摩荡,有如磨镜;此言无风。
④ 遥望二句:洞庭山,即君山。唐雍陶《望君山》"应是水仙梳洗处,一螺青黛镜中心",与此意境相似。宋黄庭坚《雨中登岳阳楼望君山》"可惜不当湖水面,银山堆里看青山",即从此与雍诗脱出。

【评解】

刘诗清丽,雍诗新奇,黄诗雄健,要以黄为后来居上矣。(刘)

秋词 二首选一

自古逢秋悲寂寥,我言秋日胜春朝。

晴空一鹤排云上,便引诗情到碧霄。

【评解】

禹锡虽坐王叔文党而屡遭贬斥,然终不少屈,诗中亦不甚作危苦之词,读此益见其襟怀之高旷,未可仅视为翻案之作也。(富)

元和十年自朗州召至京师戏赠看花诸君子①

紫陌②红尘拂面来,无人不道看花回。

玄都观里桃千树,尽是刘郎去后栽③。

① 《资治通鉴·唐纪》:宪宗元和十年(八一五),"王叔文之党坐谪官者,凡十年不量移,执政有怜其才欲渐进之者,悉召至京师"。朗州,今湖南常德市。
② 紫陌:指京城街道。唐贾至《早朝大明宫》:"银烛朝天紫陌长。"宋柳永《引驾行》词:"红尘紫陌,斜阳暮草长安道。"
③ 玄都二句:玄都观,长安道观。《长安志》:"玄都观在崇业坊,隋开皇二年自长安故城徙通道观于此,改名玄都观,东与大兴善寺相比。"桃千树,借比新贵。句意谓满朝新贵,皆作者出京后执政所引进者。《本事诗》谓其诗一出,传于都下。有素嫉其名者,白于执政,又诬其有怨愤,不数日,出为连州刺史。

【集评】

刘永济《唐人绝句精华》:"禹锡因王叔文事被贬朗州,十年之后,朝中另换一番人物,故有'尽是刘郎去后栽'之句,以见朝政翻覆无常,语含讥讽,是以又为权贵所不喜,再贬播州,易连州,徙夔州,十四年始入为主客郎中,又因《再游玄都观》诗,为'权贵闻者,益薄其行',遂被分司东都闲散之地。考此两诗所关,前后二十余年,禹锡虽被贬斥而终不屈服,其蔑视权贵而轻禄位如此。白居易序其诗,以诗豪称之,谓'其锋森然,少敢当者'。语虽论诗,实人格之品题也。"

【评解】

《本事诗》及两《唐书》本传均谓禹锡因此诗出为连州刺史,然当时召还坐叔文党贬官诸人,皆授远州刺史,如韩泰为漳州刺史,柳宗元为柳州刺史,韩晔为汀州刺史,陈谏为封州刺史,不独禹锡一人,岂皆缘此诗!盖因宪宗旧憾未释,故有是举。惟此诗殊有讽意,乃被小说家摭为口实也(两《唐书》本传系据《本事诗》)。(富)

伤愚溪① 三首

故人柳子厚之谪永州,得胜地,结茅树蔬,为沼址,为台榭,目曰愚溪。柳子没三年,有僧游零陵,告余曰:"愚溪无复曩时矣。"一闻僧言,悲不能自胜,遂以所闻为七言以寄恨。

溪水悠悠春自来,草堂无主燕飞回。
隔帘惟见中庭草,一树山榴依旧开②。

① 柳宗元卒于元和十四年(八一九),此当作于元和十七年。愚溪,在今湖南零陵县境内。
② 一树句:宗元有《新植海石榴》及《始见白发题所植海石榴》诗,则此山石榴树当为宗元所植。

【评解】

山榴为子厚手植,与溪水、巢燕相映衬,弥见人亡物在,感喟不尽。(刘)

草圣①数行留坏壁,木奴千树②属邻家。
唯见里门通德榜③,残阳寂寞出樵车。

① 草圣:汉张芝、唐张旭草书神妙,并有草圣之称。唐赵璘《因话录》:"柳子厚善书,当时重其书,湖湘以南士人皆学其书。"刘禹锡《酬柳柳州家鸡之赠》:"日日临池弄小雏,还思写论付官奴。柳家新样元和脚,且尽姜芽敛手徒。"亦称其书,可参看。
② 木奴千树:《三国志·吴书·孙休传》注引《襄阳记》:"(李)衡每欲治家,妻辄不听,后密遣客十人于武陵龙阳氾洲上作宅,种甘橘千株。临死,敕儿曰:'汝母恶我治家,故穷如是。然吾州里有千头木奴,不责汝衣食,岁上一

匹绢,亦可足用耳。'"木奴,指柑橘。按宗元在永州、柳州时好植果树,其《柳州城西北隅种柑树》诗有"手植黄柑二百株"之句。
③ 通德榜:《后汉书·郑玄传》载:相国孔融深敬于玄,告高密县为玄特立一乡,曰:"今郑君乡宜曰'郑公乡'。昔东海于公仅有一节,犹或戒乡人侈其门闾,矧乃郑公之德,而无驷牡之路!可广开门衢,令容高车,号为'通德门'。"

【评解】

手泽犹存,故居易主,悲其遗迹凋残,莫知爱惜也。(刘)

柳门竹巷依依在,野草青苔日日多。

纵有邻人解吹笛,山阳旧侣更谁过①?

① 纵有二句:用晋向秀经亡友嵇康、吕安山阳旧庐,闻邻人吹笛作《思旧赋》事,详见窦牟《奉诚园闻笛》注。山阳旧侣,借指宗元生前友好。

【评解】

门巷依然,旧侣谁过,伤其贬死远方,欲为山阳之恸而不可得也。(刘)

堤上行① 三首选二

酒旗相望大堤头,堤下连樯堤上楼。

日暮行人争渡急,桨声幽轧②满中流。

① 此为夔州刺史时作,与以下《踏歌行》、《竹枝词》、《浪淘沙》等同。堤上行,乐府《新乐府辞》。《乐府诗集》引《古今乐录》:"清商西曲《襄阳乐》云:'朝

发襄阳城,暮至大堤宿。大堤诸女儿,花艳惊郎目。'简文帝由是有《大堤曲》,《堤上行》又因《大堤曲》而作也。"
② 幽轧:桨声。一作咿轧,义同。

【集评】

俞陛云《诗境浅说续编》:"《堤上行》与《踏歌词》音节相似,但《踏歌》每言情思,此则写其景耳。首二句言酒楼临水,帆影排檐,写堤上所见。后二句言薄晚渡头之景。孟浩然《鹿门》诗以'渔梁渡头争渡喧'七字状之,此则衍为绝句,赋其景并状其声,较'野渡无人舟自横'句,喧寂迥殊矣。"

江南江北望烟波,入夜行人相应歌①。

桃叶传情竹枝怨②,水流无限月明多。

① 相应歌:此唱彼和,歌声相应。
② 桃叶句:桃叶,晋王献之妾。献之曾作歌送桃叶渡江曰:"桃叶复桃叶,渡江不用楫。但渡无所苦,我自迎接汝。"一说,桃叶乃南朝江南民歌。竹枝,即《竹枝词》。

【集评】

宋顾乐《唐人万首绝句选》评:"景象深,意致远,婉转流丽,真名作也。落句情语,尤堪叫绝。"

【评解】

此南朝《襄阳乐》、《大堤曲》之遗意,而以《竹枝》体写之,清新圆转,独擅胜场。(刘)

踏歌词① 四首

春江月出大堤平，堤上女郎连袂行②。

唱尽新词欢③不见，红霞映树鹧鸪鸣④。

① 踏歌词：一作《踏歌行》，乐府《近代曲辞》。踏歌，见李白《赠汪伦》注。
② 连袂行：挽手而行。
③ 欢：《旧唐书·音乐志》："江南谓情人为欢。"
④ 红霞句：红霞映树，谓天色将晓。鹧鸪鸣，俗谓鹧鸪鸣曰行不得也哥哥，暗喻情人不至。

【集评】

宋顾乐《唐人万首绝句选》评："惘然自失，悠然不尽。"

桃蹊柳陌好经过，灯下妆成月下歌。

为是襄王故宫地①，至今犹自细腰②多。

① 为是句：《太平寰宇记》："楚宫在巫山县西北二百步，在阳台古城内，即襄王所游之地。"
② 细腰：《后汉书·马廖传》："夫改政移风，必有其本。传曰：'吴王好剑客，百姓多创瘢；楚王好细腰，宫中多饿死。'"

【集评】

俞陛云《诗境浅说续编》："《踏歌词》每多美人香草之思，此二诗音节谐婉，为踏歌者写其情状也。"

新词宛转递相传①，振袖倾鬟风露前②。

月落乌啼云雨散，游童陌上拾花钿③。

① 递相传：连接而唱。
② 振袖句：摹写舞态。
③ 月落二句：谓载歌载舞，狂欢终夕，不觉花钿之落。云雨散，谓舞罢散去。花钿，金属发饰。

日暮江头闻竹枝①，南人行乐北人悲②。

自从雪里唱新曲，直到三春花尽时。

① 竹枝：即《竹枝词》。
② 北人悲：谓北人闻歌而触动离情。

【评解】

诸诗写南方风俗，其装束、舞态，均掩映于月下花间，清新秾丽，画笔所不能到。（刘）

竹枝词① 九首

白帝城②头春草生，白盐山下蜀江清③。

南人上来歌一曲，北人莫上动乡情。

① 竹枝词：乐府《近代曲辞》。本巴渝（今四川重庆市一带）间民歌，多述山川

风俗及男女情爱。禹锡为夔州刺史时,依声作词。原有序,文长不录。

② 白帝城:见李白《早发白帝城》注。
③ 白盐句:白盐山,在夔州城东。蜀江,指长江。

【集评】

俞陛云《诗境浅说续编》:"此蜀江《竹枝词》也。首二句言夔门之景,以叠字格写之,用两'白'字,以生韵趣。后二句言南人过此,近乡而喜;北人泝峡而上,则离乡愈远,乡思愈深矣。"

山桃红花满上头①,蜀江春水拍山流。

花红易衰似郎意,水流无限似侬愁。

① 上头:山头。

【集评】

俞陛云《诗境浅说续编》:"前二句言仰望则红满山桃,俯视则绿满江水,亦言夔峡之景。第三句承首句山花而言,郎情如花发旋凋,更无余恋。第四句承次句蜀江而言,妾意如水流不断,独转回肠。隔句作对偶相承,别成一格,《诗经》比而兼兴之体也。"

江上朱楼新雨晴,瀼西春水縠纹生①。

桥东桥西好杨柳,人来人去唱歌行。

① 瀼西句:瀼西,夔州有东瀼、西瀼、清瀼三水,此指西瀼。縠纹,指波纹。縠,细纱。

日出三竿①春雾消，江头蜀客驻兰桡②。

凭寄狂夫书一纸③，住在成都万里桥④。

① 日出三竿：谓太阳高升，时已近午。
② 江头句：蜀客：指成都客商。兰桡，即木兰舟，舟之美称，见崔国辅《采莲曲》注。
③ 凭寄句：凭寄，请寄。狂夫，犹云拙夫，古时妇女自称其夫之谦词，如《酉阳杂俎续集》载：崔罗什曰："贵夫刘氏，愿告其名。"女曰："狂夫刘孔才之第二子，名瑶字仲璋。"
④ 住在句：谓其夫在成都作客。住在，一作"家住"。万里桥，故址在今成都南门锦江上，为水陆交通之处。

【集评】

俞陛云《诗境浅说续编》："首二句纡徐取势，雾消日出，江上停桡，先言蜀客之在夔门。后乃转笔，述思妇之语，若谓千里怀人，但凭一纸，此情其何以堪耶！"

两岸山花似雪开，家家春酒满银杯。

昭君坊①中多女伴，永安宫外踏青来②。

① 昭君坊：即昭君村。宋王十朋《昭君村》诗："十二巫峰下，昭君生处村。"自注云："按图经，昭君村在归州兴山县，而巫山亦有之，在十二峰之南，神女庙下，未知孰是。杜少陵《负薪行》'若道巫山女粗丑，安得此村有昭君（按应作"何得此有昭君村"）。'刘梦得《竹枝词》：'昭君坊中多女伴，永安宫外踏青来。'则在巫山者是。"按昭君村相传有二，此指在夔州巫山者。杜甫《大历三年白帝城放船出瞿塘峡》"神女祠娟妙，昭君宅有无"，亦指此，尤可与王十朋自注"在十二峰之南，神女庙下"相参证。
② 永安宫句：永安宫，《太平寰宇记》："先主(刘备)改鱼服(白帝城)为永安，仍于州之西七里别置永安宫。"踏青，指春日郊游。唐时以二月二日为踏青节，白居易、李商隐各有《二月二日》诗述郊游事。清冯浩《玉溪生诗集笺注》引《全蜀艺文志》："成都以二月二日为踏青节。"

城西门前滟滪堆，年年波浪不能摧①。

懊恼②人心不如石，少时东去复西来。

① 城西二句：《太平寰宇记》："滟滪堆在夔州之西，蜀江中心，夏水涨，半没，冬水浅，出二十余丈。"
② 懊恼：一作"懊恨"。

【集评】

俞陛云《诗境浅说续编》："首句言滟滪堆所在之地。次句言数十丈之奇石，屹立江心，千百年急浪排推，凝然不动。后二句以石喻人心，从《诗经》'我心匪石'脱化，言人心难测，东西无定，远不如石之坚贞。慨世情之雨云翻覆，不仅如第二首之叹郎情易衰也。"

瞿塘嘈嘈十二滩①，人言道路古来难。

长恨人心不如水，等闲平地起波澜。

① 瞿塘句：瞿塘，即瞿塘峡，长江三峡之一。嘈嘈，指水声。十二滩，瞿塘峡西起四川奉节县，东至巫山县，其中多险滩。

【集评】

俞陛云《诗境浅说续编》："首言十二滩道路艰难，以质朴之笔写之，合《竹枝》格调。前首以石喻人心，此首以水喻人心。后二句言瞿唐以险恶著称，因水为万山所束，巨石所阻，激而为不平之鸣，一入平原，江流漫缓矣。若人心则平地可起波澜，其险恶殆过于瞿唐千尺滩也。"

巫峡苍苍烟雨时，清猿啼在最高枝①。

个里愁人肠自断，由来不是此声悲②。

① 巫峡二句：巫峡两岸多猿，《水经注》："故渔者歌曰：'巴东三峡巫峡长，猿鸣三声泪沾裳。'"巫峡，长江三峡之一，西起四川巫山县，东至湖北巴县，巫山十二峰并列江边。
② 个里二句：谓此中山水险恶，道路艰难，原自愁人，非因闻猿声而肠断也。个里，犹这里，唐人口语。

山上层层桃李花，云间①烟火是人家。

银钏金钗来负水②，长刀短笠去烧畲③。

① 云间：丛山高处。
② 银钏句：银钏金钗，指峡中妇女。陆游《入蜀记》谓峡中妇女"未嫁者率为同心髻，高二尺，插银钗至六只"。又谓"妇人汲水，皆背负一全木盆，长三尺，下有三足"。
③ 长刀句：长刀短笠，指峡中男子。长刀，即畲刀，用以斫山芟木者。烧畲，范成大《劳畲耕序》："畲田，峡中刀耕火种之地也。春初斫山，众木尽蹶，至当耕时，伺有雨候，则前一夕火之，籍其灰以粪；明日雨作，乘热土下种，即苗盛倍收，无雨反是。山多硗确，地力薄，则一再斫烧始可蓺。"

【集评】

黄庭坚《山谷题跋》："刘梦得《竹枝》九章，词意高妙，元和间诚可独步。道风俗而不俚，追古昔而不愧，比之子美《夔州歌》，所谓同工异曲也。昔东坡闻余咏第一篇，叹曰：'此奔轶绝尘，不可追也。'"又曰："刘梦得《竹枝》九篇，盖诗人中工道人意中事者也。使白居易、张籍为之，未必能也。"又曰："刘梦得作《竹枝歌》九章，余从容《夔州歌》之风声气俗，皆可想见。"

黄生《唐诗摘钞》："诸诗生成《竹枝》声口，与绝句不同，即其调以想其声，真足动心悦耳。"

宋顾乐《唐人万首绝句选》评:"《竹枝词》本始自刘郎,因巴歈之旧调而易以新词,自成绝调。然其乐府诸作,篇篇皆佳。"

【评解】

《竹枝》一体,语宜清浅而意欲醇浓,或过俚俗,或伤拙滞,均非其至者。梦得此数章,曲尽夔州江山、风俗、人情,含思宛转,饶有民歌情味,可称独绝。(刘)

竹枝词 二首选一

杨柳青青江水平,闻郎江上唱歌①声:

东边日出西边雨,道是无晴却有晴②。

① 唱歌:一作踏歌。
② 东边二句:无晴有晴,谐无情有情。西南地区,男女相爱,多借歌唱传情,此写女郎闻歌后既迷恋又犹疑之心绪。

【集评】

黄叔灿《唐诗笺注》:"'道是无晴却有晴',与(李商隐《迢代卢家人嘲堂内》)'只应同楚(谐苦楚之楚)水,长短入淮(谐怀)流',同一敏妙。"

管世铭《读雪山房唐诗钞凡例》:"诗中谐隐始于古《槀砧》诗,唐贤间师此意。刘禹锡'东边日出西边雨,道是无晴却有晴',温飞卿(《南歌子词》)'玲珑骰子安红豆,入骨相思知不知',古趣盎然,勿病其俚与纤也。"

俞陛云:"此首起二句,以风韵摇曳见长。后二句言东西晴雨不同,以'晴'字借作'情'字。无情而有情,言郎踏歌之情,费人猜疑。双关巧语,妙手偶得之。"

浪淘沙① 九首选七

九曲黄河万里沙②,浪淘风簸自天涯。

如今直上银河去,同到牵牛织女家③。

① 浪淘沙:乐府《近代曲辞》。本唐时民间曲调,后入教坊曲。
② 九曲句:旧传黄河九曲,长九千里。
③ 如今二句:《苕溪渔隐丛话》引《荆楚岁时记》:"张华《博物志》云:汉武帝令张骞穷河源,乘槎经月而去,至一处,见城郭如官府,室内有一女织,又见一丈夫牵牛饮河。骞问曰:'此是何处?'答曰:'可问严君平。'织女取榰机石与骞而还。后至蜀问君平,君平曰:'某年月日客星犯牛斗。'所得榰机石为东方朔所识,并其证焉。"今本《荆楚岁时记》无此文。今本《博物志》则云:"旧说云天河与海通。近世有人居海渚者,年年八月有浮槎去来,不失期,人有奇志,立飞阁于槎上,多赍粮,乘槎而去。"云云(以下所述略同,惟无织女与榰机石事)。按张骞乘槎穷河源上银河事,唐人诗中多用之。如上官婉儿《长宁公主流杯池》:"寄语张骞莫辛苦,人今从此识天河。"杜甫《秋兴》:"奉使虚随八月槎。"《秋日夔府咏怀》:"槎上似张骞。"盖唐时有此说,故本诗亦云。

【评解】

黄河险曲,而有循之上天者,仕途升沉,亦犹是耳。(刘)

洛水桥①边春日斜,碧流清浅见琼砂。

无端陌上狂风急,惊起鸳鸯出浪花。

① 洛水桥:即天津桥,在洛阳城南洛水上。

【评解】

洛水清浅,而狂风忽起,鸳鸯亦有不能稳卧之时;与上章总言世事无常,变化难测。(刘)

鹦鹉洲①头浪飐沙,青楼②春望日将斜。

衔泥燕子争归舍,独自狂夫③不忆家。

① 鹦鹉洲:在今武汉市长江中。汉末祢衡曾在江夏作《鹦鹉赋》,后为黄祖所杀,葬于洲上,故名。
② 青楼:见王昌龄《青楼曲》注。
③ 狂夫:见上《竹枝词》注。

【评解】

以水逝日斜,寓年华易尽;以燕子归舍,逗行人不返。曲绘思妇口吻,以喻劳生草草,离多会少。(刘)

濯锦江①边两岸花,春风吹浪正淘沙。

女郎剪下鸳鸯锦,将向中流匹晚霞②。

① 濯锦江:即锦江。蜀人以此水濯锦,色倍鲜明,故名。
② 将向句:将,持也。匹,比也。

【评解】

少女如花,春江濯锦,正不知为谁辛苦也。(刘)

日照澄洲①江雾开，淘金女伴满江隈②。

美人首饰侯王印，尽是沙中浪底来。

① 澄洲：澄，水清不流貌。洲，水中陆地。
② 江隈：江边。隈，水曲处。

【集评】

刘永济《唐人绝句精华》："《浪淘沙词》始于白居易、刘禹锡，大抵描写风沙推移，以见人世变迁无定，或则托意男女恩怨之词。禹锡此首，乃言淘沙拣金之劳，而美人、侯王或未知也。"

【评解】

竭尽众女之辛劳，点缀他人之富贵，言下慨然。（刘）

八月涛①声吼地来，头②高数丈触山回。

须臾却入海门去③，卷起沙堆似雪堆。

① 八月涛：指八月十八日钱塘潮。
② 头：潮头。
③ 须臾句：却入，退入。海门，《海宁县志·浙江潮略说》："浙江（即钱塘江）之口，有两山焉，其南曰龛，其北曰赭，并峙江海之会，谓之海门。"

【评解】

吼地触山声势，瞬息全非，冷眼旁观，只堪一笑。（刘）

莫道谗言如浪深，莫言迁客似沙沉。

千淘万漉虽辛苦,吹尽狂沙始到金①。

① 千淘二句:意谓迁客虽遭诬陷,而历尽艰辛,真相终白。漉,滤也。

【评解】

千淘万漉,真金乃出,亦犹岁寒松柏之意。诗凡九首,回环咏叹,隐约其言,综而观之,作者迁谪之感,愤世之意,无不历历可见。(刘)

金陵五题① 五首选三

石头城②

山围故国周遭在③,潮打空城寂寞回④。

淮水⑤东边旧时月,夜深还过女墙⑥来。

① 此宝历中为和州(治所在今安徽和县)刺史时作。自序云:"余少为江南客,而未游秣陵,尝有遗恨。后为历阳(和州隋为历阳郡)守,跂而望之,适有客以《金陵五题》相示,逌尔生思,欻然有得。"
② 石头城:故址在今南京市西石头山后,详见包佶《再过金陵》注。
③ 山围句:故国,犹云故都,对六朝而言。周遭,环绕。
④ 潮打句:谓江潮涨落声中,弥见空城闃寂,喻六代繁华销歇。
⑤ 淮水:即秦淮河,源出江苏溧水县西北,西北流经南京城入长江。河开于秦时,故称秦淮。
⑥ 女墙:城上短墙,亦名女垣。清朱骏声《说文通训定声》:"古城用土,加以专墙,为之射孔,以伺非常,曰女垣。凡言王言马,皆大意,言女,皆小意,犹言小墙也。"

【集评】

刘禹锡《金陵五题序》:"他日友人白乐天掉头苦吟,叹赏良久,且曰:《石头》诗云

'潮打空城寂寞回',吾知后之诗人,不复措辞矣。余四咏虽不及此,亦不孤乐天之言耳。"

王鏊《震泽长语》:"'潮打空城寂寞回',不言兴亡,而兴亡之感溢于言外,得风人之旨。"

沈德潜《唐诗别裁》:"只写山水明月,而六代繁华,俱归乌有,令人于言外思之。"

黄叔灿《唐诗笺注》:"'山围'二句,真白描高手。'淮水'二句,亦太白《苏台览古》意。"

李锳《诗法易简录》:"六朝建都之地,山水依然,惟有旧时之月,还来相照而已,伤前朝所以垂后鉴也。"

俞陛云《诗境浅说续编》:"石头城前枕大江,后倚钟岭,前二句'潮打'、'山围',确定为石城之地,兼怀古之思,非特用对句起,笔势浑厚也。后二句谓六代繁华,灰飞烟灭,惟淮水畔无情明月,夜深冉冉西行,过女墙而下,清辉依旧,而人事全非。"

刘永济《唐人绝句精华》:"但写今昔之山水明月,而人情兴衰之感即寓其中。"

【评解】

通首景中寓情,以"故国"、"空城"、"旧时月"轻轻点逗,作意自明。(刘)

乌衣巷①

朱雀桥边野草花②,乌衣巷口夕阳斜。

旧时王谢堂前燕,飞入寻常百姓家。

① 乌衣巷:故址在今南京市秦淮河之南,朱雀桥附近,本孙吴时戍守之处,因兵士皆着乌衣,故名。晋南渡后,王导卜居于此,谢鲲与族子谢灵运等亦居此巷。

② 朱雀桥句:朱雀桥,一名朱雀航,乃秦淮河上浮桥,东晋时建,故址在今南京

市镇淮桥稍东。野草花,野草开花。按宋周邦彦曾櫽括以上两诗为《西河》词,可参看。辛弃疾极赏此诗,其《沁园春》词云:"朱雀桥边,何人会道:野草斜阳春燕飞。"

【集评】

谢枋得《唐诗绝句注解》:"王、谢之第宅今皆变为寻常百姓之室庐矣,乃云'旧时王谢堂前燕,飞入寻常百姓家',此风人遗韵。"

唐汝询《唐诗解》:"不言王、谢堂为百姓家,而借言于燕,正诗人托兴玄妙处。"

黄生《唐诗摘钞》:"本意只言王侯第宅变为百姓人家耳,如此措词遣调,方可言诗,方是唐人之诗。"

沈德潜《唐诗别裁》:"言王、谢家成民居耳,用笔巧妙,此唐人三昧也。"

施补华《岘佣说诗》:"若作燕子他去,便呆。盖燕子仍入此堂,王、谢零落,已化作寻常百姓矣。如此则感慨无穷,用笔极曲。"

俞陛云《诗境浅说续编》:"朱雀桥、乌衣巷皆当日画舸雕鞍、花月沉酣之地,桑海几经,剩有野草闲花与夕阳相妩媚耳。茅檐白屋中,春来燕子,依旧营巢,怜此红襟俊羽,即昔时王、谢堂前杏梁栖宿者,对语呢喃,当亦有华屋山丘之感矣。此作托思苍凉,与《石头城》诗皆脍炙词坛。"

刘永济《唐人绝句精华》:"三四两句诗意甚明,盖从燕子身上表现今昔之不同。而《岘佣说诗》乃谓'若作燕子他去便呆,盖燕子仍入此堂,王谢零落,已化为寻常百姓矣。如此则感慨无穷,用笔极曲。'其说真曲,诗人不如此也。说诗者每曲解诗人之意,举此一例,以概其余。"按《岘佣说诗》所云亦本之前人,此说较为深曲,但未可谓之曲解。

【评解】

此首与上章作法相同,而以"王谢"点题,借燕子寓感,备见空灵。(刘)

台城[①]

台城六代竞豪华,结绮临春事最奢[②]。

万户千门成野草,只缘一曲后庭花[③]!

① 台城:本三国时吴后苑城,经东晋成帝改建,遂为东晋、南朝台省(中央政府)及宫殿所在地,故址在今南京市鸡鸣山南乾河沿北。宋洪迈《容斋随笔》:"晋、宋间谓朝廷禁近为台,故称禁城为台城。"
② 台城二句:谓六朝建都金陵,相继竞逐豪华,而以陈后主盛建结绮、临春等宫殿,最为奢侈。《南史·张贵妃传》:"(陈)至德二年,乃于光昭殿前起临春、结绮、望仙三阁,高数十丈,并数十间。其窗牖、壁带、县楣、栏槛之类,皆以沉檀香为之,又饰以珠玉,间以珠翠,外施珠帘。内有宝床宝帐,其服玩之属,瑰丽皆近古未有。"
③ 万户二句:谓陈后主荒淫纵乐,终于亡国。万户千门,《史记·孝武本纪》:"作建章宫,度为千门万户。"此指台城之宫殿楼阁。后庭花,即《玉树后庭花》曲,见包佶《再过金陵》注。

【集评】

冯班《才调集》评:"陈亡,则江南王气尽矣。首句自六代说起,不止伤陈叔宝也。六朝尽于陈亡,末句可叹可恨。"

刘永济《唐人绝句精华》:"按禹锡《金陵五题》,此所录三首,皆有惩前毖后之意。诗人见盛衰无常,而当其盛时,恣情逸乐之帝王及豪门贵族,曾不知警戒,大可悯伤,故借往事再三唱叹,冀今人知所畏惮而稍加敛抑也。否则古人兴废成败与诗人何关,而往复低回如此。"

洛中逢韩七中丞之吴兴口号[①] 五首选一

昔年意气结群英[②],几度朝回一字行[③]。

海北江南零落尽，两人相见洛阳城④。

① 此大和元年(八二七)自和州刺史入为主客郎中、分司东都时作。韩七中丞，韩泰，王叔文政治集团成员之一，时出任湖州(今浙江湖州市)刺史，自长安经洛阳，与禹锡久别重逢。
② 群英：指王叔文集团诸人。
③ 一字行：并排而行。
④ 海北二句：谓昔年坐叔文党被贬诸人，多已亡故，今日洛阳相见，仅剩两人。海北江南，指南海以北、长江以南地区，即诸人所贬之荒远州郡。

【评解】

以昔年群英意气之盛，反衬今日旧交凋零之悲，以见革新之失败，人事之变迁，语出肺腑，弥觉沉痛。(富)

再游玄都观①

百亩庭中半是苔，桃花净尽菜花开②。

种桃道士③归何处，前度刘郎④今又来？

① 此作于大和二年(八二八)重返长安时，原有序，文长不录。
② 百亩二句：写玄都观荒凉景象。桃花净尽，谓桃花全无，即序中所云"重游玄都观，荡然无复一树"。
③ 种桃道士：指前执政者。
④ 前度刘郎：禹锡自谓。

【评解】

禹锡远贬还京，朝局又有更动，下二句是快意语，亦感慨语。按《新唐书》本传谓"复作《游玄都》诗"，"以诋权近，闻者益薄其行。俄分司东都"。实则分司东都在大

和元年,作诗在次年(钱大昕曾于《诸史拾遗》中详辨之),亦缘诗中语含讥讽,故史家傅会其事。(富)

与歌者米嘉荣①

唱得凉州意外声②,旧人惟数米嘉荣。

近来时世轻先辈,好染髭须事后生。

① 米嘉荣:元和、长庆间著名乐人。宋王灼《碧鸡漫志》:"古人善歌得名,不择男女:唐时男有李龟年、米嘉荣、何戡、田顺郎,女有穆氏、念奴、张红红、张好好。"
② 唱得句:凉州,乐曲名。意外声,犹谓弦外之音。

【评解】

　　禹锡大和中还京,年已垂暮,或不为新进所重,下二句殆借题发挥,慨嘉荣亦自慨也。(富)

听旧宫中乐人穆氏①唱歌

曾随织女渡天河②,记得云间第一歌③。

休唱贞元供奉曲④,当时朝士⑤已无多。

① 穆氏:元和、长庆间著名歌女。

② 曾随句：喻受王叔文之汲引。
③ 记得句：云间，喻宫禁。第一歌，指新曲。
④ 休唱句：贞元，德宗年号。禹锡贞元末为监察御史，并因叔文之荐，转屯田员外郎，判度支盐铁案。供奉曲，内府乐曲。
⑤ 当时朝士：指坐叔文党被贬诸人。

【集评】

俞陛云《诗境浅说续编》："白头宫女如穆氏者，曾供奉掖庭，岁月不居，朝士贞元，已稀如星凤，解听《清平》旧调者能有几人？梦得闻歌诗凡三首，赠嘉荣与何戡，皆专赠歌者，此则兼有典型之感。"

【评解】

此禹锡回朝后感旧之词，与前诗同一寄托，而此诗较为蕴藉。（刘）

与歌者何戡①

二十余年别帝京，重闻天乐②不胜情。

旧人唯有何戡在，更与殷勤唱渭城③。

① 何戡：元和、长庆间著名乐人。
② 天乐：指内府乐曲。
③ 渭城：即《渭城曲》，一名《阳关三叠》，亦即王维《送元二使安西》诗，当时谱成乐府，送别时歌之。

【集评】

沈德潜《唐诗别裁》："梦得重来京师，旧人惟一乐工，为唱《渭城》送别，何以为情也。"

黄叔灿《唐诗笺注》:"念旧人而止存何戡,乃更与殷勤歌唱,缭绕'不胜情'三字,倍多婉曲。'渭城朝雨',别离之曲,又与上'别帝京'相映。"

李锳《诗法易简录》:"无一旧人能唱旧曲,情固可伤,犹若可以忘情;惟尚有旧人能唱旧曲,则感触更何以堪!"

俞陛云《诗境浅说续编》:"觚棱旧梦,悠悠二十余年,重闻天乐,不禁泪湿青衫。一曲《渭城》,殷勤致意,耆旧凋零,因何郎而重有感矣。"

宋顾乐《唐人万首绝句选》评:"前二首题外转意,此首兜裹得好,叙而不议,神味觉更悠然。深情高调,三首未易区分高下也。"

刘永济《唐人绝句精华》:"此三诗皆听歌有感之作。米嘉荣乃长庆间歌人,及今已老,故感其不为新进少年所重,而以'好染髭须'戏之。穆氏乃宫中歌者,故有'织女'、'天河'、'云间第一歌'等语,而感于贞元朝士无多,以见朝政反复,与《再游玄都观》诗同意。何戡则二十年前旧人之仅存者,亦以感时世沧桑也。禹锡诗多感慨,亦由其身世多故使然也。"

【评解】

闻唱《渭城》而"不胜情",非关送别,乃深感于"无故人"也,与"休唱贞元供奉曲,当时朝士已无多"用意正同。(刘)

杨柳枝词① 九首选五

金谷园②中莺乱飞,铜驼陌③上好风吹。
城中桃李须臾尽,争似垂杨无限时!

① 杨柳枝词:即《杨柳枝》,乐府《近代曲辞》。旧名《折杨柳》或《折柳枝》。白居易晚年与刘禹锡唱和此曲词,白云:"古歌旧曲君休听,听取新翻杨柳

枝。"刘云:"请君莫奏前朝曲,听唱新翻杨柳枝。"盖皆以旧曲作新声也。
② 金谷园:晋石崇别墅,在洛阳附近。
③ 铜驼陌:晋陆机《洛阳记》:"汉铸铜驼二枚,在宫南四会道,夹路相对。俗语云'金马门外聚群贤,铜驼陌上集少年',言人物之盛也。"

【评解】

上二句状金谷园中、铜驼陌上春日杨柳之美好;下二句喻荣华富贵易尽,自然风物长存,与辛弃疾《鹧鸪天》词"城中桃李愁风雨,春在溪头荠菜花",语殊意同。(富)

花萼楼①前初种时,美人楼上斗腰肢②。
如今抛掷长街里③,露叶如啼④欲恨谁?

① 花萼楼:在长安兴庆宫西南,玄宗时建,本名花萼相辉之楼,此简称。五代王仁裕《开元天宝遗事》:"天宝中,上元赐酺,上御花萼楼观灯。时陈鱼龙百戏,百姓聚观,楼下欢声如雷。"
② 斗腰肢:指舞蹈。
③ 如今句:花萼楼废于德宗时,故昔日楼前御柳,如今抛掷长街。
④ 露叶如啼:白居易《杨柳枝词》:"叶含浓露如啼眼。"

【集评】

宋顾乐《唐人万首绝句选》评:"先荣后悴,即柳以见意。"

【评解】

前半状当年之繁华,后半写今日之变迁,无限盛衰之感。通首以御柳与美人相关合,极委婉含蓄之致。(富)

炀帝行宫汴水滨,数株残柳不胜春①。

晚来风起花如雪，飞入宫墙不见人②。

① 炀帝二句：见李益《汴河曲》注。残柳，一作"杨柳"。
② 晚来二句：与李益《隋宫燕》"自从一闭风光后，几度飞来不见人"，意境相似。

【集评】

黄生《唐诗摘钞》："'不胜春'三字正为'残柳'写照，若作'杨柳'则三字落空矣。只'不见人'三字，写尽故宫黍离之悲，何用多言！"

宋顾乐《唐人万首绝句选》评："末句着柳说，比李益说燕更妙。"

俞陛云《诗境浅说续编》："此隋宫怀古之作，咏残柳以写亡国之悲，情韵双美，寄慨苍凉，与《石头城》怀古诗皆推绝唱，宜白乐天称为'诗豪'也。李益《隋宫燕》、《汴河曲》，与梦得用意同，而用笔逊之。"

城外东风吹酒旗，行人挥袂①日西时。
长安陌上无穷树，惟有垂杨管别离②。

① 挥袂：挥手告别。
② 管别离：唐时有折柳赠行习俗，故云。

【集评】

宋顾乐《唐人万首绝句选》评："说得如此有情，真含无限悲苦。"

刘永济《唐人绝句精华》："《杨柳枝词》盖即古《横吹曲》之《折杨柳》。其词托意杨柳以写离情，或感叹盛衰。今录禹锡两首，前者(指第二首)以柳比人，后者即写离别，不可但作单纯咏物诗看。"

轻盈嫋娜[①]占年华，舞榭妆楼处处遮。

春尽花飞留不得，随风好去落谁家？

[①] 嫋娜：与"袅娜"通，柔婉貌。

【集评】

黄庭坚《山谷题跋》："刘宾客《柳枝词》，虽乏曹、刘、陆机、左思之豪壮，自为齐、梁乐府之将帅也。"

杨柳枝[①]

春江一曲柳千条，二十年前旧板桥[②]。

曾与美人桥上别，恨无消息到今朝。

[①] 唐范摅《云溪友议》载：刘采春女周德华善唱《杨柳枝词》，曾歌禹锡此诗。此诗《万首唐人绝句》及刘集不载，《全唐诗》殆据《云溪友议》所补者。
[②] 板桥：清王士禛《陇蜀遗闻》："板桥在今中牟县（今河南中牟县）东十五里，白乐天《板桥路》诗云云，李义山亦有《板桥晓别》诗，皆此地。"按唐白居易《板桥路》："梁苑城西二十里，一渠春水柳千条。若为此路今重过，十五年前旧板桥。曾共玉颜桥上别，不知消息到今朝。"意境相同，可参看。

【评解】

一气流转，如珠走玉盘，虽隰括白诗，而风神绵邈过之。（刘）

和乐天春词

新妆宜面①下朱楼，深锁春光一院愁。

行到中庭数花朵，蜻蜓飞上玉搔头②。

① 宜面：谓善于修饰，与面型相宜。
② 玉搔头：玉簪。

【集评】

宋顾乐《唐人万首绝句》评："末句无谓自妙，细味之，乃摹其凝立如痴光景耳。"

俞陛云《诗境浅说续编》："此春怨词也，乃仅曰'春词'，故但写春庭闲事，而怨在其中。"

【评解】

"数花朵"，极状无聊意绪，"蜻蜓飞上玉搔头"，极状伫立沉思之久，从侧面托出怨情，烘染无痕。（刘）

和令狐相公别牡丹①

平章②宅里一栏花，临到开时不在家。

莫道两京非远别，春明门③外即天涯。

① 《旧唐书·令狐楚传》谓大和三年（八二九）三月，以检校兵部尚书东都留守出守东都。按其《赴东都别牡丹》云："十年不见小庭花，紫萼临开又别家。

上马出门回首望,何时更得到京华?"
② 平章:即平章事,唐时宰辅官名。令狐曾为朝议大夫、中书侍郎、同平章事。
③ 春明门:唐时长安外城东面三门之一。

【集评】

敖英《唐诗绝句类选》:"落句遂为千古孤臣去国故实,此即《管子》所谓'君门远于万重'。"

沈德潜《唐诗别裁》:"吴梅村《拙政园山茶歌》,胎源于此。"

宋顾乐《唐人万首绝句选》评:"从无意味处说出情味,又绝不从题外起意,此等诗真不厌百回读也。"

【评解】

"春明门外即天涯",忧谗畏讥,含而不露,就原唱"何时更得到京华"而申言之也。(刘)

崔护 字殷功,博陵(今河北定县)人。贞元十二年(七九六)进士,官至岭南节度使。《全唐诗》录存其诗六首。

题都城南庄①

去年今日此门中,人面桃花相映红。

人面只今何处在②,桃花依旧笑春风③。

① 《本事诗》载:崔护于清明日独游长安城南,见一庄园,花木丛萃,而寂若无

人。护口渴,扣门求饮,有女子以杯水至,开门设床命坐,独倚小桃斜柯而立,意属殊厚。久之,崔辞去,女送至门,如不胜情而入;崔亦睆盼而归。来岁清明,护复往寻之,门墙如故,而已锁扃,因题诗于左扉。
② 人面句:一作"人面不知何处去"。只今,而今。
③ 笑春风:状桃花于春风中盛开之情态。按唐独孤及《和赠远》:"忆得去年春风至,中庭桃李映琐窗。美人挟瑟对芳树,玉颜亭亭与花双。今年新花如旧时,去年美人不在兹。借问离居恨深浅,只应独有庭花知。"情景相似,可参看。

【集评】

沈括《梦溪笔谈》:"诗人以诗主人物,故虽小诗,莫不埏蹂极工而后已。所谓'句锻月炼'者,信非虚言。小说崔护《题城南》诗,其始曰:'去年今日此门中,人面桃花相映红。人面不知何处去,桃花依旧笑春风。'后以其意未全,语未工,改第三句曰'人面只今何处在'。至今所传此两本,惟《本事诗》作'只今何处在'。唐人工诗,大率多如此。虽有两'今'字,不恤也,取语意为主耳。后人以其有两'今'字,只多行前篇。"

吴乔《围炉诗话》:"唐人作诗,意细法密,如崔护'人面不知何处去',后改为'人面只今何处在',以有'今'字,则前后交付明白,重字不惜也。"

【评解】

前半忆昔,后半感今,今昔相形,怅惘无尽。此诗不特有二"今"字,"人面桃花"四字亦复,而缘此益得前后呼应、循环往复之妙。(富)

刘皂

贞元时诗人。《全唐诗》录存其诗五首。

长门怨① 三首选一

宫殿沉沉月欲分②,昭阳③更漏不堪闻。

珊瑚枕上千行泪,不是思君是恨君。

① 长门怨:见李白《长门怨》注。一作齐澣诗。令狐楚《御览诗》作刘皂诗,楚与皂同时人,当不误。
② 宫殿句:沉沉,宫室深邃之貌。分,没也,落也。
③ 昭阳:汉宫殿名,见王昌龄《长信秋词》注。

【评解】

直说"恨君",锋利无匹,脱尽唐人同题诸作陈套。(刘)

白居易 字乐天,晚号香山居士,其先太原人,徙居下邽(今陕西渭南县),生于大历七年(七七二),卒于会昌六年(八四六)。贞元十四年(七九八)进士。元和中,为左赞善大夫,因上书忤执政,贬江州司马,移忠州刺史。长庆时,出刺杭州、苏州。后以太子少傅分司东都,终刑部尚书。早岁与元稹友善,诗亦齐名。暮年与刘禹锡唱酬甚密,时称刘、白。其《新乐府》、《秦中吟》等,颇能指陈时弊,反映民生疾苦。绝句多即景寓情之作,清赵翼《瓯北诗话》所谓"眼前景,口头语,不须雕琢,自能沁人心脾,耐人咀嚼"者也。有《白氏长庆集》,《全唐诗》编存其诗三十九卷。

夜雨①

早蛩啼复歇②,残灯灭又明③。

隔窗知夜雨，芭蕉先有声。

① 此为江州司马时作，下三首同。
② 早蛩句：蛩，蟋蟀。蟋蟀晴则鸣，雨则歇。
③ 残灯句：谓残灯时暗时明。

【评解】

以蕉叶雨声写愁境，殆始于此，后世诗词多祖之。（刘）

夜雪

已讶衾枕冷，复见窗户明。

夜深知雪重，时闻折竹声。

【评解】

因衾寒窗明而知有雪，因闻折竹声而知雪重，写来曲折有致。（刘）

问刘十九①

绿蚁新醅酒②，红泥小火炉。

晚来天欲雪，能饮一杯无③？

① 刘十九：嵩阳处士。白居易《刘十九同宿》："惟共嵩阳刘处士，围棋赌酒到

天明。"
② 绿蚁句：绿蚁,酒面浮沫。《历代诗话》引《古隽考略》:"浮蚁,杯面浮花也。绿蚁,酒之美者,泛泛有浮花,其色绿。"醅,酒之未漉者。按唐人重新醅酒,杜甫《客至》"樽酒家贫只旧醅",可证。
③ 无：否。按白居易《招东邻》："小榼二升酒,新簟六尺床。能来夜话否？池畔欲秋凉。"与此诗意境相似,可参看。

【集评】

孙洙《唐诗三百首》："信手拈来,都成妙谛。"

俞陛云《诗境浅说续编》："寻常之事,人人意中所有,而笔不能达者,得生花江管写之,便成绝唱,此等诗是也。"

【评解】

佳酿新熟,晚来欲雪,正宜招素心人小饮,写来亲切隽永,声口宛然。此等诗浅淡中自有神味,乐天独擅也。(富)

庾楼①新岁

岁时②销旅貌，风景触乡愁③。

牢落④新年意，新年上庾楼。

① 庾楼：一名庾公楼,东晋庾亮镇江州时所建,故址在今江西九江市。
② 岁时：犹言节序。
③ 风景句：白居易《庾楼晚望》："三百年来庾楼上,曾经多少望乡人。"
④ 牢落：心情冷漠。

【集评】

唐汝询《唐诗解》："此登楼而感谪宦也。羁旅之貌,随时而销,怀乡之愁,触景而发,人情之常也。若乃牢落江湖之意,则于新年登庾楼而益甚焉。"

黄叔灿《唐诗笺注》:"'新年上庾楼',位置此五字在末句,是五绝擅场处。"

宋顾乐《唐人万首绝句选》评:"客中佳节,转触乡愁,写得邈然意远。"

闺怨词 三首选一

关山征戍远,闺阁别离难。

苦战应憔悴,寒衣不要宽。

【集评】

《唐宋诗醇》:"意在言外,有盛唐人遗韵。"

【评解】

"苦战"二句,与陈陶《水调词》"征衣一倍装绵厚,犹虑交河雪冻深",皆就寄寒衣致慨,一怜其消瘦,一怜其苦寒,并为闺怨诗中别出新意者。(富)

勤政楼[①]西老柳

半朽临风树,多情立马人。

开元一株柳,长庆二年春。

① 勤政楼:玄宗时置,详见王建《楼前》注。《旧唐书·音乐志》:"玄宗在位多

年,善音乐,若宴设酺会,即御勤政楼。"

【集解】

宋顾乐《唐人万首绝句选》评:"语似率易,而'开元'、'长庆'四字中,寓无限俯仰悲感。"

俞陛云《诗境浅说续编》:"四句皆对语而不异单行,由于语气贯注也。首二句言勤政楼乃当日紫禁朝天之地,今衰柳临风,驻马徘徊,怆然怀旧。后二句言自开元至长庆,其间国运之隆替,耆旧之凋零,等于无痕春梦,剩有当年垂柳,依依青眼,阅尽沧桑。诗仅言开元之树,长庆之人,不着言诠,而含凄无限也。"

【评解】

谓开元之柳半朽,开元之政久息;长庆之世,所见唯此柳而已,多情者自然立马踟蹰而不能去。写来含蓄不露,深意只于"多情"二字微微一逗。(刘)

王昭君[①] 二首选一

汉使却回凭寄语[②],黄金何日赎蛾眉[③]?

君王若问妾颜色,莫道不如宫里时[④]。

① 自注:"年十七作。"王昭君,见东方虬《昭君怨》注。
② 寄语:传语。
③ 蛾眉:《诗·卫风·硕人》:"螓首蛾眉。"后世遂用为美人之代称。
④ 君王二句:承第一首"愁苦辛勤憔悴尽,如今却似画图中"而言。

【集评】

胡仔《苕溪渔隐丛话》引《王直方诗话》:"古今人作昭君诗多矣,余独爱白乐天一绝云云,盖其意优游而不迫切故也。"

胡应麟《诗薮》:"乐天诗世谓浅近,以意与语合也。若语浅意深,语近意远,则最上一乘,何得以此为嫌!'汉使却回频寄语'云云,《三百篇》、《十九首》不远过也。"

贺裳《载酒园诗话》:"郭代公(郭震《王昭君》)云:'自嫁单于国,长衔汉掖悲。容颜日憔悴,有甚画图时。'乐天则曰'汉使却回频寄语'云云,似此翻案却佳,盖尤为切情合事也。"

《唐宋诗醇》:"旧事翻新,思路自别。后二句总从'赎'字生出。"

赵翼《瓯北诗话》:"白香山'汉使却回凭寄语'云云,就本事设想,亦极清隽。"

刘永济《唐人绝句精华》:"后一首从前一首生出。前言'如今却似画图中',后言'莫道不如宫里时',足见昭君苦心,却亏诗人想到。"

【评解】

君王所重者色耳,色衰则必不赎矣,故不令直言憔悴,语婉而讽深。(刘)

邯郸冬至夜思家[①]

邯郸驿里逢冬至,抱膝灯前影伴身。

想得家中夜深坐,还应说着远行人[②]。

[①] 邯郸,今河北邯郸市。冬至夜,一作"至除夜",唐人于冬至前夕亦称除夜。
[②] 想得二句:与集中《客中守岁》"故园今夜里,应念未归人"同意。

【集评】

沈德潜《唐诗别裁》:"只得有一'真'字。"

【评解】

　　自己思家,却言家人思己,与王维"遥知兄弟登高处,遍插茱萸少一人"同一作法,皆从对面落笔,透过一层,愈见深挚。(富)

同李十一醉忆元九①

花时同醉破春愁,醉折花枝作酒筹②。

忽忆故人天际去,计程今日到梁州③。

① 李十一:李杓直,陇西人,元、白之友。元九:即元稹,时以监察御史奉使东川。
② 酒筹:饮酒记数之具。
③ 梁州:故治在今陕西南郑县东。按白行简(居易弟)《三梦记》:"元和四年,河南元微之为监察御史,奉使剑外。去逾旬,予与仲兄乐天、陇西李杓直同游曲江。诣慈恩佛舍,遍历僧院,淹留移时。日已晚,同诣杓直修行里第,命酒对酬,甚欢畅。兄停杯久之,曰:'微之当达梁矣。'命题一篇(即此诗)于屋壁,其词云云。实二十一日也。十许日,会梁州使适至,获微之书一函,后寄纪梦诗(即《梁州梦》,见后)一篇,其词云云。日月与游寺题诗日月率同。"

【集评】

　　唐汝询《唐诗解》:"乐天语尚真率,然浅而不俚,方是妙境。此诗得之。"

　　《唐宋诗醇》:"意浅情深,格调最近王龙标。"

　　俞陛云《诗境浅说续编》:"元、白交谊深挚,非特临觞怀远,其平日之抢指征程,关心驿路可知矣。"

惜牡丹花① 二首选一

惆怅阶前红牡丹,晚来惟有两枝残②。

明朝风起应吹尽,夜惜衰红把火③看。

① 自注:"翰林院北厅下作。"
② 残:余也。
③ 把火:持烛。

【评解】

"明朝"二句,写出怜花惜春深情。李商隐《花下醉》:"客散酒醒深夜后,更持红烛赏残花。"苏轼《海棠》:"只恐夜深花睡去,高烧银烛照红妆。"陆游《花时遍游诸家园》:"常恐夜寒花索寞,锦茵银烛按凉州。"皆由此脱化演变而出。(富)

过天门街①

雪尽终南②又欲春,遥怜翠色③对红尘。

千车万马九衢④上,回首看山无一人。

① 天门街:即长安街。
② 终南:终南山,在长安城南。
③ 翠色:指终南山色。
④ 九衢:指京城街道。按唐林宽《终南山》:"标奇耸峻壮长安,影入千门万户寒。徒自倚天生气色,尘中谁为举头看?"语殊意同,可参看。

【集评】

刘永济《唐人绝句精华》:"讽京城中热中之人,皆忙于奔走名利,无有能欣赏自然之美者。"

村夜

霜草苍苍虫切切,村南村北行人绝。

独出前门望野田,月明荞麦花如雪①。

① 花如雪:荞麦花色白,月光照之,一望如雪。

【集评】

《唐宋诗醇》:"一味真朴,不假装点,自具苍老之致,七绝中之近古者。"

蓝桥驿见元九诗①

蓝桥春雪君归日②,秦岭③秋风我去时。

每到驿亭先下马,循墙绕柱觅君诗。

① 元和十年(八一五)春,元稹自唐州还京,经蓝桥驿题诗。其年秋,白居易贬江州司马,出京过此。蓝桥驿,在今陕西蓝田县东南。
② 蓝桥句:元稹归经蓝桥驿遇雪,其《西归》诗有"云覆蓝桥雪满溪"、"玉尘随马过蓝桥"等句。

③ 秦岭：《读史方舆纪要》："秦岭在蓝田县西南，即南山别出之岭，凡入商洛、汉中者，必越岭而后达。"

【评解】

微之还京，乐天南贬，蓝桥来去，悲欢自异，遍觅故人之题咏，正欲慰迁谪之深愁。语似平淡，意极沉挚，为乐天独造之境。（富）

舟中读元九诗①

把君诗卷灯前读，诗尽灯残天未明。

眼痛灭灯犹暗坐，逆风吹浪打船声。

① 此元和十一年（八一六）赴任江州司马时途中作。下《浦中夜泊》、《望江州》、《赠江客》、《建昌江》等同。

【集评】

《唐宋诗醇》："字字沉着，二十八字中无限曲折。元微之《闻乐天左降江州诗》云云，居易以为'此句他人尚不可闻，况仆心哉！'此诗真可谓同调。"

【评解】

贬途长夜江行，正宜读故人诗卷以慰岑寂，读毕而眼痛灯残，因心潮澎湃，未能成眠，故灭灯暗坐以待天明，惟闻逆风吹浪，叩击船舷。写来曲折深至，抒迁谪怀友之思，含情无限。（富）

浦中夜泊

暗上江堤还独立,水风霜气夜棱棱①。

回看深浦停舟处,芦荻花中一点灯。

① 棱棱:形容寒气侵人。

【集评】

桂馥《札朴》:"七绝诗喜深而不宜浅,喜婉曲而不宜平直。白乐天《浦中夜泊》云云,自家泊舟之景,却自从堤上回看得之,此意最婉曲。"

望江州①

江回望见双华表②,知是浔阳西郭门。

犹去孤舟三四里,水烟沙雨③欲黄昏。

① 江州:即浔阳,今江西九江市。
② 华表:古时用以标志路途,驿馆邮亭旁皆有之,亦名桓表。《汉书·酷吏传》如淳注:"旧停传(驿舍)于四角面百步,筑土四方,上有屋,屋上有柱出,高丈余,有大板,贯柱四出,名曰桓表。"颜师古注:"即华表也。"
③ 水烟沙雨:谓水上之烟,沙上之雨。沙,指岸边沙滩。

【评解】

　　以"水烟沙雨欲黄昏"写江城暮景,而迁谪之感,亦轻轻流露,如纤云随风,来去无迹。(刘)

赠江客①

江柳影寒新雨地,塞鸿声急欲霜天。

愁君独向江头宿,岸绕芦花月满船。

① 江客:谓江行者。

【集评】

黄叔灿《唐诗笺注》:"'愁君'句不止说江客,连自己亦在内。"

【评解】

此诗以景色烘染羁愁,清冷逼人。题云"赠江客",殆自写旅况。白氏七绝,每于末句借眼前景道出深情,以见全篇主旨。如"水烟沙雨欲黄昏","草风莎雨渭河边","春风敷水店门前",与此诗之"岸绕芦花月满船",皆同此意境。(刘)

建昌江①

建昌②江水县门前,立马教人唤渡船。

忽忆往年归蔡渡③,草风莎雨渭河边。

① 此在江州时作。建昌江,一名修水,又名抚河,亦称临川江,源出江西修水县西,流入鄱阳湖。
② 建昌:县名,今江西永修县。
③ 蔡渡:渭河渡口之一,在今陕西渭南县。与乐天故居紫蓝村相近。

【评解】

渭河近故居,建昌江则远在贬地,同一待渡,情味迥殊,对照而言,寄慨自深。(刘)

竹枝词① 四首选二

瞿塘峡②口水烟低,白帝城③头月向西。

唱到竹枝声咽处④,寒猿暗鸟⑤一时啼。

① 此元和十四年(八一九)赴忠州江行时作。竹枝词,见刘禹锡《竹枝词》注。
② 瞿塘峡:巴东三峡之一,在今四川奉节县东。
③ 白帝城:在奉节县白帝山上。
④ 声咽处:费燕峰《雅论》:"《竹枝》入绝句自刘(禹锡)始,而《竹枝》歌声刘集未载也。《花间集》有孙光宪,《尊前集》有皇甫松各数首,皆上四字一断为竹枝,下三字为女儿,竹枝、女儿皆歌中咽断之声也。"按费说甚是,此题第四首"江畔何人唱竹枝,前声咽断后声迟",亦可证。
⑤ 暗鸟:宿鸟。

【集评】

唐汝询《唐诗解》:"冷烟斜月之景,《竹枝》悲咽之声,即寒猿暗鸟尚不胜情,况可使愁人听之耶?"

俞陛云《诗境浅说续编》:"《竹枝词》者用其词之格调也,此诗乃专咏《竹枝词》之声。首句唱《竹枝》之地,次句唱《竹枝》之时,后二句言唱至最凄咽处,峡口之寒猿暗鸟,同时惊起而啼。异类皆为感动,极言其音调之悲。王渔洋诗'断雁哀猿和竹枝',殆本此诗也。"

巴东船舫上巴西①,波面风生雨脚齐。

水蓼②冷花红簇簇,江蓠③湿叶碧凄凄。

① 巴东句:巴东,郡名,今四川奉节县一带。巴西,郡名,今四川阆中县一带。
② 水蓼:水草,夏秋间开白色带红小花。
③ 江蓠:香草名,生于水边。

【评解】

三四从第二句生出,"冷花"、"湿叶",雨气逼人,写来如见。(刘)

后宫词 二首选一

泪湿罗巾梦不成,夜深前殿按歌①声。

红颜未老恩先断,斜倚薰笼②坐到明。

① 按歌:按节拍而歌。
② 薰笼:见王昌龄《长信秋词》注。

【集评】

宋顾乐《唐人万首绝句选》评:"极直致而味不减,所以妙也。"

俞陛云《诗境浅说续编》:"作宫词者,多借物以寓悲。此诗独直书其事,四句皆倾怀而诉,而无穷幽怨皆在'坐到明'三字之中。"

【评解】

元和五年,居易因论事激切,持正不阿,甚为宪宗所恶。元和十年,又因上书言

事被贬江州,继而转忠州。诗言红颜未老,君恩先断,殆借后宫怨女之词,以抒政治失意之慨也。(富)

采莲曲①

菱叶萦波荷飐风②,荷花深处小船通。

逢郎欲语低头笑,碧玉搔头③落水中。

① 采莲曲:见崔国辅《采莲曲》注。
② 荷飐风:荷叶因风而动。
③ 碧玉搔头:碧玉簪。

思妇眉

春风摇荡自东来,拆尽樱桃绽尽梅①。

惟余思妇愁眉结,无限春风吹不开。

① 拆尽句:谓开遍樱桃花与梅花。

【评解】

春风能吹开群花而不能吹开思妇之愁眉,语浅意深,设想尤奇。(富)

寒闺怨

寒月沉沉洞房静,真珠帘外梧桐影。

秋霜欲下手先知,灯底裁缝剪刀冷。

【评解】

　　前半写"寒闺",设景凄清,则其人之幽独可知。后半写"怨",谓寒衣未成,秋霜先下,则良人征戍之苦及己别离之恨可想。妙在即景微逗,而包孕殊深。(富)

闺妇

斜凭绣床愁不动,红绡带缓绿鬟低①。

辽阳②春尽无消息,夜合花③前日又西。

① 红绡句:红绡带缓,谓衣带宽缓,形容消瘦。绿鬟低,谓垂头甚低,形容愁闷。
② 辽阳:今辽宁辽阳市。此指其夫征戍之地。
③ 夜合花:落叶乔木,小叶甚多,呈镰状,入夜成对相合,故称其花为夜合花,亦名合昏花、合欢花。此用为男女爱情之象征。

【集评】

　　廖莹中《江行杂录》:"白乐天诗'倦倚绣床愁不动'云云,好事者绘为《倦绣图》。"
　　黄叔灿《唐诗笺注》:"上二句写其态,下二句写其情。'夜合花前日又西'脱得妙。此亦是白描手法。"

【评解】

"夜合花前日又西",景中寓情,而用一"又"字,则相思之苦,相忆之深,俱为托出。(富)

暮江吟①

一道残阳铺水中,半江瑟瑟半江红②。

可怜九月初三夜,露似真珠月似弓。

① 此长庆元年(八二一)秋在长安游曲江时所作。
② 一道二句:谓斜阳偏照,江面半碧半红。瑟瑟,碧珠,此拟水色。

【集评】

杨慎《升庵诗话》:"诗有丰韵,可谓工致入画。"

《唐宋诗醇》:"写景奇丽,是一幅着色秋江图。"

宋顾乐《唐人万首绝句选评》:"丽绝韵绝,令人神往。"

俞陛云《诗境浅说续编》:"上二句写江天晚景入妙。后二句言一至深宵,新月如弓,正初三之夕。其时露气渐浓,如珠光之铄,正九月之时。夜色清幽,诵之觉凉生袖角。通首写景,惟第三句'可怜'二字,略见惆怅之思,如水清愁,不知其着处也。"

刘永济《唐人绝句精华》:"此篇为传诵人口者,全诗从日晚写到夜,中间只'可怜'二字带感情,不知何意。但诗人明记时日,多有事在。诗言'九月初三夜',或有所指,但已无考。"

【评解】

前半写曲江薄暮之景,后半写曲江深宵之景,能状难写之景如在目前。通首设色奇丽,丰神绝世,故推名篇。第三句"可怜"为可爱义,"九月初三夜"正是"露似真珠月似弓"之时。乐天写景诗中,间有着作诗年月日者,则读《长庆集》可知矣。(富)

华州①西

每逢人静慵多歇,不计行程困即眠。
上得篮舆未能去,春风敷水②店门前。

① 华州:今陕西华县。
② 敷水:在华州境内。

【集评】
　　王士禛《香祖笔记》:"白古诗晚岁重复,什而七八,绝句作眼前景语,却往往入妙。如'上得篮舆未能去,春风敷水店门前','可怜九月初三夜,露似真珠月似弓'之类,似出率易,而风趣非复雕琢可及。"
　　宋顾乐《唐人万首绝句选》评:"情景俱绝,流连无尽。"

【评解】
　　前半写慵写困,逼出后半欣然会心,自觉精神奕奕。(刘)

魏王堤①

花寒懒发鸟慵啼,信马闲行到日西。

何处未春先有思②，柳条无力魏王堤。

① 此大和中在洛阳时作。魏王堤，在洛阳城中魏王池上，为唐时游览胜地。
② 未春先有思：谓未春先有春意。思，情致。

【集评】

宋顾乐《唐人万首绝句选》评："触处有情，诗家妙境也。"

俞陛云《诗境浅说续编》："岁暮凄寒，鸟慵花懒，斜日西沉之际，在魏王堤上信马行吟。其时春气已萌，虽枯干萧森，而堤柳已含有回青润意，万缕垂垂。自来诗家，鲜有咏及者。乐天以'无力'二字状柳意之含春，与刘梦得之'秋水清无力'状水势之衰，皆体物之工者。"

刘永济《唐人绝句精华》："杜甫有'漏泄春光有柳条'之句，白氏诗言'未春先有思'，则更进一层。'花懒'、'鸟慵'、'柳条无力'，皆是未春景象，然而柳之春思，乃为诗人所觉，正以见诗人之敏感，不必待'漏泄'而已。诗人之异于常人者即在此。"

杨柳枝词① 八首选三

依依袅袅②复青青，勾引春风无限情。
白雪花繁空扑地③，绿丝条弱不胜莺④。

① 此大和末年在洛阳作。杨柳枝词，见刘禹锡《杨柳枝词》注。
② 袅袅：摇曳貌。
③ 白雪句：白雪花繁，指杨花，即柳絮。扑地，犹满地，唐人口语。
④ 绿丝句：谓柳条柔弱，不堪黄莺停留。

红板江桥^①青酒旗，馆娃宫^②暖日斜时。

可怜^③雨歇东风定，万树千条各自垂。

① 红板江桥：当时苏州木桥多饰以红色，故白居易《正月三日闲行》写苏州风景，有"红栏三百九十桥"之句。
② 馆娃宫：西施所居之处，见陈羽《吴城览古》注。
③ 可怜：可爱。

【集评】

黄生《唐诗摘钞》："咏杨柳未有不咏其舞风者，此独以风定着笔，另是一种风致。只写景，不入情，情自无限。"

查初白《十二种诗评》："'可怜雨歇东风定'二句，无意求工，自成绝调。"

宋顾乐《唐人万首绝句选》评："于闲冷处传神，情味悠然。"

叶含浓露如啼眼，枝袅轻风似舞腰。

小树不禁攀折苦，乞君留取两三条。

【集评】

查初白《十二种诗评》："'小树不禁攀折苦'二句，楚楚动人怜。"

翁方纲《石洲诗话》："白公《杨柳枝词》'叶含浓露如啼眼'云云，于咏柳之中，寓取风情，此当为《杨柳枝词》本色。"

永丰坊^①园中垂柳

一树春风千万枝，嫩于金色软于丝。

永丰西角荒园里,尽日无人属阿谁②?

① 永丰坊:在洛阳城中。
② 阿谁:犹言何人。

【集评】

俞陛云《诗境浅说续编》:"王渔洋《秋柳》七律,怀古而兼擅神韵,传诵一时。乐天以二十八字写之,柳色之娇柔,旧坊之寥落,裙屐之凋零,感慨无际,可见诗格之高。乐天尚有《杨柳枝词》'红板江桥青酒旗'云云,专咏柳枝,不若《永丰》篇之有余味也。"

刘永济《唐人绝句精华》:"此喻贤才不得地也。如此婀娜之柳,乃在荒园无人知之地,岂不可惜。但诗只言'尽日无人属阿谁',而惜之之意自在言外。《本事诗》谓为放樊素而作,非也。"

浪淘沙词① 六首选二

白浪茫茫与海连,平沙皓皓四无边。
暮去朝来淘不住②,遂令东海变桑田③。

① 浪淘沙词:见刘禹锡《浪淘沙词》注。
② 淘不住:不停冲刷。
③ 东海变桑田:《神仙传》载:麻姑谓王方平曰:"接待以来,已见东海三变桑田。"

借问江潮与海水,何似君情与妾心①?
相恨不如潮有信②,相思始觉海非深③。

① 借问二句：为女子之问词，以江潮比其夫之情意，以海水比自心。
② 相恨句：谓恨其夫久客不归，未能如潮之有信。潮有信，见李益《江南词》注。
③ 相思句：谓己思念之情，比海更深。

【评解】
　　前章写海潮日夜淘沙，沧海桑田，世事变迁无常。后章以江潮海水为比，写出女子伤离恨别之深怨。两诗清浅明快，似谣似谚，深合《浪淘沙词》之本色。（富）

李绅

字公垂，无锡（今江苏无锡市）人，生于大历七年（七七二），卒于会昌六年（八四六）。元和元年（八○六）进士。穆宗时，为左拾遗，徙江西观察使。武宗时入相。早岁以歌行自负，曾作《乐府新题》二十篇，元、白和而广之，一时联吟叠唱，蔚然成风。惜原唱已佚。有《追昔游诗》及《杂诗》，《全唐诗》编存其诗四卷。

悯农 二首

春种一粒粟，秋收万颗子。
四海无闲田，农夫犹饿死。

锄禾日当午，汗滴禾下土。
谁知盘中餐①，粒粒皆辛苦。

① 餐：一作飧。飧，熟食也。

【集评】

吴乔《围炉诗话》:"诗苦于无意,有意矣又苦于无辞。如'锄禾日当午'云云,诗之所以难得也。"

李锳《诗法易简录》:"此种诗纯以意胜,不在言语之工,《豳》之变风也。"

刘永济《唐人绝句精华》:"此二诗说尽农民遭剥削之苦,与剥削阶级不知稼穑艰难之事,而王士禛(《唐人万首绝句选》)乃不入选,但以肤廓为空灵,以缥缈为神韵,宜人多有不满之论。"

【评解】

两诗不特命意甚高,而笔力之简劲,论述之警策,亦自绝伦,宜其深入人心,为千载传诵也。(富)

却望无锡芙蓉湖① 五首选一

丹橘村边烟火微,碧流明处雁初飞。

萧条落日垂杨岸,隔水寥寥闻捣衣②。

① 却望,回望。芙蓉湖,在今江苏无锡市西北。按唐李绅《过梅里序》云:"家于无锡四十载,今敝庐数堵犹存。"
② 捣衣:古时绸缣质地粗硬,须捣之使软,以便裁制。明杨慎《升庵诗话》:"古人捣衣,两女子对立,如桩米然。今易作卧杵对坐捣之,取其便也。"

【集评】

宋顾乐《唐人万首绝句选》评:"闲淡自佳,唐人固有此一种,阮亭所赏也。"

【评解】

此诗纯写水乡景色,而惓怀故土之情,自然从中流出。(刘)

柳宗元

字子厚,河东(今山西永济县)人,生于大历八年(七七三),卒于元和十四年(八一九)。贞元九年(七九三)进士,为监察御史。贞元末,与刘禹锡同为王叔文所引用,叔文败,贬永州司马,迁柳州刺史,世称柳柳州。散文与韩愈齐名,诗与韦应物并称。五古幽峭明净,自成一家。绝句清迥凄婉,多迁谪之思。有《柳河东集》,《全唐诗》编存其诗四卷。

江雪

千山鸟飞绝,万径人踪灭。

孤舟蓑笠翁,独钓寒江雪。

【集评】

顾璘《评点唐诗正音》:"绝唱,雪景如在目前。"

黄生《唐诗摘钞》:"此等作真是诗中有画,不必更作寒江独钓图也。"

李锳《诗法易简录》:"前二句不着'雪'字,而确是雪景,可称空灵。末句一点便足。阮亭(王士禛)论前人雪诗,于此诗尚有遗憾,甚矣诗之难也!"

孙洙《唐诗三百首》:"二十字可作二十层,却自一片,故奇。"

朱庭珍《筱园诗话》:"祖咏'终南阴岭秀'一绝,阮亭最所心赏,然不免气味凡近。柳子厚'千山鸟飞绝'一绝,笔意生峭,远胜祖咏之平,而阮翁反有微词,谓未免近俗。殆以人口熟诵而生厌心,非公论也。"

俞陛云《诗境浅说续编》:"空江风雪中,远望则鸟飞不到,近观则四无人踪,而独有扁舟渔父,一竿在手,悠然于严风盛雪间。子厚以短歌为之写照,子和《渔父词》所未道之境也。"

刘永济《唐人绝句精华》:"此诗读之便有寒意,故古今传诵不绝。"

【评解】

　　此诗句句写景,亦句句抒情,而情景浑成之中,又分明有一特立独行之作者在,所以成为绝唱。就章法言,通篇皆用暗写,最后方逼出"雪"字点题,故倍觉奇峭。(刘)

长沙驿前南楼感旧①

海鹤②一为别,存亡三十秋。

今来数行泪,独上驿南楼。

①　题下自注:"昔与德公别于此。"
②　海鹤:指德公。德公僧人,故以海鹤相拟。

【集评】

　　宋顾乐《唐人万首绝句选》评:"有俯仰身世之感。"
　　俞陛云《诗境浅说续编》:"一死一生,乃见交情,况历三十年之久。重过南楼,历历前程,行行老泪,知子厚笃于朋友矣。"

【评解】

　　存亡之感,迁谪之悲,不觉言之沉痛。(刘)

零陵早春①

问春从此去,几日到秦原②?

凭寄还乡梦,殷勤入故园。

① 此贬永州司马时作。零陵,今湖南零陵县,隋时为零陵郡,唐时改为永州。
② 秦原:指长安地区。

【评解】

此诗写渴望重返长安之情。下二句与岑参《西过渭州见渭水思秦川》"凭添两行泪,寄向故园流",造意相似,而婉约过之。(富)

入黄溪①闻猿

溪路千里曲,哀猿何处鸣。

孤臣泪已尽,虚作②断肠声。

① 黄溪:在今湖南零陵县境内,宗元有《游黄溪记》。
② 虚作:犹徒作、空作。

【集评】

吴逸一《唐诗正声》评:"只就猿声播弄,不添意而意自深。"

【评解】

此游黄溪闻猿啼而触贬谪之感。下二句翻进一层,愈见悲切。(富)

夏昼偶作

南州溽暑醉如酒①,隐几②熟眠开北牖。

日午独觉③无余声,山童隔竹敲茶臼④。

① 南州句:谓南州溽暑,困人如醉。南州,指永州。溽暑,犹言湿热。
② 隐几:凭几。《孟子·公孙丑下》:"隐几而卧。"几,小桌。古时设于座侧,以便凭倚。
③ 觉:醒也。
④ 茶臼:捣茶叶之具。

【集评】

谢榛《四溟诗话》:"李洞(《赠曹郎中崇贤所居》)'药杵声中捣残梦',不如柳子厚'日午睡觉无余声,山童隔竹敲茶臼'。"

黄叔灿《唐诗笺注》:"柳州诗大概以清迥绝尘见长,同于王、韦,却是别调。"

柳州二月榕叶落尽偶题①

宦情羁思共凄凄,春半如秋②意转迷。

山城过雨百花尽,榕叶满庭莺乱啼。

① 此作于柳州刺史时,下三首同。柳州,今广西柳州市。榕,常绿乔木,高四五丈,产于福建、广东、广西等地。
② 春半如秋:即指下述雨过花尽,叶落满庭景象而言。

【集评】

刘永济《唐人绝句精华》:"此诗不言远谪之苦,而一种无可奈何之情,于二十八字中见之。"

【评解】

写殊方气候,即所以写远客心情。"意转迷"三字,写足惘然若失神态。(刘)

与浩初上人①同看山寄京华亲故

海畔尖山②似剑铓,秋来处处割愁肠。

若为③化得身千亿,散上峰头望故乡。

① 浩初上人:龙安海禅师弟子,潭州人。宗元文集中有《送僧浩初序》。上人,僧人之尊称。
② 尖山:柳州一带,山多耸削壁立。
③ 若为:犹云怎能。

【集评】

苏轼《东坡题跋》:"仆自东武适文登,并海行数日,道旁诸峰,真若剑铓。诵柳子厚诗,知海山多尔耶。"

【评解】

下二句即古乐府"远望可以当归"之意。以希望之词出之,倍觉凄惋。(刘)

柳州寄京中亲故

林邑山连瘴海秋,牂牁水向郡前流①。

劳君远问龙城②地,正北三千到锦州③。

① 林邑二句:林邑山,在今越南北部。瘴海,指南海。南方多瘴气,故云。牂牁水,指古牂牁江,源出贵州惠水县西北,流至广西凌云县与南盘江合,称红水河。柳宗元《得卢衡州书因以诗寄》"林邑东回山似戟,牂牁南下水如汤",亦言山川险恶。
② 龙城:柳州唐时为龙城郡。
③ 正北句:锦州,唐置,治所在今湖南麻阳西。谓北至锦州已有三千之程,则距京师之遥远可知。投荒之感,言外自见。

【评解】

写柳州僻远,纯用烘染之法。前半从侧面说,后半从远处说,不着一正面语,笔意何其深曲!(刘)

酬曹侍御过象县①见寄

破额山前碧玉流②,骚人遥驻木兰舟③。

春风无限潇湘意,欲采蘋花不自由④。

① 象县:唐时属柳州,今广西象州县。
② 破额句:破额山,不详,当在象县沿柳江一带。碧玉流,形容柳江之清澈。
③ 骚人句:谓曹侍御停舟于此。骚人,指曹侍御。屈原著《离骚》,后世遂称诗人为骚人。木兰舟,舟之美称,见崔国辅《采莲曲》注。

④ 春风二句：用南朝梁柳恽《江南曲》："汀洲采白蘋，日暮江南春。洞庭有归客，潇湘逢故人。"意谓迁谪远方，动辄得咎，满怀抑郁，欲向故人倾吐而不能。按宋叶梦得《贺新郎》词："楼前无限沧波意，谁采蘋花寄取？但怅望兰舟容与。"即从此脱出。

【集评】

何焯《唐三体诗》评："'碧玉流'三字，暗藏'沟水东西流'意。三四用柳恽之语，自叹独滞远外，而止以相近而不得相逢为言，蕴蓄有余味。"

宋顾乐《唐人万首绝句选》评："风人骚思，百读而味不穷，真绝作也。"

俞陛云《诗境浅说续编》："柳州之文，清刚独造，诗亦如之，此诗独淡荡多姿。《楚辞》云：'折芳馨兮遗所思。'柳州此作，其灵均嗣响乎？集中近体皆生峭之笔，不类此诗之含蓄也。"

【评解】

宗元坐王叔文党被贬远州，处境有甚难言者。其《始得西山宴游记》云："自余为僇人(犹罪人)，居是州，恒惴栗。"读此诗可见。下二句以采蘋起兴，虽含蓄深浑，而幽怨自在言外。（富）

元稹 字微之，河南(今河南洛阳一带)人，生于大历十四年(七七九)，卒于大和五年(八三二)。贞元十年(七九四)进士，历任左拾遗、监察御史，忤宦官，贬江陵士曹参军，移通州司马。后变初衷，因宦官崔潭峻汲引，致身通显。长庆中，与裴度同拜相，为舆论所不容，出为同州刺史，转越州刺史。大和中，为武昌军节度使，暴卒。微之亦擅乐府新辞，多讽谕之作。绝句清浅宛转，尤善言情。有《元氏长庆集》，《全唐诗》编存其诗二十八卷。

行宫①

寥落古行宫，宫花寂寞红。

白头宫女在，闲坐说玄宗。

① 一作王建诗。按此诗叠用三"宫"字，音节浏亮，而辞气浑然，令人不觉。

【集评】

洪迈《容斋随笔》："白乐天《长恨歌》、《上阳宫人歌》，元微之《连昌宫词》，道开元宫禁事最为深切矣。然微之有《行宫》一绝，语少意足，有无穷之味。"

瞿佑《归田诗话》："《长恨歌》一百二十句，读者不厌其长，微之《行宫》词才四句，读者不觉其短，文章之妙也。"

胡应麟《诗薮》："王建'寥落古行宫'云云，语意妙绝，合建七言《宫词》百首，不易此二十字也。"

吴逸一《唐诗正声》评："冷语有令人惕然深省处，'说'字得书法。"

沈德潜《唐诗别裁》："说玄宗，不说玄宗长短，佳绝。"

黄叔灿《唐诗笺注》："父老说开元、天宝事，听者藉藉，况白头宫女亲见亲闻，故宫寥落之悲，黯然动人。"

李锳《诗法易简录》："白头宫女，闲说玄宗，不必写出如何感伤，而哀情弥至。"

潘德舆《养一斋诗话》："'寥落古行宫'二十字，足赅《连昌宫词》六百余字，尤为妙境。"

徐增《而庵说唐诗》："玄宗旧事出于白发宫人之口，白发宫人又坐宫花乱红之中，行宫真不堪回首矣。"

俞陛云《诗境浅说续编》："直书其事，而前朝盛衰，皆在'说玄宗'三字之中。"

刘永济《唐人绝句精华》："首句宫之寥落，次句花之寂寞，已将白头宫女所在环境景象之可伤描绘出来，则末句所说之事，虽未明说，亦必为可伤之事。二十字中，于开元、天宝间由盛而衰之经过,悉包含在内矣。此诗可谓《连昌宫词》之缩写。白头宫女与《连昌宫词》之老人何异!"

【评解】

　　以红花白发,映衬情境;以"寂寞"、"闲坐",烘托气氛,而盛衰今昔之感全见,此画家设色渲染之妙。"闲坐说玄宗",一句可抵数十语,极含蓄微婉之致。(刘)

离思 五首选一

山泉散漫绕阶流,万树桃花映小楼。

闲读道书①慵未起,水晶帘下看梳头。

① 道书:指《老子》、《庄子》等道家之书。

【评解】

　　元稹早年有艳遇,此追忆往事之作。通首景色幽丽,丰神旖旎,结句尤为后世传诵。(富)

梁州梦①

梦君同绕曲江②头,也向慈恩③院院游。

亭吏呼人排去马④,忽惊身在古梁州。

① 元和四年(八〇九)三月,元稹以监察御史出使东川,此途中所作。自注云:"是夜宿汉川驿,梦与杓直、乐天同游曲江,兼入慈恩寺诸院。倏然而寤,则递乘及阶,邮吏已传呼报晓矣。"梁州,故治在今陕西南郑县东。
② 曲江:即曲江池,长安游览胜地。
③ 慈恩:即慈恩寺,曲江名胜之一。
④ 亭吏句:亭吏,驿吏。排去马,安排车马,准备出发。

【集评】

宋顾乐《唐人万首绝句选》评:"布置得法,情味调度,胜白寄作。"

六年春遣怀① 八首选二

检得旧书②三四纸,高低阔狭但成行③。

自言并食寻常事,惟念山深驿路长④。

① 元稹妻韦丛,字成之,卒于元和四年(八〇九)。此元和六年悼念之作。
② 旧书:指韦丛往日书札。
③ 高低句:谓所写之字,高低阔狭不等,只能大体上写成一行一行而已。
④ 自言二句:谓书中自说生活艰难,往往并日而食,但不以为苦,只是挂念在深山驿路中跋涉奔波之丈夫。并食,谓两日仅食一日之食。

伴客销愁长日饮①,偶然乘兴便醺醺②。

怪来醒后旁人泣,醉里时时错问君③。

① 伴客句:谓欲借酒销愁,伴客作长日之饮。
② 偶然句:谓偶然兴会所至,便醺然而醉。

③ 怪来二句：因醉后忘其妻已死，犹时时询问，以致旁人感泣。怪来，惊怪或疑怪之义。君，指韦丛。

【评解】

前章从对方落笔，写韦丛生前之安贫念远；后章以眼前情事，述己之哀思难忘。两章皆口语白描，直陈其事，而至情流露，感人殊深。（富）

梦成之①

烛暗船风独梦惊，梦君频问向南行。

觉来②不语到明坐，一夜洞庭湖水声。

① 此元和九年（八一四）赴长沙途中悼念韦丛之作。
② 觉来：醒来。

【评解】

结语总括全诗之神。湖水万叠，心事万端，谁可共语？才着一句而悼念之情自挚。（刘）

西归① 十二首选二

双堠②频频减去程，渐知身得近京城。

春来爱有归乡梦，一半犹疑梦里行。

① 元和五年（八一〇），元稹被贬为江陵士曹参军。八年，徙唐州从事。十年春，自唐州还长安，此途中作。
② 双堠：见张籍《泾州塞》注。

【评解】

写迁客远归渐近京城之心情，刻画入微，结句尤为传神。（富）

五年江上损容颜①，今日春风到武关②。

两纸京书临水读③，小桃花树满商山④。

① 五年句：江上，指江陵。元和五年（八一〇）元稹贬江陵，至十年还京，先后共五年。
② 武关：在今陕西商县东。
③ 两纸句：自注云："得复言、乐天书。"
④ 小桃句：小桃，陆游《老学庵笔记》："及游成都，始识所谓小桃者，上元前后即著花，状似垂丝海棠。"商山，在今陕西商县东南。

【集评】

俞陛云《诗境浅说续编》："微之五年远役，归至武关，得书而喜，临水开缄细读。前三句事已说尽。四句乃接写武关所见，晴翠商山，依然到眼，小桃红放，如含笑迎人，入归人之目，倍觉有情，非泛写客途风景也。"

【评解】

以"小桃花树满商山"见喜悦之情，与王昌龄《从军行》以"高高秋月照长城"传凄怨之神，用笔正同，皆极风神骀荡之致。（刘）

闻乐天授江州司马①

残灯无焰影憧憧②,此夕闻君谪九江。

垂死病中惊坐起,暗风吹雨入寒窗。

① 元和十年(八一五),白居易为左赞善大夫,因直言极谏,被贬为江州司马。
② 憧憧:不定貌。按白居易《与微之书》:"睹所寄闻仆左降诗云云。此句他人尚不可闻,况仆心哉!至今每吟犹恻恻耳。"

【集评】

唐汝询《唐诗解》:"非元、白心知,不能作此。"

黄叔灿《唐诗笺注》:"当此残灯影暗,忽惊良友之迁谪,兼感自己之多病。此时此际,殊难为情。末句另将风雨作结,读之味逾深。"

【评解】

"垂死"句写闻耗后感同身受之情,直从肺腑中流出;而残灯风雨,设境尤极凄其,所以倍觉沉挚。(刘)

酬乐天舟泊夜读微之诗

知君暗泊西江岸,读我闲诗欲到明①。

今夜通州②还不睡,满山风雨杜鹃声。

① 知君二句:白居易《舟中读元九诗》:"把君诗卷灯前读,诗尽灯残天未明。"

　　　　西江，长江西来，故称西江。
　② 通州：今四川达县，时元稹任通州司马。

【评解】
　　末句以风雨啼鹃写不眠外景，而思家念友之情，一齐托出。用笔不黏不脱，令人味之愈永。（刘）

智度师 二首选一

三陷思明三突围，铁衣抛尽衲禅衣①。

天津桥②上无人识，独凭栏干望落晖。

　① 三陷二句：谓智度师早年曾在平定安史之乱中冲锋陷阵，为国立功，后因失意而出家为僧。三陷思明，三次陷入叛军包围。思明，即史思明，突厥人，与安禄山同乡里。禄山反，思明率兵攻取河北之地，被任范阳节度使。禄山为其子庆绪所杀，思明更杀庆绪而自立，称大燕皇帝，后亦为其子朝义所杀。铁衣，以铁片制成之战衣。衲禅衣，缝补僧衣。
　② 天津桥：故址在洛阳城南洛水上。

【评解】
　　下二句写英雄迟暮失路之悲，极感慨苍凉之致。（富）

酬李甫①见赠 十首选一

杜甫天才颇绝伦，每寻诗卷似情亲②。

怜渠直道当时语，不着心源傍古人③。

① 李甫：一作孝甫。
② 每寻句：谓每读杜甫诗卷，甚感亲切。
③ 怜渠二句：谓爱其直述时事，不甚依傍古人。此乃指其《三吏》、《三别》、《兵车行》、《丽人行》等即事名篇之作。怜，爱也。心源，古时以为心为思想之源，故称心源。

【集评】

冯班《钝吟杂录》："杜陵云'读书破万卷，下笔如有神'，近日钟、谭（锺惺、谭元春）之药石也。元微之云'怜渠直道当时语，不着心源傍古人'，王、李（王世贞、李攀龙）之药石也。"

刘永济《唐人绝句精华》："此与李甫论诗也。元稹对杜甫诗极其倾仰，此诗三四两句颇能道出杜甫于诗有创新之功，但杜之创新实从继承古人而变化之者，观甫《戏为六绝句》可知。元所谓'不着心源傍古人'，言其不一味依傍古人也，非轻视古人，仍与杜甫'不薄今人爱古人'之旨无妨也。"

钱锺书《谈艺录》："按微之《酬孝甫见赠》称少陵诗云：'怜渠直道当时语，不着心源傍古人。'或有引此语以说随园（袁枚）宗旨者，却未确切。微之《乐府古题序》曰：'自风雅至于乐流，莫非讽兴当时之事，以贻后代之人，沿袭古题，唱和重复。于文或有短长，于义咸为赘剩，尚不如寓意古题，刺美见事，犹有诗人引古以讽之义焉。近代惟诗人杜甫《悲陈陶》、《哀江头》、《兵车》、《丽人》等，凡所歌行，率皆即事名篇，无复倚傍。予少时与友人乐天、李公垂辈谓是为当，遂不复拟赋古题。'又《和李校书新题乐府序》曰：'世理则词直，世忌则词隐。予遭理世而君盛圣，故直其词。'据此二节，则直道时语、不傍古人者，指新乐府而言，乃不用比兴、不事婉隐之意，非泛谓作诗不事仿古也。"

【评解】

据元稹《乐府古题序》，可知元、白《新乐府》实杜甫启之，故此诗颇能道出杜甫乐府歌行直陈时事之特色。如此论诗，方不涉理路，不落言铨。（富）

重赠[1]

休遣玲珑[2]唱我诗，我诗多是别君词。
明朝又向江头别，月落潮平是去时。

[1] 此为越州刺史时作，时白居易为杭州刺史，因前有《赠乐天》诗，故曰《重赠》。
[2] 玲珑：自注云："乐人商玲珑能歌，歌予数十诗。"《唐语林》："白居易为杭州刺史，官妓商玲珑巧于应对，善歌舞，元稹赠诗云云。"

【集评】

何焯《三体唐诗》评："寄君诗则无非离别之辞，起下二句轻巧无痕。不忍更听，便藏得千重别恨。末句只从将别作结，自有黯然之味，正用覆装以留不尽。"

李锳《诗法易简录》："一气清空如话。"

俞陛云《诗境浅说续编》："首二句非但见交谊之厚，酬唱之多，兼有会少离多之意。故第三句以'又'字表明之，言明日潮平月落，又与君分手江头。题曰《重赠乐天》，见临别言之不尽也。"

【评解】

后半以悬想别时情境作结，见往日离情，不堪重忆，今日之欢，弥堪珍重。（刘）

贾岛

字阆仙（一作浪仙），范阳（今北京市）人，生于大历十四年（七七九），卒于会昌二年（八四三）。早岁落拓为僧，名无本。后以诗谒韩愈，劝令还俗。累试进士不第。文宗时，为长江主簿，改普州司仓参军，卒于任所。岛以苦吟著称，工五律，清峭幽僻，自成一家。晚唐李洞曾铸像师事之,宋代永嘉四灵及江湖诗派皆以为宗。有《长江集》,《全唐诗》编存其诗四卷。

剑客

十年磨一剑,霜刃①未曾试。

今日把似君②,谁为③不平事?

① 霜刃:形容剑锋之锐利。
② 把似君:谓持与剑客,即宝剑赠烈士之意。
③ 为:一作"有"。

【集评】

冯默《才调集》评:"本集'有'作'为','为'更胜。"

冯班《才调集》评:"'有'字是卖身奴。"

李锳《诗法易简录》:"豪爽之气,溢于行间,第二句一顿,第三句陡转有力,末句措语含蓄,便不犯尽。"

【评解】

"今日"二句,较孟浩然《送朱大入秦》"分手脱相赠,平生一片心",声情更为壮烈。结句作"谁为"为胜,谁为不平之事,便须杀却,方见游侠本色,若作"谁有",则乃代人报仇耳。(富)

寻隐者不遇①

松下问童子,言师采药去。

只在此山中，云深不知处。

① 一作孙革诗，题为《访羊尊师》。

【集评】

锺惺《唐诗归》："愈近愈杳。"

蒋一葵《唐诗选汇解》："设为童子之答，以状山居之幽。首句问，下三句答，直中有婉，婉中有直。"

吴逸一《唐诗正声》评："自是妙音，所谓不用意而得者。"

李锳《诗法易简录》："一句问，下三句答，写出隐者高致。"

王文濡《唐诗评注读本》："此诗一问一答，四句开合变化，令人莫测。"

【评解】

说"在山中"，却"不知处"，用笔顿挫生姿，而隐者避世之深心，遂已不言而喻。（刘）

渡桑干①

客舍并州已十霜②，归心日夜忆咸阳③。

无端更渡桑干水，却望并州是故乡。

① 此诗一作刘皂诗，题为"旅次朔方"。令狐楚与贾岛有交往酬唱，其所选《御览诗》亦作刘皂诗，且此诗与贾岛籍贯不合，当是刘皂诗。桑干，桑干河，即今永定河，源出山西管涔山，经河北东流入海。
② 客舍句：并州，今山西太原市。十霜，十年。
③ 咸阳：借指长安。

【集评】

谢枋得《唐诗绝句注解》:"旅寓十年,交游欢爱,与故乡无殊,一旦别去,岂能无依依眷恋之怀,渡桑干而望并州,反以为故乡,此亦人之至情也。"

王世贞《艺苑卮言》:"岛(《送无可上人》)诗'独行潭底影,数息树边身',有何佳境,而三年始得,一吟泪流,如'并州'及'三月三十日'二绝乃可耳。"

王世懋《艺圃撷余》:"一日偶诵贾岛《桑干》绝句,见谢枋得注云云,不觉大笑。指以问玉山程生曰:'诗如此解否?'程生曰:'向如此解。'余谓此岛思乡作,何曾与并州有情?其意恨久客并州,远隔故乡,今非惟不能归,反北渡桑干,还望并州,又是故乡矣。并州且不得住,何况得归咸阳,此岛意也。谢注有分毫相似否?程始叹赏,以为闻所未闻。"

锺惺《唐诗归》:"两种客思,熔作一团说。"

吴乔《围炉诗话》:"景同而语异,情亦因之而殊。宋之问《大庾岭》云:'明朝望乡处,应见陇头梅。'贾岛云:'无端更渡桑干水,却望并州是故乡。'景意本同,而宋觉优游,然岛句比之问反为醒目。"

周容《春酒堂诗话》:"阆仙所传寥寥,何以为当时推重?'客舍并州'一绝,结构筋力,固应值得金铸耳。"

黄生《唐诗摘钞》:"咸阳即故乡。客并州非其志也,况渡桑干乎?在并州且忆故乡,今渡桑干,望并州已如故乡之远,况故乡更在并州之外乎?必找此句,言外意始尽。久客不归,复尔远适,语意殊悲怨。后人不知故乡即咸阳,谬解可笑。"

沈德潜《唐诗别裁》:"谓并州且不得久住,况咸阳乎?仍是思咸阳,非不忘并州也。王敬美(世懋)驳谢注甚允。"

黄叔灿《唐诗笺注》:"谢看得浅,王看得深,诗内数虚字自见,然两层意俱有。"

俞陛云《诗境浅说续编》:"此诗曲写其客中怀抱也。言家本秦中,自赴东北之并州,屈指已及十载,正日夕思归,乃又北渡桑干,望秦关更远,而并州久住,未免有情,南云回首,亦权作故乡矣。作七绝者,或四句一气贯注,或曲折写出而仍能一气,最为难到之境,学诗之金针也。"

【评解】

　　此诗曲折深至,风格苍劲,盖炼意之作也。黄叔灿评折中谢、王二家,最为允洽。(刘)

题兴化园亭①

破却②千家为一池,不栽桃李种蔷薇③。
蔷薇花落秋风起,荆棘满庭君始知。

①《唐诗纪事》:"晋公度初立第于街西兴化里,凿池种竹,起台榭。岛方下第,或以为执政恶之,故不在选,怨愤题诗云云。"兴化园亭,指裴度在兴化里所建之园亭。
② 破却:毁坏。
③ 不栽句:《韩诗外传》:"春种桃李者,夏得阴其下,秋得其实;春种蒺藜者,夏不可采其叶,秋得其刺焉。"此用其意。

【集评】

　　刘永济《唐人绝句精华》:"此虽出于怨愤,然以警豪贵之家,亦一剂清凉散也。"

【评解】

　　"不栽桃李种蔷薇",刺裴度所举非人,将自食恶果,虽是贾岛落第怨愤之词,然裴度为一己之享乐而"破却千家为一池",亦固有可讽之处。(富)

三月晦日①赠刘评事

三月正当三十日,风光别我苦吟身。

共君今夜不须睡,未到晓钟犹是春^②。

① 晦日:夏历每月之最后一日。
② 未到句:意谓到晓钟即已夏日矣。

【集评】

　　王世贞《艺苑卮言》:"贾岛'三月正当三十日',与顾况'野人自爱山中宿'同一法,以拙起唤出巧意,结语俱堪讽咏。"

　　何焯《三体唐诗》评:"只是秉烛游耳,然后人送春诗更道不到此,正是善学摩诘《渭城》者。"

　　黄叔灿《唐诗笺注》:"用意良苦,笔亦刻挚。"

【评解】

　　只是留恋韶景之意,而出以险仄之笔,便觉沉挚警策,动人心目。(富)

裴潾

闻喜(今山西闻喜县)人。元和初,官起居舍人。开成中,为兵部郎中,迁河南尹。《全唐诗》录存其诗十五首。

白牡丹^①

长安豪贵惜春残,争赏先开紫牡丹^②。

别有玉盘^③承露冷,无人起就月中看^④。

① 一作裴士淹诗,又作卢纶诗。
② 长安二句:元和中,长安豪贵玩赏牡丹之风甚盛,慈恩寺紫牡丹名动京师,故游赏者尤众。《国史补》:"京城贵游尚牡丹三十余年矣,每春车马若狂,以不耽玩为耻。"
③ 玉盘:指白牡丹。原作"玉杯",据裴士淹、卢纶诗改。
④ 无人句:谓白牡丹为当时所轻,无人欣赏。白居易《白牡丹》:"城中看花客,且暮走营营。素华(白牡丹)人不顾,亦占牡丹名。开在深寺中,车马无来声。"又《白牡丹》:"白花冷淡无人爱,亦占芳名道牡丹。"可参看。

【评解】

此有慨于真赏之难逢,真才之落寞,其意甚明。下二句丰神独绝,蕴藉可喜。(刘)

殷尧藩 苏州嘉兴(今浙江嘉兴)人。元和中登进士第,佐李翱长沙幕,转长乐令,终侍御史。早岁游韦应物之门,后与贾岛、雍陶、沈亚之、马戴等为诗友,唱酬甚多。《全唐诗》编存其诗一卷。

偶题

越女收龙眼①,蛮②儿拾象牙。

长安千万里,走马送谁家?

① 越女句:越,指岭南地区。收,采撷。龙眼,即桂圆。
② 蛮:指我国西南地区。

【评解】

此讽刺唐统治者对岭南人民之搜括奴役,刻画极为生动。结句妙作问语,便觉

意味悠长。(富)

关中伤乱后

去岁干戈险,今年蝗旱忧。

关西归战马①,海内卖耕牛。

① 关西句:谓兵戈已息,用归马华山语。

【集评】

刘永济《唐人绝句精华》:"二十字中一片伤乱忧国之情。"

【评解】

三句承首句,结句承次句,谓战乱虽息而蝗旱又作,民力已竭,实为可伤。(刘)

章孝标 字道正,钱塘(今浙江杭州)人。元和十四年(八一九)进士,授校书郎。曾游李绅淮东幕中。大和中,为山南道从事,终秘书正字。《全唐诗》编存其诗一卷。

八月

徙倚仙居绕翠楼①,分明宫漏静兼秋。

长安夜夜家家月,几处笙歌几处愁②?

① 仙居翠楼:指宫中楼阁。
② 长安二句:吴中棹歌云"月子弯弯照九州,几家欢乐几家愁",用意略似。

【评解】

此禁中对月之作。宫内宫外,如隔仙凡,明月虽同,悲欢异趣;曰"家家月",故为婉曲之词也。(刘)

徐凝　睦州(今浙江建德县)人。尝至长安求取科名,因不善干谒,失意而归,隐居以终。其诗为元、白称赏,有声于元和中。《全唐诗》编存其诗一卷,绝句占十之九。

庐山瀑布①

虚空落泉千仞直,雷奔入江不暂息。

今古长如白练飞②,一条界破青山色③。

① 庐山瀑布:见李白《望庐山瀑布》注。
② 白练飞:周景式《庐山记》谓庐山瀑布"挂流三四百丈,飞湍于林峰之表,望之若悬素"。《水经注》谓"若曳飞练于霄中"。
③ 一条句:谓瀑布划破青山之色。东晋孙绰《游天台山赋》"瀑布飞流以界道",为此句所本。界,犹隔开。按唐范摅《云溪友议》谓白居易甚赏此二句。苏轼游庐山,见徐凝与李白咏瀑布诗,作一绝云:"帝遣银河一派垂,古来惟有谪仙词。飞流溅沫知多少,不为徐凝洗恶诗。"

【集评】

黄叔灿《唐诗笺注》:"与太白'疑是银河落九天'同一刻画。"

翁方纲《石洲诗话》:"徐凝《庐山瀑布》诗'千古长如白练飞,一条界破青山色',白公所称而苏公以为恶诗。《芥隐笔记》谓本《天台赋》'飞流界道'之语,然诗与赋自不相同,苏公固非深文之论也。至白公称之,则所见又自不同,盖白公不于骨格间相马,惟以奔腾之势论之耳。"

【评解】

此诗下二句虽不能与太白诗相比,然亦刻画极工,惟上二句过于粗硬,遂便全诗减色。(富)

汉宫曲

水色帘前流玉霜①,赵家飞燕侍昭阳②。
掌中舞③罢箫声绝,三十六宫④秋夜长。

① 水色句:水色帘,谓珠帘晶莹如水。玉霜,状霜之洁白。
② 赵家句:赵飞燕,汉成帝皇后,以美貌著称。按唐人诗中多以飞燕借指杨贵妃。昭阳,汉宫殿名。
③ 掌中舞:《飞燕外传》谓飞燕身轻,能为掌上舞。
④ 三十六宫:东汉班固《西京赋》:"离宫别馆,三十六所。"注引《三辅黄图》曰:"上林有建章、承光等十一宫,平乐、茧观等二十五,凡三十六所。"

【集评】

杨慎《升庵诗话》:"徐凝诗多浅俗,独此有盛唐风格。"

黄叔灿《唐诗笺注》:"一人承宠,各院凄凉,只'秋夜长'三字已足。"

宋顾乐《唐人万首绝句选》评:"妙在直叙而不下断语,怨意愈见。"

忆扬州

萧娘脸下难胜泪,桃叶眉头易得愁①。

天下三分明月夜,二分无赖是扬州②。

① 萧娘二句:萧娘,唐时对青年妇女之泛称。桃叶,晋王献之妾。皆指歌女。难胜泪、易得愁,形容多情善感。
② 天下二句:谓天下三分之二良宵美景为扬州所占,极言扬州夜市之风流繁华、金迷纸醉。无赖,有可爱义。唐于邺《扬州梦记》:"扬州,胜地也。每重城向夕,倡楼之上,常有绛纱灯万数,辉罗耀烈空中,九里三十步街中,珠翠填咽,邈若仙境。"按王建《夜看扬州市》"夜市千灯照碧云,高楼红袖客纷纷",张祜《纵游淮南》"十里长街市井连,月明桥上看神仙",皆写扬州夜市风光,可参看。

【集评】

黄叔灿《唐诗笺注》:"极言扬州之淫侈,令人留恋,语自奇辟。"

宋顾乐《唐人万首绝句选》评:"月明无赖,自是佳句,与扬州尤切。"

过马当①

风波隐隐石苍苍,送客灵鸦②拂去樯。

三月尽头云叶秀,小姑新着好衣裳③。

① 马当：山名，在今江西彭泽县西北，为长江险要处。
② 灵鸦：即神鸦，见顾况《小孤山》注。
③ 三月二句：谓三月山花盛开，小孤山如着新妆，秀丽特甚。云叶，植物名，高一丈余，三四月开花，花褐色，密集枝梢。小姑，即小孤山，在彭泽县北长江中。

【评解】

上半写马当之险，下半写小孤之秀，江行者才离险境，便餐秀色，心神为之一快。（刘）

李德裕 字文饶，赵郡（今河北赵县）人，生于贞元三年（七八七），卒于大中三年（八四九）。穆宗时，为翰林学士、御史中丞。大和中，为郑滑节度使，徙镇剑南西川。武宗时，由淮南节度使入朝为相，外攘边患，内平藩镇，颇著政绩。后因党争，为白敏中、令狐绹等构害，贬潮州司户，再贬崖州司户参军而卒。有《会昌一品集》，《全唐诗》编存其诗一卷。

长安秋夜

内官传诏问戎机①，载笔金銮②夜始归。

万户千门皆寂寂，月中清露点朝衣。

① 内官句：内官，宦官。戎机，军机要事。
② 载笔金銮：谓在殿中起草。唐金銮殿在大明宫中。

【集评】

俞陛云《诗境浅说续编》："唐人早朝诗皆典丽之作，且赋晓景者为多。此诗言召对夜归,天街人静,惟觉零露瀼瀼,点朝衣而欲湿。写夜景如画,并见临政宵衣之瘁,廷臣退食之迟。"

【评解】

"万户"二句,写景清切,而老成谋国风度,俨然可见。(刘)

盘陀岭驿楼①

嵩少心期杳莫攀②,好山聊复一开颜。

明朝便是南荒③路,更上层楼望故关。

① 此贬潮州途中所作。盘陀岭,《一统志》:"盘陀岭在漳浦县(今福建漳浦县)西南三十里梁山之西,丛薄崎峻,盘亘可十里,为入潮广要隘。"
② 嵩少句:谓归隐嵩少之志渺难如愿。嵩,嵩山;少,少室山,嵩山主峰之一,故连称曰嵩少。心期,心所向往。按德裕曾在滁州建怀嵩楼,并作《怀嵩楼记》云:"怀嵩,思解组也。"又云:"周视原野,永怀嵩峰。肇此佳名,且符夙尚。"
③ 南荒:指岭南地区。

【评解】

垂暮远贬,自知不返,虽欲作退一步想,亦不可得矣。"明朝"二句,缴足归隐无期,尤为怆楚。(刘)

登崖州①城作

独上高楼望帝京,鸟飞犹是半年程。

青山似欲留人住,百匝千遭②绕郡城。

① 崖州:今广东海口市(在海南岛)。
② 百匝千遭:犹言重重叠叠。

【评解】

写贬地僻远归期无日之情,郁结既深,拟喻弥切,沉挚处可与子厚柳州诸诗相颉颃。(刘)

杨敬之　字茂孝。元和初登进士第,擢屯田、户部二郎中。坐李宗敏党,贬连州刺史。文宗时官至国子祭酒。《全唐诗》录存其诗二首。

赠项斯①

几度见诗诗总好,及观标格②过于诗。

平生不解藏人善③,到处逢人说项斯。

① 项斯:见项斯小传。《唐诗纪事》:"斯字子迁,江东人。始未为闻人,因以卷谒杨敬之,杨苦爱之,赠诗云云。未几诗达长安,明年擢上第。"
② 标格:风度。
③ 藏人善:隐藏人之长处。

【评解】

写出发现人才之喜悦与推荐人才之热忱,措词明快活泼,清空如话。(富)

李贺 字长吉,原籍陇西,迁居福昌(今河南宜阳县),生于贞元六年(七九〇),卒于元和十一年(八一六)。曾为奉礼郎。贺弱冠即工诗,尤擅乐府歌行,词采瑰丽,意境奇辟,极富浪漫气息。绝句多抒写不平之感,笔意超纵。有《李长吉歌诗》,《全唐诗》编存其诗五卷。

马诗 二十三首选十

龙脊贴连钱①,银蹄白踏烟②。

无人织锦韂③,谁为铸金鞭?

① 龙脊句:谓马脊上斑点状如连钱。龙,《周礼·廋人》:"马八尺以上为龙。"
② 银蹄句:谓其挥动银蹄,只见一片白色,如踏云而行。烟,即云也。
③ 韂:即障泥,以布或锦垂覆于马腹以障泥土者。

【评解】

借良马不逢识者,喻士之怀才不遇。(富)

此马非凡马,房星是本星①。

向前敲瘦骨②,犹自带铜声③。

① 房星句:房星,即二十八宿之房宿。是本星,一作"本是精"。《瑞应图》:"马为房星之精。"
② 瘦骨:良马多瘦骏。唐杜甫《房兵曹胡马》:"胡马大宛名,锋棱瘦骨成。"
③ 铜声:声如铜铁,形容马骨坚劲。

【评解】

长吉为唐室宗枝,此诗殆自况。以"铜声"状骏骨之坚劲,妙于想像,奇警无匹。(富)

大漠①沙如雪,燕山②月似钩。

何当金络脑③,快走踏清秋。

① 大漠:沙漠。班固《封燕然山铭》:"经卤碛,绝大漠。"
② 燕山:即燕然山,在今蒙古国境内。汉窦宪曾大破匈奴,登燕然山,刻石铭功。
③ 金络脑:即金马络。南朝宋鲍照《代结客少年场行》:"骢马金络头。"

【评解】

此谓苟获机缘,当奔驰塞外,一展骏足,有盼知遇而求用之意。(富)

赤兔无人用,当须吕布骑①。

吾闻果下马②,羁策③任蛮儿。

① 赤兔二句:《后汉书·吕布传》:"吕布常御良马,号曰赤兔,能驰城飞堑。"注引《曹瞒传》:"时人语曰:'人中有吕布,马中有赤兔。'"
② 果下马:《三国志·魏书》裴松之注:"果下马,高三尺,乘之可于果树下行,故谓之果下马。"
③ 羁策:羁绊鞭策。

【集评】

王琦《李贺歌诗汇解》:"此言奇隽之马,非猛健之人不能驾驭,若其下乘,则蛮儿亦能驱使。以见逸材之士必不受凡庸之宠络,亦有然者。"

【评解】

骏马须壮士始能驾驭,劣马则任凭蛮儿鞭策,对照言之,寓意自见,感喟殊深。(富)

飂叔去匆匆,如今不豢龙①。
夜来霜压栈②,骏骨折西风。

① 飂叔二句:谓飂叔去今已久,世已无知养龙者。古人多以良马比龙,故借以发端。飂叔,即飂叔安。飂,古国名。叔安,其国君之名。豢龙,养龙。《左传》昭公二十九年:"昔有飂叔安,有裔子曰董父,实甚好龙,能求嗜欲以饮食之,龙多归之。乃扰畜(驯养)龙以服事帝舜,帝赐之姓曰董,氏曰豢龙。"
② 栈:马棚。

【评解】

写良马因不得善养者而摧折于风霜之中,正慨俊逸之士不获知己而漂泊风尘。(富)

催榜渡乌江,神骓泣向风①。
君王今解剑②,何处逐③英雄?

① 催榜二句:项羽败于垓下,突围至东城,乌江亭长檥舟以待,劝羽急渡。羽不听,将所乘乌骓马赐亭长,自刎而死。见《史记·项羽本纪》。句谓亭长载马渡江,马恋故主,望风悲泣。榜,船桨。神骓,即乌骓马。《史记·项羽本纪》:"项王骏马名骓,常骑之。"乌江,在今安徽和县东北。

② 解剑：谓项羽解其剑自刎。
③ 逐：随也。

【集评】
沈德潜《唐诗别裁》："项羽虽以马赠亭长，然羽既刎死，神骓必不受人骑也。二十余首中，此首写得神骏。"
王琦《李长吉歌诗汇解》："下二句代马作悲酸之语，无限深情。"

【评解】
神骓既逢项羽，可谓得主，而项羽又战败自刎，遇合之难如此。下二句代马作悲痛语，有一失己，茫然无依之慨。（富）

内马①赐宫人，银鞯刺麒麟②。

午时盐坂上，蹭蹬溘风尘③。

① 内马：指宫禁中所养之马。
② 银鞯句：谓银鞍绣有麒麟。鞯，马鞍垫。刺，刺绣。
③ 午时二句：《战国策·楚策》："夫骥之齿（年龄）至矣，服盐车而上太行，蹄伸膝折，白汗交流，中坂迁延，负辕不能上。伯乐遭之，下车攀而哭之，解纻衣以幂之。"虞坂在今山西平陆县东北中条山，因骐骥驾盐车困于此，故亦称盐坂。蹭蹬，失势貌。溘，依也。

【评解】
赏赐宫女之马则装饰如彼，负重致远之马则困顿至此，乃讽刺封建统治者重内宠而轻人才也。（富）

香幞赭罗新①，盘龙蹙镫鳞②。

回看南陌上,谁道不逢春③?

① 香襆句:谓赤罗新帕覆在鞍上。襆,即帕也。杜甫《骢马行》"银鞍却覆香罗帕",即指此。赭,赤色。
② 盘龙句:谓马镫上雕刻龙鳞。
③ 回看二句:谓其昂然四顾,不知世间有困顿失意之事。

【评解】

写此马装饰华丽,昂首骄矜之状,正借以讥诮侥幸得志之人。(富)

伯乐向前看,旋毛在腹间①。

只今掊白草,何日蓦青山②?

① 伯乐二句:谓伯乐向前观察,识其为千里马。郭璞《尔雅注》:"伯乐相马法,旋毛在腹下如乳者,千里马也。"伯乐,古之善相马者。
② 只今二句:为伯乐叹息之语,谓今乃克减草料,每食不饱,何日能奔跃如飞,超越山冈。掊,克扣。白草,《汉书·西域传》颜师古注:"白草似莠而细,无芒,其干熟时,正白色,牛马所嗜也。"蓦,越也。

【评解】

此借喻才杰之士不逢知己,不得爱护,未能展其所长。韩愈《杂说》:"马之千里者,一食或尽粟一石,食(饲)马者不知其能千里而食也。是马也,虽有千里之能,食不饱,力不足,才美不外见,且欲与常马等不可得,安求其能千里也!"与此寄慨正同。(富)

武帝爱神仙,烧金得紫烟①。

厩中皆肉马,不解上青天②。

① 武帝二句:汉武帝好神仙,尝使方士栾大等炼丹烧金。见《史记·孝武本纪》。烧金,炼丹砂铅锡等为黄金。得紫烟,谓炼黄金不成,所得仅一缕紫烟。
② 厩中二句:谓武帝所获之马皆是凡马,不可乘之以上青天。《史记·大宛列传》载:武帝好大宛马,拜李广利为贰师将军伐大宛,取其善马数十匹,中马以下牡牝三千余匹。

【集评】

姚文燮《昌谷集注》:"《马诗》二十三首,首首寓意,然未始不是一气盘旋,分合观之,无往不可。"

方扶南《批注李长吉诗集》:"此二十三首,乃聚精会神,伐毛洗髓而出之,造意撰辞,犹有老杜诸作之未至者。"

王琦《李长吉歌诗汇解》:"《马诗》二十三首,俱是借题抒意,或美或讥,或悲或惜,大抵于当时所闻见之中各有所比,言马也而意初不在马矣。又每首之中皆有不经人道语。人皆以贺诗为怪,独朱子以贺诗为巧。读此数章,知朱子论诗真有卓见。"

刘永济《唐人绝句精华》:"李贺此二十三首皆借马以抒感,均可为咏物诗之规范,所谓'不即不离'、'不黏不脱',于此诸诗见之矣。"

钱锺书《谈艺录》:"长吉振衣千仞,远尘氛而超世网,其心目间离奇俶诡,鲜人间事,所谓千里绝迹,百尺无枝,古人以与太白并举,良为有以。若偶然讽谕,则又明白畅晓,如《马诗》二十三首,借题抒意,寄托显明。"

【评解】

武帝好神仙而所招皆江湖术士,好马而所获尽是驽骀,喻人君求治而不识用人,则徒劳无益。李贺为唐室宗枝而沦落不偶,故借咏马以抒感慨。诸诗设想诡异,造语奇警,是其特色。(富)

南园① 十三首选三

男儿何不带吴钩②,收取关山五十州③。

请君暂上凌烟阁④,若个⑤书生万户侯?

① 南园:李贺福昌昌谷故居读书之处。
② 吴钩,宝刀,见李益《边思》注。
③ 五十州:指当时黄河南北藩镇割据之地。《资治通鉴·唐纪》:"(元和七年)李绛曰:'今法令不能制者,河南北五十余州。'"
④ 请君句:暂上,犹云一上。凌烟阁,唐太宗时建,用以纪念开国功臣,由阎立本绘像,褚遂良题阁,太宗亲为之赞。见《大唐新语》。
⑤ 若个,犹云那个。

【集评】

王琦《李长吉歌诗汇解》:"观凌烟阁上之像,未有以书生封侯者,不得不弃笔墨而带吴钩矣。"

寻章摘句老雕虫,晓月当帘挂玉弓①。

不见年年辽海上,文章何处哭秋风②?

① 寻章二句:谓长年读书写作,深宵不寐。雕虫,汉扬雄以作赋比为童子"雕虫篆刻",后世遂称诗赋曰雕虫。挂玉弓,谓晓月如玉弓之高悬。
② 不见二句:谓国家多事,武将独尊,文学之士惟有作穷途之痛哭耳。辽海,即辽东,因南临渤海,故称辽海。

【集评】

王琦《李长吉歌诗汇解》:"夫书生之辈,寻章摘句,无间朝暮,当晓月入帘之候,犹用力不歇，可谓勤矣。无奈边场之上，不尚文词，即有才如宋玉，能赋悲秋，亦何处用之！念及此，能无动投笔之思，而驰逐于鞍马间耶？"

长卿牢落悲空舍①，曼倩诙谐取自容②。

见买若耶溪水剑③，明朝归去事猿公④。

① 长卿句：谓司马相如(字长卿)宦游不遂，家徒四壁。见《史记·司马相如传》。牢落，落拓失意。
② 曼倩句：谓东方朔(字曼倩)以滑稽求容，取悦武帝。晋夏侯湛《东方朔画赞》："以为傲世不可以垂训也，故正谏以明节；明节不可久安也，故诙谐以取容。"
③ 见买句：见买，即买。若耶溪水剑，指春秋时欧冶子在若耶溪(今浙江绍兴市南)所铸之宝剑。
④ 事猿公：师事猿公，指学剑。相传春秋时越国有一老猿，幻作老翁，自称袁公，与越女(越国女剑术家)较量剑术。见《吴越春秋》。

【集评】

王琦《李长吉歌诗汇解》："言能文之士如司马长卿、东方曼倩犹不得志于时，况其次者乎？学书何益，不如去而学剑也。"

俞陛云《诗境浅说续编》："此长吉自伤身世也。文章既不为世用，不若归买若耶宝剑，求猿公刺击之术，一吐抑塞之气。诗因愤世而作，故前首有'文章何处哭秋风'句，乃其本怀也。"

刘永济《唐人绝句精华》："此两首皆借古人以抒写文人不为时重之情。前首言学虽勤而不能效用于边疆。后首言才如相如而空有四壁，辩如方朔而只以自容，何如去而学剑。"

【评解】

三诗皆慨藩镇跋扈，国势衰微，感书生之无用，作从戎之愤语，权奇倜傥，英气逼人。(刘)

昌谷①北园新笋 四首选一

斫取青光写楚辞②，腻香春粉黑离离③。

无情有恨何人见，露压烟啼千万枝。

① 昌谷：李贺福昌故居所在。
② 斫取句：斫取青光，括去竹上青皮。楚辞，借指哀怨之辞，即贺自作之诗歌。按李贺好于竹上书写，其《南园》诗中有"舍南有竹堪书字"之句，可参证。
③ 腻香句：腻香，浓香，指竹香。春粉，竹皮上白粉。黑离离，墨迹斑斑。

【集评】

贺裳《载酒园诗话》："用修曰（指杨慎《升庵诗话》所载）：'结句以情恨咏竹，似是不类，终不若咏白莲之妙。李长吉在前，陆鲁望诗句非相蹈袭，盖着题不得避耳，而工拙相远矣。'愚意'无情有恨'，正就'露压烟啼'处见，此可以形象会，不当以义理求者也。悬想此竹必非琅玕巨干，或是弱茎纤柯不胜风露者。长吉立言自妙，不得便谓之拙。"

黄生《载酒园诗话评》："咏竹而言啼，正用湘妃染泪之事，而隐约见之。不写他书而写《楚辞》，其意益显。用修所评，黄公（贺裳字）所释者，皆似隔壁话也。"

【评解】

"无情"二句，谓竹本无情，而所书之诗却有感慨，但无人见赏，一任其在千枝万叶中为露滴烟笼而已。措语微婉，饶有情韵。杨慎、贺裳、黄生所论，皆未得其旨。陆龟蒙咏白莲亦有"无情有恨何人见"句，然寓意不同，未可并论。（富）

酬答 二首

金鱼公子①夹衫长,密装腰鞓割玉方②。

行处春风随马尾,柳花偏打内家香③。

① 金鱼公子:谓少年而居高官,盖贵族后裔也。《通典》:"三品以上紫衣金鱼袋。"
② 密装句:谓腰带缀满玉方。鞓,皮带。割玉方,截玉作方块。
③ 柳花句:谓柳絮亦偏向异香处飞扑。内家香,指宫中所制之香。

【评解】

前半状公子之华贵,后半喻随处之迎奉。结句措语婉曲,讽意弥深。(富)

雍州①二月梅池春,御水鸂鶒暖白蘋②。

试问酒旗歌板地,今朝谁是拗花人③?

① 雍州:唐时西京即雍州地,又为京兆府,此指长安。
② 御水句:御水,即御河。鸂鶒,水鸟,俗称紫鸳鸯,产于南方。《资治通鉴·唐纪》:"玄宗初年,遣宦者诣江南,取鸂鶒、鸂鶒等置苑中。"
③ 试问二句:谓今日酒楼歌馆之地,谁能恣意寻欢作乐?拗花,折花,即攀花折柳之意,喻冶游。

【评解】

"试问"二句,即拟公子口吻,骄纵之状,跃然纸上。(富)

卢仝 自号玉川子,范阳(今北京市)人,约生于贞元十一年(七九五),卒于大和九年(八三五)。尝隐居少室山,两度征为谏议大夫,均不就。韩愈为河南令,爱其诗,厚礼之。后因宿王涯第,罹甘露之祸。其诗以险怪著名,多讥刺时政,掊击宦官之作。有《玉川子诗集》,《全唐诗》编存其诗三卷。

村醉

昨夜村饮归,健倒①三四五。

摩挲青莓苔,莫嗔惊着汝②!

① 健倒:猛倒。
② 莫嗔句:有抚慰、歉疚之意。莫,莫非,得无。

【评解】

抚莓苔而款语,不惟醉态可掬,直是目中无人。辛弃疾《西江月》词:"昨夜松边醉倒,问松我醉何如?只疑松动要来扶,以手推松曰去!"与此诗同一兀傲。(刘)

逢病军人①

行多无力②住无粮,万里还乡未到乡。

蓬鬓③哀吟古城下,不堪秋气入金疮④。

① 一作卢纶诗。
② 无力:一作"有病"。

③ 蓬鬓：形容鬓发杂乱枯槁。
④ 不堪句：谓不能忍受寒气侵入伤口时之疼痛。金疮，指刀剑所伤之创口。因刀剑乃金属制成，故称金疮。

【评解】

描绘伤病军人，凄恻动人，而言外正讽唐统军者之不恤士卒。此诗一作卢纶，然风格语言，似与卢仝为近。（富）

刘叉　河朔(今河北一带)人。性刚直，好任侠，勇力过人。尝因酒杀人亡命，遇赦出，始折节读书。闻韩愈好士，往投之。后与愈宾客相争，因辞去，归游齐鲁，不知所终。其诗风格犷放，如《冰柱》、《雪车》等作，描绘民生疾苦，极为痛切。有《刘叉诗集》，《全唐诗》编存其诗一卷。

姚秀才爱予小剑因赠

一条古时水①，向我手心流。

临行泻②赠君，勿报细碎仇③。

① 古时水：指古剑。因剑光明亮如水，故云。一作"万古水"。
② 泻：因剑光似水，故曰泻。一作"解"。
③ 勿报句：谓不报细小之仇。报，一作"薄"，迫也。按白居易《李都尉古剑》："不愿报小怨，夜半刺私仇。"张祜《书愤》："平生镆铘剑，不报小人仇。"齐己《剑客》："勇死寻常事，轻仇不足论。"皆此句之意。宋陆游《西村醉归》之"剑不虚施细碎仇"，则从此句脱出。

【评解】

　　此诗以"水"字、"流"字、"泻"字状小剑,颇为新颖传神。结句勉以当持此剑诛元凶大恶,勿报细小之仇,尤为磊落有识。(富)

偶书

日出扶桑①一丈高,人间万事细如毛。

野夫②怒见不平事,磨损胸中万古刀③。

① 扶桑:神树名,相传日出其下。《淮南子·天文》:"日出于旸谷,浴于咸池,拂于扶桑,是谓晨明。"
② 野夫:在野之人,刘叉自谓。
③ 磨损句:胸中刀,指正义之气,见不平事则正气激荡,故曰磨。曰磨损,可见世上不平事之多。

【评解】

　　人海纷纷,琐事万千,都不足较,惟不平事为可恨耳。诗以达意为主,故不假修饰,而犷悍之气,要自可喜。(刘)

裴夷直　字礼卿,河东(今山西永济县)人。元和十年(八一五)进士。文宗时,历左拾遗、礼部员外郎,进中书舍人。武宗时,坐事贬驩州司户参军。宣宗初,复拜江州、华州刺史,终散骑常侍。《全唐诗》编存其诗一卷。

席上夜别张主簿

红烛剪还明,绿尊添又满①。

不愁前路长,只畏今夜短。

① 红烛二句:写夜饮甚久。绿尊,酒尊。因酒为绿色,故称绿尊。

【评解】

当与司空曙《留卢秦卿》同看。两诗皆情真语挚,而一则劝留,一则惜别,作法不同,各极其致。(刘)

夜意

萧疏尽地①林无影,浩荡连天月有波。

独立空亭人睡后,洛桥②风便水声多。

① 萧疏尽地:谓落叶遍地。
② 洛桥:故址在洛阳西南洛水上。

【评解】

极写秋夜萧森气象,有众醉独醒,悠然意远之致。(刘)

施肩吾　字希圣,洪州(今江西南昌市)人。元和十年(八一五)进士,后隐居洪州之西山。绝句清新宛转,尤擅咏闺情。《全唐诗》编存其诗一卷。

幼女词

幼女才六岁,未知巧与拙。

向夜①在堂前,学人拜新月②。

① 向夜:傍晚。
② 拜新月:见李端《拜新月》注。

【集评】

黄叔灿《唐诗笺注》:"真情真景,无斧凿痕。'学人'二字,所谓'道是无情却有情'也。"

【评解】

虽曰"未知",实言其巧。此可入乐府。(刘)

望夫词

手爇①寒灯向影频,回文机上暗生尘②。

自家夫婿无消息,却恨桥头卖卜人。

① 爇:点燃。

② 回文句：回文机，织回文锦之织机。回文锦，见崔国辅《怨词》注。暗生尘，喻停织已久。

【集评】

黄叔灿《唐诗笺注》：“眼前语说来情事弥挚。'向影频'言顾影自怜也。'暗生尘'是不情不绪光景。"

【评解】

上二句极状思妇孤寂无聊意绪。下二句不怨夫婿不归，却怪卜人无验，语特委婉。（富）

江南怨

愁见桥边荇叶新①，兰舟枕水楫生尘②。

从来不是无莲采，十顷莲塘卖与人。

① 荇叶新：谓将至采莲之时。荇，即荇菜，生于水面，夏日开花。
② 兰舟句：谓采莲船久置不用。兰舟，舟之美称。

【评解】

以民生疾苦易却儿女柔情，是写熟题能出新意者。（刘）

夜笛词

皎洁西楼月未斜，笛声寥亮入东家①。

却令灯下裁衣妇，误剪同心一片花。

① 东家：东邻。

【集评】

刘永济《唐人绝句精华》："此诗言东家妇闻笛而生念远戍之情，遂误剪同心之花。设想甚工，闺怨诗之别开生面者。"

【评解】

闻笛声而误剪同心之花，曲调之哀怨，思妇之情绪，言外自见。（刘）

江南织绫词

卿卿买得越人丝①，贪弄金梭懒画眉。
女伴能来看新篆②，鸳鸯正欲上花枝。

① 卿卿句：卿卿，亲昵之称。越人丝，越地蚕桑最盛，故云。
② 篆：织锦之纹采。

【评解】

写织物之图案，即是写织女之心情，备见谋篇巧思。结句"鸳鸯正欲上花枝"，"上"字精妙，极能传神。（刘）

李涉

自号清溪子,洛阳人。初与弟渤隐居匡庐香炉峰下,后徙居终南山。宪宗时,官太子通事舍人,寻谪峡州司仓参军。大和中,为太学博士。涉甚负诗名,七言歌行颇得李颀、崔颢遗意,七绝清新自然,亦多佳作。《全唐诗》编存其诗一卷。

邠州词献高尚书[①] 三首选一

将家难立是威声,不见多传卫霍名[②]。

一自元和平蜀后,马头行处即长城。

① 邠州,今陕西邠县。高尚书,高崇文,贞元、元和中名将。崇文贞元中随韩全义镇长武城,以三千人破吐蕃三万之众。元和初刘辟据蜀为乱,崇文以检校工部尚书衔率军征讨,八战八胜,生擒刘辟。元和二年(八〇七)冬,为邠州刺史,邠、宁、庆三州节度观察使。在任三年,大修戎备。见《旧唐书·高崇文传》。
② 将家二句:谓为将帅者树立威名甚难,如汉卫青、霍去病之流传久远,殊不多见。

【评解】

宪宗即位后,颇以恢复河湟为意,故令崇文出镇邠州。"马头行处即长城",极写崇文英勇无敌,声威远播,警切新奇,得未曾有。(富)

竹枝词[①] 四首选二

巫峡云开神女祠[②],绿潭红树影参差。

下牢戍口初相问,无义滩头剩别离③。

① 此为峡州司仓参军时作。竹枝词,见刘禹锡《竹枝词》注。
② 巫峡句:巫峡,三峡之一,在今四川巫山县东。神女祠,故址在今四川巫山县巫山飞凤峰麓。
③ 下牢二句:写男女舟中邂逅,才逢即别之情,故以神女祠兴起,以无义滩作结。下牢戍,即下牢关。宋陆游《入蜀记》:"过下牢关,夹江千峰万嶂,西望重山如阙,江出其间,则所谓下牢溪也。"无义滩,《入蜀记》:"晚次黄牛庙,山复高峻,其下即无义滩,乱石塞中流,望之可畏。"

石壁千重树万重,白云斜掩碧芙蓉①。

昭君溪上年年月,偏照婵娟色最浓②。

① 碧芙蓉:形容山峰。
② 昭君二句:谓月光之下,是处峰峦特为秀丽。昭君溪,一名香溪,为汉王昭君生长处,在今湖北秭归县境。婵娟,色态美好貌。

过襄阳上于司空頔①

方城汉水旧城池②,陵谷依然世自移③。

歇马独来寻故事④,逢人惟说岘山碑⑤。

① 于司空頔:于頔元和中曾拜司空、平章事。《旧唐书·于頔传》谓頔镇襄、汉,杀戮不辜,恣行凶暴。按韩愈《送许郢州序》、《赠崔复州序》二文中对于頔亦多讽谏。
② 方城句:《左传》僖公四年:"楚国方城以为城,汉水以为池。"
③ 陵谷句:谓山川依然而世事变迁。《晋书·杜预传》:"预好后世名,常言'高

岸为谷,深谷为陵',刻石为二碑,纪其勋绩,一沉万山之下,一立岘山之上,曰:'焉知此后不为陵谷乎!'"此是襄阳故实,为此句所本。
④ 故事:旧事。
⑤ 逢人句:逢人,谓所遇之人。岘山碑,亦名堕泪碑。晋羊祜镇襄阳有德政,"襄阳百姓于岘山祜平生游憩之所建碑立庙,岁时飨祭焉。望其碑者莫不流涕,杜预因名为堕泪碑。"见《晋书·羊祜传》。

【集评】

贺裳《载酒园诗话》:"于頔为观察使,有酷虐声,李涉过襄阳上诗云云,真所谓主文谲谏者。此二十八字,尚胜昌黎赠许郢州、崔复州两篇大文。李绝句多佳,此篇尤为可法。"

吴乔《围炉诗话》:"于頔官襄阳,颇酷虐。李涉工诗,以'逢人惟说岘山碑'为讽,如是足矣。若欧阳公于晏元献,不免寻闹。"

【评解】

"逢人惟说岘山碑",谓襄阳之人皆追思羊祜德政,则于頔之暴虐不言自见,可谓婉而多讽。(富)

润州①听暮角

江城吹角水茫茫,曲引边声②怨思长。

惊起暮天沙上雁,海门③斜去两三行。

① 润州:今江苏镇江市。
② 边声:边塞悲凉之声。此指角声。
③ 海门:见皇甫冉《同诸公有怀绝句》注。

【集评】

宋顾乐《唐人万首绝句选》评:"在博士集中,此作可称高调。"

刘永济《唐人绝句精华》:"诗不言人惊而曰雁惊,所谓'不犯正位'写法也。然有第二句'怨思长',则人惊可知。"

【评解】

"惊起"二句,与李益《夜上西城听梁州曲》"鸿雁新从北地来,闻声一半却飞回",造意相似,皆极状曲声之哀厉。雁犹如此,则人之不堪闻自在言外。(刘)

再宿武关①

远别秦城②万里游,乱山高下出商州③。

关门不锁寒溪水,一夜潺湲④送客愁。

① 武关:在今陕西商县东。
② 秦城:指长安。
③ 商州:今陕西商县。
④ 潺湲:水流貌。此指水声。

【集评】

沈德潜《唐诗别裁》:"一夜不寐意,写来偏曲。"

俞陛云《诗境浅说续编》:"戴叔伦诗言湘水东流不为愁人少住,此诗言武关之水但送客愁,皆因一片乱愁更无着处,但能怨流水无情耳。"

【评解】

可与元稹《西归》"两纸京书临水读,小桃花树满商山"对看,一写入京之喜,一写

出京之愁,笔意相敌。(刘)

井栏砂宿遇夜客①

暮雨萧萧江上村,绿林豪客②夜相闻。
他时不用逃名姓③,世上如今半是君。

① 《唐诗纪事》:"涉尝过九江,至皖口遇盗,问何人,从者曰:'李博士也。'其豪首曰:'若是李涉博士,不用剽夺,久闻诗名,愿题一绝足矣。'涉赠一绝云云。"井栏砂,当在今安徽怀宁县皖口(皖水入长江处)附近。夜客,谓盗也。
② 绿林豪客:西汉末王匡、王凤等农民军在绿林山(在今湖北当阳县)起义,故云。
③ 逃名姓:一作"相回避"。

【评解】
"他时"二句,是同情语,亦愤世语。写来淋漓痛快,不嫌直致。(富)

刘采春

淮甸(江苏淮安、淮阴一带)人,伶工周季崇之妻。善歌,为元稹所赏识。《全唐诗》录存其诗六首。

啰唝曲① 六首选三

不喜秦淮②水,生憎③江上船。

载儿夫婿去,经岁又经年。

① 啰唝曲:即《望夫歌》。唐元稹《赠刘采春》:"更有恼人断肠处,选词能唱望夫歌。"《云溪友议》:"《望夫歌》者,即《啰唝曲》也(金陵有罗唝楼,陈后主所建)。采春所唱一百二十首,皆当代才子所作。"
② 秦淮:即秦淮河。
③ 生憎:最憎,偏憎。

【集评】

沈德潜《唐诗别裁》:"'不喜'、'生憎'、'经岁'、'经年',重复可笑,的是儿女子口角。"

黄叔灿《唐诗笺注》:"'自家夫婿无消息,却恨桥头卖卜人',犹于真处传神。'不喜秦淮水,生憎江上船',却是非非想,真白描神手。"

李锳《诗法易简录》:"不怨夫婿之不归,而怨水与船之载去,妙于措词,'打起黄莺儿'之亚。"

那年离别日,只道住桐庐。

桐庐人不见,今得广州书①。

① 桐庐二句:极言行踪无定,愈行愈远。桐庐,今浙江桐庐县。

【集评】

李锳《诗法易简录》:"前首言离别之久,此又言夫婿之行踪靡定也。桐庐已无归期,今在广州,去家益远,归期益无日矣。只淡淡叙事,而深情无尽。"

莫作商人妇，金钗当卜钱。

朝朝江口望，错认几人船①。

① 朝朝二句：宋柳永《八声甘州》："想佳人妆楼颙望，误几回天际识归舟。"似从此脱出。

【集评】

李锳《诗法易简录》："此首方明写其望归之情。卜掷金钗，望穿江上，而终不见其归。'错认'者，望之切也；'几人'者，无定之数，望之久也。所以如此者，则以夫婿为商人，重利轻别离故也。'莫作'者，怨之至也。怨之至而但曰'莫作'，则既作商人妇，又分当如是矣。"

俞陛云《诗境浅说续编》："沈归愚评此诗云云（见沈德潜评）。余谓故意重复，取其姿势生动，固合歌曲古逸之处，且其重复，皆有用意。首二句言'不喜秦淮水'与'生憎江上船'者，乃因水与船之无情，为第三句张本，故接续言无情之船与水竟载夫婿去矣。第四句'经岁复经年'，即年复一年，乃习用之语，极言分离之久，已历多年，虽用重复字而各有用意。第二首'那年离别日'云云，言书札偶传，行踪无定也。第三首'莫作商人妇'云云，言凝盼归舟，眼为心乱也。三首中，先言分袂之情，第二首言客踪所在，第三首言盼归之切，情词既美，章法亦秩然。"

【评解】

诸诗以儿女子口吻述相思之情，真挚婉转，妙造自然，可与崔颢《长干行》媲美。（富）

张祜 字承吉，清河（今河北清河县）人。初寓姑苏，后游长安。元和、长庆间，诗名甚著。令狐楚曾荐之于朝,为元稹所抑,失意而归。晚年爱丹阳曲阿山水,筑室隐居以终。绝句清华明艳,情致婉约,多写玄宗时宫闱遗事。有《张承吉文集》,《全唐诗》编存其诗二卷。

墙头花[①] 二首选一

蟋蟀鸣洞房[②],梧桐落金井[③]。

为君缝舞衣,天寒剪刀冷。

① 墙头花:乐府《近代曲辞》。本唐时民间曲调,后入教坊曲。
② 蟋蟀句:蟋蟀鸣于洞房,则将近天寒岁暮。《诗·唐风·蟋蟀》:"蟋蟀在堂,岁聿其莫。"此用其意。洞房,深屋。
③ 金井:见王昌龄《长信秋词》注。

【评解】

"为君"二句,亦是秦韬玉《贫女》"苦恨年年压金线,为他人作嫁衣裳"之意,措语却极含蓄婉约。(刘)

宫词 二首选一

故国三千里,深宫二十年。

一声何满子[①],双泪落君前。

① 何满子:唐教坊曲名。《乐府诗集》:"白居易曰:'何满子,开元中沧州歌者,临刑进此曲以赎死,竟不得免。'《杜阳杂编》曰:'文宗时宫人沈阿翘为帝舞

《何满子》,调辞风态,率皆婉畅。'然则亦舞曲也。"按张祜此诗当时颇传诵,故杜牧有"可怜故国三千里,虚唱歌辞满六宫"之句,惜其怀才不遇也。

【集评】

宋顾乐《唐人万首绝句选》评:"《何满子》其声最悲,乐天诗云:'一曲四词歌八叠,从头便是断肠声。'此诗更悲在上二句,如此而唱悲歌,那禁泪落!"

【评解】

"三千里"极远,"二十年"极长,积恨已深,因歌感触,故一声才发,双泪难禁。此极写深宫怨女之情,宜其凄怆若此。(刘)

赠内人①

禁门宫树月痕过,媚眼惟看宿燕窠。

斜拔玉钗灯影畔,剔开红焰救飞蛾②。

① 内人:《教坊记》:"妓女入宜春院,谓之内人。"后亦泛指宫人。
② 斜拔二句:与唐雍陶《和孙明府怀旧山》"秋来见月多归思,自起开笼放白鹇",皆有同病相怜,推己及物之意。

【评解】

看宿燕而默羡双栖,救飞蛾而相怜遭遇,宫人心事,写来如见。(刘)

集灵台① 二首选一

虢国夫人承主恩②,平明骑马入宫门③。

却嫌脂粉污颜色，淡扫蛾眉朝至尊④。

① 集灵台：即长生殿，在华清宫中。
② 虢国句：虢国夫人，杨贵妃之姐。承主恩，谓得玄宗之恩宠。
③ 平明句：《明皇杂录》："虢国夫人每入禁中，常乘骢马，使小黄门御。紫骢之骏健，黄门之端秀，皆冠绝一时。"
④ 却嫌二句：《杨太真外传》："虢国不施朱粉，自有美艳，常素面朝天。"却嫌，反嫌。扫，画也。至尊，指玄宗。

【集评】

唐汝询《唐诗解》："此赋实事，讽刺自见。"

黄生《唐诗摘钞》："只言虢国以美自矜，而所以蛊惑人主者自在言外。'承主恩'三字，乃《春秋》之笔也。"

【评解】

明写虢国之市宠，暗喻玄宗之荒淫，两面俱到，可当一篇《丽人行》读。（刘）

雨淋铃①

雨淋铃夜却归秦，犹见张徽一曲新②。

长说上皇和泪教③，月明南内更无人④。

① 雨淋铃：曲名。淋，一作"霖"。《明皇杂录》："帝幸蜀，南入斜谷，霖雨弥旬，于栈道中闻铃声，与山相应。帝既悼念贵妃，因采其声为《雨霖铃》曲以寄恨焉。时独梨园善觱篥乐工张徽从至蜀，帝以其曲授之。洎至德中，复幸华清宫，从官嫔御皆非旧人。帝于望京楼命张徽奏《雨霖铃》曲，不觉怆然流涕。其曲后入法部。"《杨太真外传》所载相同。
② 雨淋二句：《碧鸡漫志》："张徽，即张野狐也。或谓祜诗言上皇出蜀时曲，与

《明皇杂录》、《杨太真外传》不同。祜意明皇入蜀时制此曲,至雨霖铃夜却又归秦,犹是张野狐向来新曲,非异说也。"
③ 长说句:乃追述授曲往事,故以"长说"二字为回忆之词。
④ 月明句:南内,即兴庆宫,因在蓬莱宫之南,故名南内。玄宗还京后,初居南内,继被徙西内,而其旧人高力士、如仙媛辈,复为李辅国驱逐殆尽,故云。更无人,犹云绝无人也。

【集评】

锺惺《唐诗归》:"'和泪教'三字,写尽上皇断肠处。"
宋顾乐《唐人万首绝句选》评:"此作情调,直追李益、刘禹锡诸人。"

【评解】

黄山谷《书磨崖碑后》:"内间张后色可否,外间李父(辅国)颐指挥,南内凄凉几苟活,高将军(力士)去事尤危。"谓父子构隙,玄宗几不自保。此诗"月明南内更无人"一句,包含得多少难言之痛,不仅悼念杨妃也。(刘)

听筝①

十指纤纤玉笋红②,雁行轻遏翠弦中③。
分明似说长城苦,水咽云寒一夜风。

① 一作《题宋州田大夫家乐丘家筝》。
② 十指句:纤纤,细长貌。玉笋,形容手指白嫩。
③ 雁行句:雁行,指筝上雁柱。遏,抑遏。此句用意双关,一写其形,一状其调。

【集评】

黄叔灿《唐诗笺注》:"'轻遏'二字形容妙。'水咽云寒一夜风',懊侬情味,恻恻动人。"

宋顾乐《唐人万首绝句选》评:"犹见中唐名手风格。"

【评解】

后半从"雁行"二字生出,仍以雁声与弦声同说,极意形容,声情并到。(刘)

楚州韦中丞箜篌①

千重钩锁撼金铃,万颗真珠泻玉瓶②。

恰值满堂人欲醉,甲光才触一时醒③。

① 楚州,今江苏淮安县。箜篌,古乐器。
② 千重二句:写弹奏之状与音声之美。
③ 恰值二句:与元稹《琵琶歌》"百万金铃旋玉盘,满船醉客皆暂醒",语意相似。甲光,银甲光芒。银甲,银制指甲,亦名义甲,弹弦乐器时套于指上者。

【集评】

宋顾乐《唐人万首绝句选》评:"曲尽情状,妙极形容。"

【评解】

从欲醉未醉座客耳中,盛写声音之美,逆挽点题,传神刹那。(刘)

题金陵渡①

金陵津渡小山楼,一宿行人自可愁。

潮落夜江斜月里,两三星火是瓜州②。

① 金陵渡:在今江苏镇江长江边,与瓜州隔江相对。唐时称润州(镇江)亦曰金陵,故称金陵渡。
② 瓜州:在今江苏扬州市南长江滨,地当运河之口,为当时南北交通要道。

【集评】

宋顾乐《唐人万首绝句选》评:"情景悠然。"

【评解】

前半谓暂宿津渡小楼,自生旅愁。后半状深宵江上景色,正喻孤寂不寐。通首写景清迥,含情言外。(富)

悲纳铁

长闻为政古诸侯,使佩刀人尽佩牛①。

谁谓今来正耕垦,却销农器作戈矛。

① 长闻二句:《汉书·龚遂传》载:龚遂为渤海太守,民有带持刀剑者,使卖剑买牛,卖刀买犊,曰:"何为带牛佩犊!"诸侯,即指龚遂。太守为一方之长,亦可称诸侯。

【集评】

刘永济《唐人绝句精华》:"唐自天宝乱后,内忧外患,战事频繁,致兵器耗损,乃销农器为兵器,于时农民失业,流亡甚众,此诗人所以兴悲也。"

李敬方 字中虔。长庆三年(八二三)进士。大和中,为歙州刺史,迁台州刺史。《全唐诗》录存其诗八首。

汴河直进船①

汴水通淮利最多,生人为害亦相和②。

东南四十三州地,取尽脂膏是此河③。

① 汴河:见李益《汴河曲》注。直:与"值"同,遇也。进船:即进奉船。《旧唐书·张万福传》载:李正己反,断江淮路,进奉船千余只,泊涡下不敢过。万福驰至涡口,立马岸上,发进奉船。按进奉船即载运贡赋之船。
② 生人句:谓害民亦相等。生人,即生民。
③ 东南二句:唐自安史乱后,租税、漕运皆取给江淮,故有"唐得江淮济中兴"之语;其后山东、河北之地均为藩镇割据,财政益仰于东南矣。四十三州,指东南八道。《新唐书·食货志》:"元和中,供岁赋者浙西、浙东、宣歙、淮南、江西、鄂岳、福建、湖南八道。"

【评解】

可与皮日休《汴河怀古》一首同看,皆言人君逞欲,以利民者祸民。此则直指搜括之惨,感愤更深。(刘)

韩琮 字成封。长庆四年(八二四)进士,为陈许节度判官,历中书舍人。大中时,仕至湖南观察使。《全唐诗》编存其诗一卷。

暮春浐水①送别

绿暗红稀出凤城②,暮云宫阙古今情③。

行人莫听宫前水④,流尽年光是此声。

① 浐水:源出陕西蓝田县东南,西北流经长安合灞水入渭河。《读史方舆纪要》:"浐水在长乐坡西,隋开皇三年,引浐水北流入苑,谓之浐渠,亦曰龙首渠。"
② 绿暗句:绿暗红稀,写暮春景色,谓绿阴渐浓,红芳萎谢。凤城,长安之别称,见李端《听夜雨寄卢纶》注。
③ 暮云句:谓古今失意出京者,犹不免依恋宫阙。
④ 宫前水:即指浐水。

【集评】

宋宗元《网师园唐诗笺》:"勖以及时努力。"

俞陛云《诗境浅说续编》:"题虽'送别'而诗意全不在此,第二句已有秦宫汉殿兴亡今古之怀,四句更寄慨无穷。"

刘永济《唐人绝句精华》:"此诗因送客出城,忽睹暮霭苍茫中之宫阙,觉其中消逝了无限兴亡往事,乃感于人间光阴,皆从无形无朕中流尽,故有三四句。读之知诗人对此感慨甚深,与李商隐登乐游原而伤好景难常,可谓异曲同工。盖晚唐衰微景象,激刺着诗人心情,而有此反映也。"

【评解】

诗谓凤城乃名缰利锁之地,古今来不知消磨几许人才,何足恋恋。慨乎言之,正所以深慰之也。(刘)

朱庆馀　字可久,越州(今浙江绍兴市)人。宝历二年(八二六)进士,授校书郎。其诗为张籍称赏,广为揄扬,遂得成名。绝句清新婉丽,工于言情。有《朱庆馀诗集》,《全唐诗》编存其诗二卷。

送陈标①

满酌劝僮仆,好随郎马蹄。

花时慎行李②,莫上白铜鞮③。

① 陈标:长庆二年(八二二)进士,终侍御史,《全唐诗》录存其诗。
② 花时句:花时,一作"春风"。行李,出行者所携之行装。
③ 白铜鞮:为襄阳繁华之地。

【集评】
　　黄生《唐诗摘钞》:"只是劝其莫恋异乡花草,若直说煞是无味,须看其用笔之婉妙。"

【评解】
　　可与孟郊《古别离》同看。孟诗托言闺人之忧虑,此则出于良友之爱护,而用笔同一敏妙。(富)

宫词

寂寂花时闭院门,美人相并立琼轩①。

含情欲说宫中事，鹦鹉②前头不敢言。

① 琼轩：轩之美称。轩，长廊。
② 鹦鹉：唐时宫中多畜鹦鹉。王涯《宫词》："教来鹦鹉语初成，久闭金笼惯认名。"王建《宫词》："鹦鹉谁教转舌关，内人手里养来奸。"

【集评】

黄叔灿《唐诗笺注》："此诗可作白圭三复，而宫中忧谗畏讥，寂寞心事，言外味之可见。"

俞陛云《诗境浅说续编》："此诗善写宫人心事，宜为世所称。"

刘永济《唐人绝句精华》："玩诗意似有所讽，恐鹦鹉泄人言语，鹦鹉当有所指。"

【评解】

曰"相并"，曰"欲说"，曰"不敢言"，层层摹写，极含蓄吞吐之致。而宫人之幽怨，宫禁之森严，俱在言外。（刘）

闺意献张水部①

洞房昨夜停②红烛，待晓堂前拜舅姑。

妆罢低声问夫婿：画眉深浅入时无③？

① 一作《近试上张水部》。张水部，张籍，时为水部郎中。唐时士子于应试前，常以诗文献于贵显或著名文士，得其揄扬，乃易登第。本事见张籍《酬朱庆馀》注。
② 停：点燃，唐人口语。白居易《岁暮夜长，病中灯下，闻卢尹夜宴，以诗戏之，且为来日张本也》："当君秉烛衔杯夜，是我停灯服药时。"敦煌曲中亦有"停烛焚香告天地"句。

③ 入时无：合时样否？

【集评】

贺裳《载酒园诗话》："朱庆馀《闺意》：'妆罢低声问夫婿，画眉深浅入时无？'《宫词》：'含情欲说宫中事，鹦鹉前头不敢言。'真妙手比拟。《宫词》深妙，更在《闺意》之上。"

【评解】

纯用比体，妙造自然，于风神旖旎中别具矜庄之致，正自占身份处。（刘）

杜牧 字牧之，京兆万年(今陕西西安市)人，生于贞元十九年(八〇三)，卒于大中六年(八五二)。大和二年(八二八)进士，为弘文馆校书郎。历参沈传师江西观察使、宣歙观察使及牛僧孺淮南节度使幕府。入为监察御史，迁膳部、比部员外郎。武宗时，出刺黄州、池州、睦州。宣宗时，为司勋员外郎，复出为湖州刺史，终中书舍人。世称杜司勋或杜樊川(有别墅在长安樊川，故以名集)。诗与李商隐齐名，后世称为小杜，以别于杜甫。牧倜傥慷慨，敢论列大事，好谈兵。因深慨藩镇跋扈，边疆多事，故多忧时感事之作。七绝为晚唐一大家，精炼含蓄，而有远韵远神。清管世铭《读雪山房唐诗钞》称其诗"天才横逸，有太白之风，而时出入于梦得，七言绝句一体，殆尤专长。"有《樊川文集》，《全唐诗》编存其诗八卷。

题敬爱寺楼①

暮景千山雪，春寒百尺楼。

独登还独下，谁会我悠悠②？

① 敬爱寺：在洛阳怀仁坊。
② 谁会句：谁会，谁能理解。悠悠，忧思貌。

【评解】

俯仰身世，百感苍茫，仍有豪气行乎其间，自饶浑雄之致。（刘）

长安秋望

楼倚霜树外，镜天无一毫①。

南山与秋色，气势两相高②。

① 镜天句：谓秋空澄澈，纤云不生。
② 南山二句：谓满天秋色欲与终南山竞高。

【评解】

写长安秋望，以终南山映衬，托出秋高天远景象，殊见警切。（富）

题水西寺①

三日去还住，一生焉再游。

含情碧溪②水，重上粲公楼③。

① 此开成二年(八三八)在宣州(今安徽宣城县)宣歙观察使崔郸幕中时所作。

水西寺,《舆地纪胜》:"泾县水西山,去县三里,下临赏溪,即泾溪也。林壑深邃,有南齐永明中崇庆寺,俗名水西寺。"
② 碧溪:即指泾溪。
③ 粲公楼:指寺楼。粲公,即僧粲(一作"璨"),隋时高僧,慧可弟子,为禅宗三祖。

【集评】

宋顾乐《唐人万首绝句选》评:"与朱放《题竹林寺》诗同意,而此更为含蓄。"

俞陛云《诗境浅说续编》:"首二句言欲去还留,恐胜游之不再,与朱放《题竹林寺》'殷勤竹林寺,更得几回过',意境极相似。但朱诗言再来不易,即截然而止。杜诗后二句更申其意,谓碧溪无情之水,若为我含情,登临吟眺,余兴未尽,乃更上高楼,写足其恋恋之意。"

江楼①

独酌芳春酒,登楼已半醺。

谁惊一行雁,冲断过江云?

① 一作韦承庆诗。

【集评】

黄叔灿《唐诗笺注》:"独酌伤春,登楼自遣,忽惊断雁,又触愁肠,神随远望,情绪弥深。只以'独酌'二字领起,妙。"

宋顾乐《唐人万首绝句选》评:"小杜绝句豪俊,而此得之五字,其气格尤难。"

胡本渊《唐诗近体》:"'惊'字、'断'字俱炼,亦有含蓄。"

俞陛云《诗境浅说续编》:"以'独酌'二字开篇,知其后二句之惊寒断雁,乃喻独客之飘零。赵嘏《寒塘》诗云：'晓发梳临水,寒塘坐见秋。乡心正无限,一雁过南楼。'则明言见雁而动乡心。此二诗皆因雁写怀,而有寥落之思也。"

有寄

云阔烟深树,江澄水浴秋。

美人①何处在？明月万山头。

① 美人：借指所思友人。

【评解】

云阔江澄,美人何处？惟有万山明月,清光相共耳。题曰"有寄",殆托兴遇合之作。（刘）

过勤政楼①

千秋佳节名空在,承露丝囊世已无②。

惟有紫苔偏称意③,年年因雨上金铺④。

① 勤政楼：见王建《楼前》注。
② 千秋二句：谓千秋节今空存其名,民间已无丝囊之赠。《唐会要》："开元十七年八月五日(唐玄宗生日),丞相上请以是日为千秋节,著之甲令,布于天下。群臣以是日进万寿酒,王公戚里进金镜绶带,士庶以结丝承露囊更向

问遗。"按玄宗每于千秋节御勤政楼,楼前百戏杂陈,当时传为盛事。
③ 惟有句:紫苔,即莓苔。称意,一作"得意",即随意滋生之意。
④ 金铺:铜制门饰,用以衔门环,上作兽头或其他形状。

【集评】

俞陛云《诗境浅说续编》:"开元之勤政楼,长庆时白乐天过之,已驻马徘徊,及杜牧重游,宜益见颓废。后人过萤苑诗云:'闪闪寒燐犹得意,夜深来往豆花丛。'与此诗后二句同意。因废苑荒凉,为萤火、苍苔滋生之地,客子所伤心者,正萤与苔所称意,其荒寂可知矣。"

【评解】

此诗以民间丝囊与宫门紫苔见意,抒今昔盛衰之感。(富)

赠别① 二首

娉娉袅袅②十三余,豆蔻梢头二月初③。

春风十里④扬州路,卷上珠帘总不如⑤。

① 此系大和九年(八三五)离扬州赴长安任监察御史时所作。于邺《扬州梦记》:"牧少隽,性疏野放荡,虽为检刻,而不能自禁。会丞相牛僧孺出镇扬州,辟节度掌书记。牧供职之外,唯以宴游为事。扬州,胜地也。每重城向夕,倡楼之上,常有绛纱灯万数,辉罗耀烈空中;九里三十步街中,珠翠填咽,邈若仙境。牧常出没其间,无虚夕。所至成欢,无不会意,如是且数年。"
② 娉娉袅袅:形容体态轻盈,美好多姿。
③ 豆蔻句:豆蔻,草本植物,春末开花,色淡红,极鲜艳。二月初豆蔻花犹含苞未放,故借比少女。
④ 春风十里:指扬州倡楼歌馆所在之地,即《扬州梦记》所谓"九里三十步街"也。张祜《忆淮南(扬州)》诗"十里长街市井连",亦指此。

⑤ 卷上句：谓珠帘之下，无有能比美者。

多情却似总无情，惟觉樽前笑不成①。

蜡烛有心还惜别，替人垂泪到天明②。

① 多情二句：谓平时未觉其对己有情，临别樽前，而深情乃见。
② 蜡烛二句：以蜡泪傍衬别情。按宋晏幾道《蝶恋花》词"红烛自怜无好计,夜寒空替人垂泪"，即从此脱出。

【集评】

黄叔灿《唐诗笺注》："曰'却似'，曰'惟觉'，形容妙矣。下却借蜡烛托寄，曰'有心'，曰'替人'，更妙。宋人评牧之诗：豪而艳，宕而丽，其绝句于晚唐中尤为出色。"

【评解】

两诗皆写游冶闲情，用意原无足取，然如第一首"春风十里"之善于概括，第二首"蜡烛有心"之巧于象征，均非后世侧艳轻佻之作可比，故存之。（刘）

寄扬州韩绰判官①

青山隐隐水迢迢，秋尽江南草未凋。

二十四桥明月夜，玉人何处教吹箫②？

① 韩绰判官：韩绰为淮南节度使判官，杜牧在扬州时同僚。
② 二十四桥二句：杜牧在扬州时，留连倡楼歌馆，此别后问韩游兴如何，并寄驰想之意。二十四桥，历来传说不一。《舆地纪胜》谓隋时建置，并以城门

坊市为名。沈括《补笔谈》谓唐时扬州最为繁盛,可纪者有二十四桥,并列载桥名。《扬州鼓吹词》谓故址在出西郭二里许,相传本一桥而集二十四美人于此,故名。《扬州名胜录》谓即吴家砖桥,一名红药桥,在熙春台后。《扬州府志》谓在扬州旧城,隋置,传炀帝于月夜同宫女二十四人吹箫于此,因名。按施肩吾《戏赠李主簿》:"不知暗数春游处,偏忆扬州第几桥。"张乔《寄维扬故人》:"月明记得相寻路,城锁东风十五桥。"则二十四桥非一桥可知。玉人,指韩绰。晋裴楷、卫玠并有玉人之称。杜牧《寄珉笛与宇文舍人》"寄与玉人天上去,桓将军见不教吹",亦称友人为玉人。吹箫,《扬州府志》述吹箫事,或系后人附会之词,然包何(天宝时人)《同诸公寻李方直不遇》诗亦有"闻说到扬州,吹箫忆旧游"之句,则吹箫当是扬州故实。

【集评】

黄叔灿《唐诗笺注》:"'十年一觉扬州梦',牧之于扬州绻恋久矣。'二十四桥'二句,有神往之致,借韩以发之。"

宋顾乐《唐人万首绝句选》评:"深情高调,晚唐中绝作,可以媲美盛唐名家。"

【评解】

只是留恋扬州旧游之意,而于清词丽句中行以疏宕之气,小杜胜场。(刘)

秋夕

银烛[①]秋光冷画屏,轻罗小扇扑流萤。

瑶阶[②]夜色凉如水,坐看[③]牵牛织女星。

① 银烛:白蜡烛。唐陈子昂《春夜别友人》:"银烛吐青烟。"
② 瑶阶:一作"天阶"。
③ 坐看:一作"卧看"。

【集评】

曾季狸《艇斋诗话》:"小杜'银烛秋光冷画屏'云云,含蓄有深致。星象甚多,独言牛女,此所以见其为宫词也。"

吴逸一《唐诗正声》评:"词亦浓丽,意却凄婉。"

何焯《三体唐诗》评:"崔颢《七夕》后四句云:'长信秋深夜转幽,瑶阶金阁数萤流。班姬此夕愁无限,河汉三更看斗牛。'此篇点化其意,次句再用团扇事,亦浑成无迹。"

宋顾乐《唐人万首绝句选》评:"诗中不着一意,言外含情无限。"

孙洙《唐诗三百首》:"层层布景,是一幅著色人物画,只'坐看'二字逗出情思,便通身灵动。"

王文濡《唐诗评注读本》:"此宫中秋怨诗也,自初夜写至夜深,层层绘出,宛然为宫人作一幅幽怨图。"

俞陛云《诗境浅说续编》:"为秋闺咏七夕情事。前三句写景极清丽,宛若静院夜凉,见伊人逸致。结句仅言坐看双星,凡悲欢离合之迹,不着毫端,而闺人心事,尽在举头坐看之中。"

刘永济《唐人绝句精华》:"此亦闺情诗也。不明言相怨之情,但以七夕牛女会合之期,坐看不睡,以见独处无郎之意。"

【评解】

首句以一"冷"字点出深宫岑寂,次写宫人无聊意绪,三四夜深不寐,坐看女牛,从侧面托出愁思,可谓曲曲传神。(刘)

金谷园①

繁华事散逐香尘②,流水③无情草自春。

日暮东风怨啼鸟④，落花犹似坠楼人⑤。

① 金谷园：西晋石崇别墅，在今河南洛阳附近。
② 繁华句：谓旧日繁华随香尘而俱散。香尘，东晋王嘉《拾遗记》："(石崇)屑沉水之香，如粉末，布象床，使所爱者践之，无迹者赐以真珠百琲。"
③ 流水：指金谷水。金谷水自新安、洛阳东南流经金谷园入瀍河。
④ 日暮句：唐张继《金谷园》："年年啼鸟怨东风。"
⑤ 坠楼人：《晋书·石崇传》载：崇有妓曰绿珠，美而艳，善吹笛。孙秀使人求之，崇勃然曰："绿珠吾所爱，不可得也！"秀怒，矫诏收崇，崇正宴于楼上，介士到门，崇谓绿珠曰："我今为尔得罪。"绿珠泣曰："当效死于君前。"因自投于楼下而死。

【集评】

宋顾乐《唐人万首绝句选》评："落句意外神妙，悠然不尽。"

俞陛云《诗境浅说续编》："前三句景中有情，皆含凭吊苍凉之思。四句以花喻人，以'落花'喻'坠楼人'，伤春感昔，即物兴怀，是人是花，合成一凄迷之境。"

【评解】

"日暮"二句，即景言情，笔致空灵蕴藉，使事妙于点化，吊古佳境也。（刘）

题元处士高亭①

水接西江②天外声，小斋松影拂云平。

何人教我吹长笛，与倚春风弄月明？

① 原注："宣州。"此开成中在宣州幕中时作。元处士，乃宣州隐居之士。唐杜牧《赠宣州元处士》诗，称其"陵阳北郭隐，身世两忘者。蓬蒿三亩居，宽于一天下"。

② 西江：指长江。

【评解】
外景之雄阔与内心之超迈，写来融洽无间，豪宕俊逸，兼而有之。（刘）

汉江①

溶溶漾漾白鸥飞②，绿净春深好染衣③。

南去北来人自老，夕阳长送钓船归。

① 此开成四年（八三九）春，自宣州至长安，经汉水而作。
② 溶溶句：溶溶，水广大貌。漾漾，水摇动貌。
③ 绿净句：绿净，形容水色清澈。染衣，照映衣服。

【评解】
前半极写汉水景色之幽美，以起后半自慨南北奔波，不及渔翁之闲暇，措语特为含蓄蕴藉。（富）

齐安郡中偶题① 二首选一

两竿落日溪桥上，半缕轻烟②柳影中。

多少绿荷相倚恨，一时回首背西风。

① 此会昌四年(八四四)为黄州刺史时作。下五首同。齐安郡,即黄州,治所在今湖北黄冈县。
② 轻烟:指炊烟。

【评解】

写荷叶受风,栩栩欲活,悲秋之意,亦在其中。周邦彦《苏幕遮》云:"叶上初阳干宿雨,水面清圆,一一风荷举。"虽意境不同,可与媲美。(刘)

齐安郡后池①绝句

菱透浮萍绿锦池,夏莺千啭弄蔷薇。

尽日无人看微雨,鸳鸯相对浴红衣②。

① 齐安郡后池:指黄州府署后池。
② 尽日二句:谓于尽日无人之际,闲看鸳鸯在微雨中相对洗刷羽毛。浴犹洗义,因微雨湿鸳鸯羽毛,故相对洗刷。

【评解】

前半状池上景物,明媚如绘。后半传鸳鸯相对之神,尤觉栩栩如生。(富)

题齐安城楼

鸣轧①江楼角一声,微阳潋潋落寒汀。

不用凭栏苦回首,故乡七十五长亭②。

① 鸣轧：指吹角之声。一作"鸣咽"，义同。
② 故乡句：长亭，指驿亭。古时三十里一驿，驿有亭。杜牧家居长安，据《通典·州郡典》谓"齐安郡去西京(长安)二千二百五十五里"，以三十里一长亭计之，恰为七十五长亭。

【集评】

胡仔《苕溪渔隐丛话》："《复斋漫录》云：牧之《齐安城楼》诗云云，盖用李太白《淮阴书怀》诗：'沙墩至梁苑，二十五长亭。'苕溪渔隐曰：鲁直(黄庭坚)《竹枝词》：'鬼门关外莫言远，五十三驿是皇州。'皆相沿袭也。"

黄叔灿《唐诗笺注》："角声初动，微阳将落，登楼盼望，能无故乡之思？乃曰'不用凭栏苦回首，故乡七十五长亭'，则别绪茫茫，不堪回首矣。"

宋顾乐《唐人万首绝句选》评："情景俱远。"

俞陛云《诗境浅说续编》："凡客子登高，乡山遥望，已情所难堪。今言料无归计，不用回头，其心愈苦矣。"

【评解】

杜牧七绝中好用数目字，如"二十四桥明月夜"，"南朝四百八十寺"，及此"故乡七十五长亭"，皆各极其妙。（富）

兰溪①

兰溪春尽碧泱泱，映水兰花雨发香。
楚国大夫憔悴日②，应寻此路去潇湘③。

① 兰溪：指兰溪镇，在黄州东南。兰溪即浠水，源出湖北英山县，西南流经兰溪镇入长江。
② 楚国句：屈原曾为三闾大夫，后遭谗放逐。《史记·屈原列传》："屈原至于

江滨,被发行吟泽畔。颜色憔悴,形容枯槁。"
③ 潇湘:见王昌龄《送魏二》注。

【评解】

兰溪为古楚地,又因兰花而念及屈原,杜牧怀才不遇,远守江郡,故借以抒慨。(富)

题木兰庙①

弯弓征战作男儿,梦里曾经与画眉。
几度思归还把酒,拂云堆上祝明妃②。

① 木兰庙:在今湖北黄冈县木兰山上。
② 几度二句:谓几度因思归而在拂云堆上把酒祝祷明妃。拂云堆,在今内蒙古乌喇特西北,堆上有拂云祠,突厥入侵,必至祠祭神求福。明妃,即汉王昭君,晋时避司马昭讳,改曰明妃。

【集评】

魏泰《临汉隐居诗话》"杜牧之《木兰庙》诗云云,殊有美思也。"

【评解】

明妃和戎,木兰杀敌,事虽不同,为国则一,牵合言之,具见巧思。(刘)

赤壁①

折戟沉沙铁未销②,自将磨洗认前朝。

东风不与周郎便,铜雀春深锁二乔③。

① 赤壁:即赤壁山,在今湖北蒲圻县西北。汉末周瑜大破曹操水军之处。
② 折戟句:谢枋得《唐诗绝句注解》:"予自江夏溯洞庭,舟过蒲圻县,见石崖有'赤壁'二字,因登岸访问父老,曰至今耕田园者,或得弩箭,镞长一尺有余,或得断枪,想见周郎与曹公大战可畏。此诗磨洗折戟,非妄言也。"
③ 东风二句:建安十三年(二〇八),曹操大举征吴,周瑜用黄盖之计,以火攻焚烧曹操战舰,适遇东南风起,大破操军。铜雀,即铜雀台,故址在今河北临漳县,曹操所建,上居姬妾歌妓,乃其暮年行乐之处。二乔,即大乔、小乔。按"乔"本作"桥",作"乔"乃通假。《三国志·吴书·周瑜传》:"孙策欲取荆州,以瑜为中护军,领江夏太守,从攻皖,拔之。时得桥公二女,皆国色也。策自纳大桥,瑜纳小桥。"句谓若无东风之助,则吴国败亡,二乔当为铜雀台中人矣。

【集评】

谢枋得《唐诗绝句注解》:"后二句绝妙,众人咏赤壁,只善当时之胜,杜牧之咏赤壁,独忧当时之败。此是无中生有,死中求活,非浅识可到。"

许顗《彦周诗话》:"杜牧之作《赤壁》诗云云,意谓赤壁不能纵火,为曹公夺二乔置之铜雀台上也。孙氏霸业系此一战,社稷存亡,生灵涂炭都不问,只恐捉了二乔,可见措大不识好恶。"

胡应麟《诗薮》:"晚唐绝'东风不与周郎便,铜雀春深锁二乔','可怜夜半虚前席,不问苍生问鬼神',皆宋人议论之祖。"

贺贻孙《诗筏》:"牧之此诗,盖嘲赤壁之功出于侥幸,若非天与东风之便,则国亡家破。唯借'铜雀春深锁二乔'说来,便觉风华蕴藉,增人百感,此正风人巧于立言处。"

吴乔《围炉诗话》:"古人咏史,但叙事而不出己意,则史也,非诗也;出己意,发议论,而斧凿铮铮,又落宋人之病。如牧之'赤壁'云云,用意隐然,最为得体。许彦周乃曰:'此战系社稷兴亡,只恐捉了二乔,措大不识好恶。'宋人之不足与言诗如此。"

吴景旭《历代诗话》:"牧之数诗(指《四皓庙》、《乌江亭》及此诗),俱用翻案法,跌入一层,正意益醒。谢叠山所谓'死中求活'也。"

薛雪《一瓢诗话》:"'春深'二字,下得无赖,正是诗人调笑妙语。"

黄叔灿《唐诗笺注》:"'认'字妙,怀古深情,一字传出,下二句翻案,亦从'认'字生出。"

《四库全书总目提要》:"(许)颉议论多有根柢,品题亦具有别裁。惟讥杜牧《赤壁》诗不说社稷存亡,惟说二乔。不知大乔孙策妇,小乔周瑜妇,二人入魏,即吴亡可知。此诗人不欲质言,变其词耳。颉遽诋为'不识好恶',殊失牧意。"

何文焕《历代诗话考索》:"彦周诮杜牧之《赤壁》诗'社稷存亡都不问,只恐捉了二乔,是措大不识好恶。'夫诗人之词微以婉,不同论言直遂也。牧之意,正谓幸而成功,几乎家国不保。彦周未免错会。"

冯集梧《樊川诗集注》:"《许彦周诗话》云云,按诗不当如此论。此直村学究读史见识,岂足与语诗人言近旨远之故乎?"

刘永济《唐人绝句精华》:"(彦周)此论似正,却不免迂腐,非可谓知言者。大抵诗人每喜以一琐细事来指点大事。即如此诗二乔不会被捉去,固是一小事,然而孙氏霸权决于此战,正与此小事有关。家国不保,二乔又何能安然无恙?二乔未被捉去,则家国巩固可知。写二乔正是写家国大事。且以二乔立意,可以增加诗之情趣。"

【评解】

"东风"二句,乃讥周瑜侥幸取胜。杜牧知军事,好论兵,而不为当时所重,故借咏史抒其怀抱。(刘)

秋浦途中①

萧萧山路穷秋②雨,淅淅溪风一岸蒲。

为问寒沙新到雁:来时还下杜陵无③?

① 此会昌中为池州(治所在今安徽贵池县)刺史时作。下首同。秋浦,见李白《秋浦歌》注。
② 穷秋:犹言暮秋。
③ 为问二句:杜牧家在长安杜陵,故见归雁而动乡思。

【评解】

极写暮秋旅途乡思,借归雁抒慨,语意尤为刻挚。(富)

南陵①道中

南陵水面漫悠悠,风紧云轻欲变秋。

正是客心孤迥处,谁家红袖凭江楼②?

① 南陵:今安徽南陵县。
② 正是二句:谓正值客心孤寂之时,见红袖凭楼而益增思家之情。红袖,妇女。按宋苏轼《蝶恋花》词:"墙里秋千墙外道。墙外行人,墙里佳人笑。笑渐不闻声渐小,多情却被无情恼。"正可为此二句作释。

【集评】

董其昌《画禅室随笔》:"杜樊川诗,时堪入画。'南陵水面漫悠悠'云云,陆瑾、赵千里皆图之。余家有吴兴小册,故临于此。"又云:"江南顾大中,尝于南陵画杜樊川诗意。予曾见文征仲画此诗意。"

贺裳《载酒园诗话》:"杜紫微'南陵水面漫悠悠'云云,罗邺'别离不独恨蹄轮'云云,每读此二诗,忽忽如行江上。"

宋顾乐《唐人万首绝句选》评:"恼人客思,每每有此,妙能写出。"

俞陛云《诗境浅说续编》:"此诗纯以轻秀之笔,达宛转之思。首句咏南陵,已有慢舻开波之致。次句江上早秋,描写入妙。后二句尤神韵悠然。"

【评解】

见红袖凭楼,联想家人忆远,拓开一层,烘染旅思,用笔极为灵秀。(刘)

题村舍

三树稚桑春未到①,扶床乳女午啼饥。

暗销潜铄归何处②?万指③侯家自不知。

① 三树句:谓桑树尚小,蚕时未到,正青黄不接之际。到一作"刽",剔也,指剔除旁枝。一作"劂",削也,义同。
② 暗销句:谓农民终身血汗所得,均于无形中被豪门收括而去。铄,消也。
③ 万指:千人,指奴婢众多之王侯家。

【评解】

"暗销"二句,直揭农民终身贫苦之根源,作问语说,尤觉沉痛警切。(刘)

赠渔父

芦花深泽静垂纶①,月夕烟朝几十春。

自说孤舟寒水畔,不曾逢着独醒人②。

① 垂纶:垂钓。纶,钓丝。
② 独醒人:指屈原,见王绩《过酒家》注。

【集评】

刘永济《唐人绝句精华》:"此借渔父以讥世无贤才如屈子者也,言外盖有众人皆醉之意。"

江南春绝句

千里莺啼绿映红,水村山郭酒旗风。

南朝四百八十寺[①],多少楼台烟雨中。

① 南朝句:南朝帝王及贵族多好佛,梁武帝尤甚,故建业(今南京)寺庙独多。梁郭祖深云:"都下佛寺,五百余所,穷极宏丽。"见《南史·循吏列传》。按此处"十"字作平声,读若谌,与白居易七律《正月三日闲行》"绿浪东西南北水,红栏三百九十桥"之"十"字,读法相同。

【集评】

杨慎《升庵诗话》:"千里莺啼,谁人听得?千里绿映红,谁人见得?若作'十里',则莺啼绿红之景,村郭、楼台、僧寺、酒旗皆在其中矣。"

周敬《唐诗选脉会通》:"小李将军画山水人物,色色争妍,真好一幅江南春景图。"

何焯《三体唐诗》评:"缀以'烟雨'二字,便是春景,古人工夫细密。"

宋宗元《网师园唐诗笺》:"江南春景,描写难尽,能以简括胜人多许。"

宋顾乐《唐人万首绝句选》评:"二十八字中写出江南春景,真有吴道子于大同殿画嘉陵山水手段,更恐画不能到此耳。"

何文焕《历代诗话考索》:"'千里莺啼绿映红'云云,此杜牧《江南春》诗也。升庵谓'千'应作'十'。盖'千里'已听不着、看不见矣,何所云'莺啼绿映红'耶?余谓即作'十里',亦未必听得着、看得见。题云'江南春',江南方广千里,千里之中,莺啼而绿映焉,水村山郭,无处无酒旗,四百八十寺,楼台多在烟雨中也。此诗之意既广,不得专指一处,故总而名曰'江南春'。诗家善立题者也。"

俞陛云《诗境浅说续编》:"前二句言江南之景,绝妙惠崇图画也。后言南朝寺院,多在山水胜处,有四百八十寺之多,况空蒙烟雨之时,罨画楼台,益增佳景。小杜曾有'倚遍江南寺寺楼'句,刘梦得有'遍上南朝寺'句,可见琳宫梵宇,随处皆是。"

【评解】

寥寥二十八字,写出江南无边春色,真一幅绝妙青绿山水图也。通首层层布景,色彩明丽,一结以烟雨楼台映衬,尤见笔致灵妙。此为唐人写景七绝中有数之作,宜为历来传诵。(富)

泊秦淮①

烟笼寒水月笼沙,夜泊秦淮近酒家。

商女不知亡国恨,隔江犹唱后庭花②。

① 秦淮:即今南京秦淮河。
② 商女二句:商女,历来注家因与上句"近酒家"相联系,均谓指歌妓。按唐刘禹锡《夜闻商人船中筝》:"大艑高帆一百尺,新声促柱十三弦。扬州市里商人女,来占江西明月天。"宋贺铸《清商怨·尔汝歌》有"扬州商女"句,其下有"寄扁舟、江南湖北道","笑倚危樯,朝来风色好"云云。则商女乃指商人之女眷。后庭花,《玉树后庭花》曲之简称,见包佶《再过金陵》注。陈寅恪《元白诗笺证稿》:"牧之此诗所谓'隔江'者,指金陵与扬州二地而言。此商女当指即扬州之歌女,而在秦淮商人舟中者。夫金陵陈之国都也。《玉树后庭花》,陈后主亡国之音也。此来自江北扬州之歌女,不解陈亡之恨,在其江南故都之地,尚唱靡靡之音。牧之闻其歌声,因为诗而咏之耳。此诗必作如是解,方有意义可寻。"陈氏释"隔江"二字,证以刘禹锡诗、贺铸词,特见精当。惟释"商女",则仍沿旧说。

【集评】

吴逸一《唐诗正声》评："国已亡矣，而靡靡之音深入人心，孤泊骤闻，自然兴慨。"

李锳《诗法易简录》："首句写秦淮夜景，次句点明夜泊，而以'近酒家'三字引起后二句。'不知'二字，感慨最深，寄托甚微。通首音节神韵，无不入妙，宜沈归愚叹为绝唱。"

俞陛云《诗境浅说续编》："《后庭》一曲，在当日琼枝璧月之场，狎客传笺，纤儿按拍，何等繁荣！乃同此珠喉清唱，付与秦淮寒夜，商女重唱，可胜沧桑之感？独有孤舟行客，俯仰兴亡，不堪重听耳。"

刘永济《唐人绝句精华》："首二句写夜泊之景，三句非责商女，特借商女犹唱《后庭花》以叹南朝之亡耳。六朝之局，以陈亡而结束，诗人用意自在责陈后主君臣轻荡，致召危亡也。"

【评解】

晚唐国势日危，而时风淫靡，诗人所以深慨。（刘）

遣怀

落拓江南①载酒行，楚腰纤细掌中轻②。

十年一觉扬州梦，赢得青楼薄幸名③。

① 落拓江南：杜牧早年在沈传师洪州及宣州幕中，继在牛僧孺扬州幕中，后又在崔郸宣州幕中，皆放浪不羁，故云。一作"落魄江湖"。
② 楚腰句：楚腰，即细腰，见东方虬《昭君怨》注。纤细，一作"肠断"，即销魂之意。掌中轻，汉赵飞燕身轻，能作掌上舞。
③ 十年二句：谓十年中无所成就，只赢得青楼薄幸之名。按杜牧在扬州仅年

余,此云十年,殆举在洪州、宣州幕中时往来扬州言之。扬州梦,指在扬州冶游事。青楼,此处指倡楼。薄幸,犹言薄情。

【集评】

俞陛云《诗境浅说续编》:"此诗着眼在'薄幸'二字。以扬郡名都,十年久客,纤腰丽质,所见者多矣,而无一真赏者。不怨青楼之萍絮无情,而反躬自嗟其薄幸,非特忏除绮障,亦诗人忠厚之旨。"

刘永济《唐人绝句精华》:"才人不得见重于时之意,发为此诗,读来但见其傲兀不平之态。世称杜牧诗情豪迈,又谓其不为龊龊小谨,即此等诗可见其概。"

【评解】

杜牧早岁放浪不羁,纵情声色,十年绮梦醒来,所得者仅为青楼薄幸之名,则所失者多矣。此忏悔之词,言下感慨不尽。(富)

念昔游 三首选一

十载飘然绳检①外,樽前自献自为酬②。

秋山春雨闲吟处,倚遍江南寺寺楼。

① 绳检:绳,绳墨,检,法式,指礼法与制度。
② 自献自为酬:犹云自斟自酌。《诗·小雅·楚茨》:"献酬交错。"笺:"始主人酌宾为献,宾既酌主人,主人又自饮酌宾曰酬。"

【集评】

宋顾乐《唐人万首绝句选》评:"含情言外,悠然神远。"

刘永济《唐人绝句精华》:"此诗可作《遣怀》诗之自注。"

【评解】

此诗回忆早年在江南宣州等地为幕僚时之放浪情景,所谓"十载青春不负公"(《题禅院》)也。然当时之落拓无聊,亦从言外见之。(刘)

题禅院

觥船一棹百分空①,十载青春不负公②。

今日鬓丝禅榻畔,茶烟轻飏落花风③。

① 觥船句:觥船,载酒之船。觥,古时酒器。百分空,全部饮完。《晋书·毕卓传》:"得酒满数百斛船,四时甘味置两头,右手持酒杯,左手持蟹螯,拍浮酒船中,便足了一生矣。"此暗用其意。
② 公:杜牧自谓。
③ 今日二句:谓自伤迟暮,无复昔年豪兴。

【集评】

李锳《诗法易简录》:"前二句写昔日,第三句以'今日'划清界限,末句景中有情,感慨系之。"

宋顾乐《唐人万首绝句选》评:"写出才人迟暮不遇,措语蕴藉。"

翁方纲《石洲诗话》:"'今日鬓丝禅榻畔,茶烟轻飏落花风','自说江湖不归事,阻风中酒过年年'(《郑瓘协律》),直是开、宝后百余年无人能道。"

【评解】

"茶烟"与"觥船"相照应,明不能饮;"落花"与"青春"相照应,明不能游;用以对比少年豪兴,写足鬓丝禅榻无俚情怀。落句以写景之笔,关合全篇,便有一唱三叹之致。而负才不遇,投闲置散之感,亦可意会。(刘)

郑瓘协律[1]

广文遗韵成樗散[2],鸡犬图书共一船[3]。

自说江湖不归事,阻风中酒过年年[4]。

[1] 郑瓘协律:《新唐书·宰相世系表》荥阳郑氏北祖房有郑瓘,或即其人。协律,协律郎,属太常寺。
[2] 广文句:广文,指郑虔,曾为广文馆博士。遗韵,指郑虔诗书画三绝。樗散,言如樗木散材,不为世用。杜甫送郑虔贬台州司户诗有"郑公樗散鬓成丝"句。
[3] 鸡犬句:谓以舟为家。
[4] 阻风句:阻风,船遇逆风,喻其身世坎坷。中酒,《汉书·樊哙传》颜师古注:"饮酒之中也。不醉不醒,故谓之中。"

【集评】

宋顾乐《唐人万首绝句选》评:"极状落魄,语意沉至。"

【评解】

"阻风中酒",极状其落拓不偶,以缴足"樗散"之意。"自说"二字妙,看若自欺,怨愤实深。(刘)

初冬夜饮

淮阳多病偶求欢,客袖侵霜与烛盘[1]。

砌下梨花一堆雪,明年谁此凭阑干[2]?

① 淮阳二句：写守郡时抑郁孤寂之情。淮阳多病，西汉汲黯因直言敢谏，不得久留朝廷，迁东海太守，常卧病不出。后召拜淮阳太守，黯以病力辞，强之而后奉诏。见《史记·汲黯传》。此以自况。求欢，指饮酒。客袖侵霜，谓霜气侵袖。与，向也，对也。
② 砌下二句：谓明年梨花开时，不知复在此否？砌，石阶。按宋陆游《老学庵笔记》谓东坡《东栏梨花》："惆怅东栏一株雪，人生看得几清明？"即从此脱出。

【集评】

俞陛云《诗境浅说续编》："雪夜小饮，聊遣客况；玉砌飞花，暂娱今夕。明岁之倚栏吟赏者，知属何人。杜少陵诗'明年此会知谁健，醉把茱萸子细看。'张梦晋诗'高楼明月清歌夜，此是生平第几回。'明知胜会不常，未免有情难遣。"

【评解】

小杜绝句，时时豪宕，时时郁勃，而最佳处则两兼之，此诗是也。（刘）

山行

远上寒山石径斜，白云生处有人家。

停车坐爱枫林晚①，霜叶红于二月花。

① 停车句：谓因爱枫林夕景而停车观赏。坐，因也。

【集评】

何焯《三体唐诗》评："'白云'即是炊烟，已起'晚'字，'白'、'红'二字又相映发。'有人家'三字下反接'停车'，'爱'字方有力。"

黄生《唐诗摘钞》："次句承上'远'字说，此未上时所见。三四则既上之景。诗中有画,此秋山旅行图也。"

黄叔灿《唐诗笺注》:"'霜叶红于二月花',真名句。诗写山行,景色幽邃,而致亦豪荡。"

俞陛云《诗境浅说续编》:"诗人之咏及红叶者多矣,如'林间暖酒烧红叶','红树青山好放船'等句,尤脍炙词坛,播诸图画。惟杜牧诗专赏其色之艳,谓胜于春花。当风劲霜严之际,独绚秋光,红黄绀紫,诸色咸备,笼山络野,春花无此大观,宜司勋特赏于艳李秾桃外也。"

【评解】

"霜叶红于二月花",以霜叶与春花比胜,为前人所未道。而于萧条秋色中写出绚烂之景,尤觉动心悦目。加之通首音节、神韵、色彩俱胜,宜其传诵千载。(富)

冬日题智门寺

满怀多少是恩酬①,未见功名已白头。

不为寻山试筋力,岂能寒上背云楼②!

① 恩酬:报国之心。
② 背云楼:背云,谓背负浮云,极言楼高。

【评解】

以登临游眺为试筋力之资,亦陶侃运甓之意也。此在游览诗中,实未经人道。(刘)

早春题真上人①院

清羸②已近百年身,古寺风烟又一春。

寰海自成戎马地,惟师曾是太平人③。

① 真上人:原注:"生天宝初。"上人,僧人之尊称。
② 清羸:清瘦。
③ 寰海二句:唐自安史乱后,兵祸不绝,故云。寰海,犹云四海。戎马,指战乱。师,指真上人。

【集评】

程大昌《演繁露续集》:"唐天宝间,有真上人者,至杜牧之时,其人年已近百岁,故题其寺云云。此意最远,不言其道行,独以其年多尝见天宝时事也。"

【评解】

国家治乱盛衰之感,借真上人发之耳。程说未透。(刘)

怀吴中冯秀才①

长洲苑②外草萧萧,却计游程岁月遥③。

惟有别时今不忘,暮烟秋雨过枫桥④。

① 一作张祜诗,题为《枫桥》。吴中,今苏州一带。
② 长洲苑:春秋时吴王阖闾游猎处,故址在今苏州西南。
③ 却计句:谓别后道途、时间均相距遥远。游程,一作"邮程"。

④ 枫桥：在今苏州城西。

【集评】

宋顾乐《唐人万首绝句选》评："此等布置意味，真是绝句中神品，以后惟明高季迪有此耳。"

俞陛云《诗境浅说续编》："唐人送友诗，大抵把酒牵裾，临歧送目，写黯然南浦之怀。此独追忆昔年临别情景，烟雨枫桥，宛然在目，深情积思，等于久要不忘之谊也。"

【评解】

只言别时情景，至今不忘，而当时相聚之欢，当前相怀之切，俱在言外。通首情致缠绵，神韵悠然，清王渔洋七绝多学此种。（富）

读韩杜①集

杜诗韩笔②愁来读，似倩麻姑痒处搔③。
天外凤凰谁得髓？无人解合续弦胶④。

① 韩杜：指韩愈、杜甫。
② 杜诗韩笔：指杜诗、韩文。宋陆游《老学庵笔记》载：南朝词人，谓文为笔。故《沈约传》云："谢玄晖善为诗，任彦昇工于笔，约兼而有之。"《庾肩吾传》云："谢朓、沈约之诗，任昉、陆倕之笔。"老杜寄贾至、严武诗云："贾笔论孤愤，严诗赋几篇。"杜牧之云"杜诗韩笔愁来读"，亦袭南朝语尔。
③ 似倩句：倩，使也。麻姑，古仙女。《太平广记》引《神仙传》载：麻姑降蔡经家，手爪如鸟爪。蔡经见之，心中念言，背大痒时，得此爪以爬背，当佳。
④ 天外二句：慨叹无人继承杜诗、韩文。《十洲记》载：凤麟洲在西海之中央，洲上多凤麟，数万合群。又多仙家，煮凤喙及麟角合煎作胶，名之为集弦

胶,或名连金沉,以能连弓弩断弦也。《武帝外传》载：西域献鸾胶,武帝断弦,以胶续之,弦两头遂相着,终日射不断。帝大悦,名续弦胶。

【评解】

杜牧《冬至日寄小侄阿宜诗》："李杜泛浩浩,韩柳摩苍苍。近者四君子,与古争强梁。"可见其祈向。此诗慨叹杜诗、韩文继承无人,言外颇有隐然自负之意。(富)

途中一绝①

镜中丝发悲来惯，衣上尘痕拂渐难②。

惆怅江湖钓竿手，却遮西日望长安③。

① 冯集梧《樊川诗集注》引《郡阁雅谈》："杜牧舍人罢浙西郡,道中有诗云云。"则当是大中二年(八四八)罢睦州(治所在今浙江建德县)刺史还京途中所作。
② 镜中二句：谓垂老犹仆仆风尘。
③ 惆怅二句：意谓久置闲散,已成渔钓之人,今虽得召还京,然以垂老之身,浮沉京华宦海,亦将情何以堪也。按范成大《暮春上塘道中》"明朝遮日长安道,惭愧江湖钓手闲",即用其意。

宫词 二首选一

监宫①引出暂开门，随例趋朝②不是恩。

银钥却收金锁合,月明花落又黄昏。

① 监宫:宫中女官。
② 趋朝:朝见君王。一作"须朝"。

【集评】

胡仔《苕溪渔隐丛话》:"此绝句极佳,意在言外,而幽怨之情自见,不待明言之也。诗贵乎如此,若使人一览而意尽,亦何足道哉!"

何焯《三体唐诗》评:"随牒远郡,暂朝集而至,柄用终无期也。"

黄生《唐诗摘钞》:"情在景中。时诸刺史朝正者,事毕复归本任,故托兴。观《登乐游原》之作,意自可见。"

【评解】

"随例趋朝不是恩",语意殊怨。下二句写宫人身世之悲,特为警切。着一"又"字,倍见凄恻。此诗或有寄托,然作宫怨读,亦推绝唱。(富)

过华清宫① 绝句 三首选二

长安回望绣成堆②,山顶千门③次第开。

一骑红尘妃子笑,无人知是荔枝来④。

① 华清宫:见王建《华清宫》注。
② 绣成堆:指骊山宫观繁华景象。
③ 千门:《史记·孝武本纪》:"作建章宫,度为千门万户。"
④ 一骑二句:杨妃嗜荔枝,天宝中,南海、蜀中并进献。唐李肇《唐国史补》:"杨妃生于蜀,好食荔枝,南海所生,尤胜蜀者,故每岁飞驰以进。"宋吴曾《能改斋漫录》:"涪州(今四川涪陵县)有妃子园荔枝。盖妃嗜生荔枝,以驿

骑递传,自涪至长安有便路,不七日可到。"按唐杜甫《病橘》:"忆昔南海使,奔腾献荔枝。百马死山谷,到今耆旧悲。"宋苏轼《荔枝叹》云:"天宝岁贡取之涪"又云:"十里一置飞尘灰,五里一堠兵火催。颠坑仆谷相枕藉,知是荔枝龙眼来。"皆咏天宝中贡荔事。

【集评】

谢枋得《唐诗绝句注解》:"明皇天宝间,涪州贡荔枝,到长安,色香不变,贵妃乃喜。州县以邮传疾走称上意,人马僵毙,相望于道。'一骑红尘妃子笑,无人知是荔枝来',形容走传之神速如飞,人不见其何物也。又见明皇致远物以悦妇人,穷人之力,绝人之命,有所不顾,如之何不亡?"

宋顾乐《唐人万首绝句选》评:"此因过华清追思往事而作。末二句谓红尘劳攘,专奉内宠,感慨殊深。"

俞陛云《诗境浅说续编》:"首二句赋本题,宫在骊山之上,楼台花木,布满一山,亦称绣岭,故首句言'绣成堆'也。后二句言回想当年滚尘一骑西来,但见贵妃欢笑相迎,初不料为驰送荔支,历数千里险道蚕丛,供美人之一粲也。唐人之过华清宫者,辄生感喟,不过写盛衰之感;此诗以'华清'为题,而有褒姬烽火一笑倾周之慨。"

【评解】

一"笑"字背后,有多少人间血泪? 末句"无人知"三字,尤语意蕴藉,而讽刺深刻。(刘)

新丰①绿树起尘埃,数骑渔阳探使回②。
霓裳③一曲千峰上,舞破中原始下来。

① 新丰:见王维《少年行》注。
② 数骑句:原注:"帝使中使辅璆琳探禄山反否,璆琳受禄山金,言禄山不反。"渔阳,郡名,故治在今河北蓟县。
③ 霓裳:《霓裳羽衣曲》,开元时所制新曲。

【集评】

黄叔灿《唐诗笺注》:"'舞破中原始下来',造句惊人,奇绝痛绝!"

【评解】

"霓裳"二句,与李商隐《北齐》"晋阳已陷休回顾,更请君王猎一围",作法用意略似,皆奇警动人,讽嘲弥切。(富)

华清宫①

零叶②翻红万树霜,玉莲开蕊暖泉香③。

行云不下朝元阁④,一曲淋铃泪万行⑤。

① 此咏玄宗于至德中复幸华清宫事。
② 零叶:残叶。
③ 玉莲句:华清宫汤池中,于泉眼处置白玉所琢莲花一朵,泉从中出。郑嵎《津阳门诗》"刻成玉莲喷香液"句原注:"长汤每赐诸嫔御,其修广与诸汤不侔。甃以文瑶宝石,中央有玉莲捧汤泉,喷以成池。"按陈鸿《华清汤池记》谓玉莲乃安禄山所献。
④ 行云句:行云,喻杨妃,用宋玉《高唐赋》语意。时杨妃已死,故曰不下。朝元阁,华清宫中阁名。
⑤ 一曲句:见张祜《雨淋铃》注。

【集评】

俞陛云《诗境浅说续编》:"前二句赋骊山秋色及华清池。三句追忆杨妃,用空灵之笔,画阁犹开而巫云梦断,张徽一曲,南内无人,宜玄宗之挥泪也。"

登乐游原①

长空澹澹孤鸟没,万古销沉向此中②。

看取汉家何事业?五陵无树起秋风③。

① 乐游原:在长安城南,地势高敞,乃唐时登临胜地。
② 长空二句:谓古来多少雄图霸业皆消失于时间长流之中。按元赵孟頫《虞美人》词"消沉万古意无穷,尽在长空澹澹鸟飞中",即用其语。
③ 五陵句:《魏志·文帝纪》:黄初三年制曰:"丧乱已来,汉氏诸陵,无不发掘。"五陵,指西汉五帝之墓,见孟浩然《送朱大入秦》注。

【集评】

沈德潜《唐诗别裁》:"树树起秋风,已不堪回首,况于无树耶?"

李锳《诗法易简录》:"寄慨甚远,借汉家说法,即殷鉴不远之意。"

宋顾乐《唐人万首绝句选》评:"沉郁顿挫,感慨不尽。"

俞陛云《诗境浅说续编》:"诗后二句言汉家盛业,青史烂然,而五陵寂寞,只余老树吟风,已可深慨,今并树无之,其荒寒为何等耶!前二句尤佳,有包扫一切之概。"

刘永济《唐人绝句精华》:"此诗第三句为一篇之主,盖就汉代言,亦与万古同其消沉,故曰'看取汉家何事业'。言试看今日汉家尚余何事可供凭吊,即五陵亦已残破不堪,则他何可问!"

【评解】

此伤时忧国之作,借汉喻唐,与李白《忆秦娥》词"西风残照,汉家陵阙",寄慨相似。"看取"二字,警醒有力。(刘)

将赴吴兴登乐游原一绝①

清时有味是无能,闲爱孤云静爱僧②。

欲把一麾③江海去,乐游原上望昭陵④。

① 此大中四年(八五〇)将离长安赴湖州刺史任时作。吴兴,今浙江湖州市,唐时为吴兴郡。
② 清时二句:谓承平之时,无才能者反可如孤云老僧,得闲静之适。此实写在京失意无聊之情,乃愤语反言之。
③ 麾:旌旗之属。此指出任刺史之旌节。宋沈括《梦溪笔谈》载:今人守郡谓之"建麾",盖用颜延年诗"一麾乃出守",此误也。延年《阮始平》诗"屡荐不入官,一麾乃出守"者,谓山涛荐阮咸为吏部郎,三上,武帝不用,后为荀勖一挤,遂出始平,故有此句。延年谓"一麾"者,乃"指麾"之麾,非"旌麾"之麾。自杜牧《登乐游原》诗云云,始谬用"一麾",遂为故事。胡震亨《唐音癸签》:"《笔谈》谓今人守郡用颜延年'一麾乃出守',误自杜牧始,此说亦未为是。观《三国志》'拥麾守郡',《文选》'建麾作牧',此语在牧之前久矣。汉制,太守车两辖,所谓麾也。唐人如杜子美、柳子厚、刘梦得皆用之,谓之误不可。"
④ 昭陵:唐太宗墓,在今陕西醴泉九嵕山。望昭陵,言向往于太宗贞观之治,盖不满于当时也。

【评解】

满怀愤郁,于"望昭陵"三字寄之,妙在含蓄不露。(刘)

沈下贤①

斯人清唱何人和②?草径苔芜不可寻③。

一夕小敷山④下梦，水如环佩月如襟。

① 沈下贤：名亚之，吴兴人。元和十年(八一五)进士。工诗文，善作传奇，颇负文名。李贺谓其工为情语，有窈窕之思，称之为"吴兴才人"。此为湖州刺史时凭吊沈下贤之作。
② 斯人句：清唱，指诗歌。何人和，无人能及之意。
③ 草径句：写故居之荒凉。《吴兴掌故》："沈亚之宅在府治北，唐中和二年舍为寺。"
④ 小敷山：在今浙江湖州市西南，沈下贤曾居于此。

【集评】

宋顾乐《唐人万首绝句选》评："小杜之咏下贤，犹义山之咏小杜，皆自有暗合意。"

俞陛云《诗境浅说续编》："诗意若有微波通辞之感，何风致绰约乃尔！其有哀窈窕思贤才之意乎？"

【评解】

想像仪型，形于梦寐，以水月喻其文采风流，特见情思窈邈。（刘）

许浑

字用晦，润州丹阳(今江苏丹阳县)人。大和六年(八三二)进士。大中时，官虞部员外郎，睦州、郢州刺史。绝句精炼含蓄，寓讽深婉。有《丁卯集》，《全唐诗》编存其诗十一卷。

塞下曲①

夜战桑干②北，秦兵③半不归。

朝来有乡信，犹自寄寒衣④。

① 塞下曲：见常建《塞下曲》注。
② 桑干：即桑干河，源出山西管涔山，至北京郊注官厅水库而入永定河。
③ 秦兵：唐都关中，仍秦旧地，故称秦兵。
④ 朝来二句：与沈彬《吊边人》"白骨已枯沙上草，家人犹自寄寒衣"同意，可参看。信，信使。

【集评】

唐汝询《唐诗解》："与陈陶《陇西行》同意，陈语神，许语质。"

李锳《诗法易简录》："借寄寒衣一事，写出征人死别之苦，却妙不犯尽。"

俞陛云《诗境浅说续编》："唐代回纥、吐蕃迭扰西北，征戍频频。诗言沙场雪满，深夜鏖战，迨侵晓归营，损折已近半数，而秦中少妇，犹预量寒意，远寄衣袭，不知梦里征人，已埋骨桑干河畔矣。若陈陶'犹是春闺梦里人'，则全军皆墨，诗尤沉痛。"

谢亭①送别

劳歌②一曲解行舟，红叶青山水急流。

日暮酒醒人已远③，满天风雨下西楼。

① 谢亭：即谢公亭，故址在今安徽宣城县，南齐谢朓送别范云之处。
② 劳歌：离歌。
③ 人已远：行人远去。

【集评】

敖英《唐诗绝句类选》："后二句可与'阳关'竞美，盖'西出阳关'，写行者不堪之情；'酒醒人远'，写送者不堪之情。大抵送别诗妙在写情。"

吴逸一《唐诗正声》评:"《阳关》诸作,多为行客兴慨,此独申己之凄况,故独妙于诸作。"

黄生《唐诗摘钞》:"此诗全写别后之情,首二句正从倚楼送目中见出,却倒找'下西楼'三字,情景笔意俱绝。"

宋顾乐《唐人万首绝句选》评:"写出分手之易,怅望之切。"

俞陛云《诗境浅说续编》:"唐人送别诗,每情文兼至,凄音动人,如'君向潇湘我向秦','西出阳关无故人',及此诗是也。"

刘永济《唐人绝句精华》:"通首不叙别情,而末句七字中别后之情,殊觉难堪,此以景结情之说也。"

【评解】

下二句以"日暮酒醒"、"满天风雨"着意烘染,不必更作伤感之词,而离情自见。(刘)

客有卜居不遂薄游汧陇因题①

海燕西飞白日斜②,天门遥望五侯家③。

楼台深锁无人到,落尽春风第一花④。

① 卜居:寻觅居处。汧陇:在今陕西陇县一带。
② 海燕句:喻客西游。
③ 天门句:天门,禁门。五侯,指权贵。西汉成帝封诸舅王谭等五人为侯,世称五侯。见韩翃《寒食即事》注。东汉时,梁冀擅权,其子胤、其叔让、淑、忠、戟皆封侯,亦称五侯。见《后汉书·梁冀传》。
④ 楼台二句:朱庆馀《登玄都阁》"豪家旧宅无人住,空见朱门锁牡丹",情景略似,可参看。第一花,指花之名贵者,如牡丹之类。

【集评】

胡应麟《诗薮》:"许浑'海燕西飞白日斜'云云。若但咏园亭,未见其工。今题云云,夫以逆旅无家之客,望五侯第宅深锁落花之内,一段寂寥情况,更不忍言。罗隐下第诗云:'帘卷残阳鸣鸟鹊,花飞何处好楼台?'意正同此。而许作全不道破,尤为超妙。"

【评解】

豪门则楼台闭置,贫士则卜居为难,愤慨之情,见于言外。胡评"一段寂寥情况,更不忍言"云云,犹未道着深处。(刘)

途经秦始皇墓①

龙盘虎踞树层层②,势入浮云亦是崩③。

一种④青山秋草里,路人惟拜汉文陵⑤。

① 秦始皇墓:在今陕西临潼县骊山下。
② 龙盘句:形容秦皇陵墓之雄伟。《史记·秦始皇本纪》载:始皇初即位,穿治骊山,及并天下,天下徒送诣七十余万人,穿三泉,下铜而致椁(外棺)。既葬,树草木以象山。
③ 势入句:谓虽高入浮云,终不免毁坏。
④ 一种:一样。
⑤ 汉文陵:汉文帝墓,即霸陵,在今西安市东。《史记·孝文本纪》:"治霸陵皆以瓦器,不得以金银铜锡为饰,不治坟,欲为省,毋烦民。"刘向《谏营昌陵疏》:"孝文皇帝去坟薄葬,以俭安神,可以为法;秦昭始皇增山厚藏,以侈生害,可以为戒。"

【集评】

谢枋得《唐诗绝句注解》:"汉文霸陵与秦始皇墓相近,秦皇墓极其机巧,汉文陵极其朴略,千载之后,衰草颓坟,无异也。然行路之人拜汉文陵而不拜秦皇墓,为君仁不仁之异,至是有定论矣。"

贺裳《载酒园诗话》:"本咏秦始,却言汉文,题外相形,意味深长多矣。"

叶矫然《龙性堂诗话》:"同题始皇陵,王维'星辰七曜隔,河汉九泉开',许浑'一种青山秋草里,路人惟拜汉文陵',元好问'无端一片云亭石,杀尽苍生有底功',侈语、冷语、谩骂语,各有其妙。"

【评解】

此诗不特刺秦皇身后之厚葬,并及其生前之暴政。"路人惟拜汉文陵",可见虐民恤民之异,后世自有公论。以汉文相形,用笔曲折深婉,意味悠长,惜次句"亦是崩"三字粗率不称。(富)

学仙 二首选一

心期仙诀意无穷①,采画云车起寿宫②。

闻有三山未知处,茂陵松柏满西风③。

① 心期句:谓求仙之心甚奢。
② 采画句:采画云车,《史记·封禅书》载:武帝拜少翁为文成将军,以客礼礼之。文成言曰:"上即欲与神通,宫室被服非象神,神物不至。"乃作画云气车。寿宫,《汉书·郊祀志》:"(武帝)又置寿宫北宫,张羽旗,设供具,以礼神君。"此句承"意无穷"来,谓不惜劳民逞欲。
③ 闻有二句:谓三山终未觅得,而墓木忽焉已拱。三山,《史记·秦始皇本纪》:"齐人徐市等上书,言海中有三神山,名曰蓬莱、方丈、瀛洲,仙人居之。请得斋戒,与童男女求之。于是遣徐市发童男女数千人,入海求仙人。"茂陵,汉武帝墓,在今陕西兴平县东北。

【集评】

潘德舆《养一斋诗话》:"许丁卯云:'闻有三山未知处,茂陵松柏满西风。'隽不伤雅,又足唤醒痴愚。《始皇墓》云:'一种青山秋草里,路人惟拜汉文陵。'亦森竦而无露痕。"

【评解】

晚唐诸帝溺于神仙之说,多有自取祸败者,此诗所以托讽。(刘)

紫藤

绿蔓秋阴紫袖低①,客来留坐小堂西。

醉中掩瑟无人会②,家近江南罨画溪③。

① 绿蔓句:指紫藤。
② 会:领悟。
③ 罨画溪:在今浙江长兴县西,以上有朱藤花,游人竞集,如在画中,故名。

【集评】

黄叔灿《唐诗笺注》:"对花忆家,思致渺然。"

宋顾乐《唐人万首绝句选》评:"坡公云:'作诗必此诗,定非知诗人。'而于咏物,尤妙在似有意似无意,贵有此种笔墨。"

俞陛云《诗境浅说续编》:"此作句秀而音婉,其命意所在,可就第三句观之。当藤花盛放,紫云翠幄中,留宾欢醉,而忽悠然掩瑟,感会意之无人。盖忆罨画溪边往事,风景依稀,未得逢人而语,故罢弹惆怅耳。"

【评解】

只是对花忆家之意,妙在"醉中掩瑟无人会"宕开一笔,托出怅惘之情,便婉曲而有情致。(富)

雍陶 字国钧,成都人。大和八年(八三四)进士。大中末,为简州刺史,终于雅州刺史。绝句新隽明丽,风韵绝胜。《全唐诗》编存其诗一卷。

题君山①

风波不动影沈沈,碧色全无翠色深②。

应是水仙③梳洗处,一螺青黛镜中④。

① 君山:见张说《送梁六》注。
② 碧色句:碧色,指湖水之色。全无,不及之意。翠色,指君山山色。
③ 水仙:指湘君,见张说《送梁六》注。
④ 一螺句:谓洞庭湖澄澈如镜,君山如镜中一螺青黛。青黛,即蓝靛之细而上浮者,其色深青,古时妇女用以画眉。

【评解】

"应是"二句,色彩明丽,设想奇绝,以洞庭之湖光山色与湘君故事相结合,倍觉空灵缥缈。(富)

西归出斜谷①

行过险栈②出褒斜,出尽平川似到家③。

万里客愁今日散,马前初见米囊花④。

① 斜谷:即褒斜谷,一名褒斜道,乃陕西终南山之山谷,为秦蜀交通要道。雍陶蜀人,西归,谓还蜀。
② 险栈:指褒斜谷中栈道。
③ 出尽句:谓出谷而至平川之地,再无险阻,直如到家。
④ 米囊花:即罂粟花,花大而艳美。

【评解】

"马前"句倒点醒题,而骤睹故乡景物欣喜之情自见。(刘)

送蜀客

剑南风景腊前春①,山鸟江花得雨新。

莫怪送君行较远,自缘身是忆归人②。

① 剑南句:剑南,即剑南道,唐贞观时置,治所在今四川成都市。腊前春,早春之意。明赵大纲《测旨》:"唐以大寒后辰日为腊。"
② 莫怪二句:雍陶亦成都人而在外作客者,故云。

【评解】

与司空曙《峡口送友人》同一杼轴,通篇情韵缠绵,掩抑不尽。(刘)

和孙明府①怀旧山

五柳先生②本在山,偶然为客落人间。

秋来见月多归思,自起开笼放白鹇③。

① 明府:乃县令之美称。
② 五柳先生:即陶渊明。其《五柳先生传》云:"先生不知何许人也,亦不详其姓氏。宅边有五柳树,因以为号焉。"因渊明曾为彭泽令,故借以况孙明府。
③ 白鹇:亦称越禽,又称银雉、白雉,略似锦鸡,产于我国南方。

【集评】

黄生《唐诗摘钞》:"此不必实有其事,特装点此语,妙尽思归之情。"

俞陛云《诗境浅说续编》:"因思归而放白鹇,推己及物,与'剔开红焰救飞蛾',同一慈惠之思。"

城西①访友人别墅

沣水桥②西小路斜,日高犹未到君家。

村园门巷多相似,处处春风枳壳花③。

① 城西:长安城西。
② 沣水桥:原误作"澧水桥",今改正。按白居易在长安所作之《醉后却寄元九》"蒲池村里匆匆别,沣水桥边兀兀回",可证。沣水源出陕西陕宁县西北秦岭,西北流经长安、咸阳入渭水。

③ 枳壳花：花细而香，其果实可入药，多种于篱落间。

【集评】

俞陛云《诗境浅说续编》："咏乡村风物者，宜以闲淡之笔，写天然之景，山花野草，皆可入诗。王渔洋自赏其'开遍空山白芨花'，颇似此作第四句之意。"

【评解】

写郊居景物逼真，闲处传神，特见韵致。（刘）

天津桥①望春

津桥春水浸红霞，烟柳风丝拂岸斜。

翠辇不来金殿闭②，宫莺衔出上阳③花。

① 天津桥：在洛阳西南洛水上。
② 翠辇句：安史乱后，藩镇跋扈，洛阳常受军事威胁，玄宗以后诸帝，不复东巡。元稹《连昌宫词》"尔后相传六皇帝，不到离宫门久闭"，可参证。翠辇，皇帝车驾。
③ 上阳：宫名，故址在洛阳西南，南临洛水。

【集评】

俞陛云《诗境浅说续编》："极写津桥烟景之美，益见故宫荒寂之悲。宫花无主，付与流莺，句殊凄恻。"

【评解】

以浓丽之笔写凄清之情，弥增迂回荡漾之致。太白、龙标每用此法。（刘）

方干 字雄飞,门人私谥玄英先生,新定(今浙江建德县)人,约生于元和四年(八〇九),约卒于咸通十四年(八七三)。曾学诗于徐凝。大中时,举进士不第,隐居镜湖以终。有《玄英先生诗集》,《全唐诗》编存其诗六卷。

题君山[1]

曾于方外见麻姑[2],闻说君山自古无。

元是昆仑山顶石,海风[3]吹落洞庭湖。

① 一作程贺诗。
② 曾于句:方外,世外。麻姑,古仙女。
③ 海风,见王昌龄《从军行》注。

【评解】

此与刘禹锡、雍陶咏君山之作机杼又别,通首落想天外,一气旋折,故不嫌率直,转饶奇趣。(富)

题画建溪[1]图

六幅轻绡画建溪,刺桐花[2]下路高低。

分明记得曾行处,只欠猿声与鸟啼。

① 建溪:源出福建浦城县北仙霞岭,东南流会崇溪、松溪,为闽江北源。
② 刺桐花:又名鹦哥花,产于闽粤一带,叶如梧桐,枝干有刺,花附干而生,色深红。

【集评】

黄叔灿《唐诗笺注》:"'只欠猿声与鸟啼',点画欲活。少陵题画马等物,必以真者伴说,作者题此画,以'曾行'托出画意,又是一法。"

【评解】

"分明"二句,与景云《画松》"曾在天台山上见,石桥南畔第三株",同一手法,皆说得愈实而愈见其虚。(刘)

思江南

昨日草枯今日青,羁人①又动故乡情。
夜来有梦登归路,不到桐庐已及明②。

① 羁人:羁旅之人。
② 夜来二句:桐庐,今浙江桐庐县,在方干故乡新定之北。句谓归梦不到桐庐,已经天明,乃进一步喻故乡之遥远。

【集评】

贺裳《载酒园诗话》:"诗有同出一意而工拙自分者。如戎昱《寄湖南张郎中》:'寒江近户漫流声,竹影当窗乱月明。归梦不知湖水阔,夜来还到洛阳城。'与武元衡'春风一夜吹乡梦,又逐春风到洛城'同意,而戎语为胜,以'不知湖水阔'五字,有搔头弄姿之态也。然皆本于岑参'枕上片时春梦中,行尽江南数千里'。至方干'昨日草枯今日青'云云,则又竿头进步,妙于夺胎。"

【评解】

此当是在长安春日思乡之作,下二句以归梦难到,托出故乡遥远、欲归不得之

情，殊见构思深曲。（富）

杨汉公

字用乂，虢州弘农(今河南灵宝县南)人。大和八年(八三四)进士，累官至司封郎中，后出刺舒州，历湖、亳、苏三州。《全唐诗》录存其诗二首。

明月楼[①]

吴兴城阙水云中，画舫青帘处处通[②]。
溪上玉楼[③]楼上月，清光合作水精[④]宫。

① 明月楼：《万历湖州府志》："明月楼在府治子城西南隅，唐贞元十三年建。"
② 吴兴二句：姜夔《琵琶仙》词序云："《吴都赋》：'户藏烟浦，家具画船。'惟吴兴为然，春游之盛，西湖未能过也。"可参看。吴兴，今浙江湖州市，唐时为吴兴郡。
③ 玉楼：指明月楼。
④ 水精：即水晶。

薛莹

文宗时人。《全唐诗》录存其诗十首。

锦

轧轧弄寒机[①]，功多力渐微。

惟忧机上锦,不称②舞人衣。

① 寒机:指天寒织锦。
② 不称:不适合。

【集评】

刘永济《唐人绝句精华》:"此诗首二句言织锦女工之辛劳,三四句虽从织锦女工方面着笔,言下有衣锦者但求美观,不知他人辛苦之意。"

李商隐 字义山,号玉谿生,怀州河内(今河南沁阳县)人,约生于元和七年(八一二),约卒于大中十二年(八五八)。开成二年(八二七)进士。王茂元镇河阳,辟为掌书记,爱其才,妻以女。后依桂管观察使郑亚及京兆尹卢弘正幕府,复入朝补太学博士。柳仲郢节度剑南东川,辟为判官,检校工部员外郎。义山受牛李党争影响,仕途失意,沉沦记室以终。诗与杜牧、温庭筠并称。七律沈赡博丽,精整绵密,于晚唐独推擅场。绝句另辟蹊径,自成一家,于沉着深婉之中,见一唱三叹之妙。清叶燮《原诗》谓"李商隐七绝,寄托深而措辞婉,可空百代无其匹也"。管世铭《读雪山房唐诗钞》称其绝句"用意深微,使事稳惬,直欲于前贤之外,另辟一奇,绝句秘藏,至是尽泄。"施补华《岘佣说诗》称其七绝咏史诸作,"以议论驱驾书卷,而神韵不乏,卓然有以自立"。有《李义山诗集》,《全唐诗》编存其诗三卷。

饯席重送从叔余之梓州①

莫叹万重山,君还我未还。

武关犹怅望,何况百牢关②。

① 大中五年(八五一),义山应东川节度使柳仲郢之辟,此入蜀途中送其从叔李褒还洛阳之作。梓州,东川节度使治所,今四川三台县。
② 武关二句:谓君将归洛而遥望武关,犹不免万山重叠之叹,况我之度百牢关而远赴蜀中乎?武关,在今陕西商县东。百牢关,在今陕西勉县西南。

【集评】

沈厚塽《李义山诗集辑评》纪昀云:"一气浑成。"

【评解】

以去乡之人,送还乡之客,虽同有山长水远之感,而一则归途日近,一则去路方遥;苟归客尚犹怅望,行人抑可知矣。措语极自然而用意极婉曲。(刘)

悼伤后赴东蜀辟至散关遇雪①

剑外从军远②,无家与寄衣。

散关三尺雪,回梦旧鸳机③。

① 义山妻王氏卒于大中五年(八五一),此作于是年秋入蜀途中。散关,在今陕西宝鸡县大散岭上。
② 剑外句:谓入蜀应辟。剑外,剑阁之外,指梓州。
③ 散关二句:谓行至散关遇雪,犹梦家中正为裁制寒衣。

【集评】

沈厚塽《李义山诗集辑评》纪昀云:"盛唐余响。'回梦旧鸳机',犹作有家想也。'可怜无定河边骨,犹是春闺梦里人',是此诗对面。"

宋顾乐《唐人万首绝句选》评:"此悼亡诗也。情深语婉,意味不尽,义山五绝中压卷之作。"

俞陛云《诗境浅说续编》:"此玉溪悼亡之意也。昔年砧杵西风,恐寒到君边,征衣先寄。今则客子衣单,散关立马,风雪漫天,回首鸳鸯机畔,长簟床空,当日寒闺刀尺,怀远深情,徒萦梦想耳。"

【评解】

醒时明知无家,梦里反若有室,情思颠倒,愈见其真,总是不肯用一直笔。(刘)

乐游原①

向晚②意不适,驱车登古原。

夕阳无限好,只是近黄昏。

① 乐游原:见杜牧《登乐游原》注。《两京新记》:"汉宣帝乐游庙,一名乐游苑,亦名乐游原。"
② 向晚:犹云临晚或傍晚。

【集评】

沈厚塽《李义山诗集辑评》何焯云:"迟暮之感,沉沦之痛,触绪纷来,悲凉无限。"又云:"叹时无宣帝可致中兴,唐祚将沦也。"纪昀云:"百感茫茫,一时交集,谓之悲身世可,谓之忧时事亦可。"又云:"末二句向来所赏,实妙在第一句倒装而入,乃字字有根。或谓'夕阳'二句近小词,此充类至义之尽语,要不为无见,赖起二句苍劲足相救耳。"

李锳《诗法易简录》:"以末句收足'向晚意',言外有身世迟暮之感。"

管世铭《读雪山房唐诗钞凡例》:"李义山《乐游原》诗,消息甚大,为五绝中所未有。"

【评解】

寓忧时之意于身世之感,所谓"意不适"也。一唱三叹,全在后半情景相涵,怅惘不尽。(刘)

滞雨

滞雨①长安夜,残灯独客愁。

故乡云水地,归梦不宜秋②。

① 滞雨:久雨不止。
② 故乡二句:谓故乡云水之地,其凄凉萧瑟不减长安秋雨,岂宜以归梦自慰乎?

【集评】

沈厚塽《李义山诗集辑评》纪昀云:"运思甚曲,而出以自然,故为高唱。"

俞陛云《诗境浅说续编》:"首二句不过言独客长安,孤灯听雨耳。诗意在后二句,谓故乡为云水之地,归梦迢遥,易为水重云复所阻,况多秋雨,则归梦更迟。可谓诗心幽渺矣。黄仲则诗'秣陵天远不宜秋',殆本此意。"

【评解】

从雨夜旅思,生出故乡归梦,复因故乡云水,转觉归梦亦非,用意极曲折而措语极含蓄。(刘)

忆梅

定定住天涯①,依依向物华②。

寒梅最堪恨,长作去年花③。

① 定定句:谓长期留滞他乡。定定,停留不动貌。
② 依依句:依依,眷恋貌。向物华,谓向往美好之景物。
③ 寒梅二句:谓最恨故乡寒梅,往往不待归来,先已开花。

【集评】

沈厚塽《李义山诗集辑评》纪昀云:"意极曲折。"

黄叔灿《唐诗笺注》:"'定定'字新。'长作去年花','定定'意出。又妙在'依依'二字,如画家皴法,再即'定定'烘染,说得可怜。"

【评解】

作客他乡,欲归不得,却咎寒梅,用意婉曲,耐人讽味。(富)

天涯

春日在天涯,天涯日又斜。

莺啼如有泪,为湿最高花①。

① 莺啼二句:最高花为花之绝顶枝,迟开易落,故曰莺若有知,应洒同情之泪。

【集评】

冯浩《玉溪生诗笺注》引田兰芳云："一气浑成，如是即佳。"又引杨守智云："意极悲，语极艳，不可多得。"

【评解】

上二句极写飘泊失意之感，下二句自惜才华，更伤迟暮，寄慨殊深。通首寓意甚曲，又极浑成自然。（富）

听鼓

城头叠鼓声，城下暮江清。

欲问渔阳掺，时无祢正平①。

① 《后汉书·祢衡传》载：祢衡，字正文，东海郯人。有文才，性刚傲。孔融疏荐之，并数称述于曹操。操欲见之，衡称疾不往，复有狂言。操怀忿，以其有才名，不欲杀之。闻衡善击鼓，乃召为鼓史，因大会宾客，使着鼓史之服，欲以辱之。衡为《渔阳》参挝，音节悲壮，听者莫不慷慨。衡进至操前，吏诃之使改装，乃解衣裸身而立，易鼓史之衣，复参挝而去，颜色不怍。操笑曰："本欲辱衡，衡反辱孤。"渔阳掺，即《渔阳》参挝，鼓曲名。参挝为击鼓技法。

【集评】

沈厚塽《李义山诗集辑评》纪昀云："次句着'城下暮江清'五字，倍觉萧寥空旷，动人远想。此烘染之法。"

【评解】

前半写城头鼓声，烘托入神。后半就听鼓致慨，叹当时无傲笑权臣如祢衡者。音节清壮，以气格胜。（富）

细雨

帷飘白玉堂,簟卷碧牙床①。

楚女当时意,萧萧发彩凉②。

① 帷飘二句:形容起风。白玉堂、碧牙床为堂与床之美称。
② 楚女二句:谓细雨如当时楚女之发彩。用巫山神女行雨事,见李白《清平调词》注。楚女,即神女,因巫山古为楚地,故称楚女。发彩,指发丝之光泽。

【集评】

沈厚塽《李义山诗集辑评》纪昀云:"小诗之有情致者,佳在浑成。"

冯浩《玉溪生诗集笺注》:"胡震亨曰:着'彩'字方是瑶姬。赵氏《万首绝句》误改为'发影',公然一婆矣。《左传》:'有仍氏女鬒黑而甚美,光可以鉴。'发固可言'彩'矣。吴融诗'如描发彩匀',则'发彩'习用也。"

【评解】

因相传神女行雨,而以神女之发彩比雨丝,殊见体物之工,设想之奇。(富)

宿骆氏亭寄怀崔雍崔衮①

竹坞无尘水槛清,相思迢递隔重城②。

秋阴不散霜飞晚,留得枯荷听雨声③。

① 骆氏亭:处士骆峻所置,在长安郊外。崔雍、崔衮:雍字顺中,曾为和州刺

史;衮,雍之弟,皆崔戎子。义山早年曾受知于戎,在其华州刺史及衮海观察使幕中。
② 重城:指长安。
③ 秋阴二句:暗喻相思不寐。谓秋阴不散,秋霜不降,似故为护惜残荷,留待孤客听雨。

【集评】

沈厚塽《李义山诗集辑评》何焯云:"下二句藏得永夜不寐,相思可以意得也。"纪昀云:"不言雨夜无眠,只言枯荷聒耳,意味乃深,直说则尽于言下矣。"又云:"'相思'二字,微露端倪,寄怀之意,全在言外。"

【评解】

以枯荷雨声渲染相思不寐,情景交融,浑涵无迹。通首空灵婉曲,神韵悠然。(富)

夕阳楼[①]

花明柳暗绕天愁,上尽重城更上楼[②]。

欲问孤鸿向何处,不知身世自悠悠[③]。

① 原注:"在荥阳(今河南荥阳县),是所知今遂宁萧侍郎牧荥阳日作者。"按萧侍郎即萧澣,大和七年为郑州刺史,入为刑部侍郎。九年六月,坐事贬遂州刺史。八月,再贬遂州司马。
② 花明二句:写登楼所见,有四顾茫茫之感。
③ 欲问二句:喻萧澣之贬谪失意,己身之飘泊无依。

【集评】

谢枋得《唐诗绝句注解》:"若只道身世悠悠,与孤鸿相似,意思便浅,'欲问'、'不知'四字,无限精神。"

宋顾乐《唐人万首绝句选》评:"写客思之悲,怅惘无尽,使人黯然。"

冯浩《玉溪生诗笺注》:"自慨慨萧,皆在言中,凄惋入神。"

寄令狐郎中①

嵩云秦树久离居②,双鲤迢迢一纸书③。

休问梁园旧宾客④,茂陵秋雨病相如⑤。

① 令狐郎中:令狐绹,令狐楚之子,时为右司郎中。义山早岁见知于令狐楚,尝与绹同游。
② 嵩云句:嵩云,嵩山之云,指河南,时义山丁母忧居家。秦树,秦川之树,指长安。谓两地暌违,有离群索居之感。
③ 双鲤句:谓得令狐书札。双鲤,指书札。见李冶《结素鱼贻友人》注。
④ 梁园旧宾客:《史记·司马相如传》:"客游梁,梁孝王令与诸生同舍。"义山曾从令狐楚于汴州,故云。
⑤ 茂陵句:茂陵,在今陕西兴平县。病相如,义山自谓。《史记·司马相如传》:"相如既病免,家居茂陵。"

【集评】

程梦星《李义山诗集笺注》:"此亦居郑亚幕中寄绹者,曰嵩云离居,曰梁园旧客,皆追论畴昔从令狐楚于汴州之时。末句以茂陵卧病自慨者,亦颓然自放,免党怨之词。"

姚培谦《李义山诗集笺注》:"以杨得意望令狐。"

沈厚塽《李义山诗集辑评》纪昀云:"一唱三叹,格韵俱高。"

宋顾乐《唐人万首绝句选》评:"布置工妙,神味隽永,绝句之正鹄也。"

冯浩《玉溪生诗笺注》引杨守智云:"其词甚悲,意在修好。"

【详解】

　　此诗作于令狐绹为右司郎中之日,时义山丁母忧家居多病。迨其从郑亚于岭南,则令狐已出为湖州刺史矣。程氏之说未确,姚、杨所云是也。(刘)

汉宫词

青雀西飞竟未回,君王长在集灵台①。

侍臣最有相如渴②,不赐金茎露③一杯。

① 青雀二句:谓青雀不还,仙缘已绝,而君王不悟,犹登台祈祷不已。青雀,即青鸟,西王母使者。《汉武故事》:"七月七日,上斋居承华殿,忽有一青鸟从西方飞来,东方朔曰:'西王母欲来。'有顷,王母至。及去,许帝三年后复来,后竟不来。"集灵台,即集灵宫,武帝祈仙处。《三辅黄图》:"集灵宫、望仙台俱在华阴界。"唐亦有集灵台,即长生殿。
② 相如渴:《史记·司马相如传》:"常有消渴疾。"消渴疾即糖尿病,患者多口渴。
③ 金茎露:《三辅黄图》引《庙记》云:"神明台,武帝造,祭仙人处,上有承露盘,有铜仙人舒掌捧铜盘玉杯以承云表之露,和玉屑服之以求仙道。"

【集评】

　　罗大经《鹤林玉露》:"讥武帝求仙也。言青雀杳然不回,神仙无可致之理必矣。而君王未悟,犹徘徊台上,庶几见之。且胡不以一物验其真妄乎?金盘承露,和以玉屑,服之可以长生,此方士之说也。今侍臣相如正苦消渴,何不以一杯赐之?若服之而愈,则方士之说,犹可信也。不然,则其妄明矣。二十八字之间,委婉曲折,含不尽之意。"

　　吴乔《围炉诗话》:"义山'侍臣最有相如渴,不赐金茎露一杯',言云表露试之治病,可知真伪,讽宪、武之求仙也。"

朱鹤龄《李义山诗集笺注》："按史，宪宗服金丹暴崩，穆宗、武宗复循其辙。义山此作，深有讽托，与《瑶池》诗同旨。"

程梦星《李义山诗集笺注》："按长孺（朱鹤龄）之言，以为与《瑶池》诗同旨，是也。但泛论宪宗、穆宗、武宗之求仙，未归一是。愚意专为武宗也。考武宗会昌五年正月，筑望仙台于南郊，则比事属辞，最为亲切也。"

姚培谦《李义山诗集笺注》："微词婉讽，胜读一篇《封禅书》。"

沈厚塽《李义山诗集辑评》何焯云："讽求仙之无稽，而贤才不得志也。"纪昀云："笔笔折转，警动非常，而出之以深婉。"又云："露若能医消渴，犹可冀长生，何不以一杯试之？用意最曲。若作好神仙而不恤贤臣，其意浅矣。"

沈德潜《唐诗别裁》："言求仙无益也。或谓刺好神仙而疏贤才；或谓天子求仙，宫闱必旷，故以宫词名篇，以宫女比相如（按此唐汝询之说），穿凿可笑。"

黄叔灿《唐诗笺注》："此叹人君之信方士而不亲正人也，微婉有风人遗意。"

宋顾乐《唐人万首绝句选》评："义山《汉宫词》、《瑶池》等作，皆刺求仙，为武宗好方士而作。"

冯浩《玉溪生诗笺注》："武宗朝，义山闲居时多，借以自慨，非讽谏也。"又引田兰芳云："深婉不露，方是讽谏体。"

张采田《李义山诗辨正》："武宗朝，义山丁忧闲居，故借武宗求仙以寄慨。'侍臣'二句，义山自谓，曾官秘书省正字，故曰'侍臣'也。'相如渴'，以相如茂陵卧病比己之闲居也。寄子直（令狐绹字子直）已言'茂陵秋雨病相如'矣，盖同时作。"

俞陛云《诗境浅说续编》："前二句言求仙之虚妄，以一'竟'字唤醒之，而君王仍长日登台不悟。三四句以相如病渴、金盘承露两事联缀用之，见汉武之见贤而不能举。此殆借酒以消块垒，自嗟其身世也。"

【评解】

此诗本旨，诸家众论纷纭，然细玩诗意，当以何焯之说为长。通首曲折微婉，深得托古讽今之妙。（富）

瑶池①

瑶池阿母绮窗开②,黄竹歌声动地哀③。

八骏日行三万里④,穆王何事不重来⑤?

① 瑶池:相传周穆王西游,与西王母会于瑶池之上。见《穆天子传》。
② 瑶池句:谓西王母接待穆王。阿母,西王母,又称玄都阿母。
③ 黄竹句:穆王南游时,见大雪天寒,百姓受冻,曾作《黄竹之歌》三章。见《穆天子传》。此谓穆王纵游求仙之日,正国人饥寒哀号之时。
④ 八骏句:相传穆王驾八骏马,日行三万里,西至瑶池。
⑤ 穆王句:穆王离瑶池,西王母作歌相送曰:"白云在天,山陵自出。道里悠远,山川间之。将(希望)子无死,尚能复来。"穆王答曰:"予归东土,和治诸夏。万民平均,吾顾见汝。比及三年,将复而野。"见《穆天子传》。不重来,意谓穆王已死,不能践三年之约。

【集评】

程梦星《李义山诗集笺注》:"此追叹武宗之崩也。武宗好仙,又好游猎,又宠王才人。此诗镕铸其事而出之,只用穆王一事,足概武宗三端,用思最深,措词最巧。"

沈厚塽《李义山诗集辑评》何焯云:"疑讽武宗也,当与《汉宫词》参看。诗云:'将子无死,尚复能来。'不来则死矣,讥求仙之无益也。"

冯浩《玉溪生诗笺注》引钱良择云:"此方专讽学仙。"

【评解】

《汉宫词》讽求仙而不亲贤才,此诗则讽求仙而不恤百姓,皆有鉴戒之意,然不必实指武宗。下二句以诘问之词出之,尤沉至而有余味,盖言尽而意不尽也。(刘)

汉宫

通灵夜醮达清晨①,承露盘晞甲帐春②。

王母不来方朔去③,更须重见李夫人④。

① 通灵句:谓汉武帝求仙虔诚,通宵祭祀。通灵,通灵台,武帝建,在甘泉宫中。醮,祭也。
② 承露句:承露盘,见前《汉宫词》注。晞,干也。甲帐,《汉武故事》:"以琉璃珠玉,明月夜光,错杂天下珍宝为甲帐,其次为乙帐。甲以居神,乙以自居。"
③ 王母句:王母不来,谓西王母不再降临,详见前《汉宫词》注。方朔去,谓东方朔死去。《太平广记》东方朔条载:朔卒前谓同舍郎曰:"天下无能知朔,知朔者惟太王公耳。"太王公善星历,朔卒后武帝召问之,对曰:"天上不见岁星十八年,今复见耳。"武帝仰天叹曰:"东方朔在朕旁十八年,而不知是岁星哉!"
④ 更须句:谓武帝求仙不成,更欲与李夫人亡魂相见,盖讽其执迷不悟也。《汉书·外戚传》载:李夫人少而早卒,武帝思念不已,方士少翁言能致其神。乃夜张灯烛,设帷帐,陈酒肉,而令武帝居他帐,遥望见好女如李夫人之貌,还踅坐而步。因不得就视,武帝愈益相思悲感。

【集评】

程梦星《李义山诗集笺注》:"此似为讽武宗也。武宗亦英明之主,而外崇刘玄静,内宠王才人,既欲学仙,又复好色,大惑也。与汉武后先一辙,故托言焉。"

沈厚塽《李义山诗集辑评》何焯云:"抛却神仙,反求死鬼,讽刺太毒。"纪昀云:"不下贬词而讽刺自切。"

俞陛云《诗境浅说续编》:"此诗与集中《王母祠》、《瑶池》二诗相似。唐代尊奉老聃,宫廷每尊奉仙灵,相沿成习,玉溪借汉宫以托讽也。"

【评解】

晚唐诸帝多信奉神仙,追求长生,致有服药暴卒者。此诗亦嘲讽求仙之妄诞及

封建统治者之愚昧。通首用典,妙在善于点化,故泯去痕迹而益见灵动。(富)

灞岸①

山东今岁点行频,几处冤魂哭虏尘②。

灞水桥边倚华表③,平时二月有东巡④。

① 灞岸:长安城东灞水边。
② 山东二句:会昌二年(八四二)八月,回鹘乌介可汗入侵云、朔北川(今山西北部地区),大肆杀掠,唐政府征发许、蔡、汴、滑等六镇之师,会军太原。见《旧唐书·武宗本纪》。山东,华山以东地区。点行,按名册抽丁出征。
③ 华表:见白居易《望江州》注。此指桥柱。
④ 平时句:安史乱前,唐诸帝常巡游洛阳,乱后遂不复东巡。《书·舜典》:"岁二月,东巡守。"此用其语,并非唐时东巡在二月也。

【集评】

屈复《玉溪生诗意》:"伤时念乱之作。"

沈厚塽《李义山诗集辑评》纪昀云:"前二句粗浅,后二句以倒装见吐属之妙。若以后二句意作起,前二句意作结,则索然矣。此用笔之妙。"

【评解】

前述回鹘入侵,后思平时东巡,以对照见意,不着议论而感慨殊深。(富)

赋得鸡①

稻粱犹足活诸雏,妒敌专场好自娱②。

可要五更惊稳梦，不辞风雪为阳乌③？

① 赋得鸡：一作《鸡》，无"赋得"二字。《战国策·秦策》："诸侯不可一，犹连鸡不能俱止栖亦明矣。"此诗即取其义以刺藩镇。按会昌三年（八四三）八月，唐政府下令讨伐泽潞藩镇刘稹，诸镇意存猜忌，观望不前。诗殆为此而作。
② 稻粱二句：喻藩镇割据一方，子孙世袭富贵，犹彼此为私利而敌视争战。妒敌专场，刘孝威《斗鸡篇》："丹鸡翠羽张，妒敌得专场。"专场，谓斗鸡战胜对方，霸占全场。
③ 可要二句：喻藩镇各怀私意，不为朝廷效力。可要，犹岂要、岂愿。为阳乌，为太阳升起而长鸣报晓。阳乌，太阳。相传日中有三足乌，故名。此指皇帝。按韩偓《观斗鸡偶作》："何曾解报稻粱恩，金距花冠气遏云。白日枭鸣无意问，惟将芥羽害同群。"亦借鸡讽刺藩镇，可参看。

【集评】

冯浩《玉溪生诗集笺注》："刺藩镇利传子孙，故妒敌专权，无勤劳王室之意。当为讨泽潞、宣谕河朔三镇时作。"

张采田《玉溪生年谱会笺》："冯说殊妙。'勿为子孙之谋，欲存辅车之势'，卫公先见，足为此诗确证。结言恐惊稳梦，不过冀朝廷不夺我兵权耳。"

夜雨寄北①

君问归期未有期，巴山②夜雨涨秋池。

何当共剪西窗烛，却话巴山夜雨时。

① 洪迈《万首唐人绝句》有别作《夜雨寄内》者。冯浩《玉溪生年谱》、张采田《玉溪生年谱会笺》均谓此乃大中二年（八四八）留滞巴蜀时寄怀其妻王氏之作。岑仲勉《玉溪生年谱会笺平质》谓义山大中二年未至巴蜀，大中五年赴东川时，其妻王氏已亡。
② 巴山：泛指巴蜀地区。

【集评】

屈复《玉溪生诗意》："即景见情,清空微妙,玉溪集中第一流也。"

姚培谦《李义山诗集笺注》："(白居易《邯郸冬至夜思家》)'料得家中夜深坐,还应说着远行人',是魂飞到家里去,此诗则又预飞到归家后去。奇绝。"

沈德潜《唐诗别裁》："此寄闺中之诗。"

沈厚塽《李义山诗集辑评》何焯云："'水精如意玉连环',荆公屡仿此。"纪昀云:"探过一步作收,不言当下如何而当下可想。"又云:"作不尽语每不免有做作态,此诗含蓄不露,却只似一气说完,故为高唱。"

黄叔灿《唐诗笺注》："滞迹巴山,又当夜雨,却思剪烛西窗,将此夜之愁细诉,更觉愁绪缠绵,倍为沉挚。"

宋顾乐《唐人万首绝句选》评："婉转缠绵,荡漾生姿。"

冯浩《玉溪生诗集笺注》："语浅情深,是寄内也。然集中寄内诗皆不明标题,仍当作'寄北'。"

桂馥《札朴》："眼前景反作日后怀想,此意更深。"

施补华《岘佣说诗》："李义山'君问归期'一首,贾长江'客舍并州'一首,曲折清转,风格相似,取其用意沉至,神韵尚欠一层。"

俞陛云《诗境浅说续编》："清空如话,一气循环,绝句中最为擅胜。此与'客舍并州已十霜'诗,皆首尾相应,同一机轴。"

刘永济《唐人绝句精华》："如此作法,笔势非常矫健,且可省却许多语言,诗家谓之顿挫者是也。"

【评解】

思家之作,或直抒悲慨,如岑参《逢入京使》;或从对方落笔,如王维《九日忆山东兄弟》。然总不如此诗之曲折缠绵,循环往复,别开境界。(刘)

杜司勋①

高楼风雨感斯文②,短翼差池不及群③。

刻意伤春复伤别④,人间惟有杜司勋。

① 杜司勋：杜牧,曾为司勋员外郎。
② 高楼句：风雨,喻乱世。《诗·郑风·风雨》："风雨如晦,鸡鸣不已。"序云："《风雨》,思君子也。"感斯文,感叹斯文不振,即世衰道微之意。
③ 短翼句：喻杜牧仕宦失意。差池,不齐貌。《诗·邶风·燕燕》："燕燕于飞,差池其羽。"
④ 伤春伤别：伤春,指伤时忧国,承首句。伤别,指飘泊远宦,承次句。

【集评】

程梦星《李义山诗集笺注》："义山于牧之凡两为诗,其倾倒于牧之者至矣。然'杜牧司勋字牧之'律诗,专美牧之也,此则借牧之慨己也。盖以牧之之文词,三历郡而后内迁,已可感矣,然较之己短翼雌伏者,不犹愈耶！此等伤心,惟杜经历,差池铩羽,不及群飞,良可叹也。玩上二语,伤己意多而颂杜意少,味之可见。"

姚培谦《李义山诗集笺注》："天下惟有至性人,方解伤春伤别。茫茫四海,除杜郎外,真是不晓得伤春,不晓得伤别也。"

沈厚塽《李义山诗集辑评》何焯云："'高楼风雨'、'短翼差池',玉溪方自伤春伤别,乃弥有感于司勋之文也。"

宋顾乐《唐人万首绝句选》评："借以自比,含思悠然。"

冯浩《玉溪生诗集笺注》引杨守智云："极力推重樊川,正是自作声价。"

【评解】

短翼差池,伤春伤别,彼此同之,惺惺相惜,情见乎辞。（刘）

李卫公①

绛纱弟子音尘绝②,鸾镜佳人旧会稀③。

今日致身歌舞地,木棉花暖鹧鸪飞④。

① 李卫公:即李德裕,曾封卫国公,见本书德裕小传。大中元年(八四七),德裕贬潮州司马,次年又贬崖州(今广东海口市)司户参军。此伤其远贬而作。
② 绛纱句:绛纱弟子,指其门下士。东汉马融讲学时,"常坐高堂,施绛纱帐,前授生徒,后列女乐"。见《后汉书·马融传》。音尘绝,音信断绝。
③ 鸾镜句:鸾镜佳人,指其姬妾舞妓。范泰(晋、宋间人)《鸾鸟诗序》:"昔罽宾王结罝峻卯之山,获一鸾鸟,王甚爱之,欲其鸣而不致也。乃饰以金樊,飨以珍馐,对之愈戚,三年不鸣。其夫人曰:'尝闻鸾鸟见其类而后鸣,何不悬镜以映之?'王从其言,鸾睹影悲鸣,哀响冲霄,一奋而绝。"旧会稀,谓不复相见。
④ 今日二句:谓今日南贬,收身于昔时歌舞繁华之地,眼前惟见木棉花发,鹧鸪乱飞。按德裕《谪岭南道中作》"不堪肠断思乡处,红槿花中越鸟啼",可参看。木棉,见张籍《送蜀客》注。

【集评】

程梦星《李义山诗集笺注》:"李德裕之为人,史称其性孤峭,又不喜饮酒,后房无声色之娱,此诗'绛纱弟子'、'鸾镜佳人',事殊无征。大抵欲形容今日之流贬,不得不借端于昔时之贵盛,倘所谓诗人之言不必有其实耳。"

冯浩《玉溪生诗集笺注》:"下二句不言身赴南荒,而反折其词,与'旧时王谢堂前燕,飞入寻常百姓家'同一笔法,伤之,非幸之也。"

张采田《玉溪生年谱会笺》:"木棉花暖,鹧鸪乱飞,'绛纱'、'鸾镜'之乐,安可复得耶?言虽是讽,意实深悲。"

【评解】

李德裕会昌中为相,外御回鹘,内平泽潞叛镇,功勋卓著。义山为郑亚代拟《会昌一品集序》中,称其为"万古之良相"。此诗慨叹德裕南贬,门生姬妾,并皆离散;结

句以丽语反衬贬地荒凉,深情无限。通首笔致清婉,格韵殊高。(富)

旧将军①

云台高议②正纷纷,谁定当时荡寇勋?

日暮灞陵原上猎,李将军是故将军③。

① 此借李广伤当时名将石雄功高被斥。石雄,徐州人,勇敢善战。会昌中,曾大破回鹘,平定藩镇刘稹叛乱,战功卓著。雄为李德裕识拔,德裕罢相,雄遭排斥,饮恨而卒。见两《唐书》本传。
② 云台高议:见王维《少年行》注。
③ 日暮二句:借喻石雄被冷落、弃置。《史记·李将军列传》:"广家与故颍阴侯孙屏野居蓝田南山中射猎。尝夜从一骑出,从人田间饮。还至霸陵亭,霸陵尉醉,呵止广。广骑曰:'故李将军。'尉曰:'今将军尚不得夜行,何乃故也?'止广宿亭下。"故将军,一作"旧将军"。

【集评】

程梦星《李义山诗集笺注》:"武宗崩,宣宗立,遽罢李德裕相。德裕秉政日久,位重有功,众不意遽罢,闻者莫不惊骇。此诗为此事也。"

沈厚塽《李义山诗集辑评》何焯曰:"此似为石雄而发,讥当时弃功不录也,词致清婉。"

冯浩《玉溪生诗集笺注》:"午桥(程梦星)谓慨李卫公,极是。义门(何焯)谓为石雄发,亦通。然卫国之庙算,乃功人也。"

【评解】

题为《旧将军》,乃借李广以伤石雄,何氏所云是也。程氏谓慨李德裕,冯氏谓程、何两说均可通,皆未省立题之意也。(富)

梦泽①

梦泽悲风动白茅②,楚王葬尽满城娇③。

未知歌舞能多少,虚减宫厨为细腰④。

① 此大中二年(八四八)自桂州北归时作。梦泽,即古代云梦泽,云泽在长江北,梦泽在江南,为方圆八九百里之沼泽地区,故址在今湖北南部、湖南北部。
② 白茅:指湖泽荒野所生之茅草。《左传》载楚国每年须向周天子进贡包茅,故及之。
③ 楚王句:《后汉书·马廖传》:"传曰:'楚王好细腰,宫中多饿死。'"此句形容饿死者之多也。楚王,指春秋时楚灵王,为著名荒淫国君。娇,美女。
④ 未知二句:谓不知能得几次歌舞,楚宫美女枉自节减饮食而为细腰。《管子·七臣七主》:"楚王好小腰,而美人省食。"

【集评】

姚培谦《李义山诗集笺注》:"普天下揣摩逢世才人,读此同声一哭矣。"

沈厚塽《李义山诗集辑评》纪昀云:"繁华易尽,从争宠者一边落笔,便不落吊古窠臼。"

【评解】

以夸张尖刻之笔,刺趋时争宠之辈,使事灵变,措语冷隽。(富)

代赠 二首

楼上黄昏欲望休,玉梯横绝月中钩①。

芭蕉不展丁香结,同向春风各自愁②。

① 楼上二句:谓暝色渐合,徒劳远望;玉梯虽高,亦难攀月,皆喻相思不能相见之意。
② 芭蕉二句:喻彼此各有愁怀,同深郁结。芭蕉不展,谓蕉心紧裹不展。丁香结,丁香花后,其子缄结厚壳中,其壳两瓣相合,称丁香结。唐人诗多用以喻固结不解。

【集评】

俞陛云《诗境浅说续编》:"前二句楼上玉梯之意,与李白(《菩萨蛮》)之'暝色入高楼,有人楼上愁','玉梯空伫立,宿鸟归飞急',词意相似,乃述望远之愁怀。后二句即借物写愁:丁香之结未舒,蕉叶之心不展,春风纵好,难破愁痕。物犹如此,人何以堪,可谓善怨矣。"

东南日出照高楼①,楼上离人唱石州②。

总把春山扫眉黛,不知供得几多愁③?

① 东南句:古乐府《陌上桑》:"日出东南隅,照我秦氏楼。"
② 石州:即《石州词》,商调曲。
③ 总把二句:意谓纵以春山为螺黛而画眉,亦容纳不了如许之愁。与李清照《武陵春》词"只恐清溪舴艋舟,载不动许多愁",用意相似。总,唐人诗中每用为"纵"字解。

【集评】

沈厚塽《李义山诗集辑评》纪昀云:"二首情致自佳,艳体之不伤雅者。"

【评解】

两诗皆写相思而不能相见,深情遥恨,含茹不尽。(刘)

读任彦昇①碑

任昉当年有美名，可怜②才调最纵横。

梁台初建应惆怅，不得萧公作骑兵③。

① 任彦昇：任昉，字彦昇，为南朝齐、梁时著名文学家。
② 可怜：可爱。
③ 梁台二句：《南史·任昉传》："始梁武与昉遇竟陵王西邸，从容谓昉曰：'我登三府（汉代以太尉、司徒、司空所设府署，合称三府），当以卿为记室。'昉亦戏帝曰：'我若登三事（即三公），当以卿为骑兵。'以帝善骑也。"梁台，即梁朝，南朝称朝廷禁省为台。萧公，指梁武帝萧衍。

【集评】

程梦星《李义山诗集笺注》："此诗明为大中四年十月令狐绹入相而发。"

姚培谦《李义山诗集笺注》："文人崛强如此，岂帝王所能夺耶！"

沈厚塽《李义山诗集辑评》何焯云："'中书堂里坐将军'（温庭筠嘲令狐绹语）也，奈何他不得。"纪昀云："此寓升沉之感。"

张采田《李义山诗辨正》："通体俊爽老健。"

刘永济《唐人绝句精华》："商隐此诗虽有升沉之感，然以任昉、萧衍二人事为言，颇具调侃之致。"

【评解】

晚唐藩镇割据，武将见尊，义山自负才华，沉沦幕府，故以任昉为比，借古致慨。（富）

复京①

虏骑胡兵②一战摧，万灵回首贺轩台③。

天教李令心如日，可要昭陵石马来④？

① 复京：指李晟于兴元元年（七八四）五月收复长安事。建中四年（七八三）九月，淮西叛将李希烈围唐军于襄城。十月，泾原兵被命东征，过长安，以食劣无赏哗变，拥朱泚为主，德宗奔奉天（今陕西乾县）。随后泚称帝，国号秦。次年三月，入援奉天之朔方节度使李怀光又反，与泚相结，德宗奔梁州（今陕西南郑县）。神策军将领李晟屯兵东渭桥，内无资粮，外无救援，惟以忠义激励全军，终于迫走李怀光，连败朱泚，收复长安。
② 虏骑胡兵：虏骑，指朱泚叛军，我国古代史籍中常称叛将逆臣为虏，故云。胡兵，指李怀光部，怀光本渤海靺鞨人，故称所部为胡兵。
③ 万灵句：万灵，《史记·封禅书》载：黄帝时万诸侯，而神灵之封居七千。中国华山、首山、太室、泰山、东莱，此五山黄帝之所常游，与神会。其后黄帝接万灵明廷。明廷者，甘泉也。轩台，即轩辕之台。《山海经》："王母之山有轩辕之台。"按此句乃以黄帝涿鹿之战拟德宗也。
④ 天教二句：谓有如李晟之赤胆忠心，自能一战破敌，岂须昭陵石马助战。李令，指李晟。晟以收复长安功，进官司徒兼中书令。昭陵石马，昭陵为唐太宗陵墓，陵前有石刻太宗生前常乘破敌之骏马六匹。见《唐会要》。《安禄山事迹》："潼关之战，我军既败，贼将崔乾祐领白旗引左右驰突，我军视之，状若鬼神。又见黄旗军数百队，官军潜谓是贼，不敢逼之。须臾又见与乾祐斗，黄旗军不胜，退而又战者不一，俄不知所在。后昭陵奏是日灵宫前石人马流汗。"按当日有此传说，谓唐太宗显灵，遣石人马助战。杜甫《行次昭陵》"石马汗常趋"，即咏其事。

【集评】

程梦星《李义山诗集笺注》："李晟平朱泚之乱收复京城事，在兴元元年，去义山之时已远，不必追论其功。此诗盖抚今思昔，慨于将帅之不尽力者。按宣宗大中四年，发诸道兵讨党项，连年无功，则其时诸将中怀畏懦可知，义山盖深讥之。"

姚培谦《李义山诗集笺注》："颂李令所以讽诸将之拥兵养寇。"

浑河中①

九庙无尘八马回②,奉天城垒长春苔③。

咸阳原上英雄骨,半向君家养马来④。

① 浑河中:浑瑊,皋兰州人,本铁勒九姓部落之浑部。朱泚叛乱,德宗奔奉天,后三日,瑊率家人子弟自长安至,率军坚守苦战,解奉天之围,复与李晟收复长安。后兼河中尹,河中、绛、慈、隰节度使,守河中十六年,故称浑河中。见《旧唐书·浑瑊传》。
② 九庙句:九庙无尘,谓长安收复,九庙无恙。九庙,皇帝祭祀祖先之庙,其中祖庙五,亲庙四,共九庙。八马回,指德宗回京,用周穆王乘八骏出游事。
③ 奉天句:谓往年经过激战之奉天城垒,今已长满青苔。
④ 咸阳二句:谓埋葬于咸阳原上之英雄将士,大半是浑瑊之隶卒仆役。程梦星《李义山诗集笺注》:"德宗避难奉天,浑瑊有家奴曰黄苓者,力战有功,即封渤海郡王。可见当日浑公部下不知有几许立功者,此明证也。"按黄苓后改名高固,两《唐书》有传。

【集评】

程梦星《李义山诗集笺注》:"此诗追述浑瑊,与《复京》诗追述李晟,皆借往日之名将,以叹今日之无人。"

沈厚塽《李义山诗集辑评》纪昀云:"后二句言当时厮役皆是英雄,则瑊之为人可知矣。朱长孺引金日磾事,非是。"

咸阳

咸阳宫殿郁嵯峨,六国楼台艳绮罗①。

自是当时天帝醉②，不关秦地有山河③。

① 咸阳二句：《史记·秦始皇本纪》："秦每破诸侯(指六国)，写放(仿)其宫室，作之咸阳北坂上，南临渭，自雍门以东至泾、渭，殿屋复道周阁相属。所得诸侯美人钟鼓，以充入之。"嵯峨，高峻貌。绮罗，指美人。
② 天帝醉：张衡《西京赋》："昔者大帝(天帝)说(悦)秦缪公而觐之，飨以钩天广乐。帝有醉焉，乃为金策，锡用此土，而翦(尽也)诸鹑首(星名，为秦之分野)。是时也，并为强国者有六，然而四海同宅(居也)西秦，岂不诡哉！"
③ 不关句：《史记·六国年表》："秦始小国僻远，诸夏宾(摈)之，比于戎翟，至献公之后常雄诸侯。论秦之德义不如鲁、卫之暴戾者，量秦之兵不如三晋之强也，然卒并天下，非必险固便形势利也，盖若天所助焉。"

【集评】

程梦星《李义山诗集笺注》："当时河北三镇，强梁跋扈，害直与唐终始。故借古以为鉴戒，言强秦因天醉而幸得之，至二世亦以旋失，则凡负固之不若秦者，安能侥幸成事哉！集中《井络》诗云：'将来为报奸雄辈，莫向金牛问旧踪。'措词隐显不同，而风旨则一也。"

沈厚塽《李义山诗集辑评》纪昀云："起二句写平六国蕴藉，后二句亦沉着。"

刘永济《唐人绝句精华》："此与《咏史》诗同意。前二句极写秦之强盛，三四句故为抑扬之词，以见作诗本意在不可恃山河之险，谓为戒诸镇可，谓为警凡有国者亦可。秦灭六国，二世而亡，可为前车之鉴，故诗人特举以为证。咏史事诗必如此作，方不至如胡曾辈之索然寡味也。"

离亭赋得折杨柳 二首

暂凭樽酒送无憀，莫损愁眉与细腰②。

人世死前惟有别，春风争拟惜长条③。

① 暂凭二句：谓且凭樽酒排遣离愁，何必折柳。愁眉、细腰，均指柳。
② 人世二句：谓人生死别之外，惟生离最苦，攀条相送，尚可慰情，则春风亦何必惜此长条也。

【集评】

沈厚塽《李义山诗集辑评》何焯云："惊心动魄，一字千金。"

黄叔灿《唐诗笺注》："'人生死前惟有别'七字，惊人魂魄，笔笔不肯作平易语。"

含烟惹雾每依依，万绪千条送落晖。

为报行人休折尽，半留相送半迎归①。

① 为报二句：谓送别迎归，俱有情意，何必折尽，为上首不惜长条更进一解。报，告也。

【集评】

沈厚塽《李义山诗集辑评》纪昀云："此则宛转有情。"

冯浩《玉溪生诗集笺注》："就诗论诗，已妙入神矣。深窥之，必为艳体伤别之作。"

【评解】

前章设为自戒自解之辞，写足别离之苦；次章故为调停之说，以抒不尽之情。两首词意往复，相反相成，章法奇妙。（刘）

有感

非关宋玉有微辞①，却是襄王梦觉迟②。

一自高唐赋成后③,楚天云雨④尽堪疑。

① 非关句:战国楚宋玉《登徒子好色赋》:"登徒子短宋玉曰:'玉为人体貌闲丽,口多微辞,又性好色,愿王勿与出入后宫。'玉曰:'体貌闲丽,所受于天也。口多微辞,所学于师也。至于好色,臣无有也。'"
② 却是句:用楚王梦游高唐事,见李白《清平调词》注。
③ 高唐赋:宋玉所作,述楚王与神女欢会事,意在讽谏。
④ 楚天云雨:用巫山神女事,见李白《清平调词》注。

【集评】

沈厚塽《李义山诗集辑评》朱彝尊云:"此非咏楚之事也,题曰《有感》,其意可想而知。"纪昀云:"义山深于讽刺,必有以诗贾怨者,故有此辩。盖为似有寓意而实无所指者作解也。四家谓为《无题》作解,失其旨矣。"又云:"前二句言虽有讽刺,亦因人之愦愦而然,后二句乃言由此召疑。"

【评解】

义山诗虽多感讽之作,未必皆有实事可指,若一一泥求之,必自入疑阵,读其诗者当知此意。(刘)

过郑广文旧居①

宋玉平生恨有余,远循三楚吊三闾②。

可怜留着临江宅,异代应教庾信居③。

① 郑广文旧居:《长安志》:"韩庄在韦曲之东,退之与孟郊赋诗,又送其子读书处。郑庄又在其东南,郑十八虔之居也。"郑广文,即郑虔,诗书画并工,曾为广文馆博士,时称郑广文。

② 宋玉二句：宋玉曾作《九辨》《招魂》等伤吊屈原。三楚，指楚国之东楚、西楚、南楚。孟康《汉书》注："旧名江陵为南楚，吴为东楚，彭城为西楚。"三闾，指屈原，曾为三闾大夫。
③ 可怜二句：庾信《哀江南赋》："诛茅宋玉之宅，穿径临江之府。"《渚宫故事》："庾信因侯景乱，自建康通归江陵，居宋玉故宅。宅在城北三里。"

【集评】

屈复《玉溪生诗意》："宋玉之吊三闾，犹己之吊广文，广文之宅应为己今日之居，广文一生不达，异代同心之悲也。"

程梦星《李义山诗集笺注》："宋玉比郑广文，庾信义山自比也。盖沦落文人，古今一辙，后先相望，未免有情，诗中'恨有余'字、'可怜'字，语意固显然也。"

沈厚塽《李义山诗集辑评》纪昀云："通首以宋玉为比，又是一格。"

冯浩《玉溪生诗集笺注》："结言谁克踵其风流不愧此宅乎？虚说尤妙，自誉自叹，皆寓言外。"又引田兰芳云："即后人复哀后人意，那转婉曲，遂令人迷。"

【评解】

此大中五年义山自徐州还京补太学博士后经郑虔故居之作。上二句以宋玉之远吊屈原，暗比郑虔之贬谪台州，寓己之飘泊桂、徐。下二句以临江宅喻广文之职，借比太学博士。盖虔与义山皆以才人屈居下僚，并属冷官，故异代同悲，借以寄慨。（富）

贾生①

宣室求贤访逐臣②，贾生才调更无伦。

可怜夜半虚前席，不问苍生问鬼神③！

① 贾生：即贾谊，汉文帝时官大中大夫，因力主改革政制，为大臣周勃等排斥，谪为长沙王太傅。后文帝思之，复征还。
② 宣室句：宣室，《三辅黄图》："宣室，未央前殿正室也。"逐臣，贾谊曾谪长沙，故称逐臣。
③ 可怜二句：《史记·贾谊传》："贾生征见，孝文帝方受厘坐宣室，上因感鬼神事，而问鬼神之本。贾生因具道所以然之状。至夜半，文帝前席。既罢曰：'吾久不见贾生，自以为过之，今不及也。'"前席，古时席地而坐，文帝因喜贾谊之言，故不觉膝移而前。虚，枉也，徒也。既知贾谊之才，而不问国事民生，故曰"虚前席"。

【集评】

何焯《三体唐诗》评："贾生前席，犹为虚礼，况无宣室之访逮耶？自伤更在言外。"

姚培谦《李义山诗集笺注》："老杜'前席竟为荣'，一'竟'字已含此一首意。"

沈德潜《唐诗别裁》："钱牧斋'绛灌但知谗贾谊，可思流汗愧陈平'，全学此种。"

沈厚塽《李义山诗集辑评》何焯云："徒问鬼神，贾生所以吊屈也。彤庭初至，才调莫知，伤之如何，又后世之吊贾矣。"纪昀云："纯用议论，然以唱叹出之，故佳。"

宋顾乐《唐人万首绝句选》评："议论风格俱峻。"

冯浩《玉溪生诗集笺注》："义山退居数年，起而应辟，故每以逐客逐臣自喻，唐人习气也。"

俞陛云《诗境浅说续编》："玉溪绝句，属辞蕴藉，咏史诸作，则持正论，如咏《宫妓》及《涉洛川》、《龙池》、《北齐》与此诗皆是也。汉文、贾生，可谓明良遇合，乃召对青蒲，不求谠论，而涉想虚无，则屠主庸臣，又何责耶！"

刘永济《唐人绝句精华》："程梦星《笺注》：'此谓李德裕谏武宗好仙也。'按诗责其不问苍生，则不止好仙为不当，且不恤国事，不重民生，尤非求贤之意，义更正大。"

【评解】

义山诗中屡以贾生自况，观其《安定城楼》"永忆江湖归白发，欲回天地入扁舟"之句，颇以才略自负，而不甘以词人没世者。此诗借史事讽刺封建统治者虽有贤才而不能用，乃抒怀才不遇之感，伤贾生即自伤也。（刘）

屏风

六曲连环①接翠帷,高楼半夜酒醒时。

掩灯遮雾密如此,雨落月明俱不知。

① 六曲连环:指六曲屏风。屏风共十二扇,曲叠六折。李贺《屏风曲》:"团回六曲抱膏兰。"

【集评】

程梦星《李义山诗集笺注》:"乃为有情不达,深感壅闭而作。"

姚培谦《李义山诗集笺注》:"此为蔽明塞聪者发。"

张采田《李义山诗辨正》:"此诗是咏屏风,借物寓慨,故措语不嫌太显。此正深得比喻之妙,看似直致,实则寄托不露,神味更深,玉溪独成家数,全在乎此。"

刘永济《唐人绝句精华》:"此讽谗障之害也。商隐平生受谗人之害甚深,故有此作。"

七夕①

鸾扇斜分凤幄开,星桥横过鹊飞回②。

争将世上无期别,换得年年一度来③。

① 七夕:旧传七月七日之夜牛郎、织女两星相会,称是夜为七夕。
② 星桥句:《风俗记》:"七夕织女当渡河,使鹊为桥。"
③ 争将二句:《荆楚岁时记》:"天河之东有织女,天帝之子也。年年机杼劳役,

织成云锦天衣。帝怜其独处,许嫁河西牵牛郎,遂废织纴。天帝怒,责令归河东,惟每年七月七日夜渡河一会。"

【评解】

生离胜于死别之意,以羡叹出之,弥见沉痛,是悼亡之作也。(刘)

夜半

三更三点①万家眠,露欲为霜月堕烟。

斗鼠上堂蝙蝠出,玉琴②时动倚窗弦。

① 三更三点:谓夜半。古代报时,以一夜分五更,一更分五点。
② 玉琴:琴之美称。

【集评】

程梦星《李义山诗集笺注》:"此亦悼亡之作,若专以为写景,则负此诗矣。"

沈厚塽《李义山诗集辑评》纪昀云:"此有意不肯说出,然不免有做作态,意到而神不到之作。夫径直非诗也,含蓄而有做作之态,亦非其至也。此辨甚微。"

冯浩《玉溪生诗集笺注》引田兰芳云:"'万家眠',己独不能眠,愁先景生,非缘境起,说愁更深。"

张采田《李义山诗辨正》:"此诗神意俱到,且用笔亦极自然,无所谓'做作态'也。诗只写景,而愁况自见言外,作者之意,本任读者细领耳。"

【评解】

通首烘染夜半景色,反衬愁人不寐,以见悼亡深情。此亦别具匠心之作,纪氏谓"含蓄而有做作之态",所论极为精微。(富)

望喜驿别嘉陵江水二绝①

嘉陵江水此东流,望喜楼中忆阆州②。

若到阆中还赴海,阆州应更有高楼③。

① 此大中五年(八五一)冬应柳仲郢之辟赴东川途中作。望喜驿,在今四川广元县南。嘉陵江,源出陕西凤县嘉陵谷,流经四川广元、阆中等地,至重庆入长江。望喜驿前嘉陵江水向东南流,而义山经此向西南行,故曰"别嘉陵江水"。
② 阆州:今四川阆中县。
③ 若到二句:写对嘉陵江水之眷恋,谓江水流至阆州还将远赴大海,则阆州应更有高楼以望江水。

【集评】

屈复《玉溪生诗意》:"江水东流,高楼可望,江流到海,更有高楼,言不忍别也。"

沈厚塽《李义山诗集辑评》纪昀云:"曲折有味。"

千里嘉陵江水色,含烟带月碧于蓝①。

今朝相送东流后,犹自驱车更向南②。

① 含烟句:状江水之清澈。杜甫《阆州歌》:"嘉陵江水何所似,石黛碧玉相因依。"蓝,植物名,其叶可制染料,俗名靛青。
② 今朝二句:谓今朝别嘉陵江后,还须驱车向西南远行。

【集评】

屈复《玉溪生诗意》:"一二嘉陵之美,三四别路无已也。"

沈厚塽《李义山诗集辑评》纪昀云:"前首说江东流是将别,此首说人南行则已别矣,二首相生。"

【评解】

前章写别前驿楼望远之情,次章写别后依依回顾之意,皆反衬愈行愈远之怅惘。曲折深婉,极回合照映之妙。(富)

嫦娥

云母屏风烛影深,长河渐落晓星沉①。

嫦娥应悔偷灵药②,碧海青天夜夜心。

① 云母二句:写嫦娥独处凄寂,长夜不寐情景。烛影深,烛影沉沉。长河,即银河。
② 偷灵药:《淮南子·览冥训》:"羿请不死之药于西王母,姮娥窃之奔月宫。"

【集评】

谢枋得《唐诗绝句注解》:"诗意谓嫦娥有长生之福,无夫妇之乐,岂不自悔。前人未道破。"

锺惺《唐诗归》:"语想俱刻,'夜夜心'三字,却下得深浑。"

敖英《唐诗绝句类选》:"此诗翻空断意,从杜诗(《月》)'斟酌嫦娥寡,天寒奈九秋'变化而出。"

黄生《唐诗摘钞》:"义山诗中多属意妇女。观《月夕》一首云:'草上阴虫叶上霜,朱栏迢递压湖光。兔寒蟾冷桂花白,此夜姮娥应断肠。'玩次句语景,'姮娥'字似暗有所指。此作亦然。'朱栏迢递','屏风烛影',皆所思之地之景耳。"

屈复《玉溪生诗意》:"嫦娥指所思之人也,作真指嫦娥,痴人说梦。"

程梦星《李义山诗集笺注》:"此亦刺女道士,首句言其洞房深曲之景,次句言其夜会晓离之情,下二句言其不为女冠,尽堪求偶,无端入道,何日上升也?则心如悬旌,未免悔恨于天长海阔矣。"

沈德潜《唐诗别裁》:"孤寂之况,以'夜夜心'三字尽之。士有争先得路而自悔者,亦作如是观。"

黄叔灿《唐诗笺注》:"此诗似有所为,而借嫦娥以托意。上二句赋其长夜阒寂,借后羿之妃奔入月宫而言,亦翻案语。义山最喜作此等诗,如'金徽却是无情物,不许文君忆故夫','莫讶韩凭为蛱蝶,等闲飞上别枝花','八骏日行三万里,穆王何事不重来',皆是有意出奇也。"

沈厚塽《李义山诗集辑评》何焯云:"自比有才调翻致流落不偶也。"纪昀云:"意思藏在第一句,却从嫦娥对面写来,十分蕴藉。此悼亡之诗,非咏嫦娥。"

宋顾乐《唐人万首绝句选》评:"借嫦娥抒孤高不遇之感,笔舌之妙,自不可及。"

冯浩《玉溪生诗集笺注》:"或为入道而不耐孤子者致消也。"

张采田《玉溪生年谱会笺》:"义山依违党局,放利偷合,此自忏之词,作他解者非。"《李义山诗辨正》:"写永夜不眠,怅望无聊之景况,亦托意遇合之作。嫦娥偷药,比一婚于王氏,结怨于人,空使我一生悬望,好合无期耳。若解作悼亡诗,味反浅矣。冯氏谓刺诗,似误。"

俞陛云《诗境浅说续编》:"嫦娥偷药,本属寓言,更悬揣其有悔心,且万古悠悠,此心不变,更属幽玄之思,词人之戏笔耳。"

【评解】

此诗历来聚讼纷纭,未得确解。然细玩诗意,当以何焯之说为近,盖自悔才思深颖,孤高不能谐俗,以致沉沦不偶,故借嫦娥抒慨。(富)

霜月

初闻征雁已无蝉,百尺楼台水接天[①]。

青女素娥俱耐冷②，月中霜里斗婵娟③。

① 水接天：形容水月交相辉映。
② 青女句：青女，司霜之神。素娥，即嫦娥。
③ 婵娟：美好貌。

【集评】

周必大《二老堂诗话》："唐李义山《霜月》绝句：'青女素娥俱耐冷，月中霜里斗婵娟。'本朝石曼卿云：'素娥青女原无匹，霜月亭亭各自愁。'意相反而句皆工。"

沈厚塽《李义山诗集辑评》何焯云："第二句先写霜月之光，最接得妙，下二句是常语。"纪昀云："次句极写摇落高寒之意，则人不耐冷可知，妙不说破，只以对面衬映之。"

【评解】

以青女素娥之耐冷，反衬所处之高寒绝俗，笔意殊为深曲。（刘）

柳①

柳映江潭底有情②？望中频遣客心惊。

巴雷隐隐千山外，更作章台走马③声。

① 此在东川幕中思归之作。
② 底有情：犹言何其有情。
③ 章台走马：《汉书·张敞传》："时罢朝会，走马章台街。"章台，长安街名。

【集评】

沈厚塽《李义山诗集辑评》纪昀云："末二句深情忽触，不复在迹象之间。"

冯浩《玉溪生诗笺注》:"走马章台,乃官于京师也,今雷在巴山,声偏相类,益惊远客之心矣。意曲而挚。"

【评解】

江柳巴雷,原不相涉,以章台走马绾合之,思归之意自见,而全无凑泊之迹。(刘)

三月十日流杯亭①

身属中军②少得归,木兰③花尽失春期。

偷随柳絮到城外,行过水西闻子规④。

① 此在东川梓州幕中为判官时作。流杯亭,当在梓州。
② 中军:军中主将所居之处。
③ 木兰:落叶乔木,高丈余,晚春开花,花外紫内白。
④ 闻子规:谓闻子规声而触动乡思。俗谓子规啼曰不如归去,故云。

【集评】

程梦星《李义山诗集笺注》:"末句用意最巧,晚唐始有此法,宋、元以后多袭之;至明人所讽李西涯诗'鹧鸪啼罢子规啼',则愈巧而愈纤矣。"

沈厚塽《李义山诗集辑评》纪昀云:"语不必深,风调自异。子规声曰不如归去,隐含此意,妙不说破。"

日日①

日日春光斗日光②,山城斜路杏花香。

几时心绪浑无事，得及游丝百尺长③。

① 日日：一作《春光》。
② 日日句：形容光阴迅速。
③ 几时二句：谓何时了无愁虑，能如游丝之随意飘扬。游丝，虫类所吐之丝，飞扬空际，谓之游丝。

【集评】

沈厚塽《李义山诗集辑评》何焯云："惊心动魄之句(谓首句)。"

冯浩《玉溪生诗笺注》："客子倦游，情味渺然。"

端居①

远书归梦两悠悠②，只有空床敌③素秋。

阶下青苔与红树，雨中寥落月中愁④。

① 端居：犹闲居。
② 远书句：谓家书不至，归梦难达。
③ 敌：犹云对付。
④ 阶下二句：状客中之孤寂。

【集评】

程梦星《李义山诗集辑评》："此亦失偶以后作。"

冯浩《玉溪生诗笺注》："客中忆家，非悼亡也。"

【评解】

次句写孤客意绪，语极凄恻，"敌"字出人意外，警动异常，盖千锤百炼而得之者。（富）

龙池①

龙池赐酒敞云屏②,羯鼓声高众乐停③。

夜半宴归宫漏永,薛王沉醉寿王醒④。

① 龙池:《雍录》:"明皇为诸王时,故宅在京城东南角隆庆坊,宅有井,井隘成池。中宗时数有云龙之祥,后引龙首堰水注池,池面益广,即龙池也。开元二年七月,以宅为宫,是为兴庆宫。"
② 敞云屏:谓杨妃亦同座,云屏,云母屏风。
③ 羯鼓句:唐南卓《羯鼓录》载:羯鼓出外夷乐,以戎羯之鼓,故曰羯鼓。其声焦杀鸣烈,极异众乐。唐玄宗洞晓音律,然性俊迈,不喜琴瑟,最爱羯鼓,常纵击为乐。此句谓玄宗当筵击鼓。按崔道融《羯鼓》"华清宫里打撩声,供奉丝簧束手听",亦谓玄宗亲自击鼓,可参证。
④ 夜半二句:与《骊山有感》"平明每幸长生殿,不从金舆惟寿王"同意,而婉曲过之。薛王,玄宗弟李业。寿王,玄宗子李瑁。杨玉环本寿王之妃,此曰"寿王醒",讽刺自明。

【集评】

王鏊《震泽长语》:"余读《诗》至《绿衣》、《燕燕》、《硕人》、《黍离》,有言外无穷之感,后世唯唐人尚有此意,如'薛王沉醉寿王醒',不涉讥刺而讥刺之意溢于言表,得风人之旨。"

吴乔《围炉诗话》:"诗贵有含蓄不尽之意,尤以不着意见、声色、故事、议论者为上,义山刺杨妃之'夜半宴归宫漏永,薛王沉醉寿王醒'是也。其词微而意见,得风人之体。"

张谦宜《茧斋诗谈》:"讽而不露,所谓蕴藉也。"

宋顾乐《唐人万首绝句选》评:"微而显,婉而峻,风人之旨也。"

【评解】

前写龙池欢宴,杨妃在座,玄宗兴高采烈,当筵击鼓,以反跌下文。结句以一醉

一醒见意,语极含蓄而讽意弥深,故耐人咀嚼。(富)

吴宫①

龙槛沉沉水殿清②,禁门③深掩断人声。

吴王宴罢满宫醉,日暮水漂花出城。

① 吴宫:指春秋时吴王夫差之宫殿。
② 龙槛句:龙槛,有龙形雕刻之栏槛。沉沉,深邃貌。水殿,建于水边或水中之宫殿。
③ 禁门:宫门。

【集评】

屈复《玉溪生诗意》:"写其醉生梦死,荒淫亡国,借古慨今也。"

沈厚塽《李义山诗集辑评》何焯云:"亦刺禁簷不严,第二句反言之。"纪昀云:"荒淫之状,言外见之。"

【评解】

此诗托古喻唐,讽刺君主荒淫,宫禁不严,上三句皆是烘托,作意在"日暮水漂花出城"七字。(富)

柳

曾逐东风拂舞筵,乐游春苑断肠天①。

如何肯[2]到清秋日，已带斜阳又带蝉。

① 乐游句：乐游苑，即乐游原。《两京新记》："太平公主于原上置亭游赏，每年三月三日，士女咸即此祓禊。"断肠，犹云销魂。断肠天，极言春景艳丽。
② 肯：会，犹云至于也。

【集评】

沈厚塽《李义山诗集辑评》纪昀云："数虚字转折唱叹，弦外有音，调之稍弱，亦由于此。"

冯浩《玉溪生诗集笺注》："此种入神之作，既以事征，尤以情会，妙不可穷也。"

张采田《李义山诗辨正》："迟暮之伤，沉沦之痛，触物皆悲，故措词沉着如许，有神无迹，任人领味，真高唱也。集中《蝉》诗、《流莺》诗均是此格，其深处洵未易测也。"又云："含思宛转，笔力藏锋不露，故纪氏以'稍弱'议之。"

俞陛云《诗境浅说续编》："此咏柳兼赋兴之体也。当其袅筵前之舞态，拂原上之游人，曾在春风得意而来；乃一入清秋，而枝抱残蝉，影低斜日，光景顿殊。作者其以柳自喻，发悲秋之叹耶？"

【评解】

义山早年登第，授官秘书，所谓"曾逐东风"也；及至仕途失意，沉沦下僚，才人迟暮，犹不免俯仰依人，往事岂堪回首！此诗乃以自况，"如何"二句，弥觉沉痛，有悯悯不甘之意。通首正以数虚字转折唱叹有神，故情韵俱胜。（刘）

宫妓[1]

珠箔轻明拂玉墀，披香新殿斗腰支[2]。

不须看尽鱼龙戏③，终遣君王怒偃师④。

① 宫妓：教坊女乐、百戏之人。
② 披香句：披香，《三辅黄图》："武帝时后宫八区有披香等殿。"《雍录》："唐庆善宫有披香殿。"斗腰支，指舞蹈。
③ 鱼龙戏：百戏之术也。《汉书·西域传赞》："作漫衍鱼龙角抵之戏。"
④ 终遣句：《列子·汤问篇》载：周穆王西巡狩还，道有献工人名偃师，穆王荐之，问曰："若与偕来者何人？"对曰："臣之所造能倡者。"穆王惊视之，趣步俯仰，信人也，巧夫！领其颐则歌合律，捧其手则舞应节，千变万化，唯意所适。王以为实人也，与盛姬内御并观之。技将终，倡者瞬其目而招王之左右侍妾。王大怒，欲诛偃师，偃师大慑，立剖散倡者以示王，皆傅会草木胶漆白黑丹青之所为。穆王始悦而叹曰："人之巧乃可与造化者同功乎？"

【集评】

胡仔《苕溪渔隐丛话》引杨亿《谈苑》："予知制诰日，与余恕同考试，因出义山诗共读，酷爱一绝云'珠箔轻明拂玉墀'云云，击节称叹曰：'古人措辞寓意如此之深妙，令人感慨不已。'"

朱鹤龄《李义山诗集笺注》引冯班云："此诗是刺也。唐时宫禁不严，托意偃师之假人，刺其相招，不忍斥言，真微词也。"

程梦星《李义山诗集笺注》："冯定远（冯班）之论极是，但有'不须看尽'字，有'终遣怒'字，则著其非假，词亦微而显矣。"

姚培谦《李义山诗集笺注》："字字有意，愈味愈佳，于此可悟立言之体。（高启诗）'小犬隔花空吠影'，终未免祸媒也。"按此亦谓刺宫禁不严。

沈厚塽《李义山诗集辑评》纪昀云："托讽甚深，妙于蕴藉。"

冯浩《玉溪生诗笺注》："此讽宫禁近者不须日逞机变，致九重悟而罪之也。托意微婉。杨文公《谈苑》云云，盖有同朝有不相得者，故托以为言也。后人乃谓刺宫禁不严，浅哉！"

刘永济《唐人绝句精华》："按冯（班）、程所评是也。封建帝王宫闱黑暗，实有不可形之笔墨者，故诗人托词言之。冯谓'不忍斥言'，犹欠一层。后人又有以为'同朝有不相得者，故托以为言'（此冯浩之说），则更非诗意。"

【评解】

此刺宫禁不严,冯班、程梦星所云最为得解。以偃师假人相招寓意,措词含蓄蕴藉,得风人之旨。(富)

宫辞

君恩如水向东流,得宠忧移失宠愁。

莫向樽前奏花落①,凉风只在殿西头②。

① 花落:即《梅花落》,笛曲名。
② 凉风句:凉风,喻宠衰而冷落。江淹《班婕妤咏扇》:"窃愁凉风至,吹我玉阶树。君子恩未毕,零落在中路。"殿西头,谓近而易至也。

【集评】

姚培谦《李义山诗集笺注》:"慨荣宠之无常也。(李白《古风》)'昨日芙蓉花,今朝断肠草',不足叹矣。"

沈厚塽《李义山诗集辑评》何焯云:"用意最深,人人可解,故妙。"纪昀云:"怨悱之极,而不失优柔唱叹之致。"

冯浩《玉溪生诗集笺注》:"次句谓得宠者以其昔忧移付失宠人矣。下二句却唤醒得宠人,莫持新宠,工为排斥,凉风近而易至,尔亦未可长保也。"

俞陛云《诗境浅说续编》:"推其第二句移宠之意,士大夫之患得患失,因之丧志辱身者多矣,岂独宫人之回皇却顾耶!"

【评解】

取譬不远,冷语如冰,殆有慨乎牛李党争之迭为起落也。(刘)

隋宫①

乘兴南游不戒严,九重谁省谏书函②?

春风举国裁宫锦,半作障泥半作帆③。

① 隋宫:指炀帝在扬州所置江都、显福、临江诸宫。
② 乘兴二句:大业十二年(六一六)七月,炀帝南游江都,建节尉任宗上书极谏,即日杖杀于朝堂;奉信郎崔民象上表谏阻,复被杀。车驾次汜水,奉信郎王爱仁又谏,帝怒,斩之而行。见《通鉴·隋纪》。
③ 春风二句:写南游时水陆并进侈淫无度之状。障泥,马鞯之两旁下垂者,用以障尘土,故名障泥。

【集评】

屈复《玉溪生诗意》:"写举国若狂,炀帝不说自见。"

沈厚塽《李义山诗集辑评》何焯云:"借锦帆事点化得水陆绎骚,民不堪命之状,如在目前。"

【评解】

以"乘兴"二字领起全诗,便见得炀帝不惜倾天下国家以奉一己之淫欲,独夫行径,刻画无余,抵得许多议论。(刘)

咏史

北湖南埭水漫漫①,一片降旗百尺竿。

三百年间同晓梦②,钟山何处有龙盘③!

① 北湖句：喻王气消沉，即唐温庭筠《过吴景陵》"王气销来水淼茫"之意。北湖，即玄武湖，在今南京城北。南埭，即鸡鸣埭。《建康图经》："鸡鸣埭在青溪西南潮沟上。"
② 三百年句：谓三百年中，六朝相继沦亡，有如晓梦。南北朝庾信《哀江南赋》："将非江表王气，终于三百年乎？"《隋书·薛道衡传》："郭璞有云：'江东偏王三百年，还与中国合。'今数将满矣。"
③ 钟山句：谓形胜难凭也。《吴录》："刘备尝使诸葛亮至京，因睹秣陵山阜，乃叹曰：'钟山龙盘，石城虎踞，帝王之宅也。'"钟山，在今南京市。

【集评】

屈复《玉溪生诗意》："国之存亡，在人杰不在地灵，足破堪舆之说。"

程梦星《李义山诗集笺注》："此诗似为河朔诸镇而发，是时诸镇跋扈，皆恃地险，负固不服，阴有异志，故作此以警之。"

姚培谦《李义山诗集笺注》："此与刘梦得'一片降旛出石头'同感。"

沈厚塽《李义山诗集辑评》何焯云："盘游不戒，则形胜难凭，空令败亡荐至，写得曲折蕴藉。"又云："气脉何等阔远！"

冯浩《玉溪生诗集笺注》："首句隐言王气消沉，次句指孙皓降晋，三句统言五代，音节高壮，如铿鲸钟。"

俞陛云《诗境浅说续编》："金陵虽踞江山之胜，而王业不偏安。三百年间，降旗屡举，知虎踞龙盘，未可恃金汤之固。"

南朝

地险悠悠天险长①，金陵王气应瑶光②。

休夸此地分天下，只得徐妃半面妆③。

① 地险句：地险，指金陵虎踞龙盘形胜。悠悠，绵长貌。天险，指长江。

② 金陵句:金陵王气,见包佶《再过金陵》注。瑶光,北斗第七星,为吴之分野。南朝为当时之正朔,故曰"应瑶光"。
③ 徐妃半面妆:《南史·后妃下》载:梁元帝徐妃讳昭佩,东海郯人也。妃无容质,不见礼,帝三二年一入房。妃以帝眇一目,每知帝将至,必为半面妆以俟,帝见则大怒而出。

【集评】

屈复《玉溪生诗意》:"以如此之形胜,如此之王气,而仅足以偏安,非英雄也。借一事而统论南朝,非专指徐妃。"

程梦星《李义山诗集笺注》:"唐人咏南朝者甚众,大都慨叹其兴亡耳。李山甫(《上元怀古》)'总是战争收拾得,却因歌舞破除休'二语,最为有识,众推论之。而义山更出其上,意以为六代君臣,偏安江左,曾无混一之志,坐视神州陆沉,其兴亡盖皆不足道矣。愚谓此诗真可空前绝后,今人徒赏义山艳丽,而不知其识见之高。"

沈厚塽《李义山诗集辑评》何焯云:"点化中分,使事灵变。"

张采田《李义山诗辨正》:"借香奁语点化,是玉溪惯法,不得以纤佻目之。"

齐宫词

永寿兵来夜不扃,金莲无复印中庭①。

梁台②歌管三更罢,犹自风摇九子铃③。

① 永寿二句:南齐帝东昏侯为潘妃起神仙、永寿、玉寿三殿。又凿金为莲花以帖地,令潘妃行其上,曰:"此步步生莲花也。"后萧衍(梁武帝)起兵围建业,王珍国、张稷为内应,夜开云龙殿,引兵入殿。是夜齐帝在含德殿作笙歌,张稷斩之,传首萧衍。见《南史·齐纪·废帝东昏侯》。
② 梁台:指梁朝宫禁,见前《读任彦昇碑》注。
③ 九子铃:南齐庄严寺有玉九子铃,东昏侯命取为潘妃殿饰。见《南史·齐纪·废帝东昏侯》。

【集评】

屈复《玉溪生诗意》:"不见金莲之迹,犹闻玉铃之音。不闻于梁台歌管之时,而在既罢之后。荒淫亡国,安能一一写尽,只就微物点出,令人思而得之。"

姚培谦《李义山诗集笺注》:"荆棘铜驼,妙从热闹中写出。"

沈德潜《唐诗别裁》:"此篇不着议论,'可怜夜半虚前席'竟着议论,异体而各极其致。"

沈厚塽《李义山诗集辑评》纪昀云:"意只寻常,妙从小物寄慨,倍觉唱叹有情。"

冯浩《玉溪生诗集笺注》:"徐(逢源)曰:'伤敬宗也,借古为言,四句中事皆备具。'《南史》言东昏被害时年十九,与敬宗诸事相合,故借伤也。徐说似矣,然何以兵来永寿,不云含德?所用'金莲'、'九子铃'皆专咏潘妃,岂致叹于敬宗宫嫔,如所云'新得佳人'者乎?此意一无可征,疑其别有寄慨矣。"

张采田《李义山诗辨正》:"此自是咏史诗,别无寓意,深解者失之。谓指敬宗,亦无实证。义山大中十一年充柳仲郢盐铁推官,此或江东客游时,经过六朝故宫而作者欤?"

俞陛云《诗境浅说续编》:"'梁台歌管三更罢,犹自风摇九子铃',人去台空,风铃自语,不着议论,洵哀思之音也。"

【评解】

此诗不止讽东昏荒淫亡国,而尤有慨于后代之不鉴前车,覆辙相循也。观"梁台歌管"、"犹自"等语,用意自见。(刘)

北齐[①] 二首

一笑相倾国便亡,何劳荆棘始堪伤[②]。
小怜玉体横陈夜,已报周师入晋阳[③]。

① 咏北齐后主高纬荒淫亡国事。
② 一笑二句：谓后主沉溺声色，其亡可待。一笑倾国，用李延年歌"北方有佳人，绝世而独立。一顾倾人城，再顾倾人国"意，言女色之害足以倾覆邦家也。荆棘，《晋书·索靖传》："靖有先识远量，知天下将乱，指洛阳宫门铜驼叹曰：'会见汝在荆棘中耳。'"
③ 小怜二句：谓后主纳小怜之夕，齐之亡征已见，不待晋阳城陷也。小怜，《北史·冯淑妃传》："冯淑妃，名小怜，大穆后从婢也。穆后爱衰，以五月五日进之，号曰'续命'。慧黠，能弹琵琶，工歌舞。后主惑之，坐则同席，出则并马，愿得生死一处。"横陈，横卧。司马相如《好色赋》："花容自献，玉体横陈。"晋阳，今山西太原市，为北齐军事中心，晋阳破则齐亡矣（按陈泰建七年，周师陷晋阳，齐亡）。

【集评】

沈厚塽《李义山诗集辑评》朱彝尊云："故用极亵昵语，末句接下方有力。"何焯云："此篇最警切，用意可谓反覆深至。"纪昀云："议论以指点出之，神韵自远。若但议论而乏神韵，则胡曾《咏史》仅有名论矣。诗固有理足意正而不佳者。"又云："四家曰：'警快。'芥舟曰：'病其太快。'廉衣曰：'病只在前二句欠浑，后二句如此快写乃妙。'"

李锳《诗法易简录》："'便亡'字、'已报'字令人读之竦然，垂戒深矣。"

巧笑知堪敌万几，倾城最在着戎衣①。
晋阳已陷休回顾，更请君王猎一围②。

① 巧笑二句：谓后主为冯妃所惑，荒于游猎，无复兢业之心。巧笑，《诗·卫风·硕人》："巧笑倩兮。"万几，《尚书·皋陶谟》："兢兢业业，一日二日万几。"
② 晋阳二句：《通鉴·陈纪》："齐主方与冯淑妃猎于天池，晋州告急者，自旦至午，驿马三至。右丞相高阿那肱曰：'大家（指后主）正为乐，边鄙小小交兵，乃是常事，何急奏闻！'至暮，使更至，云'平阳已陷'，乃奏之。齐主将还，淑妃请更杀一围，齐主从之。"冯浩《玉溪生诗集笺注》云："按隋唐地志，晋阳在太原，与晋州平阳郡相距数百里，淑妃更请杀一围乃平阳事，非晋阳也，似小误。或言晋阳寻即陷矣，无可回顾，其犹能更请一围乎？犹上首已入晋阳之意，用笔皆幽折警动。"

【集评】

程梦星《李义山诗集笺注》:"此托北齐以慨武宗、王才人游猎之荒淫也。"

姚培谦《李义山诗集笺注》:"前首是溺惑开场,后首是溺惑下场,沉痛得《正月》诗人遗意。"

沈厚塽《李义山诗集辑评》朱彝尊云:"有案无断,其旨更深。"何焯云:"上篇叹其不知不见是图,下篇叹其至死不悟。"纪昀云:"此首较有含蓄,妙于不纤不佻,惟起句稍滞相耳。"

李锳《诗法易简录》:"只叙其事,不着议论,而荒淫沉迷,写得可笑可哀。"

宋顾乐《唐人万首绝句选》评:"二首案而不断,意味无尽,视咏史好为议论者,不如此之深切也。"

冯浩《玉溪生诗集笺注》:"程氏、徐氏以武宗游猎苑中,王才人必袍骑而从,故借事以讽之。夫武宗岂高纬之比,断非也。寄托未详,当直作咏史看。"

张采田《玉溪生年谱会笺》:"近见徐龙友批本,亦有王才人之解,皆一时谬说,故今采冯笺以辟之,后有解者,勿为所惑也。"《李义山诗辨正》:"前篇首二句语虽朴而神味极自然。此篇起句亦笔力苍健,警策异常。纪氏谓其'欠浑',谓其'滞相',盖未统会全篇气息观之耳。"

俞陛云《诗境浅说续编》:"名都已失,戎马生郊,而犹羽猎戎装,掷金瓯而不顾。后二句神采飞扬,千载下诵之,声口宛然,词人妙笔也。"

刘永济《唐人绝句精华》:"武宗会昌二年,回鹘入侵,诏发三招讨使将许、蔡、汴、滑等六镇之兵会于太原。十月,武宗幸泾阳校猎白鹿原。谏议大夫高少逸、郑朗等谏其'校猎太频,出城稍远,万几弛废,方用兵师,且宜停止'。又按武宗内宠王才人,欲立为后。此诗当讽武宗而作,程说是也。"

【评解】

两诗均以上半阐明主旨,下半则以夸张之笔,极意渲染而不下断语,咏叹自深。而措词奇警,虽咏史事,亦足以讽谏当世,垂戒后代。(刘)

温庭筠

本名岐,字飞卿,太原人,生于元和七年(八一二),约卒于咸通十一年(八七〇)。大中初,屡举进士不第。徐商镇襄阳,署为巡官。商知政事,用为国子助教。商罢相,贬方城尉,再迁隋县尉。工词,与韦庄并称。诗与李商隐齐名,以精丽著称。绝句轻灵疏秀,亦晚唐之佼佼者。有《温飞卿诗集》,《全唐诗》编存其诗九卷。

碧涧驿①晓思

香灯伴残梦,楚国在天涯②。

月落子规歇,满庭山杏花。

① 碧涧驿:唐刘长卿有《碧涧别墅喜皇甫侍御(即皇甫曾)相访》及《初到碧涧招明契上人》诗,皇甫曾有《过刘员外长卿碧涧别业》诗。玩诗意,诸诗似作于长卿为睦州司马时,则碧涧当在睦州(今浙江建德县)境内。
② 楚国句:即作客在楚意。睦州古为楚地,"在天涯"乃对其故乡太原而言。

【集评】

宋顾乐《唐人万首绝句选》评:"写得情景悠扬婉转,末句更含无限寂寥。"

俞陛云《诗境浅说续编》:"诗言楚江客舍,残梦初醒,孤灯相伴,其幽寂可想。迨起步闲庭,斜月西沉,子规啼罢,惟见满庭山杏,挹晨露而争开。善写晓天清景,格高味永。"

【评解】

子规声里,山杏花前,残梦初回,始觉身为远客。倒装写来,其味弥永。(刘)

咸阳值雨

咸阳桥上雨如悬①,万点空蒙隔钓船②。

还似洞庭春水色,晚云将入岳阳天③。

① 咸阳句:咸阳桥,即渭桥,在长安西北渭水上。雨如悬,雨足如绳,悬空而下。
② 万点句:谓大雨迷蒙,遥望钓船,若隐若现。
③ 还似二句:谓渭桥之空蒙雨景,颇似洞庭湖春水之色,被晚云带入岳阳上空。还似,一作"绝似"。

【集评】

宋顾乐《唐人万首绝句选》评:"景味俱远。"

【评解】

前半写渭桥观雨,状景逼真。后半联想洞庭水天晚景,写足当前一片空蒙雨色,殊见钩勒之妙。(富)

瑶瑟怨①

冰簟②银床梦不成,碧天如水夜云轻③。

雁声远过潇湘去④,十二楼中月自明⑤。

① 瑶瑟怨:唐刘禹锡《潇湘神》词:"楚客欲听瑶瑟怨,潇湘深夜月明时。"殆为此题所本。
② 冰簟:凉席。
③ 碧天句:写梦不成后所见。
④ 雁声句:写梦不成后所闻。
⑤ 十二楼句:写高楼岑寂之情,与"梦不成"相应。十二玉楼,仙人所居。《汉书·郊祀志》应劭注:"昆仑、玄圃五城十二楼,仙人之所常居。"此指高楼。

【集评】

谢枋得《唐诗绝句注解》:"此诗铺陈一时光景,略无悲怆怨恨之辞,枕冷衾寒,独寐寤叹之意,在其中矣。"

胡应麟《诗薮》:"温庭筠'冰簟银床梦不成'云云,杜牧之'青山隐隐水迢迢'云云,此等入盛唐亦难辨。"

黄周星《唐诗快》:"不言瑟而瑟在其中,何必'二十五弦弹夜月'耶!"

黄生《唐诗摘钞》:"因夜景清寂,梦不可成,却倒写景于后。《瑶瑟》用雁事,亦如《归雁》用瑟字。"

宋顾乐《唐人万首绝句选》评:"此作清音渺思,直可追中盛名家。"

孙洙《唐诗三百首》:"通首布景,只'梦不成'三字露怨意。"

胡本渊《唐诗近体》:"通篇布景,正以含浑不尽为妙。"

俞陛云《诗境浅说续编》:"通首纯写秋闺之景,不着迹象,而自有一种清怨。首句'梦不成'略露闺情,以下由云天而闻雁,而南及潇湘,渐推渐远,怀人者亦随之神往。四句仍归到秋闺,剩有亭亭孤月,留伴妆楼,不言愁而愁与秋宵俱永矣。飞卿以诗人而兼词手,此诗高浑秀丽,作词境论,亦五代冯、韦之先河也。"

刘永济《唐人绝句精华》:"瑟有柱以定声之高下,瑟弦二十五,柱亦如之,斜列如雁行,故以雁声形容之。结言独处,所谓怨也。"

【评解】

用湘灵鼓瑟之事,写秋闺独处之情,空灵委婉,晚唐佳境。(刘)

过分水岭①

溪水无情似有情,入山三日得同行。

岭头便是分头处,惜别潺湲一夜声②。

① 分水岭：《水经注》引《汉中记》曰："蟠冢(在今陕西勉县)以东水皆东流，以西水皆西流，故俗以蟠冢为分水岭。"
② 岭头二句：与戎昱《移家别湖上亭》"黄鹂久住浑相识，欲别频啼四五声"，造意相似，可参看。潺湲，水声。

【评解】

通首以溪水"同行"、"惜别"，反衬客程寂寞及旅夜不寐，于无情处生情，最得用笔之妙。（富）

蔡中郎坟①

古坟零落野花春，闻说中郎有后身②。
今日爱才非昔日，莫抛心力作词人③！

① 蔡中郎坟：清顾嗣立《温飞卿诗集笺注》引《吴地志》："坟在毘陵(今江苏常州市)尚宜乡互村。"蔡中郎，即蔡邕，字伯喈，东汉著名文学家，曾拜左中郎将，后世称蔡中郎。
② 闻说句：《太平广记》引《商芸小说》："张衡死月，蔡邕母始怀孕，此二人才貌甚相类，时人云邕是衡之后身。"此曰"中郎有后身"，殆飞卿自况之词。
③ 今日二句：自抒词人不遇之愤。按清黄景仁《癸巳除夕偶成》"枉抛心力作诗人"，即袭用此诗结句。

【集评】

刘永济《唐人绝句精华》："此感己不为人知而作，以蔡邕曾识王粲，欲以藏书赠之，伤今日无爱才如蔡者，故有'莫抛心力'之句。"

【评解】

飞卿怀才不遇，落拓终生，故过蔡坟而致慨。词意悲凉，可与其七律《过陈琳墓》同读。（富）

南歌子词① 二首

一尺深红胜曲尘②,天生旧物不如新③。

合欢桃核终堪恨,里许元来别有人④。

① 南歌子词:唐时民间曲调,入教坊曲。一作《新添声杨柳枝辞》。
② 一尺句:一尺深红,指衣裙之类。胜,一作"蒙"。曲尘,形容淡黄色,见杨巨源《折杨柳》注。
③ 天生句:窦玄妻《古怨歌》:"衣不如新,人不如故。"
④ 合欢二句:喻所欢心中已有别人,与次句"旧物不如新"相应。合欢桃核,唐皇甫松《竹枝》:"合欢桃核两人同。"里许,犹里面。人,谐"仁"字,即果仁。此二句为双关之妒语。

井底点灯深烛伊①,共郎长行莫围棋②。

玲珑骰子安红豆,入骨相思知不知③?

① 井底句:烛,谐音"嘱"。井底点灯,言烛在深处,即所谓深"嘱"也。
② 共郎句:长行,古时博戏之具。《国史补》:"今之博戏,有长行最盛,其具有局有子,子黄黑各十五,掷采之骰有二,其法生于握槊,变于双陆,后人新意,长行出焉。"此处长行亦谐音,谓长途旅行。围棋,谐"违期"。
③ 玲珑二句:安,置也。红豆,一名相思子。入骨,骰子一面嵌有红点,故曰入骨。明胡应麟《少室山房笔丛》:"唐人骰子凡四点当加绯者,或嵌相思子其中。"

【评解】

　　谐语为诗,颇见组织之工,然装点过甚,遂有痕迹,不如刘禹锡"东边日出西边雨,道是无晴却有晴"之妙造自然,别饶风韵。(富)

杨柳枝① 八首选四

宜春苑②外最长条,闲袅春风伴舞腰。

正是玉人肠断处,一渠春水赤栏桥③。

① 杨柳枝:见刘禹锡《杨柳枝》注。
② 宜春苑:汉宫苑名,即唐时曲江之地。唐有宜春院,在宫城东之东宫内,乃教坊女伎所居之处。
③ 赤栏桥:《通典》:"隋开皇三年,筑京城,引香积渠水,自赤栏桥经第五桥西北入城。"

苏小门前柳万条①,毵毵金线②拂平桥。

黄莺不语东风起,深闭朱门伴细腰③。

① 苏小句:苏小,即苏小小,南齐时钱唐名妓。唐白居易《杨柳枝词》:"若解多情寻小小,绿杨深处是苏家。"
② 毵毵金线:指柔长而嫩黄之柳丝。
③ 细腰:纤细之腰身,即指苏小小。

馆娃宫外邺城西①,远映征帆近拂堤②。

系得王孙归思切,不关芳草绿萋萋③。

① 馆娃句:馆娃宫,西施所居之处,见陈羽《吴城览古》注。邺城,今河南临漳县,曹操曾筑铜雀台于此。
② 远映句:形容杨柳之盛。

③ 系得二句：翻用《楚辞·招隐士》"王孙游兮不归,春草绿兮萋萋"句意,谓杨柳之系人归思,更甚于春草也。

【集评】

周珽《唐诗选脉会通》："推开春草,为杨柳立门户,一种深思,含蓄不尽,奇意奇调,超出此题多矣。"

织锦①机边莺语频，停梭垂泪忆征人。

塞门三月犹萧索，纵有垂杨未觉春②。

① 织锦：谓织锦以寄相思,见崔国辅《怨词》注。
② 塞门二句：从唐王之涣《凉州词》"羌笛何须怨杨柳,春风不度玉门关"翻出,而用意更深一层。塞门,犹边关。萧索,萧条。

【集评】

黄叔灿《唐诗笺注》："此咏塞门柳也。感莺语而伤春,却停梭而忆远,悲塞门之萧索,犹春到而不知,少妇闺中,能无垂泪。"

汤显祖《花间集》评："《杨柳枝》,唐自刘禹锡、白乐天而下,凡数十首。然惟咏史咏物,比讽隐含,方能各极其妙。如'飞入宫墙不见人'、'随风好去落谁家'、'万树千条各自垂'等什,皆感物写怀,言不尽意,真托咏之名匠也。此中三五卒章(即所选第二、第三、第四首),真堪方驾刘、白。"

郑文焯《花间集》评："宋人诗好处,便是唐词。然飞卿《杨柳枝》八首,终为宋诗中振绝之境,苏、黄不能到也。"

李群玉

字文山,澧州(今湖南澧县)人,约生于元和八年(八一三),约卒于大中十四年(八六〇)。早岁举进士不第,即弃去。曾客湖南观察使裴休幕中。大中八年游长安,时裴休为相,荐授弘文馆校书郎。未几,乞假而归。七绝清丽深婉,别具幽芳冷艳之境。有《李群玉诗集》,《全唐诗》编存其诗三卷。

静夜相思

山空天籁①寂,水榭延轻凉。

浪定一浦月,藕花闲自香。

① 天籁:指自然界之音响,语出《庄子·齐物论》。

【集评】

刘永济《唐人绝句精华》:"诗但写空寂夜景,而相思之意在言外。盖凡境过于静寂,易生远思。所思或不一,故不可指实。"

放鱼

早觅为龙①去,江湖莫浪游。

须知香饵下,触口是铦钩②。

① 为龙:古时有鱼化为龙之传说。《三秦记》:"江海鱼集龙门下,登者化龙,不登者点额暴腮。"
② 铦钩:钓鱼之具。

【评解】

此诗隐喻当时世路险恶,陷阱四伏,诫鱼亦自诫也。(富)

黄陵庙①

黄陵庙前莎草春,黄陵女儿茜裙②新。

轻舟短櫂唱歌去,水远山长愁杀人。

① 黄陵庙:在今湖南湘阴县北洞庭湖边,祀湘君。
② 茜裙:红裙。茜,茜草,其根可作红色染料。

【集评】

何焯《三体唐诗》评:"结句是欲往从之而无由,亦《楚辞》求女之意。"

黄生《唐诗摘钞》:"'水远山长',言对面天涯也。此《竹枝》体。"

宋顾乐《唐人万首绝句选》评:"《竹枝》缥缈,风味悠然。"

俞陛云《诗境浅说续编》:"诗意言黄陵女儿荡轻舟而去,无限愁心,付诸云水。其茜裙游女,托微波之辞耶?抑空明兰桨,望断美人耶?此类诗重在音节苍凉入古,而微意自在其间,不须说尽也。"

寄友 二首选一

野水晴山雪后时,独行村路更相思。

无因一向溪桥①醉,处处寒梅映酒旗。

① 溪桥:一作"溪头"。

【集评】

俞陛云《诗境浅说续编》:"此诗有委婉之致,郊外行吟,有怀良友,以闲淡之笔写之。言梅花多处,一角酒旗,为当日佳侣招邀,踏雪提壶之处,今暗香疏影依然,而独行无伴,不胜停云霭霭之思也。"

汉阳太白楼

江上层楼翠霭间①,满帘春水满窗山。

青枫绿草将愁去,远入吴云暝不还②。

① 江上句:状楼之高。
② 青枫二句:谓登楼凭眺,愁思无际。

【集评】

宋顾乐《唐人万首绝句选》评:"善写杳冥之言,情思正自无尽。"

【评解】

前半状太白楼处境,缀景清隽。后半写客子登楼情怀,造意新颖。(富)

赵嘏 字承祐,山阳(今江苏淮安县)人。会昌四年(八四四)进士。大中间,官渭南尉。绝句清丽婉约,神韵超然。有《渭南集》,《全唐诗》编存其诗二卷。

寒塘①

晓发梳临水,寒塘坐见②秋。

乡心正无限,一雁过南楼。

① 一作司空曙诗。
② 坐见:因见。

【评解】
　　晓来于寒塘临水梳发而感秋意,正乡心无那,又见孤雁南飞,则益觉难为怀矣。写来情景交融,含蓄而耐人寻味。(富)

经汾阳旧宅①

门前不改旧山河,破虏曾轻马伏波②。

今日独经歌舞地,古槐疏冷夕阳多③。

① 汾阳旧宅:郭子仪封汾阳王,此其故第。《长安志》:"郭汾阳宅在亲仁里。"
② 门前二句:谓郭子仪恢复唐室之功,非马援可比。马伏波,东汉马援曾拜伏波将军。
③ 今日二句:德宗时卢杞为相,对郭氏田宅,多所侵夺(见《旧唐书·郭曜

传》),故云。按唐张籍《法雄寺东楼》:"汾阳旧宅今为寺,犹有当时歌舞楼。四十年来车马地,古槐深巷暮蝉愁。"可参阅。

【集评】

沈德潜《唐诗别裁》:"见山河如故,而恢复山河者已不堪凭吊矣。可感全在起句。"

宋顾乐《唐人万首绝句选》评:"此非仅伤兴废,乃叹本朝待功臣之薄也。用意全在上半首:山河之誓,千古不改,今门前山河如故,而功臣之第已如此;次句复著明其功以形其薄。用意深婉,所以有味。"

俞陛云《诗境浅说续编》:"汾阳为唐室中兴元辅,乃正朔未更,而高勋名阀,已换槐阴斜日,一片凄迷,誓寒带砺,唐帝亦寡恩哉!张籍有汾阳旧宅改法雄寺诗,则舞榭歌台,更无遗迹矣。"

西江①晚泊

茫茫霭霭失西东②,柳浦桑村处处同。

戍鼓一声帆影尽,水禽飞起夕阳中。

① 西江:指长江。
② 茫茫句:茫茫霭霭,薄暮江天迷蒙景色。失西东,不辨西东。

【集评】

俞陛云《诗境浅说续编》:"凡江行入暮时,上下舟樯,次第卸帆收港,江空无人,烟水迷茫中,惟有水禽翔泊。此诗诚善写江天入暮,空阔萧寥之状。"

江楼感旧

独上江楼思渺然①,月光如水水如天。

同来玩月人何在?风景依稀似去年。

① 思渺然:怅惘意。

【集评】

钟惺《唐诗归》:"言独上之时,思同来之友;见水月连天,思去年之景,皆有针线。"

黄叔灿《唐诗笺注》:"'风景依稀'句缭绕有情,极似盛唐人语。"

宋顾乐《唐人万首绝句选》评:"情景真,不嫌其直。下二句分足上二句。"

俞陛云《诗境浅说续编》:"唐人绝句,有刻意经营者,有天然成章者。此诗水到渠成,二十八字,一气写出。月明此夜,风景当年,后人之抚今追昔者,不能外此。在词家中,惟有'月到旧时明处,与谁同倚阑干'句,与此诗意境相似。"

【评解】

风景依稀,故人何在?"独上"、"同来"四字,为一篇线索。结构细密,语浅情深,犹是中唐婉约音响。(刘)

潘图　袁州(今江西宜春县)人。会昌中曾应举不第,卢肇《及第后送潘图归宜春》有"白社犹悲送故人"句。《全唐诗》录存其诗一首。

末秋到家①

归来无所利,骨肉亦不喜。

黄犬却有情,当门卧摇尾。

① 末秋到家:当是秋试不举还家。末秋,犹暮秋。

【评解】

以骨肉不喜与黄犬有情对照,讽刺殊为尖刻。二十字中,写尽炎凉世态,而描绘真切,情景宛然。(富)

项斯 字子迁,江东人。会昌四年(八四四)进士,为丹徒尉,卒于任所。其诗质朴自然,明白如话,颇为张籍所称,有声于开成中。有《项斯诗集》,《全唐诗》编存其诗一卷。

江村夜泊

月落江路黑,前村人语稀。

几家深树里,一火①夜渔归。

① 一火:一星之火。一作"点火",义同。

【评解】

　　写景清切,与刘长卿"日暮苍山远"一首意境相似,所未及者,景中无情,不耐咀嚼耳。(刘)

沈询

字诚之,吴人,沈传师之子。登进士第,历中书舍人,翰林学士,礼部侍郎。咸通四年,为昭义节度使,部下将士为乱,被杀。此诗录自《万首唐人绝句》,《全唐诗》未收。

更着宴词

莫打南来雁,从他向北飞。

打时双打取,莫遣两分离。

【集评】

　　黄叔灿《唐诗笺注》:"且怜且惜,语切而直,思婉而深。"
李锳《诗法易简录》:"末二句亦是进一层法。"

【评解】

　　读"打起黄莺儿"一篇,须看他圆转自如,连绵不断处;读此诗须看他以退为进,以断为连处。两诗皆源出乐府,体段略同,手法各异,殆无可轩轾。(刘)

崔橹

崔橹 一作崔鲁,大中时进士,曾为棣州司马。绝句精丽含蓄,略似杜牧。《全唐诗》录存其诗十六首。

华清宫 四首选二

草遮回磴绝鸣銮,云树深深碧殿寒①。

明月自来还自去,更无人倚玉栏干②。

① 草遮二句:即唐雍陶《天津桥望春》"翠辇不来金殿闭"意。回磴,山上盘道。《南部新书》:"山腹即长生殿,殿东西盘石道,自山麓而上。"銮,天子车铃。《说文》:"人君乘四马镳,八銮铃,象鸾鸟之声。"碧殿,指长生殿。
② 更无句:谓唐玄宗与杨妃不复在此凭栏。更无人,犹云绝无人也。

【集评】

敖英《唐诗绝句类选》:"离宫凄寂之景,描写入神,奚啻诗中有画!"

黄生《唐诗摘钞》:"后二语真如十四颗明珠,惜起句欠浏亮。"

黄叔灿《唐诗笺注》:"就明月言之,犹太白'只今惟有西江月,曾照吴王宫里人'意。"

门横金锁悄无人,落日秋声渭水①滨。

红叶下山寒寂寂,湿云如梦雨如尘。

① 渭水:亦名渭河,源出甘肃渭源县鸟鼠山,东流经长安,至渭南县入黄河。

【集评】

胡仔《苕溪渔隐丛话》:"崔橹《华清宫》诗,语意既精,用事亦隐而显也。"

谢枋得《唐诗绝句注解》:"形容离宫荒废寂寞之状尽矣,可与杜子美《玉华宫》诗参看。此诗只四句,尤简而切。"

杨慎《升庵诗话》:"崔橹《华清宫》四首,每各精练奇丽,远出李义山、杜牧之上。"

宋顾乐《唐人万首绝句选》评:"此题共选八首,义山则用意尖刻,无出其右;牧之则偶拈一事,格调高峻,味亦隽永。此二作只写题神,言外自有无限感慨,直欲夺李、杜之席而自树一帜者也。"

俞陛云《诗境浅说续编》:"崔鲁诗言华清宫之衰废。第一首言宫内,'明月自来'二句,玄宗归来感旧之意,自寓其中,与(张祜《雨淋铃》)'月明南内更无人'句,同一凄绝。第二首言宫外,四无人声,宫门深锁,回首天半笙歌,殊有鹤归之感。宋人故宫诗:'漆车夜出宫门静,凉雨萧萧德寿宫。'与此诗意境相似。"

刘永济《唐人绝句精华》:"此题唐人作者甚多,崔氏但从眼前所见凄凉景象描写,而今昔盛衰与荒唐召乱之故,皆可从言外得之。"

鱼玄机 字幼薇,一字蕙兰,长安人。咸通中,为补阙李亿妾,以李妻不能容,出家长安咸宜观为女道士。后因笞杀侍婢绿翘,为京兆尹温璋所戮。工诗,与温庭筠、李郢有唱酬往来。绝句清丽深婉,饶有情致。有《鱼玄机诗集》,《全唐诗》编存其诗一卷。

江行 二首选一

大江横抱①武昌斜,鹦鹉洲②前户万家。

画舸春眠朝未足③,梦为蝴蝶④也寻花。

① 横抱:犹横绕。

② 鹦鹉洲：见刘禹锡《浪淘沙》注。
③ 朝未足：一作"犹未稳"。
④ 梦为蝴蝶：《庄子·齐物论》："昔日庄周梦为胡蝶，栩栩然胡蝶也。"

【评解】

"画舸"二句，极言江上春色迷人，虽在梦寐之中，亦觉情思摇漾。空灵隽妙，传神语外。（富）

江陵愁望寄子安①

枫叶千枝复万枝，江桥掩映暮帆迟②。

忆君心似西江水③，日夜东流无歇时。

① 江陵，今湖北江陵县。子安，玄机之夫李亿字子安。
② 枫叶二句：谓江桥掩映于枫林之中，日暮而客帆不至。
③ 西江：即长江。

【评解】

前半写江头凝望，久盼不归。后半以大江日夜东流，比相思之无尽，极真挚缠绵之致。（富）

于邺　字武陵，以字行，杜曲（今陕西西安市附近）人。大中时，举进士不第，遂绝意功名，往来商、洛、巴蜀，以卖卜为生，晚年居嵩阳别墅。有《于邺诗集》，《全唐诗》编存其诗一卷。

高楼

远天明月出，照此谁家楼。

上有罗衣裳，凉风吹不休①。

① 上有二句：暗用繁钦《定情诗》"日暮兮不来，凄风吹我襟"句意。

【集评】

黄生《唐诗摘钞》："诗咏楼中之人，而题但曰'高楼'，此命题妙处。诗亦不显言其人，而但曰'上有'云云，此措词雅处。六朝诸小诗乐府，作艳情尽有透快于此者，闲雅秀亮，殆不能过，此唐人五言绝身分也。"

【评解】

不说其人伫立怅望，而说风吹罗衣不休，烘染有神，弥觉情韵绵邈。（刘）

皇甫松 字子奇，自称檀栾子，睦州新安（今浙江淳安县）人，皇甫湜之子。工词，《花间集》称为皇甫先辈。绝句多仿民间曲调，清新可喜。《全唐诗》录存其诗十三首。

采莲子① 二首

菡萏②香连十顷陂，小姑贪戏采莲迟。

晚来弄水船头湿,更脱红裙裹鸭儿③。

① 采莲子:唐时民间曲调,入教坊曲。
② 菡萏:荷花。
③ 鸭儿:鸭雏。

【集评】

锺惺《唐诗归》:"写出极憨便住。"

船动湖光滟滟①秋,贪看年少信船流②。

无端隔水抛莲子,遥被人知半日羞③。

① 滟滟:波光闪动貌。
② 贪看句:谓贪看少年,忘却划船,任其自流。
③ 半日羞:犹云羞了好一会儿。

【集评】

况周颐《餐樱庑词话》:"写出闺娃稚憨情态,匪夷所思,是何妙笔乃尔!"

刘永济《唐五代两宋词简析》:"此二首写采莲女子之生活片段,非常生动,有非画笔所能描绘者。盖唐时礼教不如宋以后之严,妇女尚较自由活泼也。"

【评解】

前首言"贪戏",犹是少女娇憨常态;下首言"贪看",则是情窦初开景象。合写小姑,神情恰肖,此采莲曲中又一新境。(刘)

浪淘沙[①] 二首

滩头细草接疏林，浪恶罾船[②]半欲沉。

宿鹭眠鸥飞旧浦[③]，去年沙觜是江心[④]。

① 浪淘沙：见刘禹锡《浪淘沙》注。
② 罾船：扳罾之船。罾，《汉书·陈胜传》颜师古注："罾，鱼网也，形如仰伞盖，四维而举之。"
③ 浦：指水边。
④ 去年句：谓江沙淤积甚快，今之沙觜去年还在江心。沙觜，沙滩。

【集评】

汤显祖《花间集》评："桑田沧海，一语道破。"

黄叔灿《唐诗笺注》："不庄不俗，别有风情。"

蛮歌豆蔻北人愁[①]，蒲雨杉风野艇秋。

浪起鸂鶒[②]眠不得，寒沙细细入江流。

① 蛮歌句：蛮歌为南方之歌，豆蔻为南方之花，故北人闻见而愁。
② 鸂鶒：水鸟，见李贺《酬答》注。

【集评】

黄叔灿《唐诗笺注》："风雨扁舟，浪惊沙鸟，煞是有情，景色亦妙。"

宋顾乐《唐人万首绝句选》评："作此题者应推此首为第一绝唱，只写本意，情味无穷。"

司马扎　大中时人。有《司马扎先辈诗集》,《全唐诗》编存其诗一卷。

宫怨

柳色参差掩画楼,晓莺啼送满宫愁。

年年花落无人见,空逐春泉出御沟①。

① 御沟:皇城护城河,亦称禁沟。

【集评】

钟惺《唐诗归》:"托喻凄婉,怨而不激。"

周容《春酒堂诗话》:"司马扎《宫怨》'年年花落无人见,空逐春泉出御沟',人说与李建勋'却羡落花春不管,御沟流得到人间'之句相似。予谓不然,司马诗较蕴藉,不碍大雅。"

黄生《唐诗摘钞》:"此首犹具盛唐风貌。李建勋'却羡落花春不管,御沟流得到人间',恨己身之拘禁。此云'年年花落无人见,空逐春泉出御沟',悲己色之渐衰。语各一意,怨情则同。"

陈陶　字嵩伯,剑浦(今福建南平市)人。大中时,游学长安,举进士不第,遂恣游名胜。后隐居洪州西山而终。绝句多写征戍离别,语意凄婉。有《陈嵩伯诗集》,《全唐诗》编存其诗二卷。

水调词① 十首选一

长夜孤眠倦锦衾，秦楼霜月苦边心②。

征衣一倍装绵厚，犹虑交河③雪冻深。

① 水调词：即《水调》，又名《水调歌》，见王昌龄《听流人水调子》注。
② 秦楼句：谓闺中见霜月而思边人。秦楼：秦穆公女弄玉与萧史所居之处，此借指闺房。
③ 交河：在今新疆境内，见岑参《送崔子还京》注。

【集评】

黄叔灿《唐诗笺注》："曰'一倍'，曰'犹虑'，写得沉着。"

【评解】

"征衣"二句，刻画入微，写征妇苦心如见。（刘）

陇西行① 四首选二

汉主东封报太平②，无人金阙议边兵。

纵饶夺得林胡塞③，碛地桑麻种不成。

① 陇西行：乐府《相和歌辞瑟调曲》。此咏汉武帝黩武开边事。
② 汉主句：指武帝东封泰山事，见《史记·封禅书》。
③ 纵饶句：纵饶，犹言纵使、即使，唐人口语。林胡塞，指匈奴之地。《汉书·匈奴传》："晋北有林胡、楼烦之属。"

【评解】

首句言主骄,次句言臣佞;主骄臣佞则开边黩武,弗以为非,而贻害无穷,汉、唐皆然矣。(刘)

誓扫匈奴不顾身,五千貂锦丧胡尘①。

可怜无定河边骨,犹是春闺梦里人②。

① 誓扫二句:汉司马迁《报任少卿书》载:夫仆与李陵俱居门下,素非能相善也。然观其为人,自守奇士,常思奋不顾身,以徇国家之急。且李陵提步卒不满五千,深践戎马之地,战斗千里,矢尽道穷,救兵不至,士卒死伤如积。此用其语意。貂锦,战袍,借指战士。李益《六州胡儿歌》:"汉军游骑貂锦衣。"刘禹锡《和白侍郎送令狐相公镇太原》:"十万天兵貂锦衣。"
② 可怜二句:与沈彬《吊边人》"白骨已枯沙上草,家人犹自寄寒衣",用意相似,而深婉过之。无定河,源出内蒙古,东南流经陕西清涧县入黄河。以急流挟沙,深浅无定,故名。

【集评】

魏泰《临汉隐居诗话》:"李华《吊古战场文》:'其存其没,家莫闻知。人或有云,将信将疑。悁悁心目,寝寐见之。'陈陶则云'可怜无定河边骨,犹是春闺梦里人',盖工于前也。"

贺裳《载酒园诗话》:"陈陶《陇西行》'五千貂锦丧胡尘',必为李陵事而作。汉武欲使匈奴兵毋得专向贰师(谓贰师将军李广利),故令陵旁挠之。一念之动,杀五千人。陶讥此事而但言闺情,唐诗所以深厚也。"

沈德潜《唐诗别裁》:"作苦诗无过于此者,然使王之涣、王昌龄为之,更有余蕴。此时代使然,作者亦不知其然而然也。"

孙洙《唐诗三百首》:"较之'一将功成万骨枯'句,更为沉痛。"

【评解】

李陵名将,尚且丧师,言开边之不可为也。下二句措语警辟,唱叹有神,故为千载传诵。(刘)

刘驾

字司南,江东人。大中六年(八五二)进士,官国子博士。有《刘驾诗集》,《全唐诗》编存其诗一卷。

晓登成都迎春阁

未栉①凭栏眺锦城,烟笼万井二江明②。

香风满阁花满树,树树树梢啼晓莺。

① 栉:梳头。
② 烟笼句:万井,犹云万户。二江,秦李冰为蜀守时所开,一由灌县经新繁县入成都,谓之外江;一由灌县经郫县入成都,谓之内江。《水经注》:"(成都)县有二江,双流郡下。"

【集评】

刘永济《唐人绝句精华》:"此诗写出城市晓景,如在目前,人但赏其能用叠字,未免皮相。"

【评解】

刘驾七绝,句法独创,别具一格。其《春夜》云:"近来欲睡兼难睡,夜夜夜深闻子规。"《秋怀》云:"时难何处披衷抱,日日日斜空醉归。"《郢中感怀》云:"忆得几家欢宴处,家家家业尽成灰。"《望月》云:"酒尽露零宾客散,更更更漏月明中。"皆以叠字见巧。宋司马槱《无题二首》:"春愁满纸无多句,句句句中多为君。""频见樽前浑不语,心心心在阿谁边?"盖效之也。(富)

曹邺 字邺之,桂林阳朔(今广西阳朔县)人。大中四年(八五〇)进士,官祠部郎中,洋州刺史。绝句质朴奇崛,有古乐府遗意。有《曹邺诗集》,《全唐诗》编存其诗二卷。

筑城[①] 三首

郎有蘼芜心[②],妾有芙蓉质[③]。

不辞嫁与郎,筑城无休日。

① 筑城:即《筑城曲》,乐府《杂曲歌辞》,多述秦筑长城事。
② 蘼芜心:喻心地纯洁。蘼芜,香草。
③ 芙蓉质:喻容貌美丽。芙蓉,荷花。

呜呜啄人鸦,轧轧上城车[①]。

力尽土不尽,得归亦无家。

① 呜呜二句:谓死者为乌所啄食,生者仍推土不息。

筑人非筑城①，围秦岂围我②。

不知城上土，化作宫中火③。

① 筑人句：谓此城直是以人骨筑成。
② 围秦句：谓此城所屏障者乃独夫之秦，非百姓之家。
③ 不知二句：意谓秦筑长城，劳役伤民，致召陈胜起义，项羽入关，咸阳一炬，终于覆灭。宫中火，《史记·项羽本纪》："项羽引兵西屠咸阳，杀秦降王子婴，烧秦宫室，火三月不灭。"

【评解】

残民以逞者，则民必以怒火烧之，而导火之物非一。始皇之长城，炀帝之龙舟，徽宗之花石纲，皆以土木之役而成火种者也。此诗突如其来，戛然而止，质朴似古谣谚。（刘）

官仓鼠

官仓老鼠大如斗，见人开仓亦不走。

健儿①无粮百姓饥，谁遣朝朝入君②口？

① 健儿：战士。
② 君：指官仓鼠。

【评解】

身大如斗，言其私饱自肥；见人不走，言其明目张胆，为贪官污吏写照如生，较《硕鼠》之诗，尤怨而怒矣。（刘）

老圃堂①

邵平瓜地②接吾庐，谷雨干时偶自锄。

昨日春风欺不在，就床吹落读残书③。

① 一作薛能诗。
② 邵平瓜地：《史记·萧相国世家》："召平者，故秦东陵侯，秦破，为布衣，贫，种瓜于长安城东，瓜美，故世俗谓之东陵瓜。"
③ 昨日二句：宋刘攽《新晴》"惟有南风旧相识，偷开门户又翻书"，即从此脱出。

【评解】

用故侯瓜事，叹春风相欺，皆所以写抑塞不平之意，若仅赏下二句之清趣，失之浅矣。（刘）

薛能 字太拙，汾州（今山西汾阳县）人。会昌六年（八四六）进士。咸通中，为嘉州刺史，入为工部尚书。广明元年（八八一），为徐州节度使，徙镇忠武，为部下将士所杀。有《薛许昌诗集》，《全唐诗》编存其诗四卷。

折杨柳① 十首选一

和风烟树九重城②，夹路春阴十万营③。

惟向边头不堪望,一株憔悴少人行④。

① 折杨柳:乐府《横吹曲辞》。
② 和风句:咏御柳。烟树,指浓阴如烟之柳树。九重城,指长安。
③ 夹路句:咏官柳。十万营,指细柳营,西汉周亚夫屯兵处,故址在今陕西咸阳县西南。
④ 惟向二句:咏塞门柳。边头,犹边关。

【集评】

杨慎《升庵诗话》:"诗意言饰太平于京师,而弛防守于边塞。"

敖英《唐诗绝句类选》:"一柳也,所植之地不同而荣枯迥然,感伤深矣。"

来鹄　豫章(今江西南昌市)人。屡试进士不第,后客死维扬逆旅。七绝清新明快,多讽时之作。《全唐诗》编存其诗一卷。

蚕妇

晓夕采桑多苦辛,好花时节不闲身。

若教解①爱繁华事,冻杀黄金屋②里人。

① 解:懂得。
② 黄金屋:指富贵人家。

题庐山双剑峰①

倚天双剑②古今闲,三尺③高于四面山。

若使火云④烧得动,始应农器满人间。

① 双剑峰:在庐山龙门西峰下,形势插天,宛如双剑。
② 倚天双剑:宋玉《大言赋》:"长剑耿耿,倚天之外。"此用其意。
③ 三尺:指剑。《汉书·高帝纪》:"吾以布衣,提三尺,取天下。"
④ 火云:赤云,落日反照,云呈红色。

【评解】

火云烧山,成为农器,设想奇绝,要亦反映当时战争不绝,农具奇缺之实况(张祜《悲纳铁》"谁谓今来正耕垦,却销农器作戈矛",可证),非漫为奇语也。(刘)

云

千形万象竟还空,映水藏山片复重。

无限旱苗枯欲尽,悠悠闲处作奇峰①。

① 奇峰:晋顾恺之《神情诗》:"夏云多奇峰。"按宋惠洪《冷斋夜话》载:北宋章惇罢相南贬,僧奉忠于其前诵《夏云》诗云:"如峰如火复如绵,飞过微阴落槛前。大地生灵干欲死,不成霖雨漫遮天。"与此诗托讽相似,可参看。

【集评】

刘永济《唐诗绝句精华》:"此借云以讽不恤民劳者之词。"

【评解】

此讥执政者徒托空言,不能为苍生霖雨也。(刘)

鹭鸶

袅丝翘足傍澄澜①,消尽年光伫思②间。

若使见鱼无羡意,向人姿态更应闲。

① 袅丝句:丝,指鹭鸶头顶细长白羽。澄澜,犹言清波。
② 伫思:伫立凝神,写鹭鸶伺鱼之状。按罗隐《鹭鸶》:"斜阳淡淡柳阴阴,风袅寒丝映水深。不要向人夸素白,也知常有羡鱼心。"与此诗用意相同,可参看。

【评解】

此与罗隐诗托讽相似,皆刺人之伪为高洁而贪图利禄者,此诗宕开一笔,思致较佳。(刘)

韩氏 宣宗时宫女,后嫁卢渥。《全唐诗》录存其诗一首。

题红叶①

流水何太急,深宫尽日闲。

殷勤谢红叶，好去到人间。

① 《云溪友议》载：卢渥应举长安，偶临御沟，见红叶上有一绝句，乃取置于巾箱。后卢渥娶得宣宗所出宫女，即题诗红叶者。

【集评】

黄生《唐诗摘钞》："'好去'二字略断，盖嘱付之词。绝不言情，无限幽忧之意，自在言外。文人作宫词，便有多少无聊怨望之语，岂知身历其地者，转觉难言耳。"

黄叔灿《唐诗笺注》："首句是兴，'何'字妙，言流水如人，似亦有不耐深宫之意。而己不能偕行，特寄情红叶，流到人间。思致极缠绵。"

【评解】

"殷勤"二句，语挚而情深，有求出牢笼之意；若玄宗时宫女诗"自嗟不及波中叶，荡漾乘春取次行"，虽凄婉多讽，然几于绝望矣。比较论之，此诗为佳。（刘）

李山甫

咸通中，累举进士不第，后依乐彦祯为魏博从事。有《李山甫诗集》，《全唐诗》编存其诗一卷。

赠宿将

校猎燕山①经几春，雕弓白羽不离身。

年来马上浑无力，望见飞鸿指似②人。

① 燕山：在今河北蓟县东南，为当时边防要地。
② 指似：指与。按唐令狐楚《少年行》："少小边州惯放狂，骣骑蕃马射黄羊。如今年老无筋力，独倚营门数雁行。"意境相似，可参看。

【集评】

刘永济《唐人绝句精华》："此美人迟暮之感。"

【评解】

只"浑无力"便写出老；只"指似人"便写出壮心未已，刻画入微。（刘）

高骈 字千里，幽州（治所在今北京城西南）人，卒于光启三年（八八七）。骈为崇文之孙，世为禁军将领。咸通中，拜安南都护。僖宗时，迁剑南西川节度使，复徙荆南节度使。历任镇海、淮南节度使，镇压王仙芝、黄巢起义军。黄巢攻占广州，率大军北趋江淮，骈慑于义军声势，不敢阻击，拟坐守扬州，割据一方。后为部将毕师铎所杀。《全唐诗》录存其诗一卷。

叹征人

心坚胆壮箭头亲①，十载沙场受苦辛。

力尽路旁行不得，广张红旆②是何人？

① 心坚句：谓敢于冲锋陷阵。
② 广张红旆：指将领。

赠歌者 二首选一

公子邀欢①月满楼,双成揭调唱伊州②。

便从席上风沙起,直到阳关水尽头③。

① 邀欢:犹寻欢。
② 双成句:双成,即董双成,古仙人,相传为西王母侍女,善吹笙。此借指歌女。一作"佳人"。揭调,高调。伊州,曲调名。《乐府诗集》:"《乐苑》曰:'《伊州》,商调曲,西凉节度盖嘉运所进也。'"
③ 便从二句:形容曲调之悲凉。阳关,故址在今甘肃敦煌县西南。一作"萧关"。

山亭夏日

绿树浓阴夏日长,楼台倒影入池塘。

水精①帘动微风起,满架蔷薇一院香。

① 水精:即水晶。

【集评】

谢枋得《唐诗绝句注解》:"此诗形容山亭夏日之光景,极其妙丽,如图画然。"

曹唐 字尧宾,桂州(今广西桂林市)人。初为道士,后举进士不第,咸通中为使府从事。以七绝《小游仙诗》著称。有《曹从事诗集》,《全唐诗》编存其诗二卷。

小游仙诗 九十八首选八

玉诏新除沈侍郎①,便分茅土镇东方②。

不知今夕游何处,侍从皆骑白凤凰③。

① 玉诏句:玉诏,诏书之美称。除,任命。沈侍郎,指沈姓仙官。
② 便分句:古时分封诸侯,以五色土筑社坛,以青色代表东方,赤色代表南方,白色代表西方,黑色代表北方,黄色代表中央,视其所封方位,以白茅裹土授予被封者,象征土地与权力,称为授茅土。
③ 不知二句:状其夜游及侍从之盛。按孙光宪《北梦琐言》载:沈询(与曹唐同时人)侍郎清粹端美,神仙中人也。制除山北节旄,京城诵曹唐《游仙诗》"玉诏新除沈侍郎"云云。可见其《小游仙诗》在当时之广为流传。

玉皇赐妾紫衣裳,教向桃源嫁阮郎①。

烂煮琼花劝君吃,恐君毛鬓暗成霜。

① 教向句:相传东汉刘晨、阮肇,永平中入天台山采药,经十三日不得返。遥见山上有桃树子熟,遂上山采食。下山以杯取水,见芜菁叶流下甚鲜,复有胡麻饭一杯流下。乃渡山,见溪边有二女子,色甚美,见刘、阮如旧识,问来何晚也。因相邀至家,行酒作乐。刘、阮被留半年,求归,至家子孙已七世矣。见刘义庆《幽明录》及《太平广记》。

玉色雌龙金络头①,真妃②骑出纵闲游。

昆仑山上桃花底，一曲商歌③天地秋。

① 玉色句：玉色,白色。金络头,以黄金所制之笼络。络,马笼头曰络。南朝宋鲍照《代结客少年场行》："骢马金络头。"
② 真妃：犹仙妃。
③ 商歌：声音悲凉之歌。

共爱初平住九霞，焚香不出闭金华①。

白羊成队难收拾，吃尽溪头巨胜②花。

① 共爱二句：黄初平(一作皇初平),汉丹溪人。年十五,家使牧羊,有道士引至金华山石室中,四十余年,不复还家。其兄寻至金华山,不见羊群,但见白石,初平乃叱石曰羊起,白石皆变为羊,共数万头。后仙去。见《太平广记》所引《神仙传》。九霞,泛指仙境。
② 巨胜：胡麻别名。古人以为胡麻在八谷之中最胜,故称巨胜。

昨夜相邀宴杏坛①，等闲乘醉走青鸾。

红云塞路东风紧，吹破芙蓉碧玉冠。

① 杏坛：相传三国吴董奉在杏林修炼成仙,后因谓道士修炼处所为杏坛。此指仙人所居之地。

侍女亲擎玉酒卮，满卮倾酒劝安期①。

等闲相别三千岁，长忆水边分枣时②。

① 安期：即安期生，古仙人。《史记·封禅书》载：汉武帝从方士李少君之言，遣人入海求蓬莱仙人安期生之属。
② 长忆句：《史记·封禅书》载：方士李少君奏武帝曰："臣尝游海上，见安期生，安期生食(通饲,以食与人也)臣枣，大如瓜。"此用其事。

王母相留不放回，偶然沉醉卧瑶台①。

凭君与向萧郎道：教着青龙取妾来②。

① 王母二句：谓仙女弄玉为西王母留饮，醉卧瑶台。瑶台，饰以玉石之台。
② 凭君二句：谓请告萧史命青龙来迎取。凭，请也，烦也。萧郎，即萧史，相传为周宣王时史官，善吹箫，秦穆公以女弄玉妻之，日教弄玉吹箫作凤鸣，有凤来止，穆公为筑凤台。后萧史乘龙，弄玉乘凤，飞升而去。着，张相《诗词曲语辞汇释》："着，犹教也，使也。"

笑擎云液紫瑶觥①，共请云和碧玉笙②。

花下偶然吹一曲，人间因识董双成。

① 笑擎句：云液，指美酒。紫瑶觥，紫玉制成之酒器。
② 共请句：《汉武帝内传》："西王母命玉女董双成吹云和之笙。"

【集评】

许学夷《诗源辨体》："游仙诗其来已久，至曹唐则有七言绝九十八首。后人赋游仙绝句，实起于此。"

【评解】

曹唐《小游仙诗》，迷离缥缈，瑰奇多采，在唐人七绝中别开生面，故择选数首，以备一格。（富）

郑畋 字台文,荥阳(今河南荥阳县)人,生于长庆三年(八二三),卒于光启元年(八八五)。会昌中进士。曾为翰林学士,迁中书舍人。乾符中,以兵部侍郎同平章事,寻出为凤翔节度使。中和中,以拒黄巢功,拜司空、门下侍郎、平章事。《全唐诗》录存其诗十六首。

马嵬坡①

肃宗回马杨妃死,云雨虽亡日月新②。
终是圣明天子事,景阳宫井又何人③?

① 马嵬坡:在今陕西兴平县西。
② 肃宗二句:谓肃宗自马嵬坡回马,至灵武即位,重振唐室,杨妃虽死,国家却得中兴。《旧唐书·玄宗本纪》载:天宝十五载(七五六)六月,安禄山叛军陷潼关,玄宗自长安仓皇奔蜀。至马嵬坡,六军不发,将士杀杨国忠,复请诛杨贵妃,玄宗即命高力士赐贵妃自尽。将发马嵬坡,"百姓遮路乞留皇太子(指肃宗),愿戮力破贼,收复京城,因留太子。"云雨,用巫山神女事,借指杨妃。按此诗始见于唐高彦休《唐阙史》,肃宗或作"玄宗",虽亡或作"难忘",皆后人误改。
③ 终是二句:谓玄宗于仓卒之际,能从将士、百姓之请,忍痛割爱,复留太子讨安禄山,终使唐室危而复安,胜于陈后主偕张丽华之投井受辱,身俘国亡。《陈书·后主本纪》载:隋军渡江,后主闻兵至,从宫人十余人出后堂景阳殿,自投于井。及夜,为隋军所执。《南畿志》:"景阳井在台城内,陈后主与张丽华、孔贵嫔投其中以避隋兵将。旧传栏有石脉,以帛拭之作胭脂痕,名胭脂井,一名辱井。"

【集评】

高彦休《唐阙史》:"马嵬佛寺贵妃缢所,迩后才士文人经过,赋咏以导幽怨者,不可胜纪,莫不以翠翘香钿,委于尘土,红凄碧怨,令人悲伤。虽调苦词清,而无逃此意。独丞相荥阳公畋为凤翔从事日,题诗曰'肃宗回马杨妃死'云云,后人观者以为真辅相之句。"

李锳《诗法易简录》:"立言得体。'可怜金谷坠楼人',高一层衬,此低一层衬。"

陈寅恪《元白诗笺证稿》："高彦休《阙史》上'郑相国（畋）题马嵬诗'条云：'肃宗回马杨妃死，云雨虽亡日月新。终是圣明天子事，景阳宫井又何人？'吴曾《能改斋漫录》八'马嵬诗'条载台文（郑畋字台文）此诗，'肃宗'作'明皇'，'圣明'作'圣朝'。计有功《唐诗纪事》五六亦载此诗，惟改'肃'字为'玄'字，又'圣明'作'圣朝'。今通行坊本（指《唐诗三百首》）选录台文此诗，则并改'虽亡'为'难忘'。此后人逐渐改易，尚留痕迹者也。盖肃宗回马及杨贵妃死，乃启唐室中兴之二大事，自宜大书特书，此所谓史笔卓识也。'云雨'指杨贵妃而言，谓贵妃虽死而日月重光，王室再造。其意义本至明显平易。今世俗习诵之本易作'玄宗回马杨妃死，云雨难忘日月新'，必受《长恨歌》此节（指"天旋日转回龙驭，到此踌躇不能去。马嵬坡下泥土中，不见玉颜空死处"一节）及玄宗难忘杨妃令方士寻觅一节之暗示所致，殊与台文原诗之本旨绝异。斯则不得不为之辨正者也。"

曹松

字梦征，舒州（今安徽潜山县附近）人。久困场屋，至光化四年（九〇一）始登第，年已七十余矣。授校书郎，终秘书正字。诗学贾岛，意境幽深。有《曹松诗集》，《全唐诗》编存其诗二卷。

己亥岁① 二首选一

泽国江山入战图②，生民何计乐樵渔③？
凭君莫话封侯事，一将④功成万骨枯。

① 己亥岁：为僖宗乾符六年（八七九），是年镇海节度使高骈遣将分道阻击黄巢义军，大肆杀戮，诗即咏其事。

② 泽国句：泽国，江浙地区，水道纵横，故称泽国。战图，谓作战计划。
③ 生民句：谓人民无法安居乐业。
④ 一将：指高骈。

【评解】

作意全在"凭君莫话封侯事"一语，盖指残害生灵，杀人如草，以博一己之功名，如高骈者耳。后来只传诵末句，视为反对一切战争之言，显非作者本意。（刘）

商山①

垂白商于原下住②，儿孙共死一身忙。

木弓未得长离手，犹与官家射麝香③。

① 商山：在今陕西商县东南。
② 垂白句：垂白，犹云垂老。商于，古地名，在今陕西商县与河南内乡县之间。
③ 麝香：麝鹿腹部之分泌物，香气甚烈，为名贵药物。《新唐书·地理志》："商州土贡麝香。"

【评解】

家破人亡，老年羁役，生活何等悲惨。如实写来，全不作势，而讽谕自见（刘）。

贯　休

贯休　唐末诗僧，本姓姜氏，字德隐，婺州兰溪（今浙江兰溪县）人，生于大和六年（八三二），卒于后梁乾化二年（九一二）。尝依吴越王钱镠。天复中入蜀，蜀主王建优遇之，署号禅月大师。七古纵横排奡，笔力奇恣。有《宝月集》，《全唐诗》编存其诗十二卷。

月夕

霜月夜徘徊，楼中羌笛催。

晓风吹不尽，江上落残梅①。

① 落残梅：因所吹之曲为《梅花落》，而余音袅袅，故以落残梅形容之。此句与李白"江城五月落梅花"用意相似。

【集评】

杨慎《升庵诗话》："此首有乐府声调，虽非僧家本色，亦犹惠休之'碧云'也。"

俞陛云《诗境浅说续编》："贯休闻笛诗，得蕴藉之神。"

马上作

柳岸花堤夕照红，风清襟袖辔璁珑①。

行人莫讶频回首，家在凝岚②一点中。

① 辔璁珑：辔，马缰。璁珑，明洁貌。
② 凝岚：浓岚。

【集评】

黄叔灿《唐诗笺注》："'家在凝岚一点中'，入神之笔。然首二句写马上神情，已注末句。"

招友人宿

银地①无尘金菊开,紫梨红枣堕莓苔。

一泓秋水一轮月,今夜故人来不来?

① 银地:佛家语,与金地、琉璃地并称,指禅院佛殿之地面。李绅《龙宫寺》:"银地溪边遇衲师。"

【评解】

招友人来宿,即以清景动之,结句妙作问语,尤饶情趣。(富)

处默　唐末诗僧。初与贯休同出家,后隐居庐山。《全唐诗》录存其诗八首。

织妇

蓬鬓蓬门积恨多,夜阑灯下不停梭。

成缣犹自陪钱纳①,未直青楼一曲歌②。

① 陪钱纳:晚唐农户以布帛纳两税,因官吏挑剔,每须使用小费,故云。
② 未直句:直,与值同。青楼,借指歌女。

【评解】

李洵《赠织锦人》："扎扎机声晓复晡，眼穿力尽意何如。美人一曲成千赐，心里犹嫌花样疏。"可谓异曲同工。宋蒨桃（寇准侍妾）《呈寇公》："一曲清歌一束绫，美人犹是意嫌轻。不知织女萤窗下，几度抛梭织得成！"则从此二诗翻出。（富）

罗隐

原名横，字昭谏，余杭（今浙江余杭）人，生于大和七年（八三三），卒于梁开平三年（九〇九）。早岁即负诗名，恃才傲物，好讥议公卿，致十上而不中第，遂更名为隐。光启中，曾为钱塘令。后依镇海军节度使钱镠。绝句清浅自然，多讥刺时政之什。有《罗昭谏集》，《全唐诗》编存其诗十一卷。

雪

尽道丰年瑞①，丰年事若何②！

长安有贫者，为瑞不宜多。

① 丰年瑞：冬雪古称瑞雪，为丰年之兆。
② 事若何：意谓是否丰年，尚不可知。即使丰年，贫民亦难免饥寒。

炀帝陵①

入郭登桥出郭船，红楼日日柳年年②。

君王忍把平陈业,只博雷塘数亩田③?

① 炀帝陵:《隋书·炀帝纪》载:炀帝初葬吴公台下,唐平江南后,改葬雷塘。雷塘,在今江苏江都县北。
② 入郭二句:谓炀帝在江都日日寻欢作乐,年复一年。红楼,当指迷楼,故址在今江都县西北。
③ 君王二句:谓如何忍心将平定陈朝统一全国之千秋大业,只换取雷塘数亩之地。平陈业,炀帝于文帝开皇八年为行军元帅,率大军伐陈,次年灭陈。博,一作"换",义同。数亩田,指其墓地。

【集评】

宋顾乐《唐人万首绝句选》评:"一气浑成,格调亦琤琤瞰瞰。"

王国维《人间词话》:"'君王忍把平陈业,换取雷塘数亩田',政治家之言也;(唐彦谦《仲山》)'长陵亦是闲丘陇,异日谁知与仲多',诗人之言也。政治家之言,域于一人之事;诗人之眼,则通古今而观之。"

【评解】

前半写其恣意行乐,极尽豪华;后半以冷语诘问,讽刺入骨。(富)

柳

灞岸①晴来送别频,相偎相倚不胜春②。

自家飞絮犹无定,争解③垂丝绊路人。

① 灞岸:灞水之滨,在长安城东,为当时送别之地。
② 相偎句:状柳态轻柔。
③ 争解:那能。

【评解】

与李商隐《夕阳楼》"欲问孤鸿向何处,不知身世自悠悠",作意正同,均有不能自谋,遑论谋人之感。(刘)

偶题①

钟陵②醉别十余春,重见云英掌上身③。

我未成名君未嫁,可能④俱是不如人!

① 一作《嘲钟陵妓云英》。何光远《鉴戒录》:"罗秀才隐,傲睨于人,体物讽刺。初赴举之日,于钟陵筵上与娼妓云英同席。一纪后,下第,复与云英相见,云英抚掌曰:'罗秀才犹未脱白耶!'隐虽内耻,寻亦嘲之云云。"
② 钟陵:晋置县名,今江西进贤县。
③ 掌上身:形容体态轻盈。汉赵飞燕体轻,能作掌上舞。见《飞燕外传》。
④ 可能:是否之意。

【集评】

李锳《诗法易简录》:"迟暮之感,一往情深。"

【评解】

"同是天涯沦落人"之意,以谐谑出之,弥觉沉痛。(刘)

蜂

不论平地与山尖,无限风光尽被占。

采得百花成蜜后，为谁辛苦为谁甜？

【集评】

刘永济《唐人绝句精华》："诗意似有所悟，实乃叹世人之劳心于利禄者。"

【评解】

此讥横行乡里，聚敛无厌，而终不能自保者。唐末社会动乱兴灭无常（如大小军阀之兼并），故诗人有所感讽也。或谓为农民鸣不平者，实误。（刘）

中秋夜不见月

阴云薄暮上空虚①，此夕清光已破除②。

只恐异时开霁后，玉轮依旧养蟾蜍③。

① 空虚：即虚空。
② 破除：遮蔽之意。
③ 玉轮句：玉轮，指月。蟾蜍，《淮南子·说林训》："月照天下，蚀于詹诸（蟾蜍）。"高诱注："詹诸，月中虾蟆，食月，故曰'蚀于詹诸'。"

【集评】

刘克庄《后村诗话》："罗隐《中秋不见月》诗：'只恐异时开霁后，玉轮依旧养蟾蜍。'本于卢仝《月蚀》诗，然尤简明。"

【评解】

此谓隐患未除，难望清明之至。殆讽僖、昭之姑息养奸乎？（刘）

感弄猴人赐朱绂①

十二三年就试期,五湖烟月奈相违②。

何如学取孙供奉③,一笑君王便着绯。

① 《幕府燕闲录》:"唐昭宗播迁(乾宁三年,李茂贞攻陷长安,昭宗奔华州),随驾伎艺人止有弄猴者,猴颇驯,能随班起居,昭宗赐以绯袍,号孙供奉,罗隐有诗云云。"朱绂,古时官员所佩之赤色丝带。然唐人诗中多以朱绂指绯衣,此亦是。唐制:五品服浅绯,四品服深绯。
② 十二二句:谓十余年中,屡试不第,远离家乡。五湖,太湖之别称。罗隐《归五湖》:"一船明月一竿竹,家住五湖归去来。"
③ 何如句:一作"何如买取胡孙弄"。供奉,官名,唐时以文学或技艺侍奉宫廷者。

【评解】

罗隐怀才而十试不举,故借弄猴人赐朱绂事致慨,语特愤激。而当时之不重人才及昭宗之昏愦,均于言外见之。(富)

罗邺　余杭(今浙江余杭)人。咸通中,累举进士不第。后从军边塞,郁郁而终。诗与宗人罗隐、罗虬齐名,时称三罗。七绝清丽缠绵,深婉有致。有《罗邺诗集》,《全唐诗》编存其诗一卷。

雁① 二首选一

暮天新雁②起汀洲,红蓼③花开水国秋。

想得故园今夜月,几人相忆在江楼。

① 一作杜荀鹤诗,题作《题新雁》。
② 新雁:归雁。
③ 红蓼:即水蓼,俗呼水红,生于水边,秋日开花,白中带红,五瓣。按白居易《邯郸冬至夜思家》:"邯郸驿里逢冬至,抱膝灯前影伴身。想得家中夜深坐,还应说着远行人。"意境相似,可参看。

【评解】

　　白诗因冬至而思家,此诗因闻雁而思家,而皆反言家人之思己,拓开一层,意更深挚。比较言之,白诗亲切动人,此诗隽妙可喜。(富)

芳草

芳草和烟暖更青,闲门要路①一时生。

年年检点人间事,唯有春风不世情②。

① 闲门要路:指冷落门庭与交通要道。
② 世情:谓炎凉世态。

【评解】

　　作意在"闲门要路"四字。(刘)

放鹧鸪

好傍青山与碧溪,刺桐①毛竹待双栖。

花时迁客伤离别,莫向相思树②上啼。

① 刺桐:落叶乔木,枝干有刺,花色深红,多生于闽粤一带。
② 相思树:即红豆树。

【评解】

放鹧鸪而殷勤致语,并嘱其勿伤迁客之心,弥见深情。罗邺一生失意,故能推己及物,更兼及人,体贴如此。(富)

秋怨

梦断南窗啼晓乌,新霜昨夜下庭梧。

不知帘外如珪月,还照边城到晓无①?

① 不知二句:从唐沈佺期《杂诗》"可怜闺里月,长照汉家营"化出。如珪月,江淹《别赋》:"秋月如珪。"珪,玉之圆者。

【集评】

俞陛云《诗境浅说续编》:"深闺绝塞,天远书沉,所空际寄情者,惟万里外共对一轮明月,已属幽渺之思。作者更言秋闺夜午,月渐西沉,不知塞外月斜,可还照征人铁甲?愈见思曲而苦矣。"

【评解】

下二句有"但愿人长久,千里共婵娟"之意,而出以不定之词,便有许多忧疑难说神情。(刘)

江帆

别离不独恨蹄轮①,渡口风帆发更频。

何处青楼②方凭槛,半江斜日认归人?

① 蹄轮:马蹄车轮。
② 青楼:泛指妇女所居之处。

【评解】

此诗构思新颖,曲尽人间送别、盼归之情,"何处"二句,尤绰有画意。(富)

公子行①

金鞍玉勒照花明,过后香风特地②生。

半醉五侯③门里出,月高犹在禁街④行。

① 公子行:《新乐府辞》。
② 特地:犹特别,唐时口语。
③ 五侯:见韩翃《寒食》注。
④ 禁街:指宵禁之街。

【评解】

以轻灵之笔,活画出权贵子弟形象,不着贬词而讽意自见。(富)

皮日休 字袭美，一名逸少，自号鹿门子、间气布衣，襄阳人，约生于大和八年（八三四），卒于中和三年（八八三）。咸通八年（八六七）进士，曾为太常博士，毗陵副使。乾符中参加黄巢义军，巢称帝，为翰林学士。后巢兵败，被唐室所杀。诗与陆龟蒙齐名，风格亦近似，多抨击苛征暴敛之作。有《皮子文薮》，《全唐诗》编存其诗九卷。

汴河①怀古 二首选一

尽道隋亡为此河，至今千里赖通波②。

若无水殿龙舟事，共禹论功不较多③。

① 汴河：见李益《汴河曲》注。
② 尽道二句：皮日休《汴河铭》："隋之疏淇、汴、凿太行，在隋之民不胜其害也，在唐之民不胜其利也。今自九河外，复有淇、汴，北通涿郡之渔商，南运江都之转输，其为利也博哉！"
③ 若无二句：谓炀帝疏凿汴河，如无穷奢极欲为游幸江都之举，则水利之功当不次于大禹。水殿龙舟，《通鉴·隋纪》："（大业元年）八月，上（炀帝）行幸江都，御龙舟。龙舟四重，高四十五尺，长二百丈。上重有正殿、内殿、东西朝堂，中二重有百二十房，皆饰以金玉，下重内侍处之。别有浮景九艘，三重，皆水殿也。"

【评解】

既不没开河之利，复指斥其荒淫劳民之罪，议论最为通达。（刘）

金钱花①

阴阳为炭地为炉②，铸出金钱不用模③。

莫向人间逞④颜色,不知还解济贫无?

① 金钱花:草本,秋日开花,色黄,似钱而无轮廓,午开子落,故名子午花,又名夜落金钱。
② 阴阳句:西汉贾谊《鵩鸟赋》:"天地为炉兮造化为工,阴阳为炭兮万物为铜。"
③ 模:模型。
④ 逞:卖弄。

【评解】

此借金钱花讥讽名不副实者,下二句与郭震《米囊花》"开花空道胜于草,结实何曾济得民"同意,而遣词较工。(刘)

陆龟蒙 字鲁望,自号天随子、甫里先生、江湖散人,吴郡(今江苏苏州)人,约卒于中和初。曾举进士不第,乃归隐松江甫里。与皮日休相善,叠相唱酬,世称皮、陆。绝句清隽秀逸,饶有佳作。有《甫里集》,《全唐诗》编存其诗十四卷。

雁

南北路何长,中间万弋①张。

不知烟雾里,几只到衡阳②。

① 弋:以绳系箭而射。《诗·郑风·女曰鸡鸣》:"将翱将翔,弋凫与雁。"
② 到衡阳:相传北雁南飞,至衡阳而止。

【集评】

刘永济《唐人绝句精华》:"此非咏雁,借雁言世乱多危机也。"

自遣诗① 三十首选三

五年重到旧山村,树有交柯犊有孙。

更感卞峰②颜色好,晓云才散便当③门。

① 序云:"《自遣诗》者,震泽别业之所作也。"震泽在今江苏吴江县西南,西与浙江湖州市相接。
② 卞峰:即卞山,在湖州市北。
③ 当:对也。

甫里先生①未白头,酒旗犹可战高楼②。

长鲸好鲙③无因得,乞取艅艎④作钓舟。

① 甫里先生:龟蒙自号。
② 酒旗句:谓犹可酣饮酒楼。
③ 鲙:细切鱼肉。
④ 艅艎:即余皇,战船。《左传》昭公十七年:"楚大败吴师,获其乘舟余皇。"

花濑蒙蒙紫气昏①,水边山曲更深村。

终须拣取幽栖地,老桧成双便作门。

① 花溅句：原注："紫花溅在顾渚步。"按顾渚山在今浙江长兴县西北。《旧唐书·陆龟蒙传》："龟蒙嗜茶，置茶园顾渚山下，岁取租茶，自为品第。"

【评解】
诸诗秀逸之中，复饶疏宕，在唐末七绝中别具意境，放翁田园之作，颇有相似处。（刘）

和袭美泰伯庙①

故国城荒德未荒②，年年椒奠③湿中堂。

迩来④父子争天下，不信人间有让王⑤。

① 袭美，皮日休字袭美。泰伯，《史记·周本纪》："古公（即周太王）有长子曰太伯，次曰虞仲。太姜生少子季历，季历娶太任，生昌（即周文王），有圣瑞。古公曰：'我世当有兴者，其在昌乎？'长子太伯、虞仲知古公欲立季历以传昌，乃二人亡如荆蛮，文身断发，以让季历。"按《史记正义》："太伯奔吴，所居城在苏州北五十里常州无锡界梅里村，其城及冢见存。"则泰伯庙或在其地。
② 德未荒：谓吴人犹怀泰伯之德。
③ 椒奠：置香椒于酒中以祀神，取其馨烈也。
④ 迩来：近来。
⑤ 让王：《庄子》中有《让王篇》，述尧、舜等让天下事。此指泰伯。

【评解】
泰伯让位季历，传为美德。后世封建王朝，父子相争，骨肉相残，代有其人，史不绝书，故诗人慨乎言之也。（富）

和袭美春夕酒醒

几年无事傍江湖,醉倒黄公旧酒垆①。

觉②后不知明月上,满身花影倩人扶。

① 黄公旧酒垆:《世说新语》:"王濬冲(王戎)乘轺车经黄公酒垆,顾谓后车客曰:'吾与嵇叔夜(嵇康)、阮嗣宗(阮籍)共酣饮此垆。'"
② 觉:醒也。

【评解】

"满身花影倩人扶",自是晚唐佳句,然不免纤琐。东坡《西江月》词云"解衣欹枕绿杨桥,杜宇一声春晓",气象何等开朗!(刘)

白莲

素花多蒙别艳欺,此花端合在瑶池①。

无情有恨何人见②,月晓风清欲堕时。

① 素花二句:意谓白莲冰清玉洁,不如凡艳之受人爱赏,只合移植于瑶池。素花,白花。瑶池,西王母所居之地。
② 无情句:谓白莲不以颜色炫人,故似无情,而风前欲堕,岂能无恨。

【集评】

苏轼《志林》:"诗人有写物之功。桑之'沃若'(《诗·卫风·氓》:"桑之未落,其叶沃若。"),他木殆不可以当此。林逋《梅花》诗'疏影横斜水清浅,暗香浮动月黄昏',决非桃李诗。陆龟蒙(原误作皮日休)白莲花诗'无情有恨何人见,月晓风清欲堕时',决非红莲诗。此乃写物之功。若石曼卿《红梅》诗:'认桃无绿叶,辨杏有青枝。'此至陋语,盖村学中体也。"

刘绩《霏雪录》:"唐人咏物诗,于景意事情外,别有一种思致,必心领神会始得,此后人所以不及也,如陆鲁望《白莲》云云,妙处不在言句上。"

焦竑《焦氏笔乘》:"花鸟之诗,最嫌太着。余喜陆鲁望《白莲》诗云云,花之神韵,宛然可掬,谓之写生手可也。"

王士禛《渔洋诗话》:"余谓陆鲁望'无情有恨何人见,月白风清欲堕时',两语恰是咏白莲诗,移用不得。而俗人议之,以为咏白牡丹、白芍药亦可。此真盲人道黑白。"

黄生《唐诗摘钞》:"杜牧(《齐安郡中偶题》)'多少绿荷相倚恨,一时回首背西风',与此末二句皆极体物之妙。"

沈德潜《唐诗别裁》:"取神之作。"

俞陛云《诗境浅说续编》:"'月晓风清'七字,得白莲之神韵,与昔人咏梅花'清极不知寒',咏牡丹诗'香疑日炙消',皆未尝切此花,而他处移易不得,可意会不可言传也。"

刘永济《唐人绝句精华》:"此亦借白莲咏怀也。结句得白莲之神韵,故古今传诵以为佳句。"

【评解】

隐逸非出于本心,飘零自伤于迟暮,咏白莲正所以自况也。诸家仅取其体物之工,未免失之于浅。(刘)

和袭美钓侣 二首选一

雨后沙虚古岸崩,鱼梁移在乱云层①。

归时月堕汀洲暗，认得妻儿结网灯。

① 鱼梁句：谓鱼梁被移至高处水流湍急之地。鱼梁，渔家在河流中编竹取鱼之设置。唐皮日休《鱼梁》："波际插翠筠，离离似清籞。游鳞到溪口，入此无逃所。"乱云，指波涛。皮日休《钓侣》："严陵滩势似云崩。"

【评解】

"归时"二句，情景逼真，非以舟为家之江湖散人不能道也。（富）

吴宫①怀古

香径长洲尽棘丛②，奢云艳雨③只悲风。

吴王事事须亡国，未必西施胜六宫④。

① 吴宫：指吴王夫差为西施所建之馆娃宫，故址在今苏州灵岩山上。
② 香径句：香径，即采香径，故址在苏州西南香山旁。长洲，即长洲苑，故址在苏州西南。
③ 奢云艳雨：指吴王之奢侈荒淫。
④ 胜六宫：胜过其他嫔妃。

【评解】

罗隐《西施》诗："家国兴亡自有时，吴人何苦怨西施。西施若解倾吴国，越国亡来又是谁？"与此诗用意相似，皆足以破女祸亡国之谬说。（刘）

新沙①

渤澥声中涨小堤②,官家知后海鸥知。

蓬莱有路教人到,应亦年年税紫芝③。

① 新沙:海边新涨沙洲。
② 渤澥句:渤澥,海之别支,指小海。声,指海潮声。小堤,指新沙。
③ 蓬莱二句:谓蓬莱如有路可到,则紫芝亦难免征税。蓬莱,相传海外三神山之一。紫芝,即灵芝草,仙家所植。《十洲记》:"方丈洲在东海中心,群仙不欲升天者,皆往来此洲,仙家数十万,耕田种芝草。"

【评解】

"官家知后海鸥知","应亦年年税紫芝",皆以嘲谑想像之笔,刺征敛之重,可谓入木三分。(刘)

怀宛陵①旧游

陵阳②佳地昔年游,谢朓青山李白楼③。

惟有日斜溪上思④,酒旗风影落春流。

① 宛陵:汉置县名,晋改为宣城郡郡治,今安徽宣城县。
② 陵阳:即陵阳山,在宣城,此借指宛陵。
③ 谢朓句:青山,在安徽当涂县东,谢朓为宣城太守,筑室山南,故又名谢公山,亦称谢家青山。李白楼,陵阳山有谢朓所筑北楼,李白曾登临赋诗。
④ 溪上思:溪,指句溪、宛溪,两水绕宣城合流。思,犹言情致。

【集评】

敖英《唐诗绝句类选》:"三四佳,情景交融,句复俊逸。"

沈德潜《唐诗别裁》:"诗中画本。"

李锳《诗法易简录》:"通首以'佳地'二字贯下,第三句点入'怀'字,末句写景,可作画本。"

狄归昌

官侍郎,光化中历尚书左丞。《全唐诗》录存其诗一首。

题马嵬驿①

马嵬烟柳正依依,重见鸾舆幸蜀归②。

地下阿蛮③应有语:这回休更怨杨妃!

① 一作罗隐诗,题为《帝幸蜀》。宋洪迈《万首唐人绝句诗序》谓此当作狄归昌诗。马嵬驿,即马嵬坡驿站,在今陕西兴平县西。
② 重见句:广明元年(八八〇)十二月,黄巢义军攻入长安,僖宗出奔兴元,次年复由兴元奔蜀,至光启元年(八八五),始自成都还京。曰"重见",因前有玄宗自蜀还京事。鸾舆,指天子车驾。
③ 阿蛮:即谢阿蛮。《明皇杂录》:"新丰市有女伶曰谢阿蛮,善舞《凌波曲》,常入宫中,杨妃遇之甚厚。"

【评解】

此与韦庄《立春日作》:"九重天子去蒙尘,御柳无情依旧春。今日不关妃妾事,始知孤负马嵬人。"皆咏僖宗奔蜀事,而冷语作结,讽嘲弥甚。(富)

李拯 字昌时,陇西(今甘肃东南部)人。咸通中登第,僖宗时累官考功郎、知制诰。光启二年(八八六),僖宗奔兴元,次年朱玫拥立襄王李煴为帝,逼拯为翰林学士。煴败,为乱兵所杀。《全唐诗》录存其诗一首。

退朝望终南山

紫宸朝罢缀鹓鸾①,丹凤楼②前驻马看。

惟有终南山色在,晴明依旧满长安③。

① 紫宸句:谓紫宸殿罢朝,百官相继而出。紫宸,《唐六典》:"紫宸殿,即内朝正殿也。"《雍录》:"含元之北为宣政,宣政之北为紫宸。"鹓鸾,指朝官行列。
② 丹凤楼:即丹凤门。《雍录》:"大明宫南端门名为丹凤,门上有楼,即以为名。"
③ 惟有二句:喻长安之残破荒凉。《旧唐书·僖宗纪》载:光启元年(八八五)十二月,宦官田令孜恶河中节度使王重荣,徙之他镇,重荣不从,令孜遣将攻之。重荣求援于李克用,克用与重荣合,败令孜之兵,进逼长安。令孜胁僖宗奔凤翔,复迫奔兴元。初,黄巢据长安,九衢三内,宫室宛然。及唐军攻入长安,纵火焚剽,宫室居市闾里,十焚六七。至是乱兵复焚,宫阙萧条,鞠为茂草矣。

【集评】

敖英《唐诗绝句类选》:"乱后还朝,惟有山色如旧,悲慨之词,写得浓丽。"

吴乔《围炉诗话》:"唐诗固有惊人好句,而其至善处在乎澹远含蓄。如李拯诗'紫宸朝罢缀鹓鸾'云云,兵火后之荒凉,不言自见。"

沈德潜《唐诗别裁》:"杜老'王侯第宅'、'文武衣冠'之感,然以蕴藉出之,得绝句体。"

韦庄 字端己,京兆杜陵(今西安市)人,韦应物四世孙,生于开成元年(八三六),卒于梁开平四年(九一〇)。乾宁元年(八九四)进士。天复元年(九〇一)入蜀,王建辟为掌书记。王建称帝,官吏部侍郎兼平章事。工词,与温庭筠并称。七绝清新秀朗,情致深婉。有《浣花集》,《全唐诗》编存其诗六卷。

古别离①

晴烟漠漠柳毵毵②,不那③离情酒半酣。

更把玉鞭云外指④,断肠春色在江南。

① 古别离:乐府《杂曲歌辞》。
② 毵毵:细长貌。
③ 不那:无奈。
④ 更把句:指临别上马时情景。云外指,即指云外。

【集评】

宋顾乐《唐人万首绝句选》评:"觉字字有情有味,得盛唐余韵。"

【评解】

别筵对当前柳色,已感离情无奈,而江南春色更浓,则离恨亦随之愈深矣。与常建《送宇文六》:"花映垂杨汉水清,微风林里一枝轻。即今江北还如此,愁杀江南离别情。"用意略似。惟此诗笔致空灵,辞采胜之,便觉风神自远。(富)

金陵图

谁谓伤心画不成①,画人心逐世人情②。

君看六幅南朝事,老木寒云满故城。

① 谁谓句:唐高蟾《金陵晚望》:"世间无限丹青手,一片伤心画不成。"
② 画人句:谓画者与世人同具伤心之感,故能画出此图。

【集评】

宋顾乐《唐人万首绝句选》评:"翻高蟾意高唱而入,已得机得势,次句又接得玲珑,末句一点,画意已足,经营入妙。"

【评解】

僖、昭之世,长安屡陷,残破极矣。此殆借南朝旧事以伤时耳,宜其沉痛如此。(刘)

台城①

江雨霏霏②江草齐,六朝如梦鸟空啼。

无情最是台城柳,依旧烟笼十里堤③。

① 一作《题金陵图》。台城,六朝时建业城旧址,在今南京城内鸡鸣山北麓,玄武湖侧。
② 霏霏:雨细密貌。
③ 无情二句:谓杨柳不解兴亡,春来依旧烟笼长堤。

【集评】

李锳《诗法易简录》:"题画而寓兴亡之感,言外别有寄托。"
宋顾乐《唐人万首绝句选》评:"咏柳从无人说'无情'者,一翻用觉感慨不尽。"

马时芳《挑灯诗话》:"韦端己《台城》,赋凄凉之景,想昔日盛时,无限感慨,都在言外,使人思而得之。"

刘永济《唐人绝句精华》:"'六朝如梦',一切皆空也。'依旧'之物,惟柳而已,故曰'无情'。然则有情者不免感慨可知矣。此种写法,王士禛所谓神韵也。"

【评解】

首句"江雨"与"江草"相应,写出一片迷蒙,真如梦境。后半借垂柳抒慨,尤为空灵含蓄。(刘)

梦入关①

梦中乘传②过关亭,南望莲峰③簇簇青。

马上正吟归去好,觉来江月满前庭。

① 关:指潼关。
② 乘传:乘驿车。
③ 莲峰:即华山之莲花峰。

【评解】

前三句皆梦中乐境,末句陡转入题,爽然自失,与李白《越中览古》章法相同。(刘)

稻田

绿波春浪①满前陂,极目连云䆉稏肥②。

更被鹭鸶千点雪,破烟来入画屏飞。

① 绿波春浪:形容风吹稻田。
② 穄秜肥:谓水稻苗壮。穄秜,稻之别称。

【评解】

稻田一片绿波春浪,与白鹭千点相映衬,真成一幅天然图画。(富)

丙辰年鄜州遇寒食城外醉吟① 五首选二

满街杨柳绿丝烟,画出青春二月天。

好是隔帘花树动,女郎撩乱送秋千②。

① 丙辰年:唐昭宗乾宁三年(八九六)。鄜州:今陕西富县。
② 秋千:《荆楚岁时记》谓寒食有秋千、打球之戏。

【集评】

黄叔灿《唐诗笺注》:"'画出'二字妙,下二句玩'隔帘'及'撩乱'字意,还是跟'杨柳绿丝烟'写照,分明于柳丝荡漾中形出。可知古人用笔,实景中皆用虚情描绘,上下必相关动也。"

雨丝烟柳欲清明,金屋人间暖凤笙①。

永日迢迢无一事,隔街闻筑②气球声。

① 暖凤笙：《齐东野语》："笙簧必用高丽铜为之，艳以绿蜡，簧暖则字正而清越，故必用焙而后可。"凤笙，《风俗通》："笙长四寸，十三簧，像凤之身。"故称凤笙。
② 筑，击也。唐时打气球乘马用杖击之。

悯耕者

何代何王不战争，尽从离乱见清平。

如今暴骨多于土，犹点乡兵作戍兵①。

① 如今二句：极写唐末藩镇兼并争战之激烈与农民受祸之惨酷。暴骨多于土，犹云尸骨如山。暴骨，指无人埋葬之尸骨。暴，即"曝"字。

虎迹

白额①频频夜到门，水边踪迹渐成群。

我今避世栖岩穴②，岩穴如何又见君③？

① 白额：虎额有白色条纹，故称白额。
② 栖岩穴：隐居山林。
③ 君：指虎，喻残害人民者。

【评解】

写出唐末动乱社会豺虎横行之实况，"又见君"三字，极感慨沉痛之致。（富）

焦崖阁①

李白曾歌蜀道难,长闻白日上青天②。

今朝夜过焦崖阁,始信星河③在马前。

① 此作于乾宁四年(八九七)入蜀途中。焦崖阁,故址在今陕西洋县北五十里焦崖山上。
② 李白二句:李白《蜀道难》:"蜀道之难,难于上青天。"
③ 星河:银河。

【评解】

以"星河在马前"反衬焦崖阁之高峻,以"始信"与"长闻"呼应,写出蜀道之艰难,措词警切有致。(富)

司空图 字表圣,自号知非子、耐辱居士,河中虞乡(今山西虞县)人,生于开成二年(八三七),卒于梁开平二年(九〇八)。咸通十年(八六九)进士,曾参王凝宣歙观察使幕府,历礼部郎中、中书舍人。朱温篡唐,召为礼部尚书,不食而死。绝句精炼含蓄,多写乱离羁旅之愁。有《司空表圣诗集》,《全唐诗》编存其诗三卷。

独望

绿树连村暗①,黄花入麦稀②。

远陂春旱渗③,犹有水禽飞。

① 绿树句:与孟浩然《过故人庄》"绿树村边合",意境略似。
② 黄花句:谓油菜与麦间种。黄花,指菜花。
③ 远陂句:谓因春陂水渗漏将涸。春旱渗,一作"春早渗",又作"春草绿",据司空图《与李生论诗书》改。

【集评】

苏轼《志林》:"司空图表圣自论其诗,以为得味于味外。'绿树连村暗,黄花入麦稀',此句最善。"

刘永济《唐人绝句精华》:"二十字构成一幅田园佳景,苏轼极赏此诗。"

漫题 三首选一

乱后他乡节①,烧残②故国春。

自怜垂白③首,犹伴踏青人④。

① 节:谓清明节。
② 烧残:兵火之余。残,余也。
③ 垂白:鬓发将白,犹云垂老。
④ 踏青:见刘禹锡《竹枝词》注。

【评解】

一身霜鬓,垂老无归,当乱后烧残之际,强作踏青之游,此时情味,岂同游所能识也。通首沉郁顿挫,饶有悃悃不甘之意。四句皆对,而能浑成一气,格高故也。(刘)

即事 九首选一

宿雨川原霁,凭高景物新。

陂痕侵牧马①,云影带耕人②。

① 陂痕句:谓雨足陂满,波光反映牧马。
② 云影句:谓雨止而湿云犹未散尽,映带耕人。

【集评】

刘永济《唐人绝句精华》:"确是新霁景象。"

【评解】

"陂痕"二句,写凭高眺远,刻画宿雨初霁景色,宛然如见,"侵"字、"带"字,尤为传神。(富)

华清宫①

帝业山河固,离宫②宴幸频。

岂知驱战马,只是太平人③!

① 华清宫:见王建《华清宫》注。
② 离宫:指华清宫。
③ 岂知二句:谓岂知安史乱起,被征作战者,原是太平之民。

【评解】

此讥玄宗自恃国家富强,耽于逸乐,卒召安史之乱也。下二句隐斥其荒淫祸民,较其他同题诗,仅感慨于一姓盛衰者,所见为大。(刘)

乐府

宝马跋尘光①,双驰照路旁。

喧传报戚里②,明日幸长杨③。

① 宝马句:谓宝马光彩照尘。与白居易《轻肥》"鞍马光照尘"同意。
② 戚里:帝王外戚聚居之处。《史记·万石君(石奋)传》:"于是高祖召其姊为美人,以奋为中涓,受书谒,徙其家长安城中戚里。"《史记索隐》:"于上有姻戚者居之,故名其里为戚里。"
③ 长杨:即长杨宫,汉离宫,故址在今陕西周至县。

【集评】

俞陛云《诗境浅说续编》:"一条软绣天街,遥见滚尘双骑驰来,雕鞍玉勒,照眼生辉。道路喧传,至尊将于明日游幸长杨,故双骑驰报贵家以备侍从。诗境所言至此,而当日京都之繁盛,宸游之娱乐,车骑之辉煌,戚里之荣宠,皆含诗内,如展《清明上河图》一角也。"

【评解】

此借汉喻唐也,实赋其事,讽意自见。妙在二十字中,写得淋漓尽致,神情毕现。(富)

河湟①有感

一自萧关②起战尘,河湟隔断异乡春。

汉儿学得胡儿语,却向城头骂汉人③。

① 河湟:黄河、湟水,指河西、陇右地区,曾长期为吐蕃所据,大中五年(八五一),为张义潮收复。
② 萧关:在今甘肃固原县北。
③ 汉儿二句:与宋陆游《送范舍人(范成大)归朝》"东都儿童作胡语,常时思此气生瘿",悲慨相似,可参看。

【集评】

刘永济《唐人绝句精华》:"三四言河湟沦陷之久也。此或是张义潮未复河湟前作。"

【评解】

从言语之变写出国土沦丧之感,以小喻大,倍见其切。陈亮《中兴论》有云:"中原父老,日以殂谢,生长于戎,岂知有我。"所慨正同。(刘)

华下① 二首选一

故国春归未有涯②,小栏高槛别人家③。

五更惆怅回孤枕④,犹自⑤残灯照落花。

① 华下：即华州，今陕西华县。乾宁三年（八九六），李茂贞攻陷长安，唐昭宗出奔华州。此避乱旅居华州时作。
② 故国句：谓故园春尽。
③ 小栏句：写避乱旅居。
④ 回孤枕：孤枕梦回。
⑤ 犹自：一作"犹有"。

【集评】

俞陛云《诗境浅说续编》："表圣为唐末完人，此诗殊有君国之感。三四句明知颓运难回，犹冀一旅一成，倘能兴夏。不敢昌言，以残灯落花为喻。"

【评解】

首二句写客中春尽，抒倦怀故国之思；下二句状时局飘摇，有不尽忧危之意。缠绵蕴藉，晚唐佳境。（刘）

赠日东鉴禅师①

故国无心渡海潮②，老禅方丈倚中条③。

夜深雨绝松堂静，一点山萤照寂寥。

① 一作郑谷诗。东鉴禅师，日本居华僧人。
② 故国句：谓无意归国。
③ 老禅句：老禅，指东鉴禅师。方丈，指禅寺长老或住持所居之处。中条，即中条山，在今山西永济县东南。

【集评】

管世铭《读雪山房唐诗钞凡例》："唐末七言绝句不少名篇，司空图《赠日本东鉴禅师》云云，崔涂《读庾信集》云云，骨色神韵，俱臻绝品，可以俯视众流矣。"

题裴晋公华岳庙题名①

岳前大队赴淮西,从此中原息鼓鼙②。

石阙③莫教苔藓上,分明认取晋公题④。

① 《唐摭言》:"裴晋公赴敌淮西,题名华岳之阙门。大顺中,户部侍郎司空图以一绝纪之。"裴晋公,即裴度,封晋国公。华岳庙,即华山庙。
② 岳前二句:元和十二年(八一七)八月,裴度以淮西宣慰处置使,自京率军至淮西,统诸将讨吴元济;十月,邓唐节度使李愬雪夜袭蔡州,擒元济,淮西平。岳前,华山之前。
③ 石阙:石筑之阙。
④ 分明句:谓使人清楚看到裴度题名。

【评解】

唐末藩镇跋扈愈甚,朝廷势弱,不复征讨,故借裴度平淮西事抒慨。(富)

聂夷中

字坦之,河东(今山西永济县)人,生于开成二年(八三七),约卒于中和四年(八八四)。咸通十二年(八七一)进士,补华阴县尉。早岁家贫,备尝艰辛,故多反映民间疾苦之作。五绝洗炼精悍,颇似孟郊。《全唐诗》编存其诗一卷。

公子家①

种花满西园②,花发青楼道。

花下一禾生，去之为恶草③。

① 一作《公子行》，又作《长安花》。
② 西园：曹植《公讌》诗："清夜游西园，飞盖相追随。"后用以指贵公子游宴之地。
③ 花下二句：写贵公子重花贱禾，好恶异人。

【评解】

就种花立言，亦小中见大之法，而通体劲炼，斩绝葛藤，全是古乐府神味（刘）。

田家

父耕原上田，子劚①山下荒。

六月禾未秀，官家已修仓。

① 劚：斫地，指开垦。

【评解】

不说催租，只说修仓，真射石没羽手段。（刘）

张乔　池州（今安徽贵池县）人。咸通十二年（八七一）进士。后与伍乔等终隐九华山。绝句笔致秀逸，音节优美，犹有中唐格调。有《张乔诗集》，《全唐诗》编存其诗二卷。

宴边将

一曲梁州①金石清,边风萧飒动江城②。

座中有老沙场客,横笛休吹塞上声③。

① 梁州:乐曲名,即《凉州》,多述征戍之情。
② 边风句:谓曲调悲凉,恍若边风四起。
③ 座中二句:与唐郑谷《席上赠歌者》"坐中亦有江南客,莫向春风唱鹧鸪",造意相似,可参看。塞上声,即指《凉州》曲。

河湟①旧卒

少年随将讨河湟,头白时清返故乡。

十万汉军零落尽,独吹边曲向残阳。

① 河湟:见司空图《河湟有感》注。

【集评】

沈涛《匏庐诗话》:"张乔《宴边将》云云,《河湟旧卒》云云,试掩其名,读者鲜不以为右丞、龙标。然则初盛中晚之分,其亦可以已乎?"

刘永济《唐人绝句精华》:"此为老卒抒久戍之情也。"

【评解】

十万同袍,零落已尽,则所谓"时清"者不难概见,而曲调之哀,又可知矣。苍劲

浑涵，于唐末绝句中不多见。(刘)

寄维扬①故人

离别河边绾柳条，千山万水玉人②遥。

月明记得相寻路，城锁东风十五桥③。

① 维扬：今江苏扬州市。
② 玉人：指故人。
③ 十五桥：指扬州市桥。

【评解】

先叙相念之情，后忆相从之日，而以杨柳关合其间，便觉首尾萦纡，悠扬有致。(刘)

武瓘 贵池(今安徽贵池县)人。咸通中进士，为益阳令。《全唐诗》录存其诗三首。

感事①

花开蝶满枝，花谢蝶还稀。

惟有旧巢燕，主人贫亦归。

① 一作于濆诗,题为《对花》。

【集评】

黄叔灿《唐诗笺注》:"暄凉之悲,不易者鲜。'旧巢'二句,用意沉痛。"

高蟾

高蟾　河朔(今河北一带)人。乾符三年(八七六)进士。乾宁中,为御史中丞。《全唐诗》编存其诗一卷。

宋汴①道中

平野有千里,居人无一家。

甲兵正年少,日久成天涯②。

① 宋汴:今河南开封一带。
② 甲兵二句:谓战祸不绝,丁壮久戍。

【评解】

唐末藩镇兼并激烈,宋汴一带,朱温尝与李克用屡次恶战,受祸尤烈。诗谓原野千里,不见人家,正反映当时实况,平平道来,自觉怵目惊心。(富)

金陵晚望

曾伴浮云归晚翠①,犹陪②落日泛秋声。

世间无限丹青手[3]，一片伤心画不成。

① 晚翠：暮山。
② 犹陪：一作"旋陪"。
③ 丹青手：指画师。

【集评】
　　黄叔灿《唐诗笺注》："'浮云'、'落日'，喻盛衰之不常，'曾伴'、'犹陪'，感佳丽之凄寂，正所谓'伤心'也。然'晚翠'、'秋声'，丹青能画，而望中心事，妙手难描。'画不成'三字，是'伤心'二字之神。"
　　俞陛云《诗境浅说续编》："画实境易，画虚景难。昔人（宋司马池）有咏《行色》诗云'赖是丹青不能画，画成应遣一生愁'，与此诗后二句相似。行色固难着笔，伤心亦未易传神。金陵为帝王所都，佳丽所萃，追昔抚今，百端交集，纵有丹青妙手，安能曲绘其心耶？此诗佳处在后二句，迥胜前二句也。"

下第后上永崇[1]高侍郎

天上碧桃和露种，日边红杏倚云栽[2]。

芙蓉生在秋江上，不向东风怨未开[3]。

① 永崇：长安永崇坊。《长安志》："朱雀街东第三街永崇坊。"
② 天上二句：天上碧桃、日边红杏，喻权贵子弟及其门阀之高。和露种、倚云栽，喻主考高侍郎与权贵亲密相依，曲为徇情。
③ 芙蓉二句：意谓自知孤寒之士，门第低微，如秋江芙蓉，生不得地，开不逢时，未敢怨主考之不予拔引也。

【集评】

沈德潜《唐诗别裁》:"存得此心,化悲愤为和平矣。"

【评解】

诗意殊怨,惟以比兴出之,措词较为含蓄而已,沈说未谛。(富)

郑谷

字守愚,袁州宜春(今江西宜春县)人,生于会昌二年(八四二),约卒于后梁开平中。光启三年(八八七)进士,授鄠县尉,迁右拾遗。乾宁中,为都官郎中,时称郑都官。以赋《鹧鸪》诗得名,世号"郑鹧鸪"。绝句风神绵邈,词意婉约,犹有盛唐余韵。有《云台编》,《全唐诗》编存其诗四卷。

感兴

禾黍不阳艳①,竞栽桃李春。

翻令②力耕者,多作③卖花人。

① 阳艳:光彩艳丽。
② 翻令:反使。
③ 多作:一作"半作"。

【集评】

刘永济《唐人绝句精华》:"此讥逐末忘本也,亦可作用人但取浮华观。"

席上贻歌者

花月楼台近九衢①,清歌一曲倒金壶②。

坐中亦有江南客③,莫向春风唱鹧鸪④。

① 九衢:指京城繁华之地。
② 金壶:指酒壶。
③ 坐中句:作者自谓。
④ 鹧鸪:唐时南方民间曲调,多述离情,调极哀怨。

【集评】

翁方纲《石洲诗话》:"郑都官以《鹧鸪》诗得名,此诗殊非高作,何以得名于时?郑又贻歌者云:'坐中亦有江南客,莫向春风唱鹧鸪。'此虽浅,然较彼咏《鹧鸪》之七律却胜。"

俞陛云《诗境浅说续编》:"听歌纵酒,本以排遣客愁。丁宁歌者,勿唱《鹧鸪》江南之曲,动我乡思,正见其乡心之深切也。"

雪中偶题

乱飘僧舍茶烟湿,密洒歌楼酒力微①。

江上晚来堪画处,渔人披得一蓑归。

① 乱飘二句:写雪花飞舞。茶烟湿,谓茶烟遇雪而湿。酒力微,谓酒力因下天寒而微。

【集评】

刘永济《唐人绝句精华》:"首二句虽亦写雪,但为三四句作陪耳。"

【评解】

此诗在当时及后世颇为传诵。郑谷《予尝有雪景一绝,为人所讽吟,段赞善小笔精微,忽为图画,以诗谢之》:"爱予风雪句,幽绝写渔蓑。"柳永《望远行》词:"乱飘僧舍,密洒歌楼,迤逦渐迷鸳瓦。好是渔人,披得一蓑归去,江上晚来堪画。"多用其语。苏轼《谢人和前篇(指王安石和其《雪后北台书壁》之作)》亦有"渔蓑句好真堪画"句。(富)

淮上与友人别

扬子江①头杨柳春,杨花愁杀渡江人。

数声风笛离亭②晚,君向潇湘我向秦。

① 扬子江:长江在今扬州与镇江之间,古称扬子江。
② 离亭:即长亭、短亭,古时驿站。

【集评】

王鏊《震泽长语》:"'君向潇湘我向秦',不言怅别,而怅别之意溢于言外。"

谢榛《四溟诗话》:"(绝句)凡起句当如爆竹,骤响易彻;结句当如撞钟,清音有余。郑谷《淮上别友》诗'君向潇湘我向秦',此结如爆竹而无余音。予易为起句,足成一绝曰:'君向潇湘我向秦,杨花愁杀渡江人。数声长笛离亭晚,落日空江不见春。'"

陈继儒《唐诗三集合编》:"以一句情语转上三句,便觉离思缠绵。茫茫别意,只在两'向'字写出。"

贺贻孙《诗筏》:"诗有极寻常语,作发句无味,倒用作结方妙者。如郑谷《淮上别友人》云云,盖题中正意只'君向潇湘我向秦'七字而已,若开头便说,则浅直无味,此却倒用作结,悠然情深,觉尚有数十句在后未竟者。唐人倒句之妙,往往如此。"

黄生《唐诗摘钞》:"后二语真若听离亭笛声,凄其欲绝。"

沈德潜《唐诗别裁》:"落句不言离情,却从言外领取,与韦左司(韦应物)《闻雁》诗同一法也。谢茂秦(谢榛)尚不得其旨而欲颠倒其文,安问悠悠流俗!"

黄叔灿《唐诗笺注》:"不用雕镂,自然意厚,此盛唐风格也,酷似龙标、右丞笔墨。"

宋顾乐《唐人万首绝句选》评:"情致微婉,格调高响。"

宋宗元《网师园唐诗笺》:"笔意仿佛青莲,可谓晚唐中之空谷足音矣。"

郭兆麒《梅崖诗话》:"首二语情景一时俱到,所谓妙于发端。'渡江人'三字已含下'君'字、'我'字,在三句用'风笛离亭'点缀,乃拖接法。末句'君'字、'我'字互见,实指出'渡江人'来,且'潇湘'字、'秦'字回映'扬子江',见一分手便有天涯之感。"

吴昌祺《删订唐诗解》:"以第三句衬起末句,所以有余响,有余情。"

俞陛云《诗境浅说续编》:"送别诗,惟'西出阳关',久推绝唱。此诗情文并美,可称嗣响。凡长亭送客,已情所难堪,客中送客,倍觉销魂也。"

【评解】

扬子江分手之地,杨柳春分手之时。杨花紧承杨柳,既点出暮春,又暗寓行人飘泊。二"杨"字、二"江"字,有如贯珠,层累而下,音响浏亮。一结直叙南北分携,便缴足"愁杀"之意,情味弥永。(刘)

十月菊

节去蜂愁蝶不知,晓庭还绕折残枝[①]。

自缘今日人心别,未必秋香一夜衰。

① 折残枝:折剩之花枝。残,余也,剩也,唐人口语。

【集评】

刘永济《唐人绝句精华》:"此讥世态炎凉也。'富贵他人合,贫贱亲戚离',非'人心别'而何?"

崔涂　字礼山,江南人。光启三年(八八七)进士。壮岁避乱蜀中,暮年浪迹陇右,诗多羁旅之感。五律沉着凝炼,托兴深婉,犹存中唐格调。有《崔涂诗集》,《全唐诗》编存其诗一卷。

读庾信①集

四朝十帝②尽风流,建业长安③两醉游。

惟有一篇杨柳曲④,江南江北为君愁。

① 庾信:见司空曙《金陵怀古》注。
② 四朝十帝:庾信初事梁,历事武帝、简文帝、元帝;后出使西魏被留,事恭帝;入周历事孝闵帝、明帝、武帝、宣帝、静帝;入隋事文帝。
③ 建业长安:梁都建业(今南京市),魏、周、隋均都长安。
④ 杨柳曲:庾信有《杨柳歌》,寓流离之感。

【集评】

陆莹《问花楼诗话》:"隶事精切,讽刺之意,都在言外。"

【评解】

庾信历仕四朝十帝,皆以文词知遇,靦颜南北,多历兴亡。"两醉游"、"为君愁",语极含蓄而讽意自见。(刘)

黄巢 曹州冤句(今山东菏泽县)人。世为盐商。善击剑骑射,喜任侠,粗通书传。乾符二年(八七五),举兵向应王仙芝起义,仙芝败亡,继领其众,号冲天大将军,转战南北。广明元年(八八〇),攻克长安,称帝。中和四年(八八四),兵败,自刎于泰山狼虎谷。《全唐诗》录存其诗三首。

题菊花

飒飒西风满院栽,蕊寒香冷蝶难来。

他年我若为青帝①,报②与桃花一处开。

① 青帝:司春之神。
② 报:告谕之意。

【评解】

此咏物言志,而有天下均平、春台同登之想,胸襟气概,陈涉辍耕之叹,未足相比。(刘)

唐彦谦

唐彦谦 字茂业,自号鹿门先生,并州(今山西太原市)人。咸通末进士。历任兴元节度副使、晋州、绛州刺史,终于阆州刺史。有《鹿门诗集》,《全唐诗》编存其诗二卷。

小院

小院无人夜,烟斜月转明。

清宵易惆怅,不必有离情。

【集评】

　　王尧衢《古唐诗合解》:"'无人夜'便有'离情',因'离情'而'惆怅'。今反云'惆怅'不由'离情',乃'清宵'之故。诗人用笔深曲,令人览之不尽,妙有含蓄。"

文惠①宫人

认得前家令,宫人泪满裾②。

不知梁佐命,全是沈尚书。

① 文惠:南齐文惠太子。
② 认得二句:《梁书·沈约传》载:沈约早岁为文惠太子家令,特蒙亲厚,每人见,至日斜始出。后力劝萧衍(梁武帝)篡齐,为梁佐命元勋,官至尚书令。尝侍宴,有妓师是文惠太子宫人,武帝问识座中客否,曰:"惟识沈家令。"

【集评】

　　宋顾乐《唐人万首绝句选》评:"字字可恨可羞,不微不显。"

【评解】

此托古讽今之作,疑为刺党朱温者,非漫咏史事也。(刘)

章碣 钱塘(今浙江杭州)人,章孝标之子。乾符进士。咸通、乾符间,颇著诗名。后流落江湖,不知所终。有《章碣诗集》,《全唐诗》编存其诗一卷。

焚书坑①

竹帛烟销帝业虚②,关河空锁祖龙居③。

坑灰未冷山东④乱,刘项⑤原来不读书。

① 焚书坑:相传在今陕西临潼县骊山下,秦始皇焚书坑儒处。
② 竹帛句:意谓焚书后秦亦随之而亡。
③ 关河句:意谓关河之险,无救于秦之灭亡。关河,指函谷关与黄河。祖龙居,指咸阳。祖龙,指秦始皇。《史记·秦始皇本纪》:"祖龙今年死。"《史记集解》:"苏林曰:'祖,始也;龙,人君象,谓始皇也。'"
④ 山东:华山以东。
⑤ 刘项:指刘邦、项羽。

【集评】

敖英《唐诗绝句类选》:"近人咏《长城》诗云:'谁知削木为兵者,尽是长城里面人!'又咏《博浪沙》云:'如何十二金人外,犹有民间铁未销?'皆从此诗翻出。"

顾嗣立《寒厅诗话》:"章碣《焚书坑》诗云云。陈刚中《博浪沙》诗:'一击车中胆气豪,祖龙社稷已动摇。如何十二金人外,犹有民间铁未销。'同一意也,而不觉其蹈袭,可悟脱换之妙。"

【评解】

宋林景熙《读秦纪》云:"书外有书焚不尽,一编坯上汉功名。"清陈元孝《题秦纪》云:"夜半桥边呼孺子,人间犹有未烧书。"并从此诗翻出,皆讽始皇焚书事,而陈诗笔致冷隽,尤耐寻味。(富)

韩偓 字致尧,小名冬郎,自号玉樵山人,京兆万年(今陕西西安市)人,生于会昌二年(八四二),卒于梁龙德三年(九二三)。龙纪元年(八八九)进士,历任兵部侍郎、翰林承旨。昭宗待为心腹,屡欲拜相,固辞不受。后为朱温排挤,贬濮州司马。天佑中,挈族入闽,依王审知而卒。七律多抒写忠愤,深得义山神味。绝句轻妍婉约,托兴深远。有《玉樵山人集》,《全唐诗》编存其诗四卷。

效崔国辅体 四首选三

淡月照中庭,海棠花自落。

独立俯闲阶,风动秋千索①。

① 风动句:秋千唐时为女郎之戏,故云。

【集评】

黄叔灿《唐诗笺注》:"一片凄寂光景,凝情独立,不言而神自伤。"

刘文蔚《唐诗合选详解》:"月明花落,独立闲阶,而秋千索动,倍生寂寞矣。"

王文濡《唐诗评注读本》:"寂寥庭院,花落无人,月色淡淡中,忽睹秋千之影。'俯'字、'动'字,最是耐人寻味。"

雨后碧苔院，霜来红叶楼。

闲阶上斜日，鹦鹉伴人愁。

【集评】

宋顾乐《唐人万首绝句选》评："只是不堪秋思耳，上三句景中含情，末句更情中佳语。"

王文濡《唐诗评注读本》："闲阶斜日，惟有架上鹦鹉，伴人愁怅，盖极写无聊之致。"

俞陛云《诗境浅说续编》："前二句言碧苔深院，因雨洗而碧愈润；红叶高楼，因霜饱而红更酣。如此幽丽之地，而伊人独处。后二句言黄昏渐近，斜阳在砌，寸寸而移。此时院静无人，惟有闷寻鹦鹉，同说无聊。诗系效崔国辅体，其窈窕怀人之意，颇似崔之《怨词》及《王孙游》诸作也。"

罗幕生春寒，绣窗①愁未眠。

南湖一夜雨，应湿采莲船。

① 绣窗：闺中窗下。古时女子皆习绣，故云。

【集评】

黄叔灿《唐诗笺注》："'绣窗人未眠'，有所思也。'应湿采莲船'，意故不在采莲。南湖夜雨，搅触情肠，含而不露。"

王文濡《唐诗评注读本》："忽插入'南湖'二句，见无聊独处，顿生遐想。"

【评解】

诸诗效崔国辅体得其含蓄委婉，而拗折处不及，惟第三首颇为神似。虽曰效崔

体,实别有寄托,不仅仅摹拟也。(刘)

偶见[1]

秋千打困解罗裙,指点醍醐[2]索一尊。

见客入来和笑走[3],手搓梅子映中门[4]。

[1] 一作《秋千》。
[2] 醍醐:酥酪上凝聚之油。《本草纲目》引寇宗奭曰:"作酪时,上一重凝者为酥,酥上如油者为醍醐,熬之即出,不可多得,极甘美。"
[3] 和笑走:带笑而走。
[4] 映中门:掩映于中门。中门,近于内室之门。孟郊《征妇怨》:"渔阳千里道,近如中门限。中门逾有时,渔阳长在眼。"按李清照《点绛唇》词(别作苏轼词,又作无名氏词):"蹴罢秋千,起来慵整纤纤手。露浓花瘦,薄汗轻衣透。　见客入来,袜刬金钗溜。和羞走,倚门回首,却把青梅嗅。"即从此诗演变而出,可参看。

【评解】

此诗活画出打罢秋千、见客走避之少女形象,生动传神,娇痴如见。韩偓《想得》:"两重门里玉堂前,寒食花枝月午天。想得那人垂手立,娇羞不肯上秋千。"殆即《偶见》诗中之少女,则非漫写所见也。(富)

寒食夜

恻恻轻寒翦翦风[1],杏花飘雪[2]小桃红。

夜深斜搭秋千索，楼阁朦胧细雨中③。

① 恻恻句：恻恻，凄冷貌。翦翦，风尖细貌。
② 飘雪：指落花。
③ 夜深二句：古时寒食日有秋千之戏，此见秋千之索斜搭而联想在朦胧细雨楼阁中之伊人。

【集评】

俞陛云《诗境浅说续编》："春日多雨，唐人诗如'春在蒙蒙细雨中'，'多少楼台烟雨中'，昔人诗中屡见之。此则写庭院之景，楼阁宵寒，秋千罢戏，其中有剪灯听雨人在也。"

【评解】

纯写景色，而其中自有"爱而不见，搔首踟蹰"之意。冬郎七绝设色浓丽而意境迷离，于温、李外别树一帜。（刘）

深院

鹅儿唼喋栀黄觜①，凤子②轻盈腻粉腰。

深院下帘人昼寝，红蔷薇映碧芭蕉③。

① 鹅儿句：唼喋，鹅鸭等啄食声。栀黄，栀子果实色黄，可作染料，故名。
② 凤子：《古今注》："蛱蝶大者曰凤子。"
③ 深院二句：从唐李商隐《日射》"回廊四合掩寂寞，碧鹦鹉对红蔷薇"脱出。此与宋陆游《水亭》"一片风光谁是主？红蜻蜓点绿荷心"，乐雷发《秋日行村路》"一路稻花谁是主？红蜻蜓伴绿螳螂"，皆以色泽浓郁字增添诗中情致。

【集评】

吴聿《观林诗话》：“李义山（《偶题》）云'小亭闲眠微酒消，山榴海柏枝相交'，韩致尧云'深院下帘人昼寝，红蔷薇映碧芭蕉'，皆微词也。”

俞陛云《诗境浅说续编》：“写深闺昼寝，以妍丽之风景映之，而含情在言外。”

【评解】

黄腻红碧，春色纷呈，无非为帘内人无聊昼寝衬托，在极喧闹中见出极清冷，愈以知其心情之落寞。（刘）

已凉

碧阑干外绣帘垂，猩色屏风画折枝①。

八尺龙须②方锦褥，已凉天气未寒时。

① 猩色句：猩色，红色，谓色如猩猩之血。一作"猩血"，义同。折枝，花卉画法之一，画花枝而不带根者。
② 龙须：龙须草织成之席。

【集评】

袁枚《随园诗话》：“人问诗要耐想，如何而耐人想？余应之曰'八尺龙须方锦褥，已凉天气未寒时'，'狎客沦亡丽华死，他年江令独来时'（王涣《惆怅诗》），皆耐想也。”

孙洙《唐诗三百首》：“通首布景，并不露情思，而情愈深远。”

俞陛云《诗境浅说续编》：“由阑干、绣帘而至锦褥，迤逦写来，纯是景物，而景中有人。丽不伤雅，《香奁集》中隽咏也。”

【评解】

设色浓丽,大似宋人院画,妙在此中无人,而其人又未尝不在。《深院》诗从帘外写,此诗从帘内写,用笔不同,而凄艳入骨则一也。(刘)

新上头①

学梳蝉鬓试新裙②,消息佳期在此春③。

为爱好多心转惑④,遍将宜称⑤问旁人。

① 上头:古时女子十五岁开始以簪束发,表示成年,名加笄,俗称上头。
② 学梳句:谓少女加笄后初学梳头,试穿新裙。蝉鬓,古时妇女发型,两鬓薄如蝉翼。《古今注》:"魏文帝宫人绝所宠者,有莫琼树、薛夜来、田尚衣、段巧笑四人,日夕在侧。琼树乃制蝉鬓,缥缈如蝉翼,故曰蝉鬓。"
③ 消息句:谓听到消息,佳期就在今春。佳期,指婚期。
④ 为爱句:谓因过于爱好,反而疑惑不定。
⑤ 宜称:合适。此处有是否合适之意。

【集评】

俞陛云《诗境浅说续编》:"迨吉有期,新妆乍试,明知梳裹入时而犹问旁人者,一生爱好,不厌详求,作者善状闺人性情也。"

【评解】

写将婚少女爱好心情,刻画入微,如见其人,用笔极为细密。(富)

夏日

庭树新阴叶未成,玉阶人静下帘声。

相风不动乌龙睡①,时有幽禽自唤名②。

① 相风句:相风,即相风乌,古时占风向之器,以木或铜为之,形如乌鸦,置屋顶或舟樯上,以测风向。乌龙,犬也。《续仙传》:"韦善俊携一犬,号乌龙。"
② 时有句:谓时有幽禽之声。自唤名,形容幽禽啼声。唐宋之问《过陆浑山庄》:"山鸟自呼名。"

寄邻庄道侣

闻说经旬不启关①,药窗②谁伴醉开颜?

夜来雪压村前竹,剩见溪南几尺山③。

① 启关:开门。
② 药窗:犹云丹房。
③ 夜来二句:雪压则竹头低垂,故见远山。

哭花

曾愁香结破颜①迟,今见妖红②委地时。

若是有情争③不哭，夜来风雨葬西施④。

① 香结破颜：指开花。
② 妖红：形容花色红艳。
③ 争：犹怎也。
④ 夜来句：宋周邦彦《六丑》词："为问花何在？夜来风雨，葬楚宫倾国。"即从此句脱化。

【集评】

贺裳《载酒园诗话》："韩偓《哭花》：'若是有情争不哭，夜来风雨葬西施。'韦庄《残花》：'十日笙歌一宵梦，苎萝烟雨失西施。'两君同时，当非相袭，然韩语自胜。"

吴乔《围炉诗话》："开成已后，诗非一种，不当概以晚唐视之。如落花之'高阁客竟去，小园花乱飞'（李商隐诗），'夜来风雨葬西施'，皆是初唐人未想到者，故能发学者之心光，岂可轻视。"

黄叔灿《唐诗笺注》："首句谓其开迟，次句言其即落。第三句'若是有情争不哭'，致尧悲感身世，牢落结塞之怀，俱于此句中一恸矣。'夜来'句是比。"

夏夜

猛风飘电黑云生，霎霎①高林簇雨声。

夜久雨休风又定，断云流月却斜明。

① 霎霎：雨声。

【评解】

与黄巢起义后之晚唐残局，何其相似！较之"夕阳无限好，只是近黄昏"，盖已每

况愈下矣。(刘)

观斗鸡①偶作

何曾解报稻粱恩②,金距花冠气遏云③。

白日枭鸣④无意问,惟将芥羽⑤害同群。

① 斗鸡:唐时盛行斗鸡之戏,此借以讽刺藩镇兼并混战。
② 何曾句:解,懂得。稻粱恩,饲养之恩,喻藩镇受朝廷之爵禄。
③ 金距句:金距,斗鸡时装置金属芒刺于鸡距,以利搏击,称金距。花冠,指鸡冠。气遏云,气遏行云,形容其气焰甚盛。
④ 白日枭鸣:喻目无朝廷,公然横行者,殆指朱温。朱温为当时藩镇中最凶暴者,后篡唐自立。枭,恶鸟,夜鸣。
⑤ 芥羽:斗鸡时捣芥子置于鸡目,以伤对方鸡目。《左传》昭公二十五年:"季、郈之鸡斗,季氏介(同芥)其鸡,郈氏为之金距。"金距、芥羽并用其事。刘孝威《斗鸡篇》:"翅中含芥粉,距外耀金芒。"

自沙县抵龙溪值泉州军过后村落皆空因有一绝①

水自潺湲②日自斜,尽无鸡犬有鸣鸦③。

千村万落如寒食④,不见人烟空见花。

① 此入闽依王审知时途中所作。沙县,今福建沙县。龙溪,今福建龙溪。泉州军,指割据福建中部之藩镇军队。泉州,今福建泉州。
② 潺湲:水流貌。

③ 尽无句：写泉州军过后之荒凉景象。鸣鸦，指饥鸦。
④ 如寒食：寒食日禁火，此谓居民逃亡，炊烟断绝。

【集评】

刘永济《唐人绝句精华》："二十八字中一片乱后荒芜景象。"

杜荀鹤 字彦之，池州石埭（今安徽石埭县）人，生于会昌六年（八四六），卒于天祐元年（九〇四）。早岁家贫，久困场屋，至天顺二年（八九一）始登进士第。田頵镇宣州，辟为从事。后为頵通好朱温，为温所喜，表授翰林学士。其诗不尚雕饰，明白如话，多描绘乱离、讥刺暴敛之作。有《唐风集》，《全唐诗》编存其诗三卷。

再经胡城县①

去岁曾经此县城，县民无口不冤声②。

今来县宰加朱绂③，便是生灵④血染成。

① 胡城县：故城在今安徽阜阳县北。
② 县民句：犹云怨声载道。
③ 加朱绂：谓晋升品级。朱绂，见罗隐《感弄猴人赐朱绂》注。
④ 生灵：即生民，百姓。

【集评】

刘永济《唐人绝句精华》："三四句所以斥责之意严矣，非止于讽刺也。如此县官，实乃民贼。"

【评解】

　　此诗揭露唐末地方官吏虐民邀功,笔锋锐利,抨击有力。以其痛快淋漓,故不嫌直致。(富)

蚕妇

粉色全无饥色加,岂知人世有繁华。

年年道我蚕辛苦,底事浑身着苎麻①?

① 底事句:底事,何事。苎麻,指麻布。

【评解】

　　宋人张俞同题诗云:"昨日入城市,归来泪满巾。遍身罗绮者,不是养蚕人。"从此化出,而凝炼有加矣。(刘)

伤硖石县①病叟

无子无孙一病翁,将何筋力事耕农。

官家不管蓬蒿地②,须勒王租出此中。

① 硖石县:唐置,故城在今河南陕县东南。
② 蓬蒿地:犹云荒地。按唐杜荀鹤《田翁》:"白发星星筋力衰,种田犹自伴孙

儿。官苗若不平平纳,任是丰年也受饥。"反映略似,可参看。

【集评】

刘永济《唐人绝句精华》:"两诗所反映者,皆被惨重剥削者之无告苦情也。"

旅怀①

月华星彩坐来②收,岳色江声暗结愁。

半夜灯前十年事,一时和雨到心头③。

① 一作《旅舍遇雨》。
② 坐来:犹云顿时。
③ 半夜二句:崔道融《秋夕》"一夜雨声多少事,不思量尽到心头",造意相似,可参看。

【评解】

十年飘泊之恨,旅夜灯前,和雨俱来,点点滴滴,尽入心头。写来情景交融,虽清浅而有余味。(刘)

吴融 字子华,越州山阴(今浙江绍兴)人。龙纪元年(八八九)进士,历任礼部郎中、中书舍人,终翰林承旨。其诗沉郁悱恻,多忧时感事之作。有《唐英歌诗》,《全唐诗》编存其诗四卷。

华清宫 二首选一

四郊飞雪暗云端,唯此宫中落旋干①。

绿树碧檐相掩映,无人知道外边寒。

① 落旋干:因宫中有温汤,冬日和暖如春,故云。

【集评】

　　谢枋得《唐诗绝句注解》:"知华清之暖,而不知外边之寒,士怨民怨军怨,皆不暇问矣,如之何不亡!此诗意在言外,非诗人不知其巧。"

【评解】

　　可与老杜《自京赴奉先咏怀》中"凌晨过骊山"至"路有冻死骨"一段并读,杜诗慷慨激越,此则含蓄委婉,而揭出致乱之原则一。(刘)

卖花翁

和烟和露一丛花,担入宫城许史①家。

惆怅东风无处说,不教闲地着春华。

① 许史:汉宣帝时外戚许氏、史氏。《汉书·盖宽饶传》注:"许伯,宣帝皇后父;史高,宣帝外家也。"

【评解】

　　后半即杜荀鹤《蚕妇》"年年道我蚕辛苦,底事浑身着苎麻"之意,而着以"惆怅东风"之句,便不率直,绝胜杜作。(刘)

楚事

悲秋应亦抵伤春①,屈宋当年并楚臣。

何事从来好时节②,只将惆怅付词人。

① 悲秋句:悲秋,宋玉《九辩》:"悲哉秋之为气也。"伤春,屈原《招魂》:"目极千里兮伤春心。"
② 好时节:春秋佳日。

【评解】

　　题曰《楚事》,实指唐时,悲屈、宋即所以自悲。"从来"二句,包含千古伤心,妙在轻轻说出。(刘)

杨花

不斗秾华不占红,自飞晴野雪蒙蒙①。

百花长恨风吹落,惟有杨花独爱风②。

① 不斗二句:以杨花之无心争春,喻己之无意趋竞,自甘飘泊。斗,赛也。

② 百花二句：喻众人希图富贵，患得患失，而己则反因落拓不偶，转见节概。百花，唐人诗中常以桃李喻趋时之辈，此百花亦指桃李之类，殆谓党朱温者欤？按宋王安国(安石弟)《清平乐》词："不肯画堂朱户，春风自在杨花。"亦以杨花之自在，喻品格之孤高，可参阅。

【集评】

刘永济《唐人绝句精华》："此诗似嘲似赞，当有所指。"

【评解】

造语托意俱新，乃咏杨花诗中独辟蹊径者。（刘）

崔道融　自号东瓯散人，荆州(今湖北江陵)人。曾为永嘉令，累官至右补阙。后避乱入闽。《全唐诗》编存其诗一卷。

月夕

月上随人意，人闲月更清。

朱楼高百尺，不见到天明①。

① 朱楼二句：谓朱楼中人彻夜纵乐，清光虽佳，无心领略。朱楼，指富贵人家。

【集评】

刘永济《唐人绝句精华》："三四句讽意甚明，楼纵高而人不闲，不知辜负若干风月。"

西施滩①

宰嚭亡吴国，西施陷恶名②。

浣纱③春水急，似有不平声。

① 西施滩：浙江诸暨县东南有苎萝山，下临浣江，江中有浣纱石，相传为西施浣纱处，西施滩殆即指此。
② 宰嚭二句：谓宰嚭断送吴国，却由西施承担恶名。宰嚭，即伯嚭，曾为吴国太宰，故称宰嚭。吴越之战，越战败垂亡，伯嚭受越贿赂，为越请和，后又劝吴王夫差释放越王勾践归国，并谮杀伍员。勾践返国后，卧薪尝胆，终于兴兵灭吴。
③ 浣纱：指浣纱溪，即浣江。

【评解】

王安石《宰嚭》："谋臣本是系安危，贱妾何能作祸基？但愿君王诛宰嚭，不愁宫里有西施。"与此诗皆为西施鸣不平，并破女祸之说。（富）

寄人① 二首选一

澹澹②长江水，悠悠远客情。

落花相与恨，到地一无声。

① 一作初唐韦承庆诗，题为《南行别弟》。闻一多《唐诗大系》云："第二首一作韦承庆，非。"
② 澹澹：水平满貌。

【集评】

唐汝询《唐诗解》:"江流不已,正如客情,花落无声,若解人恨。"

黄生《唐诗摘钞》:"即'黯然销魂'意,点染有情。'一'字即'总'字,然换'总'字即不佳。"

王文濡《唐诗评注读本》:"以江水引起客情,以落花写出己恨,怨而不怒,深得风人之旨。"

春晚

三月寒食时,日色浓于酒。

落尽墙头花,莺声隔原柳。

【集评】

黄叔灿《唐诗笺注》:"通首只写景,而惜春之意自见。"

【评解】

"日色浓于酒"一语,写出艳阳天气,情味极佳。(刘)

长门怨①

长门花泣一枝春,争奈君恩别处新②。

错把黄金买词赋,相如自是薄情人③。

① 长门怨：见李白《长门怨》注。
② 长门二句：《汉书·外戚传》载：汉武帝即位,立其姑母馆陶公主女陈阿娇为皇后,颇得贵宠,后无子,而卫子夫得宠,被废居长门宫。此用其事。
③ 错把二句：谓陈皇后枉费黄金令司马相如作赋,不知其原是薄情之人。相如《长门赋序》载：陈皇后退居长门宫,愁闷悲思,闻相如工文章,奉黄金百斤,令为解愁之辞。相如为作《长门赋》。《西京杂记》载：相如与卓文君成婚后,又欲聘茂陵女为妾,文君作《白头吟》以自绝,相如乃止。

【集评】

周珽《唐诗选脉会通》："'错把'二字应'争奈'二字,转出无穷幽怨。后二句前人所未道。"

读杜紫微①集

紫微才调复知兵,长觉风雷笔下生②。

还有枉抛心力处,多于五柳赋闲情③。

① 杜紫微：即杜牧,曾官中书舍人,唐中书省亦名紫微省,故称。
② 紫微二句：杜牧知军事,好论兵,曾注《孙子》兵法十三篇,撰有《罪言》、《原十六卫》、《战论》、《守论》及《上李司徒相公论用兵书》等军事论著,故云。
③ 还有二句：陶渊明于彭泽弃官归隐后作《闲情赋》,别有寄托,与六朝艳体文字迥不相同。而萧统不察,于《陶渊明集序》云："白璧微瑕,惟在《闲情》一赋。"因杜牧不拘细节,诗中有咏冶游、艳情之作,故借以讽之。五柳,渊明自号五柳先生。

【评解】

此诗论杜牧经济才略及文章著作,褒贬允当,二十八字,可作杜牧传论赞。（富）

鸡

买得晨鸡共鸡语：常时不用等闲鸣，

深山月黑风雨夜，欲近晓天啼一声。

【评解】

用"风雨如晦，鸡鸣不已"意，而出之顿挫，正见望治之切。（刘）

张蠙 字文象，清河(今河北清河县)人。乾宁二年(八九五)进士，授校书郎，历栎阳尉、犀浦令。后入蜀依王建，拜膳部员外郎，终金堂令。有《张蠙诗集》，《全唐诗》编存其诗一卷。

吊万人冢

兵罢淮边①客路通，乱鸦来去噪寒空。

可怜白骨攒②孤冢，尽为将军觅战功。

① 淮边：指淮河一带。
② 攒：簇聚也。

【评解】

此诗亦为高骈镇压黄巢义军而作，与曹松《己亥岁》诗"一将功成万骨枯"同看，

可知其杀戮之广。(刘)

子兰 唐末诗僧,昭宗时为文章供奉。《全唐诗》编存其诗一卷。

襄阳曲①

为忆南游人,移家大堤②住。

千帆万帆来,尽过门前去。

① 襄阳曲:见崔国辅《襄阳曲》注。
② 大堤:《一统志》:"大堤在襄阳府城外。"

【评解】

此诗飘然而来,悠然而止,一气蝉联,萦纡不尽,颇得南朝小乐府妙谛。(富)

长安早秋

风舞槐花落御沟①,终南山色入城秋。

门门走马征兵急,公子笙歌醉玉楼②。

① 御沟:京师皇城护城河,亦名禁沟。

② 玉楼：酒楼之美称。

【评解】

乾宁三年(八九六)七月,李茂贞引大军进逼京师,长安告急(见《旧唐书·昭宗纪》),正与诗中时令相合。下二句以门门走马征兵与公子玉楼寻欢对照,讽意自见。(富)

王涣

字群吉。大顺二年(八九一)进士,官考功员外郎。《全唐诗》录存其诗十四首。

惆怅诗 十二首选二

陈宫兴废事难期，三阁空余绿草基①。

狎客沦亡丽华死，他年江令独来时②。

① 陈宫二句：意谓陈朝覆灭,陈后主所建之临春、结绮、望仙等三阁旧基,只余一片荒草。三阁,详见刘禹锡《台城》注。
② 狎客二句：意谓陈后主之狎客、宠妃并皆亡故,他年江总独自归来,睹此应感惆怅。狎客,《陈书·江总传》："后主之世,总当权宰,不持政务,但日与后主游宴后庭,共陈暄、孔范、王瑳等十余人,当时谓之狎客。"丽华,即张丽华。《陈书·张贵妃传》载：后主张贵妃名丽华,性聪慧,甚被宠遇,每引与宾客游宴。及隋军陷台城,妃与后主俱入井中,隋军出之,晋王杨广命斩贵妃。江令,即江总,南朝陈文学家,官至尚书令,世称江令。陈亡,入隋为上开府。

【集评】

管世铭《读雪山房唐诗钞》："王涣《惆怅诗》'他年江令独来时',未尝无孤鹤出群之致。"

梦里分明入汉宫，觉来灯背锦屏空①。

紫台月落关山晓，肠断君恩信画工②。

① 梦里二句：意谓王昭君梦中分明曾入汉宫，而醒来不见锦屏，仍在胡地毡帐。此写昭君心怀故国，积思成梦。
② 紫台二句：意谓汉宫月落，关山天晓，相隔万里，欲归不得，此际念及君王误信画工，能不肠断！紫台，即紫宫，汉宫名。南朝江淹《别赋》："若夫明妃去时，仰天太息。紫台稍远，关山无极。"君恩信画工，《西京杂记》载：昭君为汉元帝宫人，自恃美貌，不赂画工，画工乃恶图之，遂不得见。及嫁匈奴呼韩邪单于，临行召见，貌为后宫第一。帝悔之，乃穷案其事，画工毛延寿等皆被诛。

【集评】

刘永济《唐人绝句精华》："此题唐人作者甚多，白居易两首外，王涣此诗又别出一奇。"

宋顾乐《唐人万首绝句选》评："此二首较为含蓄，便有余味。"

【评解】

"肠断君恩信画工"，虽未指责君王，而言外幽怨无尽。清初刘献庭《王昭君》云："汉主曾闻(即"曾闻汉主")杀画师，画师何足定妍媸。宫中多少如花女，不嫁单于总不知。"则乃直斥君王之不明，用意更深，两诗正可同看。（富）

王驾 字大用，自号守素先生，河中(今山西永济县)人。大顺元年(八九〇)进士，官至礼部员外郎。后弃官归隐。《全唐诗》录存其诗六首。

社日①

鹅湖山②下稻粱肥,豚栅鸡埘半掩扉③。

桑柘影斜春社④散,家家扶得醉人归。

① 一作张演诗。社日,古时农民祭社神(土地之神)之日。《荆楚岁时记》:"社日,四邻并结宗社,宰牲牢,为屋树下,先祭神,然后享其胙。"
② 鹅湖山:在今江西铅山县北。
③ 豚栅句:一作"豚栅鸡栖对掩扉"。鸡埘,凿墙为栖鸡之窠曰鸡埘。《诗·王风·君子于役》:"鸡栖于埘。"按王安石《歌元丰》亦有"豚栅鸡埘晻霭间"之句。此谓家家有猪圈鸡舍,村人因参加社日,门尽虚掩。
④ 春社:社有春秋之别,春社,春日祈农之祭;秋社,秋后酬神之祭。

【集评】

沈德潜《唐诗别裁》:"极村朴中传出太平风景。"

李锳《诗法易简录》:"画出山村社日风景。"

晴景

雨前初见花间蕊,雨后兼无叶里花。

蛱蝶飞来过墙去,应疑春色在邻家。

【集评】

胡仔《苕溪渔隐丛话》:"王驾《晴景》云云,此《唐百家诗选》中诗也。余因阅荆公《临川集》,亦有此诗云:'雨来未见花间蕊,雨后全无叶底花。蜂蝶纷纷过墙去,却疑春色在邻家。'《百家诗选》是荆公所选,想爱此诗,因为改七字,使一篇语工而意足,了无镵斧之迹,真削镵手也。"

贺裳《载酒园诗话》:"介甫所云疑,乃因蜂蝶过墙而人疑之也,着力在'纷纷'二字。驾所云疑,乃蛱蝶疑而飞去,人疑其疑也,着眼在'飞来'二字。两意俱佳,但'却疑'意只一层,'应疑'义有两层。"

黄生《载酒园诗话评》:"王改'却'字,不过易平声为仄字较响耳,其意则犹前人。"《唐诗摘钞》:"诗意盖讥炎凉之辈。"

陈玉兰 王驾之妻。《全唐诗》录存其诗一首。

寄夫①

夫戍边关妾在吴,西风吹妾妾忧夫。

一行书信②千行泪,寒到君边衣到无?

① 一作王驾诗,题云《古意》。
② 信:一作"寄"。

【集评】

黄叔灿《唐诗笺注》:"情到真处,不假雕琢,自成至文,且无一字可易,几于天籁矣。最好在第二句,绝似盛唐人语。"

钱珝

钱珝 字瑞文，吴兴（今浙江湖州市）人，钱起曾孙。乾宁中登进士第，以宰相王溥荐，知制诰，进中书舍人，后贬抚州司马。五绝精炼秀朗，《江行无题》百首，尤为世称诵。《全唐诗》编存其诗一卷。

江行无题[1] 一百首选十二

行背青山郭，吟当白露秋。
风流无屈宋[2]，空咏古荆州[3]。

[1] 此贬抚州司马时途中所作。一作钱起诗。胡震亨《唐音统签》："旧作钱起诗。今考诗系迁谪途中杂咏，起无谪宦事，而珝自中书谪抚州，其《舟中集》自序云：'秋八月，从襄阳浮江而行。'诗中岘山、沔、匡庐、鄱湖、浔阳诸地，经途所历，一一吻合，而秋半、九日，尤为左验，其为珝诗无疑。《蔡宽夫诗话》云：'《江行》百首，钱蒙仲得之他本，因以传世，原非起集之旧。'宋人语更可据。"
[2] 屈宋：屈原、宋玉。
[3] 荆州：今湖北江陵县。

【集评】

宋顾乐《唐人万首绝句选》评："此时此景，令人那得不思屈、宋而与语也。寄托高妙。"

【评解】

下半与李白《夜泊牛渚怀古》"余亦能高咏，斯人不可闻"同意，皆有怀古自伤，顾盼徘徊之致。（刘）

翳日[1]多乔木，维舟取束薪[2]。

静听江叟③语，尽是厌兵④人。

① 翳日：蔽日。
② 维舟句：维舟，系船停泊。束薪：成捆之柴火。
③ 江叟：江边老人。
④ 厌兵：厌恶战争。

【评解】

"静听"二句,唐末战乱之久,人民受害之深,皆包蕴其中。（富）

山雨夜来涨，喜鱼①跳满江。

岸沙平欲尽②，垂蓼③入船窗。

① 喜鱼：谓鱼群喜跃。
② 岸沙句：谓江水高涨,与沙岸相平。
③ 蓼：水蓼,见罗邺《雁》注。

【评解】

雨足而群鱼喜跃,岸平而垂蓼入窗,状江水新涨景象,如在目前。（富）

斗转①月未落，舟行夜已深。

有村知不远，风便数声砧②。

① 斗转：谓夜深北斗星斜转。
② 风便句：风便,即便风、顺风。数声砧,指捣衣之声。

【评解】

闻砧而知村近,正写斗转夜深,江行岑寂之意。(刘)

烟渚复烟渚①,画屏还画屏②。

引愁天末去,数点远山青。

① 烟渚:江中小洲。烟,水气蒙蒙如烟雾。
② 画屏:谓烟渚如画屏。

【评解】

江行之远,景色之佳,已见于"复"、"还"两字,而青山接引于前,犹欲引人入胜,不啻读江山万里图长卷。(刘)

兵火有余烬①,贫村才数家。

无人争晓渡,残月下寒沙②。

① 兵火句:谓战争初息。
② 无人二句:极写居民稀少,渡口凄寂。晓渡,指早晨渡江。

【评解】

劫后村落,凄凉如见,笔致亦苍秀深婉。(刘)

风好来无阵,云闲去有踪。

钓歌无远近,应喜罢艨艟①。

① 罢艨艟:停战之意。艨艟,即艨冲,战船。《释名·释船》:"外狭而长曰艨冲,以冲突敌船也。"

【评解】

"风好"、"云闲",渔歌四起,皆烘染"喜"字,托出结句之"罢艨艟",正见"厌兵"之意。(刘)

咫尺愁风雨,匡庐①不可登。

只疑云雾窟,犹有六朝僧②。

① 匡庐:庐山之别称。
② 六朝僧:六朝时庐山为高僧栖住之地。

【集评】

宋顾乐《唐人万首绝句选》评:"此望匡庐而托慕方外也。"

【评解】

匡庐遥望,忽起遐想,却写得缥缈虚幻。(刘)

秋寒鹰隼①健,逐雀下云空。

知是江湖阔,无心击塞鸿。

① 隼:鹘也,鸟类猛禽类,速飞善袭,猎者多畜之。

【评解】

江湖可以远害,此范蠡扁舟之志也,正切合江行情事。(刘)

远岸无行①树,经霜有半红②。

停船搜好句,题叶赠江枫。

① 无行:不成行列。
② 半红:即末句之江枫。一作"伴红"。

【评解】

停船搜句以题赠江枫,貌似闲暇,实则写贬途孤寂无聊情怀。(富)

细竹渔家路,晴阳看结罾①。

喜来邀客坐,分与折腰菱②。

① 罾:鱼网。
② 折腰菱:菱两角上翘,状如折腰,故称。

【评解】

写渔家淳朴,可与陆游《游山西村》"莫笑农家腊酒浑,丰年留客足鸡豚"同看。(刘)

万木已清霜,江边村事①忙。

故溪②黄稻熟，一夜梦中香。

① 村事：农事。
② 故溪：犹言故园。

【评解】
　　以稻香入梦写思乡之情，何等亲切。（刘）

未展芭蕉

冷烛无烟绿腊干①，芳心犹卷怯春寒。

一缄书札藏何事，会被东风暗拆看②。

① 冷烛句：形容未展蕉心。
② 一缄二句：意谓蕉心如一卷未开书札，将在东风吹拂下舒展。

【集评】
　　宋长白《柳亭诗话》："结语较辛稼轩'芭蕉渐展山公启'尤为风韵。若路延德（《芭蕉》）诗'叶如斜界纸，心似倒抽书'，未免近俗矣。"

【评解】
　　"一缄"二句，传芭蕉未展之神，恰到好处，与贺知章《咏柳》"不知细叶谁裁出，二月春风似剪刀"，同见体物之工。（刘）

卢汝弼 　《才调集》作罗弼。曾登进士第。天祐初,以祠部员外郎知制诰,从昭宗迁洛阳。后依李克用,克用表为节度副使。《全唐诗》录存其诗八首。

和李秀才边庭四时怨 四首

春风昨夜到榆关①,故国②烟花想已残。

少妇不知归不得,朝朝应上望夫山③。

① 榆关:隋开皇三年(五八三)筑,明初改名山海关,在今河北秦皇岛市。
② 故国:犹故园、故乡。
③ 望夫山:《太平寰宇记》:"望夫山在太平州当涂县西北四十七里,昔有人往楚,累岁不还,其妻登此山望夫,乃化为石。"此泛指。

【集评】

黄生《唐诗摘钞》:"此首兼王龙标边愁、闺怨之长。"

【评解】

前半征人思家,后半遥想少妇望夫,两面写来,自然意足。(刘)

卢龙塞①外草初肥,雁乳②平芜晓不飞。

乡国近来音信断,至今犹自着寒衣。

① 卢龙塞:在今河北迁安县西北。
② 雁乳:雁孵卵。

【集评】

黄叔灿《唐诗笺注》:"暑将至矣,'犹自着寒衣',一以悲家人之莫寄,亦以形边地之寒暑不同耳。"

八月霜飞柳半黄,蓬根吹断雁南翔。

陇头流水①关山月,泣上龙堆②望故乡。

① 陇头流水:《古歌》:"陇头流水,鸣声呜咽。遥望秦川,肝肠断绝。"
② 龙堆:即白龙堆,见东方虬《昭君怨》注。

【评解】

"陇头流水关山月"七字,蕴蓄甚深,含有多少征戍离别之情。(刘)

朔风吹雪透刀瘢①,饮马长城窟更寒②。

半夜火来③知有敌,一时齐保贺兰山④。

① 刀瘢:为刀剑所伤之疮疤。
② 饮马句:乐府《瑟调曲》有《饮马长城窟行》。《乐府广题》:"长城南有溪坂,上有土窟,窟中泉流。汉时将士征塞北,皆饮马此水也。"
③ 火来:谓举烽火也。
④ 贺兰山:在今宁夏境内。宋程大昌《北边备对》:"贺兰山在灵州保靖县,山有林,木青白,望如驳马。北人呼驳马为贺兰。"

【集评】

黄叔灿《唐诗笺注》:"如此朔风严寒,戍役之苦,夜半不息。哀怨之情,溢于词外。"

宋顾乐《唐人万首绝句选》评:"卢弼《边庭》四作调皆高,而此作气格尤佳。"

俞陛云《诗境浅说续编》:"前二句极状边地严寒。后二句言夜半忽烽堠传警,虏骑窥边,一时万甲齐趋,竞保西陲险隘。军令之整迅,将士之争先,皆于末句七字见之,觉虎虎有生气也。"

谢榛《四溟诗话》:"卢弼《和边庭四时怨》,颇似太白绝句。"

胡应麟《诗薮》:"卢弼《边庭四时词》,语意新奇,韵格超绝。《品汇》云'时代不可考'。余谓此盛唐高手无疑。"

沈德潜《唐诗别裁》:"四首犹近盛唐。"

刘永济《唐人绝句精华》:"四首写边塞戍卒之苦,极苍凉之致。"

郑遨

字云叟,滑州白马(今河南滑县)人,生于咸通七年(八六六),卒于晋天福四年(九三九)。昭宗时,曾举进士不第。后入少华山为道士,屡召不赴。有《逍遥先生遗诗》,《全唐诗》录存其诗十七首。

富贵曲①

美人梳洗时,满头间珠翠②。

岂知两片云③,戴却④数乡税。

① 一作杜光庭诗。
② 满头句:谓头上错杂戴满珍珠、翠玉。
③ 两片云:指双鬟。《诗·鄘风·君子偕老》:"鬒发如云。"
④ 戴却:犹戴掉。

【集评】

袁枚《随园诗话》:"'美人梳洗时'四语,是《小雅》正风。"

【评解】

"岂知"二句,与白居易《买花》"一丛深色花,十户中人赋",造意相似,而更为惊心触目。(富)

伤农

一粒红稻①饭,几滴牛领血②。

珊瑚枝下人③,衔杯④吐不歇。

① 红稻:一种名贵稻种,米呈红色,又称红霞米、胭脂糯。
② 牛领血:谓牛拉犁耕田,牛领被套绳磨破出血。
③ 珊瑚句:晋石崇家有七尺珊瑚(见《晋书·石崇传》)。此借指富贵人家。
④ 衔杯:指饮酒。

【评解】

此诗讽刺富贵之家纵酒行乐,任意吐弃米饭,全不顾农民种植之艰辛。"一粒红稻饭,几滴牛领血",较"锄禾日当午,汗滴禾下土",刻画尤为警动。通首从李绅《悯农》翻出,但不及其自然意足。(刘)

孙光宪

字孟平,自号葆光子,陵州贵平(今四川仁寿县附近)人。约生于光化三年

(九〇〇），卒于宋开宝元年(九六八)。后唐天成初，避乱江陵，为高季兴掌书记，历事高氏三世，累官至荆南节度副使。入宋为黄州刺史。工词。《全唐诗》录存其诗八首。

竹枝词① 二首选一

门前春水白蘋花，岸上无人小艇斜。

商女②经过江欲暮，散抛残食饲神鸦③。

① 竹枝词：见刘禹锡《竹枝词》注。
② 商女：商人女眷。
③ 散抛句：见顾况《小孤山》注。

【评解】

此诗善状江上薄暮风光，下二句闲处传神，尤生动有致。（富）

杨柳枝词① 四首选一

阊门②风暖落花干，飞遍江城雪③不寒。

独有晚来临水驿，闲人多凭赤栏干。

① 杨柳枝词：见刘禹锡《杨柳枝词》注。
② 阊门：今江苏苏州市西门。
③ 雪：指杨花。

【评解】

　　风暖则花干,花干则轻而易飞,只七字已写出江南杨花之神;下二句更以临水闲人,随手点缀,诗情画意,满纸生春。(刘)

张泌　一作张佖。常州(今江苏常州)人。事南唐后主(李煜)为考功员外郎,改内史舍人。入宋,居史馆。工词。《全唐诗》编存其诗一卷。

寄人[①]　二首选一

别梦依依到谢家[②],小廊回合[③]曲栏斜。

多情只有春庭月,犹为离人照落花。

> ①　《词苑丛谈》:"张泌仕南唐为内史舍人。初与邻女浣衣相善,后经年不复见,张夜梦之,寄绝句云云。"
> ②　谢家:指其情人居处。唐人诗中常以萧娘、谢娘称所爱之人。
> ③　回合:犹回环。按张泌《江城子》词二首云:"碧阑干外小中庭,雨初晴,晓莺声,飞絮落花,时节近清明。睡起卷帘无一事,匀面了,没心情。""浣花溪上见卿卿,脸波明,黛眉轻,高绾绿云,金簇小蜻蜓。好是问他来得么?和笑道:莫多情。"亦写与邻女浣衣相善事,可参看。

【评解】

　　梦中重到,居处宛然,独不见所爱之人,意其忘情旧爱,故托兴于明月落花,以抒忧疑惆怅之情。(刘)

以下时代无考者

荆叔 《全唐诗》录存其诗一首。

题慈恩塔①

汉国河山在,秦陵草树深②。

暮云千里色,无处不伤心③。

① 慈恩塔:即曲江慈恩寺塔。
② 汉国二句:借古喻唐,写长安荒凉景象,与杜甫《春望》"国破山河在,城春草木深"略似。秦陵,秦代陵墓。
③ 暮云二句:写乱后登临所见,抒伤时忧国之感。

【集评】

李锳《诗法易简录》:"就登塔所见,写出无穷感慨,较王之涣登楼诗用法又变。一笔浑成,神完气足,洵属三唐杰作。"

宋顾乐《唐人万首绝句选》评:"今古兴亡之感,一语写足,真而淡。"

俞陛云《诗境浅说续编》:"此与王之涣《登鹳雀楼》诗同是登高之作,格调极相似,但王系写景,此乃感怀。"

葛鸦儿 《全唐诗》录存其诗一首。

怀良人①

蓬鬓荆钗世所稀,布裙犹是嫁时衣②。

胡麻好种无人种,正是归时不见归③。

① 一作河北士人诗,题为《代妻答诗》。《本事诗》:"朱滔括兵(德宗建中三年,朱滔于河北反叛,称大冀王),不择士族,悉令赴军,自阅于球场。有士子容止可观,进趋淹雅。滔召问之曰:'所业者何?'曰:'学为诗。'问:'有妻否?'曰:'有。'即令作寄内诗,援笔立成。词曰:'握笔题诗易,荷戈征戍难。惯从鸳被暖,怯向雁门寒。瘦尽宽衣带,啼多渍枕檀。试留青黛着,回日画眉看。'又令代妻作诗答,曰'蓬鬓荆钗世所稀'云云。滔遗以束帛,放归。"
② 蓬鬓二句:谓不事妆饰。《列女传》:"梁鸿妻孟光,常荆钗布裙。"
③ 胡麻二句:《本草纲目》:"俗传胡麻夫妇同种则茂盛,故《本事诗》云:'胡麻好种无人种,正是归时不见归。'"顾元庆《夷白斋诗话》:"南方谚语有'长老种芝麻,未见得。'余不详其意,偶阅唐诗,始悟斯言其来远矣。诗云:'胡麻好种无人种,正是归时不见归。'胡麻,即今芝麻也,种时必夫妇两手同种,其麻倍收;长老,言僧也,必无可得之理,故云。"

【集评】

沈德潜《唐诗别裁》:"以耕凿望夫之归,比'悔教夫婿觅封侯',较切较正。"

【评解】

此农妇伤乱之词,语语本色,自然动人。(刘)

朱绛

《全唐诗》录存其诗一首。

春女怨

独坐纱窗刺绣迟,紫荆花下啭黄鹂。

欲知无限伤春意,尽在停针不语时。

【集评】

黄叔灿《唐诗笺注》:"'迟'字妙,'停针不语',又从'迟'字内转出一层。"

【评解】

"尽在停针不语时"一句,写幽闺怨女,栩栩如生,真所谓传神阿堵,不落言诠者。(刘)

张起

刘长卿有《送张起崔载华之闽中》诗,或即其人。《全唐诗》录存其诗一首。

春情

画阁余寒在,新年旧燕飞①。

梅花犹带雪,未得试春衣。

① 新年句:谓去年燕子已经归来。

【集评】

　　俞陛云《诗境浅说续编》：“此诗设色纤秾，托思绵邈，齐、梁之精品也。诗句皆咏春寒，而诗标题曰'春情'，可见诗句皆含情思矣。首句怅春色之迟，二句萦怀旧之思，三句感芳时之冷落，四句春衣未试，其因清寒料峭尚怯罗衣耶？抑幽绪盈怀慵施针线耶？诗题既曰'春情'，或因春至而关情，或以情重以怨春，作者特缥缈其词，自成其好句耳。”

张文姬　　鲍参军妻也。《全唐诗》录存其诗四首。

溪口云

溶溶溪口云，才向溪中吐。

不复归溪中，还作溪中①雨。

　　　　① 溪中：一作"溪头"。

【集评】

　　沈德潜《唐诗别裁》：“音节竟是古诗。”

　　俞陛云《诗境浅说续编》：“诗言溪中水气，蒸化为云，既腾上天空，当不得更归溪内，而酿云成雨，仍落溪中。雨复化水，水更生云，云水循环而不穷，可见无往不复，不生不灭。以诗格论，如游九曲武夷，一句一转，愈转愈深。以音节论，颇近汉魏古诗。在诗家集中，亦称佳咏，出自闺秀，可谓难能。”

沙上鹭

沙头①一水禽，鼓翼扬清音②。

只待高风便，非无云汉③心。

① 沙头：犹滩头。
② 清音：指鸣声。
③ 云汉：犹云霄，指高空。

【集评】

俞陛云《诗境浅说续编》："文姬为鲍参军妻，借咏鹭以见藏器待时之志，殆为参军勉也。诗言勿谓沙洲白鹭，风餐水宿，将终老江湖。但观其扬音鼓翼，意态正复不凡，一遇高风，即扶摇而上，不让得路鹓鸿，云霄先矗。诗有高旷之志，一洗庸脂俗粉也。"

无名氏

水调歌① 二首

平沙落日大荒②西，陇上明星高复低。

孤山几处看烽火，战士连营候鼓鼙③。

① 水调歌：即《水调子》、《水调词》，见王昌龄《听流人水调子》注。此二首与下《水鼓子》、《突厥三台》等，皆开元中西京节度盖嘉运所进。
② 大荒：指西方极远之处。
③ 候鼓鼙：古时军中闻鼓声则进。

【评解】

此诗写斥堠森严，军容整肃，笔力雄阔，气象峥嵘，其拙厚处殆高、岑所不能到。（刘）

猛将关西意气多①，能骑骏马弄雕戈。

金鞍宝铰②精神出，倚笛③新翻水调歌。

① 猛将句：猛将关西，《后汉书·虞诩传》："谚曰：'关西出将，关东出相。'"意气，意志与勇气。
② 宝铰：钉铰，金属装饰，马鞍刀柄皆有之。
③ 倚笛：以笛吹奏。

【集评】

黄叔灿《唐诗笺注》："画出少年从军边庭喜事光景，曰'意气多'，曰'精神出'，已妙；'倚笛新翻'句，犹颊上生三毫也。"

胡应麟《诗薮》："乐府《水调歌》五叠、《伊州歌》三叠，皆韵格高远，是盛唐诸公得意作，惜姓名不可深考。"

凉州歌①

朔风吹叶雁门②秋，万里烟尘昏戍楼③。

征马长思青海上，胡笳夜听陇山④头。

① 凉州歌：即《凉州词》，见王翰《凉州词》注。此开元中西凉府都督郭知运所进。
② 雁门：雁门关，在今山西代县雁门山上。
③ 万里句：谓烽烟相接，边警频传。
④ 陇山：在今陕西陇县西北。

【集评】

周珽《唐诗选脉会通》："上联见边塞多警。下联见守御有备，着意在'长思'、'夜听'四字。"

【评解】

以征马闻笳思践敌土，托出将士髀肉复生之感，意味深厚，当是盛唐佳构。（刘）

水鼓子①

雕弓白羽猎初回，薄夜②牛羊复下来。

青冢路边秋草合，黑山峰外阵云开③。

① 水鼓子：乐府《近代曲辞》。
② 薄夜：傍晚。
③ 青冢二句：青冢、黑山，见柳淡《征人怨》注。阵云开，战云消散，谓战争已止。

【评解】

将士行猎以自娱，牛羊放牧于山野，写出边头战争平息，重现和平景象，正以倒

装见妙。(富)

突厥三台①

雁门山上雁初飞②,马邑栏③中马正肥。

日旰④山西逢驿使,殷勤南北送征衣。

① 突厥三台:乐府《杂曲歌辞》。
② 雁门山:在今山西代县西北,《山海经·海内西经》谓雁从此飞出,故名。
③ 马邑栏:马邑,《读史方舆纪要》:"山西沁水县,马邑城在县东二十里山上,秦赵拒战,筑此城以养马。"栏,马圈。
④ 日旰:日暮。

【评解】

战马正肥,寒衣又至,士气之高,言外可见。以"殷勤"二字称颂驿使,实即归美朝廷,以见士饱马腾之由也。(刘)

哥舒歌①

北斗七星高,哥舒夜带刀②。

至今窥牧马,不敢过临洮③。

① 《太平广记》引温庭筠《干䑃子》云:"天宝中,哥舒翰为安西(当作"河西")节度使,控地数千里,甚著威令,故西鄙(西北边地)人歌之曰。"按《新唐书·

哥舒翰传》载：天宝十二载(七三九)秋，"攻破吐蕃洪济、大莫门等城，收黄河九曲，以其地置洮阳郡，筑神策、宛秀二军。"诗当作于此时，亦与结句"不敢来过临洮"相合。时翰为陇右节度使，不久兼河西节度使。

② 哥舒句：谓翰横刀巡夜，戒备森严。按李白《答王十二寒夜独酌有怀》诗中亦云翰"横行青海夜带刀"，则"夜带刀"或是当时实事。

③ 至今二句：谓直至今观吐蕃牧马，不敢越过临洮。窥，观也，望也。此与杜甫《重经昭陵》"再窥松柏路"及张继《阊门即事》"试上吴门窥郡郭"之"窥"字义同，不作敌方窥伺解。牧马，我国古代北方少数民族常于秋日南下牧马，进行劫略。此指吐蕃侵扰。临洮，故址在今甘肃岷县。

【集评】

沈德潜《唐诗别裁》："与《敕勒歌》同是天籁，不可以工拙求之。"

孙洙《唐诗三百首》："先着此五字(指首句)，比兴极奇。"

俞陛云《诗境浅说续编》："高歌慷慨，与'敕勒川，阴山下'之歌，同是天籁。如风高大漠，古戍闻笳，令壮心飞动也。首句排空疾下，与卢纶之'月黑雁飞高'，皆工于发端。惟卢诗含意不尽，此诗意尽而止，各极其妙。"

杂诗① 四首

两心不语暗知情②，灯下裁缝月下行。

行到阶前知未睡，夜深闻放剪刀声。

① 杂诗：大抵晚唐人所作，因作者姓氏无考或题目遗失，故总曰杂诗。
② 两心句：谓形体虽隔而情意相通，即唐李商隐《无题》"身无彩凤双飞翼，心有灵犀一点通"意。

【评解】

窗前窗内，难通一语，然闻剪刀声而知伊人未睡，亦可聊慰月下徘徊之情矣。措

词质朴明快,不假雕饰,是民间佳构。(刘)

近寒食雨草萋萋,着麦苗风①柳映堤。

等是有家归不得,杜鹃休向耳边啼②。

① 着麦苗风:即风着麦苗。
② 等是二句:相传古蜀帝杜宇禅位失国,死而魂化为杜鹃。俗谓杜鹃啼曰不如归去。故谓同是有家难归,何必声声催人归去。

【集评】

宋顾乐《唐人万首绝句选》评:"沉郁深痛。"

【评解】

"等是"二句,责怪杜鹃无情,益见有家难归之恨,意更沉痛。清黄仲则《听子规》"只解千山唤行客,不知身是未归魂",殆即从此脱化。(富)

无定河边暮笛声,赫连台畔旅人情①。

函关归路千余里,一夕秋风白发生②。

① 无定二句:谓闻暮笛而动旅客乡愁。无定河,见陈陶《陇西行》注。赫连台,故址在宁夏银川市东南,东晋时夏国赫连勃勃所建。此与无定河皆泛指边地。
② 函关二句:谓家在函关以东,路遥难归,一夕秋风,愁生白发。函关,即函谷关,故址在今河南新安县东。

旧山虽在不关身①,且向长安过暮春。

一树梨花一溪月,不知今夜属何人②?

① 旧山句:旧山,犹云故乡。不关身,不能归去之意。
② 属何人:谁在领略欣赏。

题玉泉溪①

红树醉秋色,碧溪弹夜弦②。

佳期不可再,风雨杳如年③。

① 《全唐诗》谓湘驿女子所作。
② 弹夜弦:指溪流清泠声。
③ 风雨句:谓凄风苦雨,夜长如年。

【集评】

俞陛云《诗境浅说续编》:"首二句词采清丽,音节入古。后二句言回首佳期,但觉沉沉风雨,绵渺如年。叹胜会之不常耶?怅伊人之长往耶?唐人五绝中有安邑坊女子《幽恨诗》:'卜得上峡日,秋江风浪多。巴陵一夜雨,肠断木兰歌。'与此诗皆出女郎声口,如闻《阳阿》、《激楚》之洞箫也。"

【评解】

上二句写景绚丽,以关合昔日佳期,造意极为绵密。(刘)

唐人绝句辑评

溯源与辨体

绝句之义,迄无定说,谓截近体首尾或中二联者,恐不足凭。五言绝起两京,其时未有五言律;七言绝起四杰,其时未有七言律也。但六朝短古,概曰歌行,至唐方曰绝句。又五言律在七言绝前,故先律后绝耳。(诗薮)

五七言绝句,盖五言短古、七言短歌之变也。五言短古,杂见汉、魏诗中,不可胜数,唐人绝体,实所从来。七言短歌,始于《垓下》,梁、陈以降,作者坌然。第四句之中,二韵互叶,转换既迫,音调未舒。至唐诸子,一变而律吕铿锵,句格稳顺,语半于近体,而意味深长过之;节促于歌行,而咏叹悠永倍之,遂为百代不易之体。(诗薮)

汉诗载古绝句四首,当时规格草创,安得此称?盖歌谣之类,编集者冠以唐题。(诗薮)

"步出城东门,遥望江南路。前日风雪中,故人从此去。"虽旨趣深婉,音节鲜明特甚,作唐绝则千古妙倡,为汉体乃六代先驱。(诗薮)

五言绝句始自二京,魏人间作,而极盛于晋、宋间。如《子夜》、《前溪》之类,纵横妙境,唐人模仿甚繁。然皆乐府体,非唐绝也。其间格调音响,有酷类唐绝者,漫汇于左方。陆凯"折梅逢驿使,寄与陇头人。江南无所有,聊赠一枝春。"鲍照"白日照前窗,玲珑绮罗中。美人掩轻扇,含思歌春风。"鲍令晖"桂吐三五枝,兰开四五叶。是时君不归,春风徒笑妾。"陶贞白"山中何所有,岭上多白云。只可自怡悦,不堪持寄君。"刘瑗"仙宫寒漏夕,露出玉帘钩。清光无所赠，相忆凤凰楼。"刘孝藩"金钿已照耀，白日复蹉跎。欲待黄昏后，含娇浅渡河。"范静妻"蚕信丹青巧，重货洛阳师。千金买蝉鬓，百万写蛾眉。"陈后主"午醉醒来晚，无人梦自惊。夕阳知有意，偏傍小窗明。"江总"心逐南云逝，身随北雁来。故乡篱下菊，今日几花开？"隋炀帝"点点愁侵骨，绵绵病欲成。欲知潘岳鬓，强半为多情。"孔绍安《石榴》："可怜庭中树，移根逐汉臣。只为来时晚，开花不及春。"侯夫人"欲泣不成泪，悲来翻自歌。庭中花烂熳，无计奈春何！"无名氏"愁人夜独长，灭烛卧空房。只恐多情月，旋来照妾床"之类，皆唐绝无异。（诗薮）

唐五言绝，体最古。汉如"稿砧今何在"、"枯鱼过河泣"、"南山一桂树"、"日暮秋云阴"、"兔丝随长风"，皆唐绝也。六朝篇什最繁，唐人多有此体，至太白、右丞，始自成家。（诗薮）

乐府之体，古今凡三变：汉、魏古词，一变也；唐人绝句，一变也；宋、元词曲，一变也。（诗薮）

《西洲曲》，《乐府》作一篇，实绝句八章也。每章首尾相衔，贯串为一，体制甚新，语亦工绝。如"鸿飞满西洲，望郎上青楼。楼高望不见，尽日阑干头。""海水绿悠悠，君愁我亦愁。南风知我意，吹梦到西洲。"全类唐人。（诗薮）

五言绝句，始自汉、魏乐府，原非近体。后人以绝句为绝律，误矣。（诗筏橐说）

五言绝句，起自汉、魏乐府，如《出塞曲》、《桃叶歌》等篇；七言如《乌栖曲》、《挟瑟歌》等篇，皆其体也。（汇纂诗法度针）

六朝人凡两句谓之联，凡四句谓之绝，非必四句一篇者为绝句。（渌水亭杂识）

五七绝句，古诗、乐府之遗也，意旨微茫，无余法而有余味。而世俗竟以截律句为言，是但见龙门、大伾，而岂知昆仑、岷山之所自耶！（西圃诗说）

五七言绝句，唐人加以粘缀声病耳，其体未变于古也。（渌水亭杂识）

绝句之名，唐以前即有之，徐东海撰《玉台新咏》别为一卷，实古诗之支派也。至唐而法律愈严，不惟与律体异，即与古体亦不同。或称截句，或称断句，世多谓分律诗之半即为绝句，非也。盖律由绝而增，非绝由律而减也。绝句云者，单句为句，句不能成诗，双句为联，联则生对，双联为韵，韵则生粘，句法平仄，各不相重，无论律古，粘对联韵，必四句而后备，故谓之绝。由此递增，虽至百韵可也，而断无可减之理。诚以诗必和声，独句不能为联，独联不能为韵，故必以四句为准，而粘对由之以生，一经一纬，诗学大端，不外是矣。（声调四谱图说）

绝之为言截也，即律诗而截之也。故凡后两句对者是截前四句，前两句对者是截后四句，全篇皆对者是截中四句，皆不对者是截首尾四句。观李汉编《昌黎集》，绝句皆入律诗，益可见矣。（文体明辨）

两句为一联，四句为一绝，其来已久，非始唐人。汉无名氏古𢇍句云："藁砧今何在，山上复有山。何当大刀头，破镜飞上天。"𢇍字系古绝字，是绝句之名已见于汉矣。宋文帝见吴迈远曰："此人联绝之外，无所复有。"亦一证也。又按宋文帝第九子刘昶封义阳王，和平六年，兵败奔魏，在道慷慨为断句云："白云满障来，黄尘暗天起。关山四面绝，故乡几千里。"断字或系𢇍字之误。是绝句之名，原在律诗之前，何得有截律诗之说？宋人妄为诗话，以绝句为截律诗，因有前四截、后四截、中四截、前后四截之说；甚至并易绝句之名为截句，何其谬也。（诗法易简录）

诗家常言，有联有绝，二句一联，四句一绝，宋孝武言吴迈远"联绝之外无所解"是也。四句之诗，谓之绝句，宋人不解，乃云是截律诗首尾，如此议论，非一事也。《玉台新咏》有古绝句，古诗也。唐人绝句之有声病者，是二韵律诗也；元、白、牧之、昌黎集可证。唐人集分体者少，今所传分体者，皆近人所为。古本多存有分律诗绝句者，如《王临川集》，首题云七言律诗，下注云绝句，甚分明。唐人惟有元、白、韩、杜等是旧次，今武定侯刻白集，坊本《杜牧之集》，亦皆分体如今人矣。幸二集尚有宋板，而新本亦有翻宋板者可据耳。自高棅《唐诗品汇》出，今人不知绝句是律矣。（围炉诗话）

五绝七绝，即五古七古之短篇，杨升庵谓截律为绝，非也。（围炉诗话）

"春水满四泽，夏云多奇峰。秋月扬明辉，冬岭秀孤松。"渊明诗（按此是晋顾恺之《神情诗》而误入陶集者），绝句之祖，一句一绝也。（贵耳集）

绝句体裁不一,或截半律,或截两联,或云关扼在第三句,信俱有之。但绝句亦有古今体,自汉已有,如"稿砧今何在"四首是也。六代甚夥,不可殚述。至唐绝则平仄铿然,上下粘合,一如律体。李、杜多失粘处,实仿古绝,非唐调也。(龙性堂诗话)

谢朓以来,即有五言四句一体,然是小乐府,不是绝句,绝句断自唐始。(岘佣说诗)

唐人绝句有竟用古诗平仄者,自是古诗而列入绝句者,以汉人古诗原有"古蠿句"之名故也。(诗法易简录)

仄韵绝句与古诗相出入,唐人最多清峭之作。(诗法易简录)

绝句体如古乐府,浑然有大篇气象,六朝诸人,语绝意不绝。(诗谱)

联句,有人各赋四句,分之自成绝句,合之仍为一篇,谢朓、范云、何逊、江革辈多有此体。(渔洋诗话)

子建五言四句,如"逍遥芙蓉池"、"庆云未时兴"二篇,较之汉人,始见作用之迹。上源于汉无名氏五言四句,下流至张孟阳五言四句。(诗源辨体)

张孟阳五言四句,如"气力渐衰损"一篇,较之子建,则气格遂降。下流至灵运、延年五言四句。(诗源辨体)

灵运、延年五言四句,又为一变。灵运如"弄波不辍手",延年如"风观要春景"二篇,体既俳偶,语复雕刻,然声韵犹古。上源于张孟阳五言四句,下流至鲍明远五言四句。(诗源辨体)

明远五言四句,声渐入律,语多华藻,然格韵犹胜。上源于灵运、延年五言四句,下流至何逊五言四句。(诗源辨体)

玄晖五言四句,格韵较明远稍降,然未可谓变也。(诗源辨体)

何逊五言四句,声尽入律,语多流丽,而格韵始卑。上源于鲍明远五言四句,下流至梁简文、庾肩吾五言四句。(诗源辨体)

梁简文、庾肩吾五言四句,声尽入律,语尽绮靡,而格韵愈卑。上源于何逊五言四句,转进至王、杨、卢、骆五言四句。(诗源辨体)

五言至梁简文而古声尽亡,然五七言律绝之体于此而备,此古律兴衰之几也。(诗源辨体)

五言四句，其来既远，至王、杨、卢、骆，律虽未纯而语多雅正。其声律尽纯者，则亦可为绝句之正宗也。上承梁简文、庾肩吾五言四句，转进至太白、王、孟五言绝。（诗源辨体）

　　五言绝，太白、摩诘多入于圣矣。胡元瑞云"五言绝二途，摩诘之幽玄，太白之超绝"是也。上承王、杨、卢、骆五言四句，下流至钱、刘诸子五言绝。（诗源辨体）

　　中唐五七言绝，钱、刘而下，皆与律诗相类，化机自在而气象风格亦衰矣，亦正变也。五言上承太白、摩诘诸子，下流至许浑、李商隐。七言上承太白、少伯诸子，下流至许浑、杜牧、李商隐、温庭筠。（诗源辨体）

　　五言绝，许浑声急气促，商隐意新语艳，此又大历之降，亦正变也。五言绝正变止此。（诗源辨体）

　　六朝人最工绝句，为唐人先河。如襄阳范彦龙云"自君之出矣，罗帐咽秋风。思君如蔓草，连延不可穷。"襄阳王台卿"空庭高楼月，非复三五圆。何须照床里，终是一人眠。"荆州庾予慎肩吾《长信宫中草》云："委翠似知节，含芳如有情。全由履迹少，并欲上阶生。"庾子山信《寄王琳》云："玉关道路远，金陵信使疏。独下千行泪，开君万里书。"《和侃法师》云："客游经岁月，羁旅故情多。近学衡阳雁，秋分俱渡河。"《别周尚书》云："阳关万里道，不见一人归。唯有河边雁，秋来南向飞。"（竟陵诗话）

　　五言绝句，自五言古诗来；七言绝句，自歌行来。此二体本在律诗之前，律诗从此出，演令充畅耳。有云绝句者，截取律诗一半，或绝前四句，或绝后四句，或绝首尾各二句，或绝中两联，审尔，断头刖足为刑人而已。不知谁作此说，戕人生理。自五言古诗来者，就一意中圆净成章，字外含远神，以使人思；自歌行来者，就一气中驰宕灵通，句中有余韵，以感人情。修短虽殊，而不可杂冗滞累则一也。五言绝句，有平铺两联者，亦阴铿、何逊古诗之支裔。七言绝句，有对偶如"故乡今夜思千里，霜鬓明朝又一年"，亦流动不羁，终不可作"江间波浪兼天涌，塞上风云接地阴"平实语。足知绝律四句之说，牙行赚客语，皮下有血人，不受他和哄。（姜斋诗话）

　　渔洋山人撰宋洪氏《唐人万首绝句》既成，或问曰："先生撰唐人绝句意何居？"应之曰："吾以庀唐乐府也。"曰："绝句也，而谓之乐府何也？"曰："乐府之名，其来尚矣。世谓始于汉武，非也。按《史记》高祖过沛诗、三侯之章，又令唐山夫人为《房中之歌》；《西京杂记》又谓戚夫人善歌《出塞》、《入塞》、《望归》之曲，则乐府实始汉初。武帝时增《天马》、《赤蛟》、《白麟》等十九章，以李延年为协律都尉，集五经之士相与次第其声，通知其意，而乐府始盛。其云武帝者，托始焉尔。东汉之末，曹氏父子兄弟雅擅文藻，所为乐府，悲壮奥崛，颇有汉之遗风。降及江左，古意寖微，而清商继作，于是楚调、吴声、西曲、南弄杂然兴焉。逮于有唐，李、杜、韩、柳、元、白、张、王、李贺、孟郊之伦，皆有冠古之才，不沿齐、梁，不袭汉、魏，因事立题，号称乐府之变。然考之开元、天宝已来，宫掖所传，梨园弟子所歌，旗亭所唱，边将所进，率当时名士所为绝句尔。故王之涣'黄河远上'，王昌龄'昭阳日影'之句，至今艳称之；而右丞'渭城朝雨'流传尤众，好事者至谱为《阳关三叠》；他如刘禹锡、张祜诸篇，尤难指数。由是言之，唐三百年以绝句擅场，即唐三百年之乐府也。而子又奚疑？"宋洪文敏公迈尝集唐绝句至万首，经进孝宗御览，褒赐优厚。余少习是书，惜其蹖驳，久欲为之刊定，而未暇也。归田之五载为康熙戊子，乃克成之，而以问答之语，即次为序。（唐人万首绝句选）

五言绝句，是唐初变六朝《子夜》体。六言则始于汉司农谷永，其后王摩诘始效顾、陆作。七言初唐尚少，中唐渐盛。（菉原诗说）

六言之格，自曹子建、傅休奕诸人，其式已定，但尚杂入乐府古诗中，至唐初诸家应制赋《回波词》，始定为四句正格，而平仄黏对之法，与古律同严矣。宋人集中虽多有亡，而其平仄与唐人有异，盖尔时风气多喜用子史成语，往往或类赋联；又其下者，则更杂以词语，与古法未能悉合，故此体正式必以唐贤为主也。（声调四谱图说）

六言体起于谷永、陆机长篇一韵。迨张说、刘长卿八句，王维、皇甫冉四句，长短不同，优劣自见。若《君道曲》"中庭有树自语"，"梧桐摧枝布叶"，此虽高古，亦太寂寥。（四溟诗话）

任昉云"六言诗始于谷永"。慎按《文选》注引董仲舒《琴歌》二句亦六言，不始于谷永明矣。《乐府·满歌行》尾一解"命如凿石见火，居世竟能几时"，亦六言也。（升庵诗话）

六言始自汉之谷永。唐李景伯有《回波》乐府,亦效此体。(诗源辨体)

六言作者寥寥,摩诘、文房偶一为之,不过诗人之余技耳。(漫堂说诗)

六言自汉谷永始,魏、晋间曹、陆间作。至唐初李景伯有《回波》乐府,亦效此体。逮开元、大历间,王维、刘长卿相与继述,而篇什稍屡见。又皇甫冉集中云张继寄六言诗一首,冉酬以七言。其序亦谓六言难工,衍为七言裁答。然亦不过诗人之余事耳。(葚原诗说)

七言绝句,亦起自古乐府,与古诗同。(诗筏橐说)

七言绝句源流与五言相似,唯少陵所作,特多拗体。(声调谱拾遗)

七言绝句起于魏、晋,六朝歌谣往往有之,但其体不一,或有四句皆韵者,亦有二句转韵者,故世多并入古体中,实即七绝之权舆也。至唐而格制迥异,当世名家率多以此擅长,或一篇出,即传诵人口,上之流播宫庭,下之转述妇孺,由是声名大起,遂为终身之荣。实因唐人乐章,全用当时士人之诗,皆绝句也。论者谓有唐一代绝句,即唐之真乐府,非虚语也。而所名乐府诸诗,则实未尝入乐耳。故初、盛、中、晚之分,在他体不无轩轾,独此体则不可以时代先后为断,亦不得过判优劣也。(声调四谱图说)

魏收《挟瑟歌》:"春风宛转入曲房,兼送小苑百花香。白马金鞍去未返,红妆玉箸下成行。"此诗缘情绮靡,渐入唐调。李太白、王少伯、崔国辅诸家皆效法之。(升庵诗话)

齐汤惠休《秋思行》云:"秋寒依依风过河,白露萧萧洞庭波。思君末光光已灭,渺渺悲望如思何!"梁以前近七言绝体,仅此一篇,而未成就。(诗薮)

《品汇》谓《挟瑟歌》、《乌栖曲》、《怨诗行》为绝句之祖。余考《乌栖曲》四篇,篇用二韵,正项王《垓下》格。唐人亦多学此,如李长吉"杨花扑帐春云热"之类。江总《怨诗》卒章俱作对结,非绝句正体也。惟《挟瑟》一歌,虽音律未谐,而体裁实协,唐绝咸所自来,然六朝殊少继者。(诗薮)

简文《春别》诗"桃红李白"、"别观葡萄",及题雁"天霜河白"三首,皆七言绝也。王筠元倡"衔悲掩涕"一首亦同。湘东"日暮徙倚渭桥西,正见浮云与月齐。若使月光无远近,应照离人今夜啼。"意度尤近,但平仄多同,粘带

时失耳。《挟瑟歌》北齐魏收作,亦相先后。则七言绝体缘起,断自梁朝,无可疑也。(诗薮)

庾子山《代人伤往》三首,近绝体而调殊不谐,语亦未畅。惟隋末无名氏"杨柳青青著地垂,杨花漫漫搅天飞。柳条折尽花飞尽,借问行人归不归?"至此七言绝句音律,始字字谐合,其语亦甚有唐味。右丞"春草年年绿,王孙归不归"祖之。(诗薮)

明远七言四句,有《夜听妓》一篇,语皆绮艳,而声调全乖,然实七言绝之始也。下流至刘孝威七言四句。元瑞谓七言绝起断自梁朝,则失考矣。(诗源辨体)

孝威七言四句,有咏《曲水中烛影》一篇,较明远语更绮艳,而声调仍乖。下流至梁简文七言四句。(诗源辨体)

梁简文七言四句,有《上留田》、《春别》、《夜望单飞雁》,语仍绮艳,而声调亦乖。上源于刘孝威七言四句,下流至庾信七言四句。(诗源辨体)

庾(信)七言四句,有《代人伤往》、《夜望单飞雁》,语仍绮艳,而声调亦乖。上源于梁简文七言四句,下流至江总七言四句。(诗源辨体)

江总七言四句,有《怨诗》二篇,调虽合律,而语仍绮艳,下至隋炀帝亦然。上源于庾信七言四句,转进至王、卢、骆三子七言四句。(诗源辨体)

七言四句,始于鲍明远、刘孝威、梁简文、庾信、江总,至王、卢、骆三子,律犹未纯,语犹苍莽,其雄伟处则初唐本相也。转进至杜、沈、宋三子七言绝。(诗源辨体)

七言绝七言四句至此始名绝句。自王、卢、骆再进而为杜、沈、宋三公,律始就纯,语皆雄丽,为七言绝正宗。转进至太白、少伯、高、岑、王七言绝。(诗源辨体)

太白五七言绝,多融化无迹而入于圣。上承王、杨、卢、骆五言四句,杜、沈、宋七言绝,下流至钱、刘诸子五七言绝。(诗源辨体)

盛唐七言绝,太白、少伯而下,高、岑、摩诘亦多入于圣矣。岑如"官军西出"、"鸣笳叠鼓"、"日落辕门"三篇,整栗雄丽,实为唐人正宗,而《品汇》不录,不可晓。(诗源辨体)

开成七言绝,许浑、杜牧、李商隐、温庭筠声皆溜亮,语多快心,此又大历

之降,亦正变也。下流至郑谷七言绝。中间入议论,便是宋人门户。(诗源辨体)

郑谷七言绝,较之开成,句语亦不甚殊,而声韵益卑。唐人绝句至此不可复振矣,要亦正变也。(诗源辨体)

七言绝,体制自唐,不专乐府。然盛唐颇难领略,晚唐最易波流,能知盛唐诸作之超,又能知晚唐诸作之陋,可与言矣。(诗薮)

范梈曰:"绝句者,截句也。或前对,或后对,或前后皆对,或前后皆不对,总是截律之四句。是虽正变不齐,而首尾布置,亦由四句为起承转合,未尝不同条而共贯也。"(杜诗详注)

诗之次第,五古为最先,七古次之,五绝次之,五律次之,七绝又次之,七律最后。有以绝句为截句,谓截律体之半以为诗者,不知绝之先于律也。(竹林答问)

二韵律诗,谓之绝句,所谓四句一绝也。《玉台新咏》有古绝句,古诗也。唐人绝句多是二韵律诗,亦不论用韵平仄,其辨在于声韵,古今人语音讹变,遂不能了了。其第二字或用平仄平仄,或用仄平仄平,不相黏缀者,谓之折腰体,五言七言皆然。宋人有谓绝句是截律诗之半者,非也。(唐音审体)

绝句之体,五言七言略同,唐人谓之小律诗。或四句皆对,或四句皆不对,或二句对、二句不对,无所不可。所稍异者,五言用韵,不拘平仄,七言则以平韵为正,然仄韵亦非不可用也。其作法则与四韵律诗迥别,四韵气局舒展,以整严为先,绝句气局单促,以警拔为上。唐人名作,家弦户诵者,绝句尤多。其离合叠字诸体,近于儿戏,然古人业有此格,不可不知。(唐音审体)

绝句者,一句一绝,起于《四时咏》"春水满四泽,夏云多奇峰。秋月扬明辉,冬岭秀孤松"是也。或以为陶渊明诗,非。杜诗"两个黄鹂鸣翠柳"实祖之。王维诗:"柳条拂地不忍折,松柏梢云从更长。藤花欲暗藏猱子,柏叶初齐养麝香。"宋六一翁亦有一首云:"夜凉吹笛千山月,路暗迷人百种花。棋罢不知人换世,酒阑无奈客思家。"皆此体也。乐府有"打起黄莺儿"一首,意连句圆未尝间断,当参此意,便有神圣工巧。(升庵诗话)

近体者,律诗绝句之总名也。律绝起于唐人,故唐人谓之近体以别乎古。律诗之义,谓其有法律也。然古诗绝句岂无法律,此独谓律,恐主用调说。盖每调四句,律诗八句,前后两调,同归一律,故谓律。绝句之义,或谓一句一断,非也。当亦主调说,调至四句,而绝诗亦四句而绝,故谓绝。此律绝之义也。(骚坛八略)

问:"或论绝句之法,谓绝者截也,须一句一断,特藕断丝连耳。然唐人绝句,如'打起黄莺儿'、'松下问童子'诸作,皆顺流而下,前说似不尽然。"答:"所谓截句,谓或截律诗前四句,如后二句对偶者是也;或截律诗后四句,如起二句对偶是也,非一句一截之谓。然此等迂拘之说,总无足取,今人或竟以绝句为截句,尤鄙俗可笑。"(师友诗传录)

刘会孟曰:"绝句难作,要一句一绝,短语长事,愈读愈有味为佳。绝者截也,截律诗也。起句对者,'双双瓦雀行书案,点点杨花入砚池',是截律诗之后四句。收句对者,'即今河畔冰开日,正是长安花落时',是截律诗之前四句。通首对者,'两个黄鹂鸣翠柳,一行白鹭上青天。窗含西岭千秋雪,门泊东吴万里船。'是截律诗之中四句。其通首不对者,是截律之首尾,为正格。"(南苑一知集)

五言绝句,截五言律诗之半也。有截前四句者,如"移舟泊烟渚,日暮客愁新。野旷天低树,江清月近人"是也。有截后四句者,如"功盖三分国,名成八阵图。江流石不转,遗恨失吞吴"是也。有截中四句者,如"白日依山尽,黄河入海流。欲穷千里目,更上一层楼"是也。有截前后四句者,如"山中相送罢,日暮掩柴扉。春草年年绿,王孙归不归"是也。七绝亦然。(岘佣说诗)

绝句本截律诗,然读首句即知是非律。律诗首句每有端凝浩瀚巍峨之意,绝句首句多带轻利。文章各有胚胎,非加减舒缄可得而成也。(伯子论文)

"步出城东门,遥望江南路。前日风雪中,故人从此去。"截汉人前四句。"自君之出矣,明镜暗不治。思君如流水,无有穷已时。"截魏人中四句。然则绝谓之截亦可,但不可专指近体,要之非正论也。(诗薮)

《来罗曲》:"君子防未然,莫近嫌疑边。瓜田不蹑履,李下不正冠。"即《君子行》前半首,唐乐府删节律诗盖出此。(诗薮)

《品汇》所载宋之问五言绝，有"卧病人事绝"一首，乃律诗前四句；有"绿树秦京道"一首，乃排律后四句，皆后人摘出以为绝句耳。又律诗"马上逢寒食"前四句，亦有摘为绝句者。（诗源辨体）

杨伯谦云："五言绝句，唐初变六朝《子夜》体也。七言绝句，初唐尚少，中唐渐甚，然梁简文《夜望单飞雁》一首，已是七绝"云云。今按《南史》，宋晋熙王昶奔魏，在道慷慨为断句诗曰："白云满鄩来，黄尘半天起。关山四面绝，故乡几千里。"梁元帝降魏，在幽逼时制诗四绝，其一曰："南风且绝唱，西陵最可悲。今日还蒿里，终非封禅时。"曰"断句"，曰"绝句"，则宋、梁时已称绝句也。柳恽和梁武《景阳楼篇》云："太液沧波起，长杨高树秋。翠华承汉远，雕辇逐风游。"陈文帝时陈宝应起兵，沙门慧标作诗送之曰："送马犹临水，离旗稍引风。好看今夜月，当照紫微宫。"隋炀帝宫中侯夫人诗："饮泣不成泪，悲来翻强歌。庭花方烂熳，无计奈春何！"萧子云《玉筜山诗》："千载云霞一径通，暖烟迟日锁溶溶。鸟啼春昼桃花坼，独步溪头探碧茸。"虞世南《袁宝儿诗》："学画鸦儿半未成，垂肩禅袖太憨生。缘憨却得君王宠，长把花枝傍辇行。"其时尚未有律诗，而音节和谐已若此，岂非五七绝之滥觞乎？《诗法源流》云："绝句，截句也。如后两句对者，是截律诗前半首；前两句对者，是截律诗后半首；四句皆对者，是截中四句；四句皆不对者，是截前后四句也。故唐人称绝句为律诗，李汉编《昌黎集》，凡绝句皆收入律诗，白香山亦以绝句编入格诗。"（陔余丛考）

古者里巷歌谣，皆被金石，士于声音之道，未尝斯须去之，故其感通甚大。汉之乐府，犹有《风》、《雅》之遗，六朝或用其名为五言八句，而唐世所传若沉香被诏之作，旗亭画壁之诗，及江南红豆之曲，大抵其可歌者多五七言绝句。（严绳孙词律序）

六朝乐府与诗，声体无甚分别。诗言六朝，谓晋、宋、齐、梁、陈、隋也。白下言六朝，则有吴无隋。惟乐府短章如《子夜》、《莫愁》、《前溪》、《乌夜啼》等，语真情艳，能道人意中事，其声体与诗乃大不同。唐人《竹枝词》，语意实本于此。（诗源辨体）

五言绝，唐乐府多法齐、梁，体制自别。七言亦有作乐府体者，如太白

《横江词》《少年行》等，尚是古调。至少伯《宫词》《从军》《出塞》，虽乐府题，实唐人绝句，不涉六朝，然亦前无六朝矣。（诗薮）

唐歌曲如《水调歌》《凉州》《伊州》之类，止用五七言绝。近体间有采者，亦截作绝。歌至五七言古，全不入乐矣。（诗薮）

七言绝句，亦称小律，即唐乐府也。扬音抗节，可倚声而歌，能使听者低徊不倦。旗亭伎女，犹能赏之，是以唐人名作，绝句尤多。（唐诗笺注）

唐人绝句，多作乐府歌，而七言绝句，随名变腔，如《水调歌头》《春莺转》《胡渭州》《小秦王》《三台》《清平调》《阳关》《雨淋铃》，皆是七言绝句而异其名，其腔调不可考矣。（词品）

仄韵绝句，唐人以入乐府，唐人谓之《阿那曲》，宋人谓之《鸡叫子》。（词品）

唐世乐府，多取当时名人之诗唱之，而音调名题各异。杜公《赠花卿》，在乐府为《入破第二叠》；王维"秦川一半夕阳开"，在乐府名《相府莲》，讹为《想夫怜》；"秋风明月独离居"为《伊州歌》；岑参"西去轮台万里余"为《簇拍六州》；盛小丛"雁门山上雁初飞"为《突厥三台》；王昌龄"秦时明月汉时关"为《盖罗缝》；张仲素"亭亭孤月照行舟"为《胡渭州》；王之涣"黄河远上白云间"为《凉州歌》；张祜"十指纤纤似笋红"为《氐州第一》；苻载"月里嫦娥不画眉"为《甘州歌》；无名氏"十年一遇圣明朝"为《水调歌》；"雕弓白羽猎初回"为《水鼓子》，后转为《渔家傲》云。其余有诗而无名氏者尚多，不尽书焉。（升庵诗话）

问："六朝《清平调》本是乐府，而诸选皆入七言绝句，何也？"答："如右丞'渭城朝雨'亦绝句也，当时名士之诗，多取作乐府歌之。中晚间如《伊州》《石州》《凉州》《杨柳枝》《盖罗缝》《穆护砂》等，亦皆绝句耳。"（师友诗传录）

七言绝句起自古乐府，盛唐遂踞其巅。太白、龙标无以加矣，他如旗亭雪夜，画壁斗奇，非其自信者深乎？（古欢堂集杂著）

唐人七绝，每借乐府题，其实不皆可入乐，故只作绝句论。（岘佣说诗）

刘禹锡曰："建平里中儿，联歌《竹枝》，聆其音，中黄钟之羽，其卒章激讦如吴声。虽伦佇不可分,而含思宛转,有《淇澳》之艳音也。"唐去汉魏乐府为近,故歌诗尚论律吕。梦得亦审音者,不独工于辞藻而已。(四溟诗话)

元次山集中有《欸乃歌》五章,章四句,正绝句诗耳。其谓欸乃者,殆舟人于歌声之外,别出一声以互相其所歌也耶?今徽、严间舟行犹闻其如此,顾其诗非昔诗耳,而欸乃之声可想也。《柳枝》、《竹枝》尚有存者,其语度与绝句无异,但于句末随加"竹枝"或"柳枝"等语,遂即其语以名其歌,欸乃殆其例也。(演繁露)

梦得七言绝有《竹枝词》,其源出于六朝《子夜》等歌,而格与调则子美也。黄山谷云:"刘梦得《竹枝九章》,词意高妙,元和间诚可独步。道风俗而不俚,追古昔而不愧,比之子美《夔州歌》,所谓同工而异曲也。"按今之吴歌,又是《竹枝》之流。(诗源辨体)

问:"《竹枝》、《柳枝》自与绝句不同,而《竹枝》、《柳枝》亦有分别,请问其详。"阮亭答:"《竹枝》泛咏风土,《柳枝》专咏杨柳,此其异也。南宋叶水心又创为《橘枝词》,而和者尚少。"历友答:"《竹枝》本出巴、渝。唐贞元中,刘梦得在沅、湘,以其地俚歌鄙陋,乃作新词九章,教里中儿歌之。其词稍以文语缘诸俚俗,若太加文藻,则非本色矣。世所传'白帝城头'以下九章是也。嗣后擅其长者,有杨廉夫焉。后人一切谱风土者,皆沿其体。若《柳枝词》,始于白香山《杨柳枝》一曲,盖本六朝之《折杨柳》歌辞也。其声情之儇利轻隽,与《竹枝》大同小异,与七绝微分,亦歌谣之一体也。《竹枝》、《柳枝》词,详见《词统》。"萧亭答:"《竹枝》、《柳枝》,其语度与绝句无异,但于句末随加'竹枝'、'柳枝'等语,因即其语以名其词,音节无分别也。"(师友诗传录)

《竹枝词》、《风》之变也,质而不俚,斯为本色。(梅崖诗话)

唐《柳枝》、《竹枝》诸词,音节顿挫,有古乐府之遗意。(问花楼诗话)

《竹枝词》与七绝音韵各殊,大率似谣似谚,有连臂踏歌之致。(剑溪说诗)

《竹枝》体宜拗中顺,浅中深,俚中雅,太刻画者失之,入科诨更谬矣。(国朝诗话)

《竹枝》咏风土,琐细诙谐皆可入,大抵以风趣为主,与绝句迥别。(带经

堂诗话)

《柳枝》专咏柳,《竹枝》泛咏风土。《竹枝词》古人间有专咏竹者,乃引《柳枝》之例,然不过偶一见耳,非原旨也。(带经堂诗话)

《杨柳枝》,即古《折杨柳枝》义也,本歌亡隋之曲。故无名氏有诗云:"万里长江一带开,岸边杨柳是谁栽。锦帆未落干戈起,惆怅龙舟去不回。"刘禹锡曰:"扬子江头烟景迷,隋家宫树拂金堤。嵯峨犹有当时色,半蘸波中水鸟栖。"又韩琮云:"昌乐隋堤事已空,万条犹舞旧春风。"晋和凝云:"万枝枯槁怨亡隋,似吊吴台各自垂"是也。后白居易有爱妓樊素善歌,小蛮善舞,故尝为诗曰:"樱桃樊素口,杨柳小蛮腰。"年既高迈,小蛮方丰艳,乃作《杨柳枝辞》以托意曰:"一树春风万万枝,嫩于金色软于丝。永丰西角荒园里,尽日无人属阿谁?"及宣宗朝,国乐唱是辞,帝问谁制,永丰在何处?左右具以对。时永丰坊西南角园中,有垂柳一株,柔条极茂,因命使取二枝植禁中。居易感上知名,且好尚风雅,又作一章云:"一树飘残委泥土,双枝荣耀植天庭。定知玄象今春后,柳宿光中添两星。"故后卢贞等和其题曰:"一树依依在永丰,两枝飞去杳无踪。玉皇曾采人间曲,应逐歌声入九重。"刘禹锡曰:"塞北梅花羌笛吹,淮南桂树小山词。请君莫奏前朝曲,听唱新翻杨柳枝。"此自是为白氏《杨柳枝》而作也。今人浑为一题,莫知其故;而六朝乐府收之,亦不辩也。不然,乐天之前,已有其诗可知矣。及唐人咏此题极多,偶尔记忆,因录出其一韵者,置之于左,庶可以见先贤用意之工拙也。刘禹锡诗云:"花萼楼前初种时,美人楼上斗腰肢。如今抛掷长街里,露叶如啼欲恨谁?""城外西风吹酒旗,行人挥袂日西时。长安陌上无穷树,惟有垂杨管别离。"白居易曰:"红板江桥青酒旗,馆娃宫暖日斜时。可怜雨歇东风定,万树千条各自垂。"韩琮曰:"枝斗纤腰叶斗眉,春来无处不成丝。灞陵原上多离别,少有长条拂地垂。"温庭筠曰:"陌上河边千万枝,怕寒愁雨尽低垂。黄金穗短人多折,已恨东风不展眉。"杨巨源曰:"江边杨柳绿烟丝,立马烦君折一枝。惟有东风最相惜,殷勤更向手中吹。"然当时传诵,惟刘、白为最。而晚唐薛能又谓刘、白之句,虽有才思,似太拘僻,且宫商不高,遂作十九首以压之。今亦举一韵者二首,以见工拙。"潭上江边袅袅垂,日高风静絮相随。青楼一树无人见,正是女郎眠觉时。"又曰:"刘白苏台总近时,当时章句是谁推。纤腰舞尽春杨柳,未有侬家一首诗。"其妄自尊大如此。以今较之,岂能追刘、白醞藉之万一耶？又古有《折杨柳行》,可谓甚古,谢灵运尝一作之,余不多见也。复有《月节折杨柳》,虽是古辞,则似近于唐人意矣。(七修类稿)

唐绝句概说

五七绝句,唐亦多变:李青莲、王龙标尚矣,杜独变巧而为拙,变俊而为伧,后惟孟郊法之。然伧中之俊,拙中之巧,亦非王、李辈所有。元、白清宛,宾客(刘禹锡)同之,小杜飘萧,义山刻至,皆自辟一宗。李贺又辟一宗。惟义山用力过深,似以律为绝,不能学亦不必学。退之又创新,然而启宋矣。(兰丛诗话)

唐初五言绝,子安诸作已入妙境。七言初变梁、陈,音律未谐,韵度尚乏。惟杜审言《渡湘江》、《赠苏绾》二首,结皆作对,而工致天然,风味可掬。至张说《巴陵》之什,王翰《出塞》之吟,句格成就,渐入盛唐矣。(诗薮)

摩诘五言绝,穷幽极玄;少伯七言绝,超凡入圣,俱神品也。(诗薮)

盛唐长五言绝不长七言绝者,孟浩然也；长七言绝不长五言绝者,高达夫也。五七言各极其工者,太白；五七言俱无所解者,少陵。(诗薮)

五七言绝句,李青莲、王龙标最称擅场,少陵虽工力悉敌,风韵殊不逮也。(艺苑卮言)

五言绝句当以王右丞为绝唱,七言绝句则唯王昌龄、李太白、刘宾客擅场,余不逮也。(四友斋丛说)

五言绝右丞、供奉,七言绝龙标、供奉,妙绝古今,别有天地。(唐诗别裁)

唐人除李青莲之外,五绝第一其王右丞乎？七绝第一其王龙标乎？右丞以淡淡而至浓,龙标以浓浓而至淡,皆圣手也。(养一斋诗话)

盛唐摩诘,中唐文房,五六七言绝俱工,可言才矣。(诗薮)

五言绝,晚唐殊少作者,然不甚逗漏。七言绝,则李、许、杜、赵、崔、郑、温、韦皆极力此道,然纯驳相揉,所当细参。(诗薮)

读五言绝以太白、摩诘、裴、储等为主，读七言绝以太白、龙标、李益、杜牧、温、李辈为主，大抵唐人多工此体。（骚坛八略）

五言绝句正始：玄宗皇帝、许敬宗、虞世南、王绩、李义府、杨师道、王勃、杨炯、卢照邻、骆宾王、陈子昂、沈佺期、宋之问、东方虬、王适、韦承庆、李峤、郭震、薛稷、郑愔、卢僎、武平一、崔湜、苏颋、张说、张九龄、孙逖、贺知章、杨重玄。五言绝句，作自古也。汉、魏乐府古辞则有《白头吟》、《出塞曲》、《桃叶歌》、《欢问歌》、《长干曲》、《团扇郎》等篇，下及六代，述作渐繁。唐初工之者众，王、杨、卢、骆尤多；宋之问、韦承庆之流，相与继出，可谓盛矣。通得二十九人，列为正始。　　正宗：李白、王维、崔国辅、孟浩然。开元后，独李白、王维尤胜诸人，次则崔国辅、孟浩然可以并驾，列为正宗。　　羽翼：储光羲、王昌龄、裴迪、杜甫、崔颢、高适、岑参、王之涣、祖咏、李适之、李颀、沈如筠、崔曙、王缙、丘为、沈千运、萧颖士、元结。右十八人皆盛唐作者。若储光羲、王昌龄、裴迪、崔颢、高适、岑参等数篇，词简而意味尤长，与前数公实相羽翼。　　接武：刘长卿、钱起、韦应物、皇甫冉、皇甫曾、刘方平、朱放、李嘉祐、张起、郎士元、韩翃、耿㵋、卢纶、李端、司空曙、张继、顾况、丘丹、戎昱、畅当、李益、戴叔伦、柳谈、刘商、雍裕之、杨衡、张仲素、令狐楚、于鹄、韩愈、柳宗元、刘禹锡、权德舆、张籍、王建、武元衡、元稹、白居易、王涯、李德裕、李贺、吕温、卢仝、孟郊、贾岛、裴度、张碧、张祜、施肩吾、文宗皇帝。中唐虽声律稍变，而作者接迹之盛，尤过于天宝诸贤。　　余响：李商隐、杜牧、许浑、温庭筠、马戴、雍陶、陈陶、项斯、于武陵、李群玉、刘驾、聂夷中、储嗣宗、于渍、陆龟蒙、唐彦谦、罗邺、崔鲁、司空图、崔道融、韩偓、武瓘、曹邺、薛莹。元和以后不可多得，故自李义山而下至唐末，通得二十四人为余响。（唐诗品汇）

五言绝句始于汉、魏乐府，而唐特为一格。第限以二十字，字约而言简，更非七言绝句之比。要必语若天成，含情浑厚，惟盛唐诸公独至。中唐作者有意求新，而气体渐薄。晚唐多平易，未免失之弱矣。（唐诗笺注）

诗至于五绝，而古今之能事毕矣。窃谓六朝、三唐之善者，苏、李犹当退舍，况宋以后之人乎？以此体中才与学俱无用故也。（围炉诗话）

五言绝句，众唐人是一样，少陵是一样，韩退之是一样，王荆公是一样，

本朝诸公是一样。(沧浪诗话)

子美五言绝句皆平韵律体,景多而情少。太白五言绝句平韵律体兼仄韵古体,景少而情多。二公各尽其妙。(四溟诗话)

唐五言绝,初盛前多作乐府,然初唐只是陈、隋遗响,开元以后,句格方超。如崔国辅《流水曲》、《采莲曲》,储光羲《江南曲》,王维《班婕妤》,崔颢《长干行》,刘方平《采莲》,韩翃《汉宫曲》,李端《拜新月》、《闻筝曲》,张仲素《春闺曲》,令狐楚《从军行》、《长相思》,权德舆《玉台体》,王建《新嫁娘》,王涯《赠远曲》,施肩吾《幼女词》,皆酷得六朝意象。高者可攀晋、宋,平者不失齐、梁。唐人五言绝佳者,大半此矣。(诗薮)

王无功"眼看人尽醉,何忍独为醒?"骆宾王"昔时人已没,今日水犹寒。"初唐绝句精巧,犹是六朝余习。然调不甚古,初学慎之。(诗薮)

唐五言绝,太白、右丞为最,崔国辅、孟浩然、储光羲、王昌龄、裴迪、崔颢次之。中唐则刘长卿、韦应物、钱起、韩翃、皇甫冉、司空曙、李端、李益、张仲素、令狐楚、刘禹锡、柳宗元。(诗薮)

五言,初唐王勃独为擅场。盛唐王、裴辋川唱和,工力悉敌,刘须溪有意抑裴,谬论也。李白气体高妙,崔国辅源本齐、梁,韦应物本出右丞,加以古澹。后之为五言者,于此数家求之,有余师矣。(唐人万首绝句选)

五言绝句,右丞之自然,太白之高妙,苏州之古澹,并入化机。而三家中,太白近乐府,右丞、苏州近古诗,又各擅胜场也。他如崔颢《长干曲》,金昌绪《春怨》,王建《新嫁娘》,张祜《宫词》等篇,虽非专家,亦称绝调。(说诗晬语)

王维"红豆生南国",王之涣"杨柳东风树",李白"天下伤心处",皆直举胸臆,不假雕镂。祖帐离筵,听之恻恻,二十字移情固至此哉!(读雪山房唐诗钞凡例)

五言绝发源《子夜歌》,别无谬巧,取其天然,二十字如弹丸脱手为妙。李白、王维、崔国辅各擅其胜,工者俱吻合乎此。(贞一斋诗话)

五言绝句,起自古乐府,至唐而盛。李白、崔国辅号为擅场;王维、裴迪辋川唱和,开后来门径不少;钱、刘、韦、柳古淡清逸,多神来之句。所谓好诗

必是拾得也。历代佳什，往往而有，要之词简而味长，正难率意措手。（漫堂说诗）

司空曙之"知有前期在"，金昌绪之"打起黄莺儿"，张仲素之"提笼忘采叶"，于武陵之"远天明月出"，刘采春所歌之"不喜秦淮水"，盖嘉运所进之"北斗七星高"，或天真烂熳，或寄意深微，虽使王维、李白为之，未能远过。张祜"故国三千里"，亦自激楚动人。（读雪山房唐诗钞凡例）

诗至五绝，纯乎天籁，寥寥二十字中，学问才力俱无所施，而诗之真性情、真面目出矣。王摩诘理兼禅悦，李青莲语杂仙心，自足冠绝百代。此外如崔国辅之"朝日照红妆"，柳宗元之"千山鸟飞绝"，刘长卿之"苍苍竹林寺"，韦应物之"遥知郡斋夜"，金昌绪之"打起黄莺儿"，崔颢之"君家何处住"，李商隐之"向晚意不适"，贾岛之"松下问童子"，王建（按当作元稹）之"寥落古行宫"，李端之"开帘见新月"，太上隐者之"偶来松树下"，皆妙绝古今。（云莲诗话）

唐人五言四句，除柳子厚《江雪》一诗之外，极少佳者。今偶得四首，漫录于此。《玉阶怨》云："玉阶生白露，夜久侵罗袜。却下水晶帘，玲珑望秋月。"《拜月》云："开帘见新月，便即下阶拜。细语人不闻，北风吹裙带。"《芜城怀古》云："风吹城上树，草没城边路。城里月明时，精灵自来去。"《秋日》云："返照入闾巷，忧来与谁语？古道无人行，秋风动禾黍。"前二篇备婉恋之深情，后两首抱荒寂之余感。（对床夜语）

高氏棅曰："开元后五言绝句，李白、王维，尤胜诸人。"宋氏荦曰："李白、崔国辅五绝，号为擅场。"按二说高氏为近之。右丞五绝，冲澹自然，洵有唐至高之境也。但右丞五绝佳处，太白有之，太白五绝佳处，右丞未尝有之，并论终嫌不敌。若崔国辅，特齐、梁之余，谓不失五绝源于乐府之遗意则可耳。太白五绝虽亦从六朝清商小乐府而来，而天机浩荡，二十字如千言万言，前人所谓回飙掣电令人缥缈天际者，国辅能之乎？徐而庵谓唐人五绝，惟太白擅场，此言独见得到。然徐氏以太白五绝为似阴铿，阴工此体，故子美诗云："李侯有佳句，往往似阴铿"也。此又不免泥解杜诗，且不省太白五绝佳处之原委耳。（养一斋诗话）

王维妙悟,李白天才,即以五言绝句一体论之,亦古今之岱华也。裴迪辋川唱和,不失为摩诘劲敌。(读雪山房唐诗钞凡例)

五言绝句,工古体者自工,谢朓、何逊尚矣,唐之李白、王维、韦应物可证也。惟崔国辅自齐、梁乐府中来,不当以此例列。(剑溪说诗)

唐人五言绝句,往往入禅,有得意忘言之妙,与净名默然、达摩得髓同一关捩。观王、裴《辋川集》及祖咏《终南残雪》诗,虽钝根初机,亦能顿悟。(香祖笔记)

王、孟辋川唱和,神与境会,境从语显,其命意造语,皆从沉思苦炼后,却如不经意出之,而意味、神采、风韵色色都绝,千古题咏园林之极则也。(唐人万首绝句选评)

辋川唱和,须溪论王优于裴,渔洋论裴王劲敌,吾以须溪之言为允。(养一斋诗话)

后人苦效王、裴五绝,而不得其自在,所以去之弥远。(剑溪说诗)

王、孟五言绝,笔韵超远,不减李拾遗。但李近浏亮,王近清疏,特差异耳。孟体较王小减,五言绝句,气更胜之。(诗辩坻)

唐五言绝,得右丞意者,惟韦苏州,然亦有中盛别。(诗薮)

韦苏州五言高妙,刘宾客七律沉雄,以作小诗,风流未远。(读雪山房唐诗钞凡例)

王涯、张仲素、令狐楚三舍人合诗一卷,五言绝多可观,在中晚自为一格。(诗薮)

牧之、义山七言绝句,可称晚唐神品,而五言绝殊少绝作,乃知兼善为难。(万首唐人绝句选评)

六言始自汉司农谷永,魏晋间曹、陆间出,至唐初李景伯有《回波》乐府,亦效此体。逮开元、大历间,王维、刘长卿诸人相与继述,而篇什稍屡见,然亦不过诗人赋咏之余矣。(唐诗品汇)

六言尤难工,柳子厚高才,集中仅得一篇,惟王右丞、皇甫补阙所作绝妙。(后村先生大全集唐绝句续选序)

六言诗,摩诘、文房辈偶一为之,其法大概以风趣为主,不措意可也。

（骚坛八略）

　　予编唐人绝句,得七言七千五百首,五言二千五百首,合为万首;而六言不满四十,信乎其难也。(容斋三笔)

　　七言绝句正始:许敬宗、卢照邻、王勃、乔知之、杜审言、刘庭琦、沈佺期、宋之问、李峤、李乂、徐彦伯、岑羲、刘宪、赵彦昭、李适、徐坚、马怀素、武平一、苏颋、张说、贺知章、王翰、玄宗皇帝。七言绝句,始自古乐府《挟瑟歌》,梁元帝《乌栖曲》,江总《怨诗行》等作,皆七言四句,至唐初始稳顺声势,定为绝句。然而作者亦不多见,故自许敬宗而下至开元初,得二十三人为正始。

　　正宗:李白、王昌龄。盛唐绝句,太白高于诸人,王少伯次之,二公篇什亦盛,今列为正宗。　　羽翼:王维、贾至、岑参、储光羲、杜甫、常建、高适、孟浩然、李颀、崔国辅、张谓、王之涣、綦毋潜、薛据、蔡希寂、沈颂、张偶、吴象之、张潮、元结、严武、李华、独孤及。正宗之外,同鸣于时者,王维、贾至、岑参亦盛;又如储光羲、常建、高适之流,虽不多见,其兴象声律一致也。杜少陵所作虽多,理趣甚异,故略其颇同调者数首,以通天宝诸贤。得二十三人为羽翼。　　接武:刘长卿、钱起、韦应物、皇甫冉、韩翃、卢纶、刘方平、朱放、皇甫曾、秦系、严维、李嘉祐、郎士元、司空曙、李端、耿沣、崔峒、包何、张继、顾况、戎昱、长孙翱、卫象、柳淡、宋济、杨凭、长孙佐辅、刘商、于鹄、戴叔伦、德宗皇帝、李益、刘禹锡、张籍、王建、王涯、武元衡、杨巨源、张仲素、权德舆、李涉、窦巩、窦牟、窦庠、雍裕之、李约、陆畅、刘言史、吕温、羊士谔、令狐楚、陈羽、柳宗元、韩愈、欧阳詹、元稹、白居易、鲍溶、孟郊、李贺、卢仝、李绅、顾非熊、张祜、朱庆馀、徐凝、贾岛、姚合、王表、裴夷直。大历以还,作者之盛,骈踵接迹而起,或自名一家,或与时唱和,如乐府、宫词,《竹枝》、《杨柳》之类,先后述作,纷纭不绝。逮至元和末,而声律不失,足以继开元、天宝之盛。今因时之先后,自大历至元和,得七十人为接武。　　正变:李商隐、杜牧、许浑、赵嘏、温庭筠。开成以来,作者互出,而体制始分,若李义山、杜牧之、许用晦、赵承祐、温飞卿五人,虽兴象不同,而声律之变一也,为正变。　　余响:雍陶、刘得仁、陈陶、马戴、薛逢、薛能、孟迟、项斯、段成式、李群玉、韩琮、司马礼、杜荀鹤、李频、刘驾、储嗣宗、陆龟蒙、张贲、方干、唐彦谦、张乔、司空图、高骈、罗邺、李拯、崔鲁、崔涂、章碣、郑谷、高蟾、曹松、王驾、吴融、李洞、韦庄、韩偓、江为、李建勋、张泌、孙光宪。晚唐绝句之盛，不下数千篇，虽兴象不同，而声律亦未远。如韦庄后出，其赠别诸篇，尚有盛时之余韵，则其他从可知矣。今自会昌下及五季，得四十人为余响。(唐诗品汇)

  诗至唐人七言绝句，尽善尽美，自帝王、公卿、名流、方外以及妇人女子，佳作累累。取而讽之，往往令人情移，回环含咀，不能自已，此真风骚之遗响也。洪容斋《万首唐人绝句》编辑最广，足资吟咏。大抵各体有初盛中晚之别，而三唐七绝，并堪不朽。太白、龙标，绝伦逸群，龙标更有诗天子之号。杨升庵云："龙标绝句，无一篇不佳。"良然。少陵别是一体，殊不易学。宋、元以后，颇有名篇，较之唐人，总隔一尘在。(漫堂说诗)

  予尝品唐人之诗，乐府本效古体而意反近，绝句本自近体而意实远，欲求风雅之仿佛者，莫如绝句，唐人之偏长独至，而后人力追莫嗣者也。擅场则王江宁，骎乘则李彰明（白），偏美则刘中山，遗响则杜樊川。少陵虽号大家，不能兼善，一则拘乎对偶，二则汩于典故，拘则未成之律诗而非绝体，汩则儒生之书袋而乏性情，故观其全集，自"锦城丝管"之外，咸无讥矣。近世有爱而忘其丑者，专取而效之，惑矣。(升庵全集唐绝增奇序)

  绝句当以神味为主。王阮亭之为诗也，奉严沧浪"水中著盐"及"羚羊挂角，无迹可寻"之喻，以为诗家正法眼藏，而李、杜之纵横变化，所谓"巨刃摩天扬"者，不敢一问津焉。后人讥其才弱，亶其然乎！然用其法以治绝句，则固禅家正脉也。盖绝句字数本既无多，意竭则神枯，语实则味短，惟含蓄不尽，使人低回想象于无穷焉，斯为上乘矣。盛唐摩诘、龙标、太白尤能擅长，中唐如李君虞、刘宾客，晚唐如杜牧之、李义山，犹堪似续，虽其中神之远近、味之厚薄亦有不同，而使人低回想象于无穷则一也。杜子美以涵天负地之才，区区四句之作未能尽其所长，有时遁为瘦硬牙杈，别饶风韵。宋之江西派往往祖之。然观"锦城丝管"之篇，"岐王宅里"之咏，较之太白、龙标，殊无愧色，乃叹贤者固不可测。有谓杜公之诗，偏于阳刚，绝句以阴柔为美，非其所宜者，实谬说也。(唐宋诗举要)

  七绝乃唐人乐章，工者最多。朱竹垞云："七绝至境，须要诗中有魂，'入神'二字，未足形容其妙。"李白、王昌龄后，当以刘梦得为最，缘落笔朦胧缥缈，其来无端，其去无际故也。杜老七绝欲与诸家分道扬镳，故尔别开异径，独其情怀，最得诗人雅趣。黄山谷专学此种，遂独成一家。此正得杜之一体，西江人取配杜老，亦僻见也。（贞一斋诗说）

七言绝句，初无盛晚，唐人已分为两种：太白、龙标自为一体，大历而后，刘梦得最为擅场，又自一种。当时皆翻入乐部，韵调出入，无嫌轻婉，然亦须灏气写其远情可也。（壮悔堂文集）

七言绝句，贵言微旨远，语浅情深，如清庙之瑟，一唱而三叹，有余音者矣。开元之时，龙标、供奉，允称神品；此外，高、岑起激壮之音，右丞起凄惋之调，以至"蒲桃美酒"之词，"黄河远上"之曲，皆擅场也。后李庶子、刘宾客、杜司勋、李樊南、郑都官诸家，托兴幽微，克称嗣响。（唐诗别裁）

七言绝句，盛唐主气，气完而意不尽工；中晚唐主意，意工而气不甚完。然各有至者，未可以时代优劣也。（艺苑卮言）

康熙戊子，予年七十有五，笃老矣，目昏眵不能视书，惟大字本略可辨识。偶案上有宋洪景庐氏《万首唐人绝句》旧板本，乃日取读之，两月而毕，于是撰录其尤者凡九百余首，以继《文粹》、《诗选》之后。弇州先生曰："七言绝句，盛唐主气，气完而意不必工；中晚唐主意，意工而气不必完。"予反覆斯集，盖服其立论之确。毋论李供奉、王龙标暨开元、天宝诸名家，即大历、贞元间如李君虞、韩君平诸人，蕴藉含蓄，意在言外，殆不易及。元和而后，刘宾客、杜牧之、李义山、温飞卿、唐彦谦诸作者，虽用意微婉，犹可寻其针缕之迹，有所作辄欲效之，然终不能近也。（蚕尾续文）

七言绝句，李供奉、王龙标神化至矣；王翰、王之涣一首两首，冠绝古今；右丞气韵，嘉州气骨，非大历诸公可到；李君虞、刘梦得具有乐府意，亦邈焉寡俦；至如樊川之风调，义山之笔力，又岂易言哉！（剑溪说诗）

王之涣"黄河远上"、王昌龄"奉帚平明"、王右丞"渭城朝雨"三绝句，俱盛传一时，熟于歌妓之口。此皆卓然可传之篇，不愧享大名于古今者也。（筱园诗话）

七言绝，太白、江宁为最，右丞、嘉州、舍人、常侍次之。中唐则随州、苏

州、仲文、君平、君虞、梦得、文昌、绘之、清溪、广津,皆有可观处。(诗薮)

七绝则江宁、右丞、太白、君虞、义山、飞卿、致尧、东坡、放翁、雁门、沧溟、子相、松圆、渔洋、樊榭十五家,皆绝调也。五绝则王、裴其最著矣。(越缦堂诗话)

成都(杨慎)以江宁为擅场,太白为偏美。历下谓太白唐三百年一人。琅琊谓李尤自然,故出王上。弇州谓俱是神品,争胜毫厘。数语咸自有旨。学者熟习二公之诗,细酌四家之论,豁然有见,则七言绝如发蒙矣。(诗薮)

太白诸绝句,信口而成,所谓无意于工而无不工者。少伯深厚有余,优柔不迫,怨而不怒,丽而不淫。余尝谓古诗乐府后,惟太白诸绝近之;《国风》、《离骚》后,惟少伯诸绝近之。体若相悬,调可默会。(诗薮)

少伯天才流丽,音唱疏越,七言小诗,几与太白比肩。当时乐府采录,无出其右。(唐诗品)

李词气飞扬,不若王之自在,然照乘之珠,不以光芒杀直。王句格舒缓,不若李之自然,然连城之璧,不以追琢减称。(诗薮)

太白七言绝,如"杨花落尽子规啼","朝辞白帝彩云间","谁家玉笛暗飞声","天门中断楚江开"等作,读之真有挥斥八极,凌厉九霄意。贺监谓为谪仙,良不虚也。(诗薮)

江宁《长信词》、《西宫曲》、《青楼曲》、《闺怨》、《从军行》,皆优柔婉丽,意味无穷,风骨内含,精芒外隐,如清庙朱弦,一唱三叹。晋人评谢遏姊、张玄妹云:"王夫人神情散朗,故有林下风气;顾家妇清心玉映,自是闺房之秀。"窃谓得二公(谓王昌龄与李白)之似,姑识之。(诗薮)

太白《长门怨》:"天回北斗挂西楼,金屋无人萤火流。月光欲到长门殿,别作深宫一段愁。"江宁《西宫曲》:"西宫夜静百花香,欲卷珠帘春恨长。斜抱云和深见月,朦胧树色隐昭阳。"李则意尽语中,王则意在言外。然二诗各有至处,不可执泥一端。大概李写景入神,王言情造极。王宫词乐府,李不能为;李览胜纪行,王不能作。(诗薮)

李作故极自然,王亦和婉中浑成,尽谢炉锤之迹;王作故极自在,李亦飘翔中闲雅,绝无叫噪之风,故难优劣。然李词或太露,王语或过流,亦不得护

其短也。(诗薮)

青莲绝句,纯乎天籁,非人力之所为;少伯则字字百炼而出之。两家蹊径各别,犹画家之有南北二宗也。(论文杂言)

龙标、陇西(李白),真七绝当家,足称联璧。(焦弱侯诗评)

七言绝,太白、少伯意并闲雅,语更舂容,而太白中多古调,故又超绝。(诗源辨体)

高氏棅曰:"七言绝句,太白高于诸人,王少伯次之。"按《艺苑卮言》谓"七言绝句,王少伯与太白争胜毫厘,俱是神品。"《诗薮》谓"太白、江宁,各有至处。"弱侯诗评谓"龙标、陇西,七绝当家,足称联璧。"《漫堂说诗》谓"三唐绝句,并堪不朽,太白、龙标,绝伦逸群。"然吾独取高氏"少伯次之"之说。夫少伯七绝,古雅深微,意在言表,低眼观场,随声赞美,其实堕云雾中,并不知其意脉所在,此其境地,岂可易求。顾余谓少伯诗,咀含有余,而飞舞不足也。屈绍隆云:"诗以神行,若远若近,若无若有,若云之于天,月之于水,诗之神者也。而五七绝尤贵以此道行之。昔之擅其妙者,在唐有太白一人,盖非摩诘、龙标之所及。所谓鼓之舞之以尽神,繇神入化者也。"细玩屈氏之论,则知高氏所谓"少伯次之"者,非臆见矣。王氏谓"争胜毫厘",太白胜龙标处,诚在毫厘之间,非老于诗律,不能下斯一语。惜王氏以"俱是神品"一语混之,说成李能胜王,王亦胜李。于是胡氏《诗薮》谓"李写景入神,王言情造极。王宫辞乐府李不能为,李览胜纪行王不能为。"意议浅滞,妄分畛域,更不足驳也已。(养一斋诗话)

胡元瑞云:"江宁《长信词》、《西宫曲》、《青楼曲》、《闺怨》、《从军行》,皆优柔婉丽,意味无穷,风骨内含,精芒外隐,如清庙朱弦,一唱三叹。"余谓只有太白可以继响,然一往历落脆美,至浑雅浓至处,似亦少逊,此体故推龙标独多。(挑灯诗话)

王、李之外,岑嘉州独推高步,惟去乐府意渐远;常建、贾至作虽不多,亦臻大雅。(读雪山房唐诗钞凡例)

天生太白、少伯以主绝句之席,勿论有唐三百年两人为政,亘古以来,无复有骖乘者矣。子美恰与两公同时,又与太白同游,乃恣其崛强之性,颓然

自放,独成一家,可谓巧于用拙,长于用短,精于用粗,婉于用戆者也。(紫房余论)

太白之七言律,子美之七言绝,皆变体,间为之可耳,不足多法也。(艺苑卮言)

杜之律,李之绝,皆天授神诣。然杜以律为绝,如"窗含西岭千秋雪,门泊东吴万里船"等句,本七言律壮语,而以为绝句,则断锦裂缯类也。李以绝为律,如"十月吴山晓,梅花落敬亭"等句,本五言绝妙境,而以为律诗,则骈拇枝指类也。(诗薮)

古人作诗,各成己调,未尝互相师袭。以太白之才,就声律即不能为杜,何至遽减嘉州?以少陵之才,攻绝句即不能为李,讵谓不若摩诘?彼自有不可磨灭者,毋事更屑屑也。(诗薮)

李、杜才气格调,古体歌行,大概相埒。李偏工独至者绝句,杜穷变极化者律诗。言体格则绝句不若律诗之大,论结撰则律诗倍于绝句之难。然李近体足自名家,杜诸绝殊寡入彀,截长补短,盖亦相当。(诗薮)

刘禹锡之标韵,李商隐之深远,杜牧之之雄伟,刘长卿之凄清,元、白之善叙导人情,盖唐之尤长于绝句者也。老杜钧乐天籁,不可与诸子并。(隐居通议)

乐府《水调歌头》五叠,《伊州歌》三叠,皆韵格高远,是盛唐诸公得意作,惜名姓不可深考。(诗薮)

初唐《水调》等歌,不甚类六朝语,而风格高华,似远而实近。中唐《竹枝》等歌,颇效法六朝语,而辞旨凡陋,似合而实离。(诗薮)

中唐绝,如刘长卿、韩翃、李益、刘禹锡,尚多可讽咏。晚唐则李义山、温庭筠、杜牧、许浑、郑谷,然途轨纷出,渐入宋、元。多歧亡羊,信哉。(诗薮)

七绝,李益、韩翃足称劲敌。李华逸稍逊君平,气骨过之;至《从军北征》,便不减盛唐高手。(诗辩坻)

中唐以李庶子、刘宾客为最,音节神韵,可追龙标、供奉;而柳柳州、刘梦得、白乐天、张文昌亦堪继起。(诗筏橐说)

中唐六七十年之间,除韦、柳、韩古体当别论,其余诸家堪与盛唐方驾

者,独刘梦得、李君虞二家之七绝足以当之。(石洲诗话)

大历后,刘梦得之绝句,张籍、王建之乐府,我所深取耳。(沧浪诗话)

退之《琴操》,梦得《竹枝》,仲初《宫词》,文昌《乐府》,皆以古调而运新声,脱尽寻常蹊径。(柳亭诗话)

七绝字句展舒,风神宕往,声调使然也。方其始,盛唐诸公每以为乐府,取其微婉谐律。此外,送人、游宴、感事亦间用其体。而造意、运局、炼句、敲字,落笔必超凡蹊,揄扬讽谕,寄托情深,悠然味永,想成之亦不易。当其通微入神,妙若鬼工天造,此其所以立极也。中唐以后,易视其体,矢口成篇。于是李商隐、顾况、施肩吾、柳宗元等一变其格,必以刻露为主,专事翻案求新,或以拗体见长,绝句之遗意荡然矣。元微之、白乐天、刘禹锡出之犹平顺,《杨柳》、《竹枝》等词,或近于俚,或流于俗;王建《宫词》只以记事,神韵绝少。晚唐诸公,大概失之太薄。(唐诗笺注)

刘梦得、李义山之七绝,那得让开元、天宝。(围炉诗话)

晚唐温飞卿、李义山、杜樊川、郑都官均有妙谛,一唱三叹,余音袅袅,亦绝句之佳境也。(诗筏橐说)

晚唐七绝,众称其妙,且有欲胜盛唐之说。殊不知绝句觉妙,正是晚唐未妙处,其胜盛唐,乃其所以不及盛唐也。(西圃诗说)

晚唐七言绝,周昙有《咏史》一百四十六首,胡曾一百首,孙元晏七十余首,汪遵五十余首;罗虬有《比红儿诗》一百首,俱庸浅不足成家。(诗源辨体)

游仙诗其来已久,至曹唐则有七言绝九十八首。后人赋游仙绝句,实起于此,而青于蓝者亦多。(诗源辨体)

曹唐《小游仙》,王涣《惆怅词》,至为凡陋,然"玉诏新除沈侍郎","他年江令独来时",未尝无孤鹤出群之致。罗虬《比红儿》百首,胡曾《咏古》诸篇,轻佻浅鄙,又下二人数等,不识何以流传至今?(读雪山房唐诗钞凡例)

盛唐绝句,兴象玲珑,句意深婉,无工可见,无迹可寻。中唐遽减风神,晚唐大露筋骨,可并论乎!(诗薮)

五七言律,晚唐尚有一联半首可入盛唐。至绝句,则晚唐诸人愈工愈远,视盛唐不啻异代。非苦心自得,难领斯言。(诗薮)

晚唐诗萎苶无足言,犹七言绝句脍炙人口,其妙至欲胜盛唐。愚谓绝句觉妙,正是晚唐未妙处;其胜盛唐,乃其所以不及盛唐也。绝句之源出于乐府,贵有风人之致,其声可歌,其趣在有意无意之间,使人莫可捉着。盛唐惟青莲、龙标二家诣极,李更自然,故居王上。晚唐快心露骨,便非本色,议论高处,逗宋诗之径,声调卑处,开大石之门。(艺圃撷余)

七言绝,盛唐诸公意常宽裕,晚唐诸公意常窘蹙;故盛唐诸公一题可为十数篇,而晚唐诸公一题仅可为一二也。(诗源辨体)

唐人之诗,虽主乎情,而盛衰则在气韵。如中唐律诗、晚唐绝句,亦未尝无情,而终不得与初盛相较,正是其气韵衰飒耳。(诗源辨体)

晚唐七言绝,意亦有宽裕者,然声每急促;声亦有和平者,而调又卑弱。较之大历,已自径庭,况可望盛唐耶?(诗源辨体)

晚唐七言绝句妙处每不减王龙标,然龙标之妙在浑,而晚唐之妙在露,以此不逮。(诗筏)

余谓七言绝句,王江宁与太白争胜毫厘,俱是神品。(艺苑卮言)

"可怜无定河边骨,犹是春闺梦里人",用意工妙至此,可谓绝唱矣,惜为前二句所累,筋骨毕露,令人厌憎。"葡萄美酒"一绝,便是无瑕之璧,盛唐地位,不凡乃尔。(艺苑卮言)

七言绝句,古今推李白、王昌龄;李俊爽、王含蓄,两人辞、调、意俱不同,各有至处。李商隐七绝,寄托深而措辞婉,实可空百代无其匹也。王世贞曰:"七言绝句,盛唐主气,气完而意不尽工;中晚唐主意,意工而气不甚完,然各有至者。"斯言为能持平。然盛唐主气之说,谓李则可耳,他人不尽然也。宋人七绝,种族各别,然出奇入幽,不可端倪处,竟有轶驾唐人者。若必曰唐、曰供奉、曰龙标以律之,则失之矣。(原诗)

初唐七绝,味在酸咸之外。"人情已厌南中苦,鸿雁那从北地来","独怜京国人南窜,不似湘江水北流","即今河畔冰开日,正是长安花落时",读之初似常语,久而自知其妙。(读雪山房唐诗钞凡例)

七言绝,李、王二家外,王翰《凉州词》,王维《少年行》,高适《营州歌》,王之涣《凉州词》,韩翃《江南曲》,刘长卿《昭阳曲》,刘方平《春怨》,顾况《宫词》、李益《从军》、刘禹锡《堤上行》、张籍《成都曲》、王涯《秋思》、张仲素《塞下曲》、《秋闺曲》、孟郊《临池曲》、白居易《杨柳枝》、《昭君怨》、杜牧《宫怨》、《秋夕》、温庭筠《瑶瑟怨》、陈陶《陇西行》、李洞《绣岭词》、卢弼《四时词》，皆乐府也。然音响自是唐人，与五言绝稍异。（诗薮）

初唐绝，"蒲桃美酒"为冠；盛唐绝，"渭城朝雨"为冠；中唐绝，"回乐峰前"为冠；晚唐绝，"清江一曲"为冠。"秦时明月"，在少伯自为常调，用修以诸家不选，故《唐绝增奇》首录之，所谓前人遗珠，兹则掇拾。于鳞不察而和之，非定论也。（诗薮）

于鳞选唐七言绝句，取王龙标"秦时明月汉时关"为第一，以语人，多不服。于鳞意止击节"秦时明月"四字耳，必欲压卷，还当于王翰"葡萄美酒"、王之涣"黄河远上"二诗求之。（艺圃撷余）

七言初唐风调未谐，开元、天宝诸名家无美不备，李白、王昌龄尤为擅场。昔李沧溟推"秦时明月汉时关"一首压卷，余以为未允。必求压卷，则王维之"渭城"、李白之"白帝"、王昌龄之"奉帚平明"、王之涣之"黄河远上"，其庶几乎！而终唐之世，绝句亦无出四章之右者矣。中唐之李益、刘禹锡，晚唐之杜牧、李商隐四家，亦不减盛唐作者云。（唐人万首绝句选）

张宗楠附志：予兄寒坪云："初唐风调未谐，诚然。盛唐以气体胜，中晚以神韵胜。即其至者而论，盛唐不乏神韵，而中晚之气体稍别矣。此渔洋之论压卷而不及中晚也。"又云："四首压卷无疑，若韩翃之《寒食》、张继之《枫桥夜泊》，即次之矣。"又评摩诘云："'渭城朝雨'妙绝古今，却不能言其妙在何处。譬如右军《兰亭》，一时兴会所至，偶然得之，欲复作一首便难。"评太白云："景与意会，振笔疾书，极宇宙之奇观，为古今之绝调。"评龙标云："太白气体高妙，全以神行；少伯文采风流，无微不入，皆七绝之登峰造极者。"评并州（王之涣）云："发端高绝，用意入微，旗亭一画，已足千秋，乐府流传，何以多为！"（带经堂诗话）

李沧溟推王昌龄"秦时明月"为压卷，王凤洲推王翰"葡萄美酒"为压卷。本朝王阮亭则云："必求压卷，王维之'渭城'、李白之'白帝'、王昌龄之'奉帚平明'、王之涣之'黄河远上'，其庶几乎！而终唐之世，亦无出四章之右者矣。"沧溟、凤洲主气,阮亭主神,各自有见。愚谓李益之"回乐峰前",柳宗元之"破额山前",刘禹锡之"山围故国",杜牧之"烟笼寒水",郑谷之"扬子江头",气象稍殊,亦堪接武。（说诗晬语）

王阮亭司寇删定洪氏《唐人万首绝句》,以王维之"渭城",李白之"白帝",王昌龄之"奉帚平明",王之涣之"黄河远上"为压卷,韪于前人之举"葡萄美酒"、"秦时明月"者矣。近沈归愚宗伯亦效举数首以续之。今按其所举,以杜牧"烟笼寒水"一首为当,其柳宗元之"破额山前",刘禹锡之"山围故国",李益之"回乐峰前",诗虽佳而非其至。郑谷"扬子江头",不过稍有风调,尤非数诗之匹也。必欲求之,其张潮之"茨菰叶烂",张继之"月落乌啼",钱起之"潇湘何事",韩翃之"春城无处",李益之"边霜昨夜",刘禹锡之"二十余年",李商隐之"珠箔轻明",与杜牧《秦淮》之作,可称匹美。（读雪山房唐诗钞凡例）

唐人七言绝句,李于鳞推"秦时明月"为压卷,其见解独出王氏二美之上。王阮亭犹以为未允,别取"渭城"、"白帝"、"奉帚平明"、"黄河远上"四首。按"黄河远上"王敬美已举之矣;其"渭城"三诗,细味之,实不如"秦时明月"之用意深远也。（月山诗话）

"秦时明月"一首,"黄河远上"一首,"天山雪后"一首,"回乐峰前"一首,皆边塞名作,意态雄健,音节高亮,情思悱恻,百读不厌也。（岘佣说诗）

文昌"洛阳城里见秋风"一绝,七绝之绝境,盛唐人到此者亦罕。王新城（王士禛）、沈长洲（沈德潜）数唐人七绝擅长者各四首,独遗此作;沈于郑谷之"扬子江头"亦盛称之而不及此,此犹以声调论诗也。（射鹰楼诗话）

严沧浪曰:"诗者,吟咏性情也。盛唐诗人惟在兴趣,羚羊挂角,无迹可求,故其妙处莹澈玲珑,不可凑泊。如空中之音,相中之色,水中之月,镜中之象,言有尽而意无穷。"愚谓严氏此论,不啻专为七绝说法。五绝纯乎天籁,七绝可参以人工。二十八字中,要使篇无累句,句无累字,篇若贯珠,句若缀玉,意贵含蓄,词贵婉转。鸾箫凤笙,不足喻其音之和也;明珰翠羽,不足喻其色之妍也;烟绡雾縠,不足喻其质之轻也;荷露梅雪,不足喻其味之清也。有唐一代,名作如林,姑就耳目之前,世所传诵者,妄为品藻:李白之《清平调》,清新婉丽,乐而不淫。王昌龄之《长信秋词》、《西宫春怨》,敦厚温柔,怨而不怒。言闺襜之思,则王昌龄之《闺怨》,张仲素之《秋闺词》。写边塞之况,则王翰、王之涣之《凉州词》,李益之《受降城闻笛》。吊古则李白之《苏台》,刘禹锡之《石头城》,杜牧之《泊秦淮》。怀旧则温庭筠之《赠弹筝人》,张祜之《雨霖铃》,李洞之《绣岭宫词》。伤离则贾岛之《渡桑干》,韦庄之《古离别》。怨别则许浑之《谢亭》,郑谷之《淮上》。旅思则张继之《枫桥夜泊》,李涉之《宿武关》。投赠则朱庆馀之《上张水部》,高蟾之《上高侍郎》。含思凄婉则温庭筠之《瑶瑟怨》,杜牧之《江南春》、《寄韩绰判官》。托意深远则韩翃之《寒食》,李商隐之《汉宫词》。寄情闲适则司空曙之《江村》,王驾之《社日》。咏事则杜牧之《赤壁》,李商隐之《贾生》。体物则陆龟蒙之《白莲》。此皆千古绝唱。旗亭风雪中听双鬟发声,足令人回肠荡气也。(云莊诗话)

　　七言绝句,唯王江宁能无疵颣,储光羲、崔国辅其次者。至若"秦时明月汉时关",句非不炼,格非不高,但可作律诗起句,施之小诗,未免有头重之病。若"水尽南天不见云"、"永和三日荡轻舟"、"囊无一物献尊亲"、"玉帐分弓射房营",皆所谓滞累,以有衬字故也。其免于滞累者,如"只今唯有西江月,曾照吴王宫里人"、"黄鹤楼中吹玉笛,江城五月落梅花"、"此夜曲中闻折柳,何人不起故园情",则又疲苶无生气,似欲匆匆结煞。(姜斋诗话)

　　自少陵绝句对结,诗家率以半律讥之。然绝句自有此体,特杜非当行耳。如岑参《凯歌》"丈夫鹊印摇边月,大将龙旗掣海云"、"洗兵鱼海云迎阵,秣马龙堆月照营"等句,雄浑高华,后世咸所取法,即半律何伤。若杜审言"红粉楼中应计日,燕支山下莫经年"、"独怜京国人南窜,不似湘江水北流",则词竭意尽,虽对犹不对也。(诗薮)

　　嘉州"枕上片时春梦中,行尽江南数千里",盛唐之近晚唐者,然犹可藉口六朝。至中唐"人生一世长如客,何必今朝是别离",则全是晚唐矣。此等最易误人。(诗薮)

　　韩退之之"日照潼关四扇开",不如其"一间茅屋祀昭王"。柳子厚之"独钓寒江雪",不如其"欸乃一声山水绿";"柳州柳刺史,种柳柳江边",不如白乐天之"开元一株柳,长庆二年春"。(石遗室诗话)

唐人绝句,太白、龙标外,人各擅能。有一口直述,绝无含蓄转折,自然入妙。如"去年今日此门中,人面桃花相映红。人面不知何处去,桃花依旧笑春风。""清江一曲柳千条,二十年前旧板桥。曾与美人桥上别,恨无消息到今朝。""画松一似真松树,且待寻思记得无?曾在天台山上见,石桥南畔第三株。"此等着不得气力学问,所谓诗家三昧,直让唐人独步。宋贤要人议论,着见解,力可拔山,去之弥远。(蠖斋诗话)

裴迪"舣舟一长啸,四面来清风",语亦轩爽,而会孟鄙为不佳。子厚"日午独觉无余声,山童隔竹敲茶臼",意亦幽闲,而华玉短其无味。二语皆当领略。(诗薮)

晚唐绝,如"清江一曲柳千条",真是神品。然置之王、李二集,便觉短气。"一将功成万骨枯",是疏语;"可怜无定河边骨",是词语。少时皆剧赏之,近始悟前之失。(诗薮)

晚唐绝"东风不与周郎便,铜雀春深锁二乔","可怜夜半虚前席,不问苍生问鬼神",皆宋人议论之祖。间有极工者,亦气韵衰飒,天壤开、宝。然书情则怆恻而易动人,用事则巧切而工悦俗,世希大雅,或以为过盛唐,具眼观之,不待其辞毕矣。(诗薮)

汪遵咏长城:"虽然万里连云际,争似尧阶三尺高?"许浑咏秦墓:"一种青山秋草里,路人惟拜汉文陵。"用意同而语格顿超。然汪诗固是学究,许作犹近小儿,盛唐必不缠绕如此。李涉"歇马独来寻故事,逢人惟说岘山碑。"许本模此,而以汉陵影秦墓,则尤工,然较盛唐逾远矣。(诗薮)

义山讥汉武云"侍臣最有相如渴,不赐金茎露一杯",意无关系,聪明语耳。许丁卯云"闻有三山未知处,茂陵松柏满西风",隽不伤雅,又足唤醒痴愚。始皇墓云"一种青山秋草里,路人惟拜汉文陵",亦森辣而无露痕。(养一斋诗话)

中晚绝句,往往有绝唱者,虽觉词气稍伤纤靡,要终不失为风人之遗响也。曹唐《游仙》,已入别调。王建、王涯《宫词》,借以叙事,遂伤本色。至胡曾、汪遵、孙元晏,而声格坠地尽矣。(小草斋诗话)

"数声风笛离亭晚,君向潇湘我向秦","日暮酒醒人已远,满天风雨下西

楼",岂不一唱三叹,而气韵衰飒殊甚。"渭城朝雨",自是口语,而千载如新。此论盛唐、晚唐三昧。(诗薮)

晚唐亦多佳构,如飞卿《杨柳枝》云:"馆娃宫外邺城西,远映征帆近拂堤。系得王孙归意切,不关春草绿萋萋。"韦端己《台城》云:"江雨霏霏江草齐,六朝如梦鸟空啼。无情最是台城柳,依旧烟笼十里堤。"赋凄凉之景,想昔日盛时,无限感慨,都在言外,使人思而得之;严沧浪所谓透彻之禅者,此也。二诗与太白为近。(挑灯诗话)

唐末惟七言绝句不少名篇,司空图《赠日本东鉴禅师》,崔涂《读庾信集》,骨色神韵,俱臻绝品,可以俯视众流矣。(读雪山房唐诗钞凡例)

唐人诗主情,去《三百篇》近;宋人诗主理,去《三百篇》却远矣。匪惟作诗也,其解诗亦然。且举唐人闺情诗云:"袅袅庭前柳,青青陌上桑。提笼忘采叶,昨夜梦渔阳。"即《卷耳》诗首章之意也。又曰:"莺啼绿树深,燕语雕梁晚。不省出门行,沙场知近远。"又曰:"渔阳千里道,近于中门限。中门逾有时,渔阳常在眼。"又云:"梦里分明见关塞,不知何路向金微。"又云:"妾梦不离江上水,人传郎在凤凰山。"即《卷耳》诗后章之意也。若如今诗传解为托言,而不以为寄望之词,则《卷耳》之诗,乃不若唐人作闺情诗之正矣。若知其为思望之词,则诗之寄兴深,而唐人浅矣。若使诗人九原可作,必蒙印可此说耳。(升庵诗话)

唐人诗多本《三百篇》。"故乡亲友如相问,便道征人不思家",本《卷耳》。"故乡今夜思千里,霜鬓明朝又一年",本《陟岵》。"斜抱云和深见月,朦胧树色隐昭阳",本《河广》。此易见者,不悉数。至若不着思议,不落言诠,言在此而意在彼,淡而腴,俗而雅,质而文,此风人独步,初盛名家,皆得此意,中晚刻划,正始莫追,越及两宋,此调歇矣。(挑灯诗话)

王建《新嫁娘》:"三日入厨下,洗手作羹汤。未谙姑食性,先遣小姑尝。"赋也。李白《清平调》:"名花倾国两相欢,常得君王带笑看。解释春风无限恨,沉香亭北倚栏干。"比也。王维《送元二使安西诗》:"渭城朝雨浥轻尘,客舍青青柳色新。劝君更尽一杯酒,西出阳关无故人。"兴也。举此为例,余可类推。(南苑一知集)

唐诗人去古未远,尚多比兴,如"玉颜不及寒鸦色","云想衣裳花想容","一片冰心在玉壶",皆比体也。(北江诗话)

戴叔伦《三闾庙》:"沅湘流不尽,屈子怨何深?日暮秋风起,萧萧枫树林。"并不用意,而言外自有一种悲凉感慨之气,五绝中此格最高。义山"向晚意不适,驱车登古原。夕阳无限好,只是近黄昏。"叹老之意极矣,然只说夕阳,并不说自己,所以为妙。五绝七绝,均须如此,此亦比兴也。(岘佣说诗)

"玉颜不及寒鸦色,犹带昭阳日影来",怨而不怨,诗人忠厚之旨也。"昨夜秋风入汉关,朔云边月满西山。更催飞将追骄虏,不遣沙场匹马还。"意尽句中矣,而雄健可喜,亦不可一格论也。(岘佣说诗)

艳诗有述欢好者,有述怨情者,《三百篇》亦所不废。顾皆流览而达其定情,非沉迷不反,以身为妖冶之媒也。嗣是作者,如"荷叶罗裙一色裁","昨夜风开露井桃",皆艳极而有所止。至如太白《乌栖曲》诸篇,则又寓意高远,尤为雅奏。其述怨情者,在汉人则有"青青河畔草,郁郁园中柳",唐人则"闺中少妇不知愁","西宫夜静百花香",婉娈中自矜风轨。(姜斋诗话)

诗能感人,愈浅而愈深,愈淡而愈腴,愈质而愈雅,愈近而愈远,脱口自然,不可凑泊,故能标举兴会,发引性灵,所谓"文章本天成,妙手偶得之"者。如"三日入厨下"云云,"独在异乡为异客"云云,"打起黄莺儿"云云,"夜战桑干北"云云,"闺中少妇不知愁"云云;又如"父耕原上田"云云,"锄禾日当午"云云。(考亭诗话)

唐人绝句,有意相袭者,有句相袭者。王昌龄《长信宫》云"玉颜不及寒鸦色,犹带昭阳日影来",孟迟《长信宫》亦云"自恨身轻不如燕,春来还绕御帘飞。"王建《绮岫宫》云"武帝去来红袖尽,野花黄蝶领春风",鲍溶《隋宫》云"炀帝春游古城在,坏宫芳草满人家。"张乔《寄维扬友人》云"月明记得相寻处,城锁东风十五桥",杜牧《怀吴中友》云"惟有别时今不忘,暮烟秋雨过枫桥。"韦应物《访人》云"怪来诗思清人骨,门对寒流雪满山",王涯《宫词》云"共怪满衣珠翠冷,黄花瓦上有新霜。"又杜牧《沈下贤》云"一夕小敷山下路,水如环珮月如襟",白乐天《暮江吟》云"可怜九月初三夜,露似真珠月似弓。"

刘长卿《送朱放》云"莫道野人无外事，开田凿井白云中"，韩偓《即目》云"须信闲中有忙事，晓来冲雨觅渔师。"此皆意相袭者。又杜牧《送隐者》云"公道世间唯白发，贵人头上不曾饶"，高蟾《春》诗云"人生莫遣头如雪，纵得春风亦不消。"贺知章《还家》云"儿童相见不相识，笑问客从何处来"，雍陶《过故宅看花》云"今日主人相引看，谁知曾是客移来。"贾岛《渡桑干》云："客舍并州已十霜，归心日夜忆咸阳。无端更渡桑干水，却望并州是故乡。"李商隐《夜雨寄人》云："君问归期未有期，巴山夜雨涨秋池。何当共剪西窗烛，却话巴山夜雨时。"此皆袭其句而意别者。若定优劣，品高下，则亦昭然矣。（对床夜语）

诗盛于唐，其作者往往托于传奇小说、神仙幽怪以传于后，而其诗大有绝妙今古一字千金者。试举一二："卜得上峡日，秋来风浪多。巴陵一夜雨，肠断木兰歌。"又"雨滴空阶晓，无心换夕香。井梧花尽落，一半在银床。"又"旧日闻箫处，高楼当月中。梨花寒食夜，深闭翠微宫。"又"命笑无人笑，含娇何处娇。徘徊花上月，空度可怜宵。"（升庵诗话）

王渔洋云："唐人五言绝句，往往入禅，有得意忘言之妙，与净名默然、达摩得髓，同一关捩。观王、裴《辋川集》及祖咏《终南残雪》诗，虽钝根初机，亦能顿悟。"是谓初学皆可从此悟入也。沈归愚则云："诸咏（按指王维《鸟鸣涧》等五绝）声色臭味，迥出常格之外，任后人百拟不到，其故难知。"是谓宿学亦难企及也。持论不同。要之诗道本自广大，此种在五绝中，如画家之有逸品，不染一丝俗谛，不露一毫斧削。渔洋天姿绝高，故自幼即能领悟。归愚谈诗，先从格法入手，此种诗固非摹拟格调所能到，故其言如彼。（诗法易简录）

诗之妙，全以先天神运，不在后天迹象。如王龙标"烽火城西百尺楼，黄昏独坐海风秋。更吹羌笛关山月，无那金闺万里愁。"此诗前二句便全是笛声之神，不至"更吹羌笛"句矣。卢纶"林暗草惊风"，起句便全是黑夜射虎之神，不至"将军夜引弓"句矣。大抵能诗者无不知此妙，低手遇题，乃写实迹，故极求清脱，而终欠浑成。（养一斋诗话）

诗中谐隐，始于《古稿砧诗》，唐贤绝句，间师此意。刘梦得"东边日出西边雨,道是无晴却有晴",温飞卿"玲珑骰子安红豆,入骨相思知不知",古趣盎然,勿病其俚与纤也。李商隐"只应同楚水,长短入淮流",亦是一家风味。(读雪山房唐诗钞凡例)

　　自齐、梁以来,诗人作乐府《子夜四时歌》之类,每以前句比兴引喻,而后句实言以证之。至唐张祜、李商隐、温庭筠、陆龟蒙,亦多此体,或四句皆然。今略书十数联于策。其四句者,如"高山种芙蓉,复经黄檗坞。未得一莲时,流离婴辛苦。""窗外山魈立,知渠脚不多。三更机底下,摸著是谁梭。""淮上能无雨,回头总是情。蒲帆浑未织,争得一欢成。"其两句者,如"风吹荷叶动,无夜不摇莲。""空织无经纬,求匹理自难。""围棋烧败袄,著子故依然。""理丝入残机,何悟不成匹。""摘门不安横,无复相关意。""黄檗向春生,苦心日日长。""明灯照空局,悠然未有期。""玉作弹棋局,中心最不平。""剪刀横眼底,方觉泪难裁。""中劈庭前枣,教郎见赤心。""千寻葶苈枝,争奈长长苦。""愁见蜘蛛织,寻思直到明。""双灯俱暗尽,奈许两无由。""三更书石阙,忆子夜啼悲。""芙蓉腹里萎,怜汝从心起。""朝看暮牛迹,知是宿啼痕。""梳头入黄泉,分作两死计。""石阙生口中,衔悲不能语。""桑蚕不作茧,昼夜长悬丝。"皆是也。龟蒙又有《风人诗》四首云:"十万全师出,遥知正忆君。一心如瑞麦,长作两岐分。""破檗供朝爨,须知是苦辛。晓天窥落宿,谁识独醒人?""旦日思双屦,明时愿早谐。丹青传四渎,难写是秋怀。""闻道更新帜,多应废旧旗。征衣无伴捣,独处自然悲。"皮日休和其三章云:"刻石书离恨,因成别后悲。莫言春茧薄,犹有万重思。""镂出容刀饰,亲逢巧笑难。目中骚客珮,争奈即阑干。""江上秋声起,从来浪得名。逆风犹挂席,苦不会凡情。"刘采春所唱云:"不是厨中串,争知炙里心。井边银钏落,展转恨还深。""蟦蜡为红烛,情知不自由。细丝斜结网,争奈眼相钩。"尤为明白。七言亦间有之,如"东边日出西边雨,道是无情却有情。""玲珑骰子安红豆,入骨相思知不知。""合欢桃核真堪恨,里许元来别有人"是也。近世鄙词,如《一落索》数阕,盖效此格。语意亦新工,恨太俗耳,然非才士不能为。世传东坡一绝句云:"莲子擘开须见薏,楸枰著尽更无棋。破衫却有重缝处,一饭何曾忘却匙。"盖是文与意并见一句中,又非前比也。集中不载。(容斋三笔)

"公道世间惟白发,贵人头上不曾饶","年年点检人间事,只有春风不世情","世间甲子须臾事,逢着仙人莫看棋","虽然万里连云际,争似尧阶三尺高","坑灰未冷山东乱,刘项原来不读书",皆仅去张打油一间,而当时以为工,后世亦亟称之,此诗所以难言。(诗薮)

唐绝句有最可笑者,如"人主人臣是亲家",如"蜜蜂为主各磨牙",如"若教过客都来吃,采尽商山枳壳花",如"两人对坐无言语,尽日唯闻落子声",如"今朝有酒今朝醉,明日愁来明日当",当日如何下笔,后世如何竟传,殆不可晓。(唐人万首绝句选)

诗有当时盛称而品不贵者,王维之"白眼看他世上人",张谓之"世人结交须黄金",曹松之"一将功成万骨枯",章碣之"刘项原来不读书",此粗派也;朱庆馀之"鹦鹉前头不敢言",此纤小派也;张祜之"淡扫蛾眉朝至尊",李商隐之"薛王沉醉寿王醒",此轻薄派也。又有过作苦语而失者,元稹之"垂死病中惊起坐,暗风吹雨入寒窗",情非不挚,成蹙蹙声矣。李白"杨花落尽子规啼",正不须如此说。(说诗晬语)

唐妓女多习歌一时名士诗,如《集异记》载高适、二王酒楼事;又一女子能歌白《长恨》,遂索值百万,是也。刘采春所歌"清江一曲柳千条",是禹锡诗,杨用修以置神品。又五言六绝中四首工甚,非晚唐调。盖亦诸名士作,惜其人不可考。今系采春,非也。(诗薮)

赵章泉、韩涧泉所选唐人绝句,惟取中正温厚、闲雅平易,若夫雄浑悲壮,奇特沉郁,皆不之取,惜哉! 洪容斋所选唐人绝句,不择美恶,但备数尔,间多仙鬼之作,出于偏稗小说,尤不可取。(四溟诗话)

昔贤汇编唐绝者,洪迈混沌无择,珉玉未彰;章、涧两泉,盛行今世,既未发覆于庄语,仍复添足于谢笺;其余若伯弨、伯谦、柯氏、高氏,得则有矣,失亦半之。(升庵全集唐绝增奇序)

元汶阳周氏撰《三体唐诗》,不专绝句;明新都杨氏撰《唐绝增奇》,非唐人之全。元赵章泉、涧泉选唐绝句,其评注多迂腐穿凿。如韦苏州《滁州西涧》一首"独怜幽草涧边生,上有黄鹂深树鸣",以为君子在下,小人在上之象。以此论诗,岂复有风雅耶? 余为此选,亦以补周氏、杨氏之所未及,而为

赵氏一洗肤陋之见云尔。(唐人万首绝句选)

唐人万首绝句,其原本不为不富,渔洋选之,每遗佳作。随意简出,如右丞"相送临高台"、"吹箫凌极浦",太白"天下伤心处"、"划却君山好"、"渌水明秋日",少陵"万国尚防寇"、"春来万里客",襄阳"移舟泊烟渚",苏州"独鸟下高树",随州"日暮苍山远",刘方平"梦里君王近",耿㳘"返照入闾巷",金昌绪"打起黄莺儿",柳州"九疑鸣已晚",香山"珠泊笼寒月",义山"向晚意不适",致尧"罗幕生春寒",以及刘采春《啰唝曲》等,皆天下之奇作,而悉屏而不登,何也?至七绝中遗漏尤多:如贺监之"少小离家",太白之"旧苑荒台"、"李白乘舟"、"杨花落尽",龙标《采莲曲》,少陵《赠花卿》等,指不胜屈。且既讥唐人绝句"人主人臣是亲家"、"今朝有酒今朝醉"等,当日如何下笔,后人如何竟传,而又选"近来时世轻先辈,好染髭须事后生"、"三十年前此院游"、"妃子偷寻阿鸨汤"等作,何也?《清平调》原非太白佳处,然神气飘逸自如,迥非中晚人所能摹袭,渔洋选中晚宫词,累累盈幅,而削此三章,舍天姿而取脂粉,又何也?王建《宫词》百首,雅正而有余地者甚希,选至廿四首,犹嫌其滥。然建之《宫词》,意境不高,尚非苟作,至罗虬《比红儿诗》、王涣《惆怅词》,复意砌词,冗沓甚矣,重叠载入,又何也?(养一斋诗话)

作家与作品

王勃绝句,若无可喜,而优柔不迫,有一唱三叹之音。(读雪山房唐诗钞凡例)

摩诘、少伯、太白三家鼎足而立,美不胜收;王之涣独以"黄河远上"一篇当之,彼不厌其多,此不愧其少,可谓拔戟自成一队。(读雪山房唐诗钞凡例)

或谓王之涣"黄河远上"一篇之外,何不多见?余应之曰:"神来之作,即作者亦不能再。"(论文杂言)

王之涣"黄河远上"之外,五言如《送别》及《鹳雀楼》二篇,亦当入旗亭之画。(读雪山房唐诗钞凡例)

五言绝,太白、摩诘而外,浩然诸篇亦多入于圣矣。(诗源辨体)

浩然七言绝，有《凉州词》二首，类盛唐诸家语，决非浩然作。《品汇》不录，盖当时未有也。（诗源辨体）

王维辋川诸诗，近事浅语，发于天然，郊、岛辈十驾何用！（批点唐诗正音）

摩诘以淳古淡泊之音，写山林闲适之趣，如辋川诸诗，真一片水墨不着色画。（震泽长话）

太白五言，如《静夜思》、《玉阶怨》等，妙绝古今，然亦齐、梁体格。他作视七言绝句，觉神韵小减，缘句短，逸气未舒耳。右丞《辋川》诸作，却是自出机轴，名言两忘，色相俱泯。于鳞论七言遗少伯，五言遗右丞，俱所未安。（诗薮）

太白五言绝，自是天仙口语。右丞却入禅宗，如"人闲桂花落，夜静深山空。月出惊山鸟，时鸣春涧中。""木末芙蓉花，山中发红萼。涧户寂无人，纷纷开且落。"读之身世两忘，万念皆寂，不谓声律之中，有此妙诠。（诗薮）

摩诘五言绝，意趣幽玄，妙在文字之外。（诗源辨体）

五言绝二途：摩诘之幽玄，太白之超逸。子美于绝句无所解，不必法也。（诗薮）

五绝分章，模山范水，如画家有尺幅小景，其格创自辋川（王维）。尔后辗转相摹，渐成窠臼，流连光景，作似尽似不尽之词，似解似不解之语，千人可共一诗，一诗可题千处。桃花作饭，转归尘劫，此非创始者过，而依草附木者过也。（纪昀批苏诗）

辋川诸五绝，清幽绝俗，其间"空山不见人"、"独坐幽篁里"、"木末芙蓉花"、"人闲桂花落"四首尤妙，学者可以细参。（岘佣说诗）

国辅诗婉变清楚，深宜讽味，乐府数章，古人不及也。（河岳英灵集）

龙标绝句，深情幽怨，音旨微茫，令人测之无端，玩之无尽，谓之唐人骚语可。（唐诗别裁）

王龙标绝句，深情幽怨，意旨微茫。"昨夜风开露井桃"一章，只说他人之承宠，而己之失宠，悠然可思，此求响于弦指外也。"玉颜不及寒鸦色"两言，亦复优柔婉约。（说诗晬语）

王龙标七言绝句,自是唐人骚语,深情苦恨,襞积重重,使人测之无端,玩之无尽,惜后人不善读耳。(诗镜总论)

李于鳞言唐人绝句,当以"秦时明月汉时关"压卷,余始不信,以少伯集中有极工妙者。既而思之,若落意解,当别有所取,若以有意无意、可解不可解间求之,不免此诗第一耳。(艺苑卮言)

王少伯七绝宫词、闺怨,尽多极诣之作。若边词"秦时明月"一绝,发端句虽奇,而后劲尚属中驷。于鳞遽取压卷,尚须商榷。(唐音癸签)

李于鳞论唐人七绝,以王龙标"秦时明月"为第一,人多不服。王敬美云:"于鳞击节'秦时明月'四字耳。"按于鳞雅好铿钉字句为奇,故敬美用此刺之。然敬美首选"黄河远上"、"蒲萄美酒"二诗,究之调高议正,仍以"秦时明月"一篇为最,不得缘于鳞好奇,而抑此名构也。(养一斋诗话)

龙标《青楼曲》:"白马金鞍从武皇,旌旗十万宿长杨。楼头小妇鸣筝坐,遥见飞尘入建章。""驰道杨花满御沟,新妆漫绾上青楼。金章紫绶千余骑,夫婿朝回初拜侯。"予初不甚惬意,读之数周,抚几叹曰:"此《国风》之遗也!'彼其之子,三百赤芾',其此之谓欤?"客曰:"何以知之?"曰:"此诗二首,极写富贵景色,绝无贬词,而均从楼头小妇眼中看出,则一种佻达之状,跃跃纸上,而彼时奢淫之失,武事之轻,田猎之荒,爵赏之滥,无不一一从言外会得,真绝调也。第二首起句云'驰道杨花满御沟',此即'南山荟蔚'景象,写来恰极天然无迹。昌黎诗云'杨花榆荚无才思,惟解漫天作雪飞',便嚼破无全味矣。"(养一斋诗话)

龙标"玉颜不及寒鸦色,犹带昭阳日影来",与晚唐人"自恨身轻不如燕,春来犹绕御帘飞",似一副言语,而厚薄远近,大有殊观。惟深于古诗者,乃然吾言耳。(养一斋诗话)

"白马金鞍从武皇,旌旗十万宿长杨。楼头小妇鸣筝坐,遥见飞尘入建章。"此即事写情景,与太白"白马骄行"篇同。彼云"美人一笑褰珠箔,遥指红楼是妾家",则不及鸣筝者之娇贵也。故诗须有品,艳体尤宜名贵。(湘绮楼说唐诗)

太白五七言绝句,实唐三百年一人。盖以不用意得之,即太白亦不自知

其所至,而工者顾失焉。(艺苑卮言)

太白五七言绝,字字神境,篇篇神物。于鳞谓"即太白亦不自知所以至也",斯言得之。(诗薮)

太白五言绝气体高妙,神动天随,与七言绝俱是神品。(唐人万首绝句选评)

小乐府之遗,唐人裁为绝句,体之流变,盖微有辨焉。惟李白所制,犹得其遗,篇什虽简,而如入思妇劳人之心,何婉曲可讽耶!济南李氏曰:"李白五七言绝句,实唐三百年一人。盖以不用意得之,即太白亦不自知所至,而工者顾失焉。"至哉言乎!(李诗纬)

诗以神行,使人得其意于言之外,若远若近,若无若有,若云之于天,月之于水,心得而会之,口不得而言之,斯诗之神者也。而五七言绝,尤贵以此道行之。昔之擅其妙者,在唐有太白一人,盖非摩诘、龙标之所及。吾尝以太白为五七言绝之圣,所谓鼓之舞之以尽神,繇神入化,为盛德之至者也。(屈绍隆粤游杂咏序)

七言绝起忌矜势,太白多直抒旨鬯,两言后只用溢思作波掉,唱叹有余响。拙手往往安排起法,欲留佳思在后作好,首既嚼蜡,后十四字中地窄而舞拙,意满而词滞。(诗辨坻)

太白"杨花落尽",与微之"残灯无焰",体同题类,而风趣高卑,自觉天壤。(诗辨坻)

绝句字少意多,四句而反覆议论。如李白《横江词》,气格合歌行之盛,使人叹咏。其《赠汪伦》,非必其诗之佳,要见古人风致如此。(李翰林选)

"明月自来还自去,更无人倚玉栏干","解释东风无限恨,沉香亭北倚栏干",崔鲁、李白同咏玉环事,崔则意极精工,李则语由信笔,然不堪并论者,直是气象不同。(诗薮)

太白七言绝,多一气贯成者,最得歌行之体。其他仅得王摩诘"新丰美酒"、"汉家君臣",王少伯"闺中少妇"数篇而已。(诗源辨体)

七绝如太白之"越王勾践破吴归"一篇,前三句俱言盛,末一句独言衰,此另一格也。(骚坛八略)

崔司马（国辅）乐府，殷璠以为古人不及。然"下帘弹箜篌，不忍见秋月"，不如"为舞春风多，秋来不堪着"；"故侵珠履迹，不使玉阶行"，不如"画眉犹未竟，魏帝使人催"也。其故难以言铨。"故侵珠履迹"二句，阮亭以为直用庾（肩吾）诗，然视庾尤巧矣。（石洲诗话）

读崔颢《长干曲》，宛如舣舟江上听儿女子问答，此之谓天籁。专工五言小诗，自崔国辅始，篇篇有乐府遗意。（读雪山房唐诗钞凡例）

少陵不甚工绝句，遍阅其集得二首："东逾辽水北滹沱，星象风云喜色和。紫气关临天地阔，黄金台贮俊贤多。""中巴之东巴东山，江水开辟流其间。白帝高为三峡镇，夔州险过百牢关。"颇与太白《明皇幸蜀歌》相类。（诗薮）

杜《少年行》："马上谁家白面郎，临门下马坐人床。不通名姓粗豪甚，指点银瓶索酒尝。"殊有古意，然自是少陵绝句，与乐府无干。惟"锦城丝管"一首近太白，杨复以措大语释之，何杜之不幸也。（诗薮）

少陵绝句《逢李龟年》一首而外，皆不能工，正不必曲为之说。然质重之中，时得《铙吹》、《竹枝》之遗意，则亦诸家所无也。（读雪山房唐诗钞凡例）

少陵绝句，古意黯然，风格矫然，其用事奇崛健朴，亦与盛唐诸家不同。（唐诗绝句类选）

少陵七言绝，非其本色，其长处在用生，往往有别趣，有似民谣者，有似填词者。但笔力自高，寄托有在，运用不同耳。看诗者仍以本色求之，止取其音响稍谐者数首，则不如勿看矣。（唐诗归）

王元美云："子美七言绝变体，间为之可耳，不足多法也。"愚按子美七言绝，虽是变体，然其声调实为唐人《竹枝》先倡，须溪谓"放荡自然，足洗凡陋"是也。惟五言绝失之太重，不足多法耳。（诗源辨体）

杜七绝轮囷奇矫，不可名状，在杜集中，另是一格，宋人大概学之。宋人七绝，大约学杜者什六七，学李商隐者什三四。（原诗）

少陵绝句，直抒胸臆，自是大家气度，然以为正声则未也。宋人不善学之，往往流于粗率。杨廉夫谓学杜须从绝句入，真欺人语。（唐诗别裁）

杜子美绝句，乃是真性情所发，得风人之旨。（诗义固说）

少陵作手崛张，绝句一种，似避太白而别寻蹊径者，殆不可学。（古欢堂集杂著）

子美绝句，古质理趣，最得乐府遗意。杨用修谓其"无所解"，则吾不知矣。（龙性堂诗话）

少陵直抒胸臆，别是一家气度。后人不能似，亦不必学也。（诗筏橐说）

少陵绝句，多纵横跌宕，能以议论摅其胸臆，气格才情，迥异常调，不徒以风韵姿致见长矣。（杜诗详注）

少陵诗雄视有唐，本不以绝句擅名，而绝句不事藻饰，有幅巾独步之概。（诗境浅说续编）

绝句以太白、少伯为宗，子美独创别调，颓然自放中，有不可一世之概，卢德水所谓"巧于用拙、长于用短"者也。（杜诗镜铨）

七言绝句，至龙标、太白入圣矣，少陵自是别调。然宋、元以还，每以连篇作意，别见新裁，王、李遗音，已成《广陵散》，渊源故多出自少陵也。（读杜心解）

杜子美《漫兴》诸绝句，有古《竹枝》意，跌宕奇古，超出诗人蹊径。韩退之亦有之。（麓堂诗话）

卢氏世㴶曰："天生太白、少伯，以主绝句之席，亘古今来，无复有骖乘者矣。子美恰与两公同时，乃恣其崛强之性，颓然自放，独成一家，可谓巧于用拙，长于用短，精于用粗，婉于用戆者也。"按胡氏应麟曰："以少陵之才攻绝句，即不能为太白，讵不若摩诘？彼自有不可磨灭者，无事更屑屑也。"又曰："五七绝各极其工者太白，五七绝俱无所解者子美也。"又曰："少陵不甚攻绝句，遍阅其集，得'东逾辽水北滹沱'，'中巴之东巴东山'二首，与太白《明皇幸蜀歌》相类。"信如胡氏之言，是杜之五七绝，大率无足法矣。然敖氏英曰："少陵绝句，古意黯然，风格矫然，用事奇崛朴健，与盛唐诸家不同。"钟氏惺曰："少陵七绝，长处在用生，往往有别趣，有似民谣者，有似填词者。但笔力自高，寄托有在，运用不同，看诗取其音响稍谐者数首，则不如勿看。"观此二说，则知杜公绝句，在盛唐中自创一格，乃由其才大力劲，不拘声律所致。而无意求工，转多古调，与太白、龙标正可各各单行，安得谓其不屑为此，遂致绝无所解，只"东逾辽水"，"中巴之东"二首足传哉？卢氏谓"崛强自放，独成一家"，乃在个中。但又有"巧于用拙"云云，则似此老吊诡为心，求胜同时名士。此小家闪奸伎俩。心术不广，文章必怪，杜公一生平直，似无此见也。果如卢氏之说，曷不全力出奇，而又为花卿、龟年风流蕴藉之作，何哉？总之杜公天挺之才，横绝一世，无所不可。自率本怀，则为绝句创调；偶从时轨，则为绝句冠场。疑其不习者非，疑其弄巧者亦非。学者论诗，当两体兼收，不可专取音响稍谐者，亦岂可专仿词气奇僻者哉！黄氏生曰："杜公绝句，不入正声，特闻蜀中《竹枝》之音，聊戏效之耳，读者不必律以正法。"此则不知其为大手创调，而径断其为摹仿戏作，识弥舛矣。（养一斋诗话）

绝句字无多，意纵佳而读之易索，当从《三百篇》中化出，便有韵味。龙标、供奉擅场一时，美则美矣，微嫌有窠臼。其余亦互有甲乙。总之未能脱调，往往至第三句意欲取新，作一势喝起，末或顺流泻下，或回波倒卷。初诵时殊觉醒目，三遍后便同嚼蜡。浣花深悉此弊，一扫而新之，既不以句胜，并不以意胜，直以风韵动人，洋洋乎愈歌愈妙。如寻花也，有曰："诗酒尚堪驱使在，未须料理白头人。"又曰："桃花一簇开无主，可爱深红爱浅红？"余童子时，闻一二老宿尝云："少陵五律各体尽善，七绝独非所长。"及年二十，于少陵五律稍有得。越数年从海外归，七古歌行亦有得。迨三十七八时，奔走岭外，五古七律始窥堂户。明年于新安道上，方悟少陵七绝，实从《三百篇》来，高驾王、李诸公多矣。因作《江行漫兴》，于截句中有云："野烧燃来风作意，沙鸥飞起水无纹。"又"短鬓寒灯孤照影，江山千里为谁来？"又"黄山脱有青精饭，身世商量归不归？"及还家后题壁云："诗句不忘前代体，酒舻无恙旧家风。"颇亦以为有获，然仅可与知者道也。（野鸿诗的）

今人习于沈归愚先生各《别裁集》之说，以为七言绝句，必如王龙标、李供奉一路，方为正宗，以老杜绝句，在盛唐为独创一格，变体也。由其才力横绝，偶为短韵，不免有蟠屈之象，惟《赠花卿》、《逢李龟年》数首，乃为绝唱云云。不思七言绝句和乐皆五句，其平仄相间，惟作四句，则始于汤惠休《秋思引》，亦为古《竹枝》、《柳枝》之音，跌宕奇古，何尝必如盛唐哉！必学盛唐者，王阮亭标举神韵，沈归愚墨守明人议论故耳。花卿、龟年诸作，在老杜正是变调,偶效当时体。宋芷湾湘有绝句二首云:"岂果开元天宝间,文章司命付梨园。诸公自有旗亭见,不爱田家老瓦盆。""满眼余波为绮丽,少陵家法必风骚。千秋尚有昌黎老,流出昆仑第二条。"题云:"人皆议少陵绝句为短,予以为少陵自不肯为人之所长。若夫古今派别,焉可诬也。杜自云'法自儒家有,心从弱岁疲',或辄以别调目之,是可异已。作二绝句。"可谓独见语,先我而实获我心者矣。(石遗室诗话)

老杜千古诗宗,独绝句不佳,欲自成一风格,终嫌拗浅。盖格不峻则无神,调不谐则无致,意不深则无味,不能为老杜讳也。(唐人万首绝句选评)

"江上年年春早,津头日日人行。借问山阴远近,犹闻薄暮钟声。""水流绝涧终日,草长深山暮云。犬吠鸡鸣几处,条桑种杏何人?""门外水流何处?天边树绕谁家?山色东西多少?朝朝几度云遮?"皆清绝可画,非拙而不能也。(容斋三笔)

中唐钱、刘虽有风味,气骨顿衰,不如所为近体。惟韩翃诸绝最高,如《江南曲》、《宿山中》、《赠张千牛》、《送齐山人》、《寒食》、《调马》,皆可参入初盛间。(诗薮)

韩翃七言绝,如"青楼不闭葳蕤锁,绿水回通宛转桥","玉勒乍回初喷沫,金鞭欲下不成嘶","急管昼催平乐酒,春衣夜宿杜陵花","晓月暂飞千树里,秋河隔在数峰西",皆全首高华明秀,而古意内含,非初非盛,直是梁、陈妙语,行以唐调耳,人不易晓。若"柴门流水依然在,一路寒山万木中","寒天暮雨秋风里,几处蛮家是主人",则自是钱、刘格,虽众所共称,非其至也。(诗薮)

韩翃七言绝后二句多偶对者,藻丽精工,是其特创,晚唐人决不能有也。如"急管昼催平乐酒,春衣夜宿杜陵花","青楼不闭葳蕤锁,绿水回通宛转桥","门外碧潭春洗马,楼前红烛夜迎人","红蹄乱踏春城雪,花颔骄嘶上苑风","玉勒乍回初喷沫,金鞭欲下不成嘶"等句,皆精工特创者也。(诗源辨体)

君平七绝,景象邃深,音调高爽,时带齐、梁意致。(唐人万首绝句选评)

文房七绝,尚有清音响调,如《送裴郎中贬吉州》、《新息道中》等作皆佳,

不入选,不可解。(唐人万首绝句选评)

渔洋谓左司五绝,源出右丞,加以古澹。愚按左司古澹清丽,诗源自出魏、晋,非出右丞,其年代不甚在右丞后。诗之古澹,本与右丞相似,非加以古澹也。古澹由气骨,岂由加增而得者耶?(养一斋诗话)

渔洋于五言绝兼推苏州,未免专取于近。学右丞可矣,学韦流于苦澹,反开槁寂一派。盖章局四句,句局五字,尤须神气情韵,四者具足为难。(唐人万首绝句选评)

中唐五言绝,苏州最古,可继王、孟。《寄丘员外》、《阊门》、《闻雁》等作,皆悠然。次则令狐楚乐府,大有盛唐风格。(诗薮)

韦苏州《和人求橘》一章,潇洒独绝,匪特世所称"门对寒流"、"春潮带雨"而已。(读雪山房唐诗钞凡例)

绝句李益为胜,韩翃次之。"回乐峰"一章,何必王龙标、李供奉!(艺苑卮言)

七言绝,开元之下,便当以李益为第一。如《夜上西城》、《从军北征》、《受降》、《春夜闻笛》诸篇,皆可与太白、龙标竞爽,非中唐所得有也。(诗薮)

君虞生习世纷,中遭顿抑,边朔之气,身所经闻,故从军出塞之作,尽其情理。其七言小诗,与张水部作等,亦《国风》之次也。(唐诗品)

钱起《江行》,卢纶《塞下》,大历之高唱也。李君虞声情凄惋,尤篇篇可入管弦。(读雪山房唐诗钞凡例)

大历以还,韩君平之婉丽,李君虞之悲慨,犹有两王遗韵,宜当时乐府传播为多。李庶子绝句,出手即有羽歌激楚之音,非古伤心人不能及此。(读雪山房唐诗钞凡例)

允言《塞下曲》,意警气足,格高语健,读之情景历历在目,中唐五言之高调,此题之名作也。(唐人万首绝句选评)

(卢)纶五言绝"月黑雁飞高"一首,气魄音调,中唐所无。(诗源辨体)

孟郊之《古别离》,即其古诗;王建之《新嫁娘》,即其乐府。(读雪山房唐诗钞凡例)

王建(按当作元稹)"寥落古行宫,宫花寂寞红。白头宫女在,闲坐说玄

宗。"语意妙绝。合建七言《宫词百首》，不易此二十字也。(诗薮)

文昌(绝句)标致悠闲，宛转流畅，如天衣无缝，针缕莫寻。(古欢堂集杂著)

《竹枝》始于刘梦得，《宫词》始于王仲初，后人仿为之者，总无能掩出其上也。"树头树底觅残红"，于百篇中宕开一首，尤非浅人所解。王涯诸作，佳者几可乱群。(读雪山房唐诗钞凡例)

欧阳《诗话》云："王建《宫词》言唐宫禁事，皆史传小说所不载。"《唐事纪事》乃谓建为渭南尉，赠内官王枢密云云以解之。然其诗实多秘记，非当家告语所能悉也。其词之妙，则自在委曲深挚处，别有顿挫，如仅以就事直写观之，浅矣！(石洲诗话)

唐王建《宫词》旧跋："《宫词》凡百首，天下传播，仿此体者虽有数家，而建为之祖。"(诗人玉屑)

仲初此百首，为宫词之祖。然宫词非比宫怨，皆就事直书，无庸比兴，故寄托不深。就中只"树头树底觅残红"一首，饶有深致。(唐人万首绝句选评)

宫词高唱无过王龙标，龙标后仲初最擅名，然所长在铺陈讽刺，稍失敦厚之意。自花蕊而降，大抵宗仲初派。(国朝诗话)

昌黎古诗作手，此数绝(指入选诸作)亦不减作者。(唐人万首绝句选评)

昌黎"青青水中蒲"三首，顿有不安六朝意。然如张、王乐府，似是而非，取两汉五言短古熟读自见。(诗薮)

江宁之后，张仲素得其遗响，《秋闺》、《塞下》诸曲俱工。(诗薮)

张仲素《秋闺曲》"梦里分明见关塞，不知何路向金微"，"欲寄征衣问消息，居延城外又移军"，皆去龙标不甚远。(诗薮)

张仲素《塞下》、《秋闺》诸曲，升王江宁之堂；张籍《秋思》、《凉州》等篇，入岑嘉州之室。(读雪山房唐诗钞凡例)

绘之《塞下曲》，气格风力，雅与题称，中唐高调也。(唐人万首绝句选评)

刘梦得七言绝，柳子厚五言古，俱深于哀怨，谓骚之余派可。刘婉多风，柳直损致。世称韦、柳，则以本色见长耳。(诗镜总论)

刘宾客无体不备，蔚为大家，绝句中之山海也。始以议论入诗，下开杜

紫微一派。玄都观前后看桃二作，本极浅直，转不足存。（读雪山房唐诗钞凡例）

诗之韵致，要情思之绵渺，声气之悠长，两者兼到，则读之耐人思索，含蕴不尽矣。如《乌衣巷》，感王、谢堂之旧而托燕子飞入百姓家，语似只说燕子栖于人家，言外却有无穷情绪。犹谓昔日是王谢堂，而今日是百姓家矣，昔日燕子是双栖玳瑁，而今日落茅屋草舍中矣，是情思之绵渺也。两句用字皆清响流亮，一气贯下，而却有许多顿挫，是声气之悠长也。要使风韵在字句之外，不在言中领会出来，犹味之有醇酎，影之有罔两也。（南苑一知集）

专寻好意，不理声格，此中晚之病也。盛唐佳手，有即景自成，寄兴弥远，使人讽咏声格之中，情味不尽，此全在声格布置得法入妙也。中唐绝句，惟刘宾客最长于寄兴，其诗往往即兴自远，水到渠成，不必多意，自能多味，清华响俊，诚是正声。（唐人万首绝句选评）

三唐绝句，莫多于白傅，皆率意之作，而其妙处，往往以口头语、眼前景，使人流连不尽。其佳作略尽此选矣。（唐人万首绝句选评）

乐天诗世谓浅近，以意与语合也。若语浅意深，语近意远，则最上一乘，何得以此为嫌！《明妃曲》云："汉使却回频寄语，黄金何日赎蛾眉？君王若问妾颜色，莫道不如宫里时！"《三百篇》、《十九首》不远过也。（诗薮）

乐天七言绝，如"雪尽终南"、"忆抛印绶"、"今年到时"、"行人南北"、"野店东头"、"烟叶葱茏"、"青苔故里"、"靖安宅里"、"朱门深锁"等篇，意虽深切，亦尚为小变。如"欲上瀛洲"、"花纸瑶缄"、"小树山榴"、"紫房日照"、"我梳白发"、"柳老春深"等篇，亦大入游戏。如"老去将何"、"墙西明月"、"酒后高歌"、"莫嫌地窄"、"自知气发"、"自学坐禅"、"岁暮皤然"、"卧在漳滨"、"劳将白叟"、"琴中有曲"、"莫惊宠辱"、"鹿疑郑相"、"相府潮阳"等篇，亦大入议论。如"狂夫与我"、"少年怪问"、"重裘暖帽"、"目昏思寝"、"纱巾草屦"、"自出家来"等篇，亦快心自得。此亦以文为诗，亦开宋人之门户耳。（诗源辨体）

白古诗晚岁重复，什而七八，绝句作眼前景语，却往往入妙。如"上得篮舆未能去，春风敷水店门前"，"可怜九月初三夜，露似真珠月似弓"之类，似出率易，而风趣非复雕琢可及。（香祖笔记）

香山山崎云行,水流花开,似以作绝句为乐事者。(古欢堂集杂著)

白乐天《竹枝词》云:"江畔何人唱竹枝,前声断咽后声迟。怪来调苦缘词苦,多是通州司马诗。"乐天善歌,每识歌法,观第二句,则长年(船夫)唱和之法尽矣。其以调与词分二端,亦属歌法,所谓善歌者须得诗中意耳。乐天又有《问杨琼》诗云"古人唱歌兼唱情",即此意。(西河合集诗话)

《竹枝》咏风土,《柳枝》则咏柳,其大较也。然白公《杨柳枝词》"叶含浓露如啼眼"云云,于咏柳之中,寓取风情,此当为《杨柳枝词》本色。薛能乃欲搜难抉新,至谓刘、白宫商不高,亦妄矣!(石洲诗话)

徐凝以瀑布"界破青山"之句,东坡指为恶诗,故不为诗人所称说。予家有凝集,观其余篇,亦自有佳处,今漫纪数绝于此。《汉宫曲》云:"水色帘前流玉霜,赵家飞燕侍昭阳。掌中舞罢箫声绝,三十六宫秋夜长。"《忆扬州》云:"萧娘脸下难胜泪,桃叶眉头易得愁。天下三分明月夜,二分无赖是扬州。"《相思林》云:"远客远游新过岭,每逢芳树问芳名。长林遍是相思树,争遣愁人独自行?"《玩花》云:"一树梨花春向暮,雪枝残处怨风来。明朝渐校无多去,看到黄昏不欲回。"《将归江外辞韩侍郎》云:"一生所遇惟元白,天下无人重布衣。欲别朱门泪先尽,白头游子白身归。"皆有情致,宜其见知于微之、乐天也。但俗子妄作乐天诗,缪以赏激,以起东坡之消耳。(容斋随笔)

施肩吾七言绝,见《万首唐人绝句》凡一百五十余首,中有艳词三十余篇,语多新巧,能道人意中事;较微之艳诗,远为胜之。(诗源辨体)

于鹄、雍陶名不甚著,而绝句颇多雅音。(读雪山房唐诗钞凡例)

(张祜)宫体小诗,声唱流美,颇谐音调。中唐以后诗人,如处士者裁思精利,安可多得!(唐诗品)

张祜喜咏天宝遗事,合者亦自婉约可思。(读雪山房唐诗钞凡例)

张祜元和中作宫体七言绝三十余首,多道天宝宫中事,入录者较王建工丽稍逊,而宽裕胜之。其外数篇,声调亦高。(诗源辨体)

张祜绝句,每如鲜葩飐滟,焰水泊浮,不特"故国三千里"一章见称于小杜也。(石洲诗话)

唐开元、天宝之盛,见于传记歌诗多矣,而张祜所咏尤多,皆他诗人所未尝及者。如《正月十五夜灯》云:"千门开锁万灯明,正月中旬动帝京。三百内人连袖舞,一时天上著词声。"《上巳乐》云:"猩猩血彩系头标,天上齐声举画桡。却是内人争意切,六宫红袖一时招。"《春莺啭》云:"兴庆池南柳未开,太真先把一枝梅。内人已唱春莺啭,花下傞傞软舞来。"又有《大酺乐》、《邠王小管》、《李谟笛》、《宁哥来》、《邠娘羯鼓》、《退宫人》、《耍娘歌》、《悖拏儿舞》、《阿鸦汤》、《雨霖铃》、《香囊子》等诗,皆可补开、天遗事,弦之乐府也。(容斋随笔)

杜牧七言绝,如"黄沙连海"、"青冢前头"、"翠屏山对"、"银烛秋光"、"监宫引出"五篇,声气尚胜,"清时有味"以下,尽入晚唐,而韵致可观。开成以后,当为独胜。(诗源辨体)

杜紫微天才横逸,有太白之风,而时出入于梦得,七言绝句一体,殆尤专长。玉溪生"高楼风雨"云云,倾倒之者至矣。(读雪山房唐诗钞凡例)

小杜之才,自王右丞以后,未见其比。其笔力回斡处,亦与王龙标、李东川(颀)相视而笑。"少陵无人谪仙死",竟不意又见此人。只如"今日鬓丝禅榻畔,茶烟轻飏落花风","自说江湖不归事,阻风中酒过年年",直自天宝以后百余年无人能道,而五代南北宋以后,亦更不能道矣。此真悟彻汉魏六朝之底蕴者也。(石洲诗话)

杜紫微(牧)诗,惟绝句最多风调,味永趣长,有明月孤映、高霞独举之象。(载酒园诗话)

牧之绝句,远韵深情,《秦淮》一章,尤为神到。(唐诗别裁)

小杜七绝,晚唐气骨,独在此人。(唐人万首绝句选评)

樊川鬓丝禅榻,翩翩才致。冬郎、都官、表圣、昭谏皆有妙境。(古欢堂集杂著)

许浑绝句亦佳,但句法与律诗相似,是其所短耳。《学仙》云:"闻有三山不知处,茂陵松柏满西风。"《缑仙庙》云:"曲终飞去不知处,山下碧桃春自开。"《秋思》云:"高歌一曲掩明镜,昨日少年今白头。"皆无衰靡之气。若《旌儒庙》云:"庙前亦有商山路,不学老翁歌紫芝。"《四皓庙》云:"山酒一卮歌一曲,汉家天子忌功臣。"则雄拔藻丽之中,有一段议论在,又与前作不侔矣。

其《始皇墓》云:"一种青山秋草里,路人惟拜汉文陵。"曹邺亦有"行人上陵过,却拜扶苏墓",扶苏非有德于人者,意亦不如许。(对床夜语)

李义山用意深微,使事稳惬,直欲于前贤之外,另辟一奇。绝句秘藏,至是尽泄,后人更无可以展拓处也。(读雪山房唐诗钞凡例)

李义山《乐游原》诗,消息甚大,为绝句中所未有。(读雪山房唐诗钞凡例)

义山七律有逼似少陵者,七绝尤为晚唐以后第一人。飞卿亦有佳处,七绝尤警秀。(越缦堂诗话)

商隐七言绝,如《代赠》云:"芭蕉不展丁香结,同向春风各自愁。"《鸳鸯》云:"不须长结风波愿,锁向金笼始两全。"《春日》云:"蝶衔花蕊蜂衔粉,共助青楼一日忙。"全篇较古律艳情尤丽。(诗源辨体)

义山佳处,不可思议,实为唐人之冠。一唱三叹,余音袅袅,绝句之神境也。飞卿什一耳。(古欢堂集杂著)

义山七言绝句,意必极工,调必极响,语必极艳,味必极永,有美皆臻,无微不备,真晚唐之独出,即一代亦无多也。(唐人万首绝句选评)

义山长于讽谕,工于征引,唐人中另辟一境。顾其中讥刺太深,往往失之轻薄。(唐诗别裁)

温庭筠"冰簟银床梦不成,碧天如水夜云轻。雁声远过潇湘去,十二楼中月自明。"杜牧之"青山隐隐水迢迢,秋尽江南草未凋。二十四桥明月夜,玉人何处教吹箫?"此等入盛唐亦难辨,惜他作殊不尔。(诗薮)

崔橹《清华宫》四首,每各精练奇丽,远出李义山、杜牧之上。(升庵诗话)

"未栉凭阑眺锦城,烟笼万井二江明。香风满阁花满树,树树树梢啼晓莺。"此刘驾《登成都迎春阁》诗也。《秋怀》云:"秋来何处开怀抱,日日日斜空醉归。"《望月》云:"酒尽露零宾客散,更更更漏月明中。"意新调别,录之以备一格。(问花楼诗话)

晚唐江东三罗,罗隐、罗邺、罗虬也,皆有集行世。当以邺为首,如《闺怨》云:"梦断南窗啼晓乌,新霜昨夜下庭梧。不知帘外如珪月,还照边城到晓无?"《南行》云:"腊晴江暖鹧鸪飞,梅雪香沾越女衣。鱼市酒村相识遍,短船歌月醉方归。"此二诗,隐与虬皆不及也。(升庵诗话)

（罗邺）惟绝句工妙，如《长安春雨》"半夜五侯池馆里，美人惊起为花愁"，便是开得一宝山，至今犹为人盗用不已。（载酒园诗话）

张乔多有好绝句，《河湟旧卒》云："少年随将讨河湟，白首时清返故乡。十万汉军零落尽，独吹边曲向残阳。"《渔父》云："首戴圆荷发不梳，叶舟为宅水为居。沙头聚看人如市，钓得澄江一尺鱼。"不独"城锁东风十五桥"之句也。又"兄弟江南身塞北，雁飞犹自半年余。夜来因得还乡梦，起读前秋转海书。"亦籍、牧之亚。（对床夜语）

司马札宫怨云："年年花落无人见，空逐飞泉出御沟。"人说与李建勋"却羡落花春不管，御沟流得到人间"之句相似，予谓不然，司马诗较蕴藉，不碍大雅。（春酒堂诗话）

松陵二君子（按指皮、陆），别具风骨，不屑雷同。（古欢堂集杂著）

唐诗固有惊人好句，而其至善更在乎澹远含蓄，宋失含蓄，明失澹远。唐如李拯诗云："紫宸朝罢缀鹓鸾，丹凤楼前驻马看。惟有终南山色在，晴明依旧满长安。"兵火之荒凉，不言自见。但此法唐人用之已多，今不可用也。（围炉诗话）

唐彦谦绝句，用事隐僻而讽谕悠远，似李义山。如《奏捷西蜀题沱江驿》云："野客乘轺非所宜，况将儒服报戎机。锦江不识临邛酒，幸免相如渴病归。"即李义山"相如未是真消渴，犹放沱江过锦城"之意也。余如《登兴元城观烽火》云："汉川城上角三呼，护跸防边列万夫。褒姒冢前烽火起，不知泉下破颜无？"《邓艾庙》云："昭烈遗黎死尚羞，挥刀斫石恨谯周。如何千载留遗庙，血食巴山伴武侯？"此即唐人《题吴中范蠡庙》云："千年宗国无穷恨，只合江边祀子胥"之句也。《汉殿》云："鸟去云飞意不通，夜坛斜月转松风。君王寂虑无消息，却就闲人觅钜公。"首首有醞藉，堪吟咏，比之贯休、胡曾辈天壤矣。考其世，盖僖宗时人也。（升庵诗话）

韦庄七绝，意必工整，语多圆警，格调复极自然，晚唐之后劲也。（唐人万首绝句选评）

韩致尧香奁之体，溯自《玉台》，虽风骨不及玉溪生，然致尧笔力清澈，过于皮、陆远矣！何逊联句，瘦尽东阳，固不应尽以脂粉语擅场也。（石洲诗话）

后唐牛峤《柳枝词》云："吴王宫里色偏深，一簇柔条万缕金。不愤钱塘苏小小，引郎松下结同心。""桥北桥南千万条，恨伊张绪不相饶。金羁白马临风望，认得羊家静婉腰。"五代人诗亦尚有唐乐府遗韵。（诗薮）

蜀王孟昶花蕊夫人有七言绝《宫词》一百首，其词本于王建。大约以全集观，王语不雅驯，而花蕊时近浅稚。（诗源辨体）

"黄雀衔黄花，飞上金井栏。美人恐惊去，不敢卷帘看。"晚唐郭氏奴作，殊有古意，与盛唐"打起黄莺儿"同。（诗薮）

"碧绣檐前柳散垂，守门宫女欲攀时。曾经玉辇从容处，不敢临风折一枝。""水边杨柳曲尘丝，立马烦君折一枝。唯有春风最相惜，殷勤更向手中吹。"此二篇因景造情，婉而多致。（湘绮楼说唐诗）

唐人《柳枝词》，刘禹锡、白乐天而下，凡数十首，予独爱无名氏云："万里长江一带开，岸边杨柳是谁栽？锦帆落尽西风起，惆怅龙舟更不回。"此词咏史咏物，两尽其妙。首句见隋开汴通江；次句"是谁栽"三字作问辞，尤含蓄，不言炀帝而讥吊之意在其中；末二句俯仰今古，悲感溢于言外。若情致则"清江一曲柳千条，二十年前旧板桥。曾与美人桥上别，恨无消息到今朝。"柳词当以二首为冠。（词品）

绝句之特点与作法

绝句于六义多取风兴，故视他体尤以委曲含蓄自然为尚。（艺概）

以鸟鸣春，以虫鸣秋，此造物之借端托寓也。绝句之小中见大似之。（艺概）

绝句意法，无论先宽后紧，先紧后宽，总须首尾相衔，开阖尽变。至其妙用，惟在借端托寓而已。（艺概）

绝句取径贵深曲，盖意不可尽，以不尽尽之，正写不写写反面，本面不写写对面旁面，须如睹影知竿乃妙。（艺概）

绝句，唐乐府也，篇止四语，而倚声为歌，能使听者低徊不倦。旗亭伎女，犹能赏之，非以扬音抗节有出于天籁者乎？著意求之，殊非宗旨。（说诗

晬语)

　　五七言断句,节短音长,尤争神韵,若径直而无含蓄,则索然味尽矣。(唐诗笺注序)

　　绝句止有四句,为地无多,须句句字字俱有意味,着不得一毫浮烟浪墨。五言绝以节短韵长,包含无穷为主;七言绝以音节宛转,意在言外,含毫渺然,风致翩翩为主。(骚坛八略)

　　五言绝尚真切,质多胜文;七言绝尚高华,文多胜质。五言绝昉于两汉,七言绝起自六朝,源流迥别,体制自殊。至意当含蓄,语务舂容,则二者一律也。(诗薮)

　　绝句固自难,五言尤甚。离首即尾,离尾即首,而腰腹亦自不可少,妙在愈小而大,愈促而缓。吾尝读《维摩经》得此法:一丈室中,置恒河沙诸天宝座,丈室不增,诸天不减,又一刹那定作六十小劫,须如是乃得。(艺苑卮言)

　　八音之内,磬最难和,以其促数而无余韵也。可悟五言绝句之妙。(读雪山房唐诗钞凡例)

　　五言绝句最难工,盖字少而意逾长,乃为有味。(隐居通议)

　　五言绝句,磬声也,清深促数,想羁馆之朝击。七言绝句,笛声也,曲折嘹亮,类羌城之暮吹。(论文杂言)

　　五言绝句,短而味长,入妙尤难。(茧斋诗谈)

　　五言绝句,以调古为上,以情真为得体。(批点唐诗正音)

　　调古则韵高,情真则意远,华玉标此二者,则雄奇俊亮,皆所不贵。论虽稍偏,自是五言绝第一义。若太白之逸,摩诘之玄,神化幽微,品格无上,又不可以是泥也。(诗薮)

　　五绝只二十字,最为难工,必语短意长而声不促,方为佳唱。若意尽言中,景尽句中,皆不善也。(岘佣说诗)

　　六言诗自古无专作者,以其字数排拘,古之则类于赋,近之则入于词,大家多不屑为,故各集中此体特鲜,即学者不善此体,亦不为病。夫四言,诗之祖也,而五而七,虽渐积所开,亦文章自然之理,不得不然者,递增至九言,则有啴缓卑弱之病,再减而三言,则有拘促迫塞之音,诗之正格尽于此矣。至于六言，既乏五言之隽味，又无七言之远神。盖文字必奇耦相间，阴阳谐和而成，譬之琴然，初则五弦宫商角徵羽皆备，后加变宫、变徵为七弦，乐律从此大备，不能再为增减，故诗之为体主耦，而句法则以奇为用。六言则句联皆耦，体用一致，必不能尽神明变化之妙，此自来诗家所以不置意也。（声调四谱图说）

六言诗声促调板，绝少佳什。（唐音审体）

七绝诗须要丰神奕奕，浑脱超妙，二十八字一气贯通，令人信口曼吟，低回不厌。（三借庐笔谈）

绝句二十八字耳，贵在神味渊永，情韵不匮。（射鹰楼诗话）

七言绝句，以语近情遥，含吐不露为主。只眼前景、口头语，而有弦外音、味外味，使人神远。太白有焉。（说诗晬语）

唐七绝尽多佳制，以得乐府意为尤。（剑溪说诗）

七绝乃偏师，非必堂堂之阵，正正之旗，有或斗山上、或斗地下者。（围炉诗话）

七绝唐人多转，宋人多直下，味短。（围炉诗话）

七绝亦切忌用刚笔，刚则不韵。即边塞之作，亦须敛刚于柔，使雄健之章，亦饶顿挫，乃不落粗豪。（岘佣说诗）

咏古七绝尤难，以词意既须新警，而篇终复须深情远韵，令人玩味不穷，方为上乘。若言尽意尽，索然无余味可寻，则薄且直矣。（筱园诗话）

律诗难于古诗，绝句难于八句，七言律诗难于五言律诗，五言绝句难于七言绝句。（沧浪诗话）

谓七言律难于五言律，是也。谓五言绝难于七言绝，则亦未然。五言绝调易古，七言绝调易卑。五言绝即拙匠易于掩瑕，七言绝虽高手难于中的。（诗薮）

唐初诗变古而律，而绝句者，又律之变，视律尤难焉。盖其韵约而句鲜，序缀无法则冗，转换无力则散，易之则格卑，深之则气郁，直致之则味短，局而执之则落色相，不抑扬不开阖则寡音响，不足以感动千古则不可以风，故曰视律尤难焉。（唐诗绝句类选）

七言绝所言难于七言律者,以四句中起承转结如八句,而一气浑成又如一句耳,若只作四句诗,易耳,易耳。五言绝尤难于七言绝,盖字句愈少,则巧力愈有所不及,此千里马所以难于盘蚁封也。(诗筏)

周敬曰:"五言绝难于七言绝者,以语短而气苦于促,字少而意忌于露,格似拙而辞易流于俗也。众唐人一样,宋人又易一样,当以摩诘、青莲为法。"(杜诗详注)

严沧浪谓"七律难于五律,五绝难于七绝",近体四种,判若白黑,即唐人复起,不易其言。盖七绝本七律而来,第主风神,不主气格,故曰易。五言则字句愈促,含蕴愈深,故曰难。然七绝主风神是矣,或风神太露,意中言外,无复余地,则又失盛唐家法。然此体中晚人多有妙者,直是风神太露,得在此,失亦在此。至如五绝,人多以小诗目之,故不求至工。然作者于此,务从小中见大,纳须弥于芥子,现国土于毫端,以少许胜人多许。谓五绝难于七绝,夫岂欺我哉!(葚原诗说)

问:"七言绝、五言绝,作法不同,如何?"答:"五言绝近于乐府,七言绝近于歌行,五言难于七言,五言最难于浑成故也。要皆有一唱三叹之意乃佳。"(师友诗传录)

小律诗(即七绝)虽末技,工之不造微,不足以名家,故唐人皆尽一生之业为之。至于字字皆炼,得之甚难。但患观者灭裂,则不见其工,故不唯为之难,知音亦鲜。设有苦心得之者,未必为人所知。若字字皆是无瑕可指,语意亦捡丽,但细论无功,景意纵全,一读便尽,更无可讽味,此类最易为人激赏,乃《诗》之《折杨》、《黄华》也。譬若三馆楷书作字,不可谓不精不丽,求其佳处,到死无一笔,此病最难为医也。(梦溪笔谈)

作诗不可以意徇辞,而须以辞达意,辞能达意,可歌可咏,则可以传。王摩诘"阳关无故人"之句,盛唐以前所未道,此辞一出,一时传诵不足,至为三叠歌之。后之咏别者,千言万语,殆不能出其意之外,必如是方可谓之达耳。(麓堂诗话)

诗有四格,曰兴,曰趣,曰意,曰理。太白《赠汪伦》曰:"桃花潭水深千尺,不及汪伦送我情。"此兴也。陆龟蒙《咏白莲》曰:"无情有恨何人见,月晓风清欲堕时。"此趣也。王建《宫词》曰："自是桃花贪结子,教人错恨五更风。"此意也。李涉《上于襄阳》曰："歇马独来寻故事,逢人惟说岘山碑。"此理也。悟者得之,庸心以求,或失之矣。(四溟诗话)

《文筌》曰："五言绝句主情景,七言绝句主意事。"又曰："五言绝句撇景入事,七言绝句掉句入情。"前后之法,何相反耶?(四溟诗话)

诗贵意,意贵远不贵近,贵淡不贵浓,浓而近者易识,淡而远者难知。如杜子美"钩帘宿鹭起,丸药流莺啭","不通姓字粗豪甚,指点银瓶索酒尝","衔泥点涴琴书内,更接飞虫打著人";李太白"桃花流水杳然去,别有天地非人间";王摩诘"返景入深林,复照青苔上",皆淡而愈浓,近而愈远,可与知者道,难与俗人言。王介甫得之,曰"静看苍苔纹,莫上人衣来";虞伯生得之,曰"不及清江转柁鼓,洗盏船头沙鸟鸣",曰"绣帘美人时共看,阶前青草落花多";杨廉夫得之,曰"南高峰云北高雨,云雨相随恼杀侬",可谓闭户造车,出门合辙者矣。(麓堂诗话)

论画者曰"咫尺有万里之势",一"势"字宜着眼,若不论势,则缩万里于咫尺,直是《广舆记》前一天下图耳。五言绝句,以此为落想时第一义,唯盛唐人能得其妙。如"君家住何处?妾住在横塘。停船暂借问,或恐是同乡。"墨气所射,四表无穷,无字处皆其意也。李献吉诗:"浩浩长江水,黄州若个边?岸回山一转,船到堞楼前。"固自不失此风味。(姜斋诗话)

诗有无理而妙者,如李君虞"嫁得瞿塘贾,朝朝误妾期,早知潮有信,嫁与弄潮儿。"刘梦得"东边日出西边雨,道是无晴却有晴。"李义山"八骏日行三万里,穆王何事不重来?"皆语圆意足,信手拈来,无非妙趣。(南堂报锻录)

有人问曰:"绝句如何练意?"予曰:"意在句中。"友不悟。予笑曰:"崔惠童诗'今日残花昨日开',若是'昨日开花今日残',便削然无意矣。"(春酒堂诗话)

作诗有句法,意连句圆。有云:"打起黄莺儿,莫教枝上啼;几回惊妾梦,不得到辽西。"一句一接,未尝间断。作诗当参此意,便有神圣工巧。(贵耳集)

"打起黄莺儿,莫教枝上啼。啼时惊妾梦,不得到辽西。"前辈谓作诗机

在此,缓视微吟,其信矣。(隐居通议)

人问韩子苍诗法,子苍举唐人诗"打起黄莺儿,莫教枝上啼。几回惊妾梦,不得到辽西。"予尝用子苍之言,遍观古人作诗规模,全在此矣。如唐人诗"妾有罗衣裳,秦王在时作。为舞春风多,秋来不堪著。"又如"曲江院里题名处,十九人中最少年。今日春光君不见,杏花零落寺门前。"又如荆公诗"淮口西风急,君行定几时。故应今夜月,未便照相思。"皆此机杼也,学诗者不可不知。(艇斋诗话)

昔人以"打起黄莺儿"、"三日入厨下"为作诗之法,后乃有以"溪回松风长"为法者,犹论学文以《孟子》及《伯夷传》为法。要之,未必尽然,亦各因其所得而入而已。所入虽异,而所至则同。若执一而求之,甚者乃至于废百,则刻舟胶柱之类,恶可与言诗哉!(麓堂诗话)

谢茂秦论诗,五言绝以少陵"日出篱东水"作诗法,又宋人以"迟日江山丽"为法,此皆学究教小儿号嗄者。若"打起黄莺儿,莫教枝上啼。啼时惊妾梦,不得到辽西。"与"山中何所有,岭上多白云。只可自怡悦,不堪持寄君"一法,不惟语意之高妙而已,其篇法圆紧,中间增一字不得,着一意不得,起结极斩绝,然中自纡缓,无余法而有余味。(艺苑卮言)

顾华玉云:"五言绝,以调古为上乘,以情真为得体。""打起黄莺儿,莫教枝上啼。啼时惊妾梦,不得到辽西。"调之古者。"山月晓仍在,凉风吹不绝。殷勤如有情,惆怅令人别。"此所谓情真者。(诗薮)

前人教人作绝句,令熟读"打起黄莺儿,莫教枝上啼。啼时惊妾梦,不得到辽西"等诗,谓自肺腑中一气流出。愚谓绝句之妙,在婉曲回环,令人含咏不尽;若但习此,恐格调卑弱,渐流于轻率油滑而不可救治矣。取法乎上,唯龙标、供奉两家,少陵别是一体,殊不易学。他如钱、刘之清扬,韦、柳之古淡,王建、张祜之托兴幽远,虽非专家,亦称雅调,后人当于此问津。(汇纂诗法度针)

金昌绪"打起黄莺儿,莫教枝上啼。啼时惊妾梦,不得到辽西。"令狐楚则曰:"绮席春眠觉,纱窗晓望迷。朦胧残梦里,犹自在辽西。"张仲素更曰:"袅袅城边柳,青青陌上桑。提笼忘采叶,昨夜梦渔阳。"或反语以见奇,或循

蹊而别悟。(载酒园诗话)

作诗到神情传处，随分自佳，下得不觉痕迹，纵使一句两入，两句重犯，亦自无伤。如太白《峨眉山月歌》，四句入地名者五，然古今目为绝唱，殊不厌重。(艺圃撷余)

唐人作诗，意细法密，如崔护云："去年今日此门中，人面桃花相映红。人面不知何处去，桃花依旧笑春风。"后改为"人面只今何处在"，以有"今"字，则前后交付明白，重字不惜也。(围炉诗话)

韩子苍云："老杜'两个黄鹂鸣翠柳，一行白鹭上青天'，古人用颜色字，亦须匹配得相当方用，翠上方见得黄，青上方见得白。"此说有理。(艇斋诗话)

诗有绝句，词有小令，视之若易，为之甚难。绝句之工，唐则供奉、龙标为冠，虽杜陵不能兼美也。(问花楼诗话)

唐人七言绝句，大抵由于起承转合之法；唯李、杜不然，亦如古风浩然长往，不可捉摸。此体最难，宋、明人学之，则如急流小棹，一瞬而过，无意味也。(答万季野诗问)

少陵、退之、东坡三大家，皆不能作五绝，盖才太大，笔太刚，施之二十字，反吃力不讨好。言岂一端而已，夫各有所当也。五绝究以含蓄清淡为佳。(岘佣说诗)

太白才逸，笔在刚柔之间，故亦能作五七绝。(岘佣说诗)

退之"荆山已去华山来"一绝，是刚笔之最佳者。然退之亦不能为第二首，他人亦不能效退之再作一首，可见此非善道。(岘佣说诗)

诗家绝句如单丝孤竹，短调独唱，清婉流利，方为当家。惟子美才大，如镛钟贲鼓，不作铮铮细响，故绝句少。(汇纂诗法度针)

"野旷天低树，江清月近人"，神韵无伦；"天势围平野，河流入断山"，雄浑绝出。然皆未成律诗，非绝体也。(诗薮)

绝句以风神为主，宜柔不宜刚，柔者宜情不宜理。韩、杜多涉理，故以拗句出之，此不得不然者。(海日楼札丛)

刘梦得君山诗云："湖光秋色两相和，潭面无风镜未磨。遥望洞庭山水翠,白银盘里一青螺。"宋黄鲁直亦有君山诗云:"满川风雨独凭阑,绾结湘娥十二鬟。可惜不当湖水面,银山堆里看青山。"二诗机轴相似,才气亦敌,而第三语则唐宋分;然法眼自当辨之,不必言其所以然也。(小草斋诗话)

王子安"九月九日望乡台,他席他乡送客杯",与于鳞"黄鸟一声酒一杯"皆一法,而各自有风致。崔敏童"一年又过一年春,百岁曾无百岁人",亦此法也,调稍卑,情稍浓。敏童"能向花前几回醉,十千沽酒莫辞贫",与王翰"醉卧沙场君莫笑,古来征战几人回",同一可怜意也,翰语爽,敏童语缓,其唤起亦两反。(艺苑卮言)

贾岛"三月正当三十日",与顾况"野人自爱山中宿"同一法,以拙起唤出巧意,结语俱堪讽咏。(艺苑卮言)

五言绝,须熟读汉、魏及六朝乐府,源委分明,径路谙熟,然后取盛唐名家李、王、崔、孟诸作,陶以风神,发以兴象,真积力久,出语自超。钱、刘以下,句渐工,语渐切,格渐下,气渐悲,便当着眼,不得草草。(诗薮)

七言绝以太白、江宁为主,参以王维之俊雅,岑参之浓丽,高适之浑雄,韩翃之高华,李益之神秀。益以弘、正之骨力,嘉、隆之气韵,集长舍短,足为大家。上自元和,下迄成化,初学姑置可也。(诗薮)

问:"右丞《鹿柴》、《木兰柴》诸绝,自极淡远,不知移向他题,亦可用否?"答:"摩诘诗如参曹洞禅,不犯正位,须参活句,然钝根人学渠不得。"(师友诗传录)

章碣《焚书坑》诗:"竹帛烟销帝业虚,关河空锁祖龙居。坑灰未冷山东乱,刘项原来不读书。"陈刚中《博浪沙》诗:"一击车中胆气豪,祖龙社稷已惊摇。如何十二金人外,犹有民间铁未销?"同一意也,而不觉其蹈袭,可悟脱换之妙。(寒厅诗话)

作诗但求好句,已落下乘,况绝句只此数语,拆开作一俊语,岂复成诗。"百战方夷项,三章且易秦。功归萧相国,气尽戚夫人。"恰似一汉高帝谜子。掷开成四片,全不相关通,如此作诗,所谓佛出世亦救不得也。(姜斋诗话)

绝句之法要婉曲回环、删芜就简,句绝而意不绝,多以第三句为主,而第四句发之。有实接,有虚接,承接之间,开与合相关,反与正相依,顺与逆相应，一呼一吸，宫商自谐。大抵起承二句固难，然不过平直叙起为佳，从容承之为是；至如宛转变化，工夫全在第三句，若于此转变得好，则第四句如顺流之舟矣。(诗法家数)

七言绝句，其法或前以散起，后二句对结；或前二句对起，后以散结；或四句全对，或前后俱直下。不难于发端，其转换之妙，全在第三句，若第三句得力，则末句易之。总贵言微旨远，语浅情深。(诗筏橐说)

杨仲弘论绝句，以第三句为主，第四句发之，盛唐多与此合。(唐诗别裁)

七绝全要在第三句着力，须为第四句留下转身之地，第三句得势，第四句一拍便着。譬之于射，三句如开弓，四句如放箭也。(骚坛八略)

七绝用意，宜在第三句。第四句只作推宕，或作指点，则神韵自出。若用意在第四句，便易尽矣。(岘佣说诗)

若一二句用意，三四句全作推宕，作指点，又易空滑，故第三句是转柁处。求之古人，虽不尽合，然法莫善于此也。(岘佣说诗)

杨仲弘论绝句，以第三句为主，第四句发之。沈确士谓盛唐人多与此合。此皆臆说也。绝句四语耳，自当一气直下，兜裹完密。三句为主，四句发之，岂首二句便成无用耶！此徒爱晚唐小巧议论，止在末二句动人，而于盛唐大家元气浑沦之作，未曾究心，始有此等曲说。确士转谓盛唐多与此合，既不识盛唐，而七绝之体，亦将由此破矣。(养一斋诗话)

作绝句，当如顾恺之啖蔗法，又当如饮建溪龙焙。款识鼎彝，其上也。雄马驰九阪，佳人共笑言，其次矣。燕姬赵娃，舞歌春风，又其次矣。才有不同，所得各异，局婉媚而薄高古，执伟豪而弃渊深，此迩来选诗者之偏也。(隐居通议)

五绝七绝，作法略同，而七绝言情，出韵较五绝为易，盖每句多两字，则转折不迫促也。(岘佣说诗)

七绝与七古，可相收放。如骆宾王《帝京篇》，李峤《汾阴行》，王冷然《河边枯柳》，前文乃铺叙耳，只取末四句，便成七绝。七绝之起承转合者，衍其意可作七律，七律亦可收作七绝。(围炉诗话)

左舜齐曰："一句一意，意绝而气贯，此绝句之法。一句一意，不工亦下

也;两句一意,工亦上也。以工为主,勿以句论。赵、韩所选唐人绝句,后两句皆一意。"舜齐之说,本于杨仲弘。(四溟诗话)

七言绝句。一、实接:绝句之法,大抵第三句为主,首尾率直而无婉曲者,此异时所以不及唐也。其法非惟久失其传,人亦鲜能知之。以实事寓意而接,则转换有力,若断而续,外振起而内不失于平妥,前后相应虽止四句,而涵蓄不尽之意焉。此其略示,详而求之,玩味之久,自当有所得。一、虚接:谓第三句以虚语接前两句也。亦有语虽实而意虚者,于承接之间,略加转换,反与正相依,顺与逆相应,一呼一唤,宫商自谐,如用千钧之力,而不见形迹,绎而寻之,有余味矣。一、用事:诗中用事,既易窒塞,况于二十八字之间,尤难堆叠。若不融化以事为意,更加以事之轻率,则邻于里巷谣歌,可击筑而讴矣。一、前对:接句兼备虚实两体,但前句作对,而其接亦微有异焉。相去仅一间,特在乎称停之间耳。一、后对:此体唐人用者亦少。必使末句虽对,而词足意尽,若未尝对。不然则如半截长律,皑皑齐整,略无结合,此荆公所以见诮于徐师川也。一、拗体:此体必得奇句时出而用之,姑存此以备一格。一、侧体:其说与拗体相类。然发兴措词,则奇健矣。(三体唐诗)

绝句四句内自有起承转合,大抵以第三句开宕气势,第四句发挥情思。如岑参《送人还京》:"匹马西从天外归,扬鞭只共鸟争飞。送君九月交河北,雪里题诗泪满衣。"则是实接。如《乌衣巷》:"朱雀桥边野草花,乌衣巷口夕阳斜。旧时王谢堂前燕,飞入寻常百姓家。"则是虚接。如《折杨柳枝词》:"枝枝交影锁长门,嫩色曾沾雨露恩。凤辇不来春欲暮,空留莺语到黄昏。"则是逆接。如《谢亭送别》:"劳歌一曲解行舟,红叶青山水急流。日暮酒醒人已远,满天风雨下西楼。"则是进一层接。五言绝,平起者末句第一字必用平,仄起者次句第一字亦用平,如次句第一字用仄,则第三字必用平,为仄平平仄平也。五言律即两绝句,而中四句对耳,与五言排律同法。(南苑一知集)

对结者须意尽,如王之涣"欲穷千里目,更上一层楼",高达夫"故乡今夜思千里,霜鬓明朝又一年",添著一语不得乃可。(诗薮)

五言绝句,始于汉魏乐府,六朝渐繁,而唐人尤盛。大约散起散结者,一气流注,自成首尾,此正法也。若四句皆对,似律诗中联,则不见首尾呼应之妙。必如王勃《赠李十四》诗:"乱竹开三径,飞花满四邻。从来扬子宅,别有尚玄人。"岑参(按应作王之涣)《登鹳雀楼》诗:"白日依山尽,黄河入海流。欲穷千里目,更上一层楼。"钱起《江行》诗:"兵火有余烬,贫村才数家。无人争晓渡,残月下寒沙。"令狐楚《从军》诗:"胡风千里惊,汉月五更明。纵有还家梦,犹闻出塞声。"以上数诗,皆语对而意流,四句自成起讫,真佳作也。若少陵《武侯庙》诗:"遗庙丹青落,空山草木长。犹闻辞后主,不复卧南阳。"其气象雄伟,词旨剀切,则又高出诸公矣。莫谓"迟日"一首,但似学堂对句也。至于对起散结者,如卢僎《南楼望》诗:"去国三巴远,登楼万里春。伤心江上客,不是故乡人。"李白《独坐敬亭山》诗:"众鸟高飞尽,孤云独去闲。相看两不厌,只有敬亭山。"柳宗元《江雪》诗:"千山鸟飞绝,万径人踪灭。孤舟蓑笠翁,独钓寒江雪。"又有散起对结者,如骆宾王《易水送别》诗:"此地别燕丹,壮士发冲冠。昔时人已没,今日水犹寒。"宋之问《别杜审言》诗:"卧病人事绝,嗟君万里行。河桥不相送,江树远含情。"孟浩然《宿建德江》诗:"移舟泊烟渚,日暮客愁新。野旷天低树,江清月近人。"杜诗如"江碧鸟逾白,山青花欲然。今春看又过,何日是归年?"此即双起单结体也。如"江上亦秋色,火云终不移。巫山犹锦树,南国且黄鹂。"此即单起双结体也。又有四句似对非对,而特见高古者,如裴迪《孟城坳》诗:"结庐古城下,时登古城上。古城非畴昔,今人自来往。"太上隐者《答人》诗:"偶来松树下,高枕石头眠。山中无历日,寒尽不知年。"则又脱尽蹊径矣。杜诗如"万国尚戎马,故园今若何?昔归相识少,早已战场多。"此散对浑成之作也。(杜诗详注)

首句点题,而下作承转,乃绝句正法也。李白《苏台览古》云:"旧苑荒台杨柳新,菱歌清唱不胜春。只今唯有西江月,曾照吴王宫里人。"亦首句点题也。有在次句点题者,如杜常《华清宫》云:"行尽江南数十程,晓风残月入华清。朝元阁上西风急,都入长杨作雨声"是也。有在三句点题者,如储光羲《寄孙山人》云:"新林二月孤舟还,水满清江花满山。借问故园隐君子,时时来往住人间"是也。有在四句点题者,如韩愈《楚昭王庙》云:"丘坟满目衣冠尽,城阙连云草树荒。独有国人怀旧德,一间茅屋祭昭王"是也。有一句、二句点题者,如李白《秋下荆门》云:"霜落荆门江树空,布帆无恙挂秋风;此行不为鲈鱼鲙,自爱名山入剡中"是也。有一句、三句点题者,如李白《与史钦听黄鹤楼吹笛》云:"一为迁客去长沙,西望长安不见家。黄鹤楼中吹玉笛,江城五月落梅花"是也。有一句、四句点题者,如皇甫冉《送魏十六还苏州》云:"秋夜沉沉此送君,阴虫切切不堪闻。归舟明日毗陵道,回首姑苏是白云"是也。有二句、三句点题者,如常建《三日寻李九庄》云:"雨歇杨林东渡头,永和三日荡轻舟。故人家在桃花岸,直到门前溪水流"是也。有二句、四句点题者,如孟浩然《济江问舟子》云:"潮落江平未有风,轻舟共济与君同。时时引领望天末,何处青山是越中"是也。有三句、四句点题者,如王维《送元二使安西》云:"渭城朝雨浥轻尘,客舍青青柳色新。劝君更尽一杯酒,西出阳关无故人"是也。又有两扇立格,对起分承者,如少陵《存殁口号》云:"席谦不见近弹棋,毕曜仍传旧小诗。玉局他年无限事,白杨今日几人悲"是也。(杜诗详注)

凡绝句散起散结者,乃截律诗首尾,如李白《春夜洛城闻笛》云:"谁家玉笛暗飞声,散入春风满洛城。此夜曲中闻折柳,何人不起故园情。"张继《枫桥夜泊》:"月落乌啼霜满天,江枫渔火对愁眠。姑苏城外寒山寺,夜半钟声到客船"是也。有对起对结者,乃截律诗中四句,如张仲素《汉苑行》云:"回雁高飞太液池,新花低发上林枝。年光到处皆堪赏,春色人间总未知。"王烈《塞上曲》云:"红颜岁岁老金微,砂碛年年卧铁衣。白草城中春不入,黄花戍上雁长飞。"有似对非对者,如张祜《胡渭州》云:"亭亭孤月照行舟,寂寂长江万里流。乡国不知何处是,云山漫漫使人愁。"张敬忠《边词》云:"五原春色旧来迟,二月垂杨未挂丝。即今河畔冰开日,正是长安花落时"是也。有散起对结者,乃截律诗上四句,如李白《上皇西巡歌》云:"谁道君王行路难,六龙西幸万人欢。地转锦江成渭水,天回玉垒作长安。"李华《春行寄兴》云:"宜阳城下草萋萋,涧水东流复向西。芳树无人花自落,春山一路鸟空啼。"有对起散结者,乃截律诗下四句,如李白《东鲁门泛舟》云:"日落沙明天倒开,波摇石动水萦回。轻舟泛月寻溪转,疑是山阴雪后来。"雍陶《韦处士郊居》云:"满庭诗景飘红叶,绕砌琴声滴暗泉。门外晚晴秋色老,万条寒玉一溪烟"是也。有全首声律谨严,不爽一字者,如白居易《竹枝词》云:"瞿塘峡口冷烟低,白帝城头月向西。唱到竹枝声咽处,寒猿暗鸟一时啼。"贾岛《渡桑干》云:"客舍并州已十霜,归心日夜忆咸阳。无端更渡桑干水,却望并州是故乡。"有平仄不谐,而近于七古者,如李白《山中问答》云:"问余何意栖碧山,笑而不答心自闲。桃花流水杳然去,别有天地非人间。"韦应物《滁州西涧》云:"独怜幽草涧边生,上有黄鹂深树鸣。春潮带雨晚来急,野渡无人舟自横。"有平仄未谐,而并拈仄韵者,如君山父老《闲吟》云:"湘中老人读黄老,手援紫藟坐碧草。春至不知湖水深,日暮忘却巴陵道。"李洞《绣岭宫》云:"春草萋萋春水绿,野棠开尽飘香玉。绣岭宫前鹤发翁,犹唱开元太平曲。"有首句不拈韵脚,而以仄对平者,如王维《九日忆兄弟》云:"独在异乡为异客,每逢佳节倍思亲。遥知兄弟登高处,遍插茱萸少一人。"《戏题盘石》云:"可怜盘石临泉水,复有垂杨拂酒杯。若道春风不解意,何因吹送落花来。"(杜诗详注)

　　唐人七绝,多从首句拈韵,如李太白、王龙标诸作尽然。杜诗有对起而不用韵者,如"落落出群非桦柳,青青不朽岂杨梅"是也。有散起而不用韵者,"忆昔咸阳都市合,山水之图张卖时"是也。唐诗如卢照邻"日观仙云随凤辇,天门瑞雪照龙衣",亦是对起无韵。刘长卿"天书远召沧浪客,几度临歧病未能",又是散起无韵,杨用修谓刘诗起句尤奇。(杜诗详注)

　　绝句不要三句说尽,亦不许四句说不尽。(茧斋诗谈)

　　七言四句,总要一意一气,而起承转合之界,各自井然。(茧斋诗谈)

　　绝句一句一转,却是四句只成一事,着重尤在第三句一转,方好收合。虽只四句,与律法无异,意不透不妙,意已竭亦不妙。上二句太平,振不起下二句。下二句势高,恐接不入上二句。用力要匀,如善射者之撒放,左右手齐分,始平耳。法莫备于唐人,中晚尤妙。但不当学少陵绝句,彼是变格,太白则圣手矣。(茧斋诗谈)

　　七绝固可将七律随意截,然截后半首一二对、三四散,易出风韵;截前半首一二散、三四对,易致板滞;截中二联更板;截前后,通首不对,易虚。此在

学者会心耳。(岘佣说诗)

　　绝句字句虽少，含蕴倍深。其体或对起，或对收，或两对，或两不对，格句既殊，法度亦变。对起者，其意必尽后二句。对收者，其意必作流水呼应，不然则是不完之律。亦有不作流水者，必前二句已尽题意，此特涵泳以足之。两对者，后二句亦有流水，或前暗对而押韵，使人不觉。亦有板对四句者，此多是漫兴写景而已。两不对者，大抵以一句为主，余三句尽顾此句，或在第一，或在第二，或在第三四。亦有以两句为主者，又有两呼两应者，或分应，或各应，或错综应。又有前后两截者，有一意直叙者，有前二句开说、后二句绾合者，有以倒叙为章法者，有以错叙为章法者。惟此体最多变局，在人善用之。(茝原诗说)

　　对起，如杜甫"岐王宅里寻常见，崔九堂前几度闻。正是江南好风景，落花时节又逢君。"以后二句见意。对收，如杜审言"知君书记本翩翩，为许从戎赴朔边？红粉楼中应计日，燕支山下莫经年。"流水呼应。刘长卿"昨夜承恩宿未央，罗衣犹带御炉香。芙蓉帐小云屏暗，杨柳风多水殿凉。"涵泳。两对，如长孙佐辅"愁多不忍醒时别，想极还寻静处行。谁遣同衾又分手，不如行路本无情。"呼应。押韵对起，如杜审言"迟日园林悲昔游，今春花鸟作边愁。独怜京国人南窜，不似湘江水北流。"板对四句，如朱长文"龙向洞中衔雨出，鸟从花里带香飞。白云断处见明月，黄叶落时闻捣衣。"两不对，如贾至"红粉当垆弱柳垂，金花腊酒解酴醿。笙歌日暮能留客，醉杀长安轻薄儿。"首句作主。李白"杨花落尽子规啼，闻道龙标过五溪。我寄愁心与明月，随风直到夜郎西。"次句作主。王昌龄"昨夜风开露井桃，未央前殿月轮高。平阳歌舞新承宠，帘外春寒赐锦袍。"三句作主。杜牧"银烛秋光冷画屏，轻罗小扇扑流萤。天阶夜色凉如水，卧看牵牛织女星。"四句作主。韩翃"春城无处不飞花，寒食东风御柳斜。日暮汉宫传蜡烛，轻烟散入五侯家。"三四作主。白居易"帝子吹箫逐凤凰，空余仙洞号华阳。落花何处堪惆怅，头白宫人扫影堂。"一二作主。两呼两应，如李白"故人西辞黄鹤楼，烟花三月下扬州。孤帆远影碧空尽，惟见长江天际流。"一呼二应，三呼四应，此各应法。王昌龄"故园今在灞陵西，江畔逢君醉不迷。小弟邻庄尚渔猎，一封书寄数行啼。"一呼三应,二呼四应,此分应法。刘禹锡"江南江北望烟波,入夜行人相应歌。桃叶传情竹枝怨,水流无限月明多。"一呼四应,二呼三应,此错应法。前后两截,如王昌龄"寒雨连江夜入吴,平明送客楚山孤。洛阳亲友如相问,一片冰心在玉壶。"前送客,后寄讯,分两截。一意直叙,如薛维翰"白玉堂前一树梅,今朝忽见数枝开。儿家门户重重闭,春色何缘得入来?"前分后合,如王维"新丰美酒斗十千,咸阳游侠多少年。相逢意气为君饮,系马高楼垂柳边。"一言酒,二言人,三四始合说。倒叙,如杨贵妃"罗袖动香香不已,红蕖袅袅秋烟里(此二句在后)。轻云岭上乍摇风,嫩柳池边初拂水(此二句在前)。"咏舞也。舞者先缓拍,后催滚,故必用倒叙看始合。错叙,白居易"人道中秋明月好,欲邀同赏意如何。华阳洞里秋潭上,今夜秋光此最多。"第二句当在后。又如王昌龄"真成薄命久寻思,梦见君王觉后疑。火照西宫知夜饮(觉后),分明复道奉恩时(梦中)。"此代言望幸之情也。"分明复道"云云,既而"火照"云云,梦中情事宛然。觉后犹疑非梦,展转寻思,君恩徒在梦中,岂非真成薄命乎?此诗以四三二一为一二三四,错叙到底,是以千年来无人解此。(葚原诗说)

　　七言绝句之法,与五绝同,亦分三格:曰律,曰古,曰拗。律绝与五律同黏,对法增以二联,即七律也。古绝与七古平仄同,平仄韵皆如之。但目其格,则古自古,绝自绝,不容紊耳。此二体亦有拗法,拗句、拗黏、拗对大略皆同,初盛为多,不得谓为失黏也。独拗绝一种,与七律拗体同为老杜特创。至《竹枝词》一种,虽始自唐人,而实本齐梁《江南弄》、《折杨柳》诸曲来,盖乐府之苗裔,不得以绝句目之。其格非古非律,半杂歌谣,平仄之法在拗、古、律三者之间,不得全用古体,若天籁所至,则又不尽拘拘也。(声调四谱图说)

　　绝句有折腰体之说,不可用。冯钝吟云:"唐人绝句不粘者为折腰体,谓三四句与首二句不粘也。"按绝句即唐人乐府,如"黄河远上"、"渭城朝雨",皆当时所最著,今其歌法已不传。又如唐人《小秦王调》、《竹枝词》,皆绝句也,名既不同,歌法亦应有异。唯《小秦王调》可不粘,亦名《阳关曲》,其歌法今皆不传。今之绝句不过作诗而已,非能作乐府也。虽《沧浪诗话》已有绝句折腰体及八句折腰体之名,不过与建除、数名等体以类相及,非令人取法也。愚意若作词用《小秦王调》，如东坡"暮云收尽溢轻寒"三首，下二句皆可不粘。然皆平起方合调，作仄起则失调矣。若作寻常绝句，断不得借口折腰而任意失粘也。(诗法易简录)

夫平仄以成句，抑扬以合调，扬多抑少则调匀，抑多扬少则调促。若杜常《华清宫》诗："朝元阁上西风急，都入长杨作雨声。"上句二入声，抑扬相称，歌则为中和调矣。王昌龄《长信秋词》："玉颜不及寒鸦色，犹带昭阳日影来。"上句四入声相接，抑之太过，下句一入声，歌则疾徐有节矣。刘禹锡《再过玄都观》诗："种桃道士归何处，前度刘郎今又来。"上句四去声相接，扬之又扬，歌则太硬，下句平稳。此一绝二十六字皆扬，惟"百亩"二字是抑。又观《竹枝词》所序，以知音自负，何独忽于此邪？(四溟诗话)

七言绝句，盛唐诸公用韵最严，大历以下，稍有旁出者，作者当以盛唐为法。盛唐人突然而起，以韵为主，意到辞工，不假雕饰，或命意得句，以韵发端，浑成无迹，此所以为盛唐也。宋人专重转合，刻意精炼，或难于起句，借用傍韵，牵强成章，此所以为宋也。(四溟诗话)

七言绝律，起句借韵，谓之"孤雁出群"，宋人多有之。宁用仄字，勿借平字，若子美"先帝贵妃俱寂寞"、"诸葛大名垂宇宙"是也。(四溟诗话)

问："诗中用古人及数目，病其过多，若偶一用之，亦谓之点鬼簿、算博士耶？"答："唐诗如'故乡七十五长亭'、'红阑三百九十桥'，皆妙。虽算博士何妨，但勿呆相耳。所云点鬼簿，亦忌堆垛，高手驱使，自不觉耳。"(师友诗传录)

五言绝有两种：有意尽而言止者，有言止而意不尽者。言止意不尽，深得味外之味，此从五言律来，故为正格。意尽言止，则突然而起，斩然而住，中间更无委曲，此乐府之遗音，故为变调。意尽言止，如金昌绪"打起黄莺儿，莫教枝上啼。啼时惊妾梦，不得到辽西。"刘采春"那年离别日，只道住桐庐。桐庐人不见，今得广州书。"李益"嫁得瞿塘贾，朝朝误妾期。早知潮有信，嫁与弄潮儿。"此乐府之遗音也。言止意不尽，如崔国辅"玉笼薰绣裳，着罢眠洞房。不能春风里，吹却兰麝香。"陈羽"十年劳远别，一笑喜相逢。又上青山去，青山千万重。"韩氏"流水何太急，深宫尽日闲。殷勤谢红叶，好去

到人间。"此五绝之正格。正格最难,唐人亦不多得。(蜱原诗说)

论者谓绝句当法盛唐,不可落中晚,以开、宝兴象玲珑,语意浑婉,大历后渐多雕刻故也。此论信然,然不可执。盖诗非无故而作,忽一感触,偶拈四韵,机到神流,有含蓄为工者,亦有透彻为快者;有寄托遥深者,亦有刻画目前者。总欲调高意远,初未问其字谪仙而句少陵也。(龙性堂诗话)

余读《诗》至《绿衣》、《燕燕》、《硕人》、《黍离》等篇,有言外无穷之感,后世惟唐人诗或有此意。如"薛王沉醉寿王醒",不涉讥刺而讥刺之意溢于言外;"君向潇湘我向秦",不言怅别而怅别之意溢于言外;"凝碧池头奏管弦",不言亡国而亡国之意溢于言外;"溪水悠悠春自来",不言怀友而怀友之意溢于言外;"潮打空城寂寞回",不言兴亡而兴亡之意溢于言外,得风人之旨矣。(震泽长语)

诗有同出一意,而工拙自分者。如戎昱《寄湖南张郎中》:"寒江近户漫流声,竹叶当窗乱月明。归梦不知湖水阔,夜来还到洛阳城。"与武元衡"春风一夜吹乡梦,又逐春风到洛城"同意,而戎语为胜,以"不知湖水阔"五字有搔头弄姿之态也。然皆本于岑参"枕上片时春梦中,行尽江南数千里"。至方干"昨日草枯今日青,羁人又动故乡情。夜来有梦登归路,不到桐庐已及明。"则又竿头进步,妙于夺胎。(载酒园诗话)

诗有一字诀,曰厚。偶咏唐人"梦里分明见关塞,不知何路向金微","欲寄征鸿问消息。居延城外又移军",便觉其深曲有味。今人只说到梦见关塞,托征鸿问消息便了,所以为公共之言,而寡薄不成文也。(养一斋诗话)

主之以骨格,运之以风神,调之以音节,和之以气味,四者备而诗道无余蕴矣。绝句尤宜永遵。(蜱原诗说)

王建(按当作元稹)《行宫》"寥落古行宫"云云,张祜《宫词》"故国三千里"云云,正以不说出为佳。(考亭诗话)

诗有近俚,不必其词之间巷也。刘梦得《竹枝》,所写皆儿女子口语,然颇有雅味。(诗辩坻)

唐人宫词,或赋事,或抒怨,或寓讽刺,或其负才流落无聊,托以自况。(唐人绝句类选)

绝句之有宫体，大约皆文人忧忿，托之于女子，贵乎婉而善怨，凄断伤心，溢于纸墨之外。（茧斋诗谈）

《竹枝词》，此乐府之一部，又与宫词不同，意取谐俗，调宜鲜脆，然俚有媚处，质带润色为佳。唐人尚有矜贵意，宋元则街谈矣。此中分际，当家莫辨也。（茧斋诗谈）

唐人绝句辑评书目

唐代

殷　璠　　河岳英灵集
高彦休　　唐阙史

宋代

沈　括　　梦溪笔谈
苏　轼　　东坡志林　东坡题跋
黄庭坚　　山谷题跋
陈师道　　后山诗话
叶梦得　　石林诗话
蔡居厚　　蔡宽夫诗话
魏　泰　　临汉隐居诗话
许　顗　　许彦周诗话
惠　洪　　天厨禁脔
张　戒　　岁寒堂诗话
曾季狸　　艇斋诗话
黄　彻　　䂬溪诗话
洪　迈　　容斋随笔　容斋三笔

程大昌　　演繁露
胡　仔　　苕溪渔隐丛话
周必大　　二老堂诗话
杨万里　　诚斋诗话
张端义　　贵耳集
严　羽　　沧浪诗话
范晞文　　对床夜语
刘克庄　　后村诗话
　　　　　唐绝句续选序
罗大经　　鹤林玉露
黄　升　　玉林诗话
魏庆之　　诗人玉屑
廖莹中　　江行杂录
谢枋得　　唐诗绝句注解
刘辰翁　　王孟诗评
周　弼　　三体唐诗

元代

刘　壎　　隐居通议

杨 载	诗法家数	胡应麟	诗薮
范 梈	李翰林诗选	唐汝询	唐诗解
萧士赟	分类补注李太白集	陈继儒	唐诗三集合编
		锺 惺	唐诗归

明代

		胡震亨	唐音癸签　李诗通
		蒋一葵	唐诗选汇解
瞿 佑	归田诗话	吴逸一	唐诗正声评
李东阳	麓堂诗话	谢肇淛	小草斋诗话
高 棅	唐诗品汇	周 敬	唐诗选脉会通
王 鏊	震泽长语	周 珽	唐诗选脉会通
徐献忠	唐诗品	许学夷	诗源辨体
顾 璘	批点唐诗正音	蒋之翘	韩昌黎诗集辑注
郎 瑛	七修类稿		
刘 绩	霏雪录	## 清代及近代	
敖 英	唐诗绝句类绝		
杨 慎	升庵诗话　词品	钱谦益	杜工部诗集笺
	唐绝增奇序	卢世㴶	紫房余论
谢 榛	四溟诗话	冯 班	钝吟杂录　才调集评
李 诩	戒庵老人漫笔	冯 默	才调集评
徐师曾	文体明辨	朱鹤龄	李义山诗集笺注
何良俊	四友斋丛说	黄周星	唐诗快
李攀龙	唐诗选	施闰章	蠖斋诗话
王世贞	艺苑卮言	侯方域	壮悔堂文集
王世懋	艺圃撷余	周 容	春酒堂诗话
焦 竑	焦氏笔乘　焦弱侯诗评	王夫之	姜斋诗话
董其昌	画禅室随笔	魏际瑞	伯子论文
陆时雍	诗镜总论	毛先舒	诗辩坻
汤显祖	花间集评	黄 生	杜工部诗说　唐诗摘钞

	载酒园诗话评	陈景云	韩集勘点
毛奇龄	西河合集诗话	黄子云	野鸿诗的
宋长白	柳亭诗话	李重华	贞一斋诗说
严绳孙	词律序	屈　复	玉溪生诗意
江　琬	批韩诗	沈德潜	唐诗别裁　说诗晬语
叶　燮	原诗		唐诗笺注序
贺贻孙	诗筏	方世举	兰丛诗话
贺　裳	载酒园诗话		批注李长吉诗集
吴　乔	围炉诗话	程梦星	李义山诗集笺注
朱彝尊	批韩诗	浦起龙	读杜心解
屈大均	粤游杂咏序	方贞观	南堂辍锻录
薛　雪	一瓢诗话	张谦宜	茧斋诗谈
王士禛	渔洋诗话　香祖笔记	叶矫然	龙性堂诗话
	池北偶谈　蚕尾续文	赵殿成	王右丞集笺注
	唐人万首绝句选序及凡例	乔　亿	剑溪说诗　大历诗略
	带经堂诗话	姚培谦	李义山诗集笺注
姚文燮	昌谷集注	王尧衢	古唐诗合解
宋　荦	漫堂说诗	恒　仁	月山诗话
田　雯	古欢堂集杂著	李　峻	诗筏橐说
庞　垲	诗义固说	徐芅山	汇纂诗法度针
仇兆鳌	杜诗详注	孙　洙	唐诗三百首
应泗源	李诗纬	爱新觉罗弘历	唐宋诗醇
郎廷槐	师友诗传录	于　源	灯窗琐语
查慎行	十二种诗评	王　琦	李太白集注
纳兰性德	渌水亭杂识		李长吉歌诗汇解
钱良择	唐音审体	黄叔灿	唐诗笺注
何　焯	三体唐诗评　批韩诗	宋宗元	网师园唐诗笺
顾嗣立	寒厅诗话	李　锳	诗法易简录

宋顾乐	唐人万首绝句选评（未刻本）	沈　涛	瓠庐诗话
马　鲁	南苑一知集	吴昌祺	删订唐诗解
郭兆麒	梅崖诗话	刘文蔚	唐诗合选详解
王楷苏	骚坛八略	胡本渊	唐诗近体
袁　枚	随园诗话	陆　莹	问花楼诗话
冯　浩	玉溪生诗笺注	董文焕	声调四谱图说
纪　昀	四库全书总目提要 批苏诗	刘熙载	艺概
赵　翼	瓯北诗话　陔余丛考	林昌彝	射鹰楼诗话
翁方纲	石洲诗话	俞　樾	湖楼笔记
桂　馥	札璞	李慈铭	越缦堂诗话
管世铭	读雪山房唐诗钞凡例 论文杂言	郑文焯	花间集评
冒春荣	葚原诗说	许印芳	诗法萃编
杨际昌	国朝诗话	王闿运	湘绮楼论唐诗
马　位	秋窗随笔	施补华	岘佣说诗
何文焕	历代诗话考索	朱庭珍	筱园诗话
洪亮吉	北江诗话	邹　弢	三借庐笔谈
杨　伦	杜诗镜铨	沈曾植	海日楼札丛
黄　钺	昌黎诗增注证讹	况周颐	餐樱庑词话
翟　翚	声调谱拾遗	陈　衍	石遗室诗话
马时芳	挑灯诗话	俞陛云	诗境浅说续编
郭　麐	灵芬馆诗话	蒋抱玄	评注韩昌黎诗集
沈厚埙	李义山诗集辑评	程学恂	韩诗臆说
潘德舆	养一斋诗话	汪佑南	山泾草堂诗话
喻文鏊	考亭诗话	杨寿枏	云迋诗话
陈　仅	竹林问答	朱宝莹	诗式
		钱振锽	摘星诗说
		王国维	人间词话
		高步瀛	唐宋诗举要

冒广生	批韩诗(未刻本)
王文濡	唐诗评注读本
陈寅恪	元白诗笺证稿
郭绍虞	杜甫戏为六绝句集解

刘永济	唐人绝句精华
	唐五代两宋词简析
钱锺书	谈艺录

图书在版编目(CIP)数据

千首唐人绝句/富寿荪选注;刘拜山,富寿荪评解.—上海:上海古籍出版社,2017.8(2024.3重印)
ISBN 978-7-5325-7899-3

Ⅰ.①千… Ⅱ.①富… ②刘… Ⅲ.①绝句—诗歌欣赏—中国—唐代 Ⅳ.①I207.22

中国版本图书馆CIP数据核字(2015)第269392号

千首唐人绝句
(全二册)
富寿荪　选注
刘拜山　富寿荪　评解
上海古籍出版社出版发行
(上海市闵行区号景路159弄1—5号A座5F　邮政编码201101)
(1) 网址：www.guji.com.cn
(2) E-mail：gujil@guji.com.cn
(3) 易文网网址：www.ewen.co
启东市人民印刷有限公司印刷
开本890×1240　1/32　印张27.125　插页5　字数911,000
2017年8月第1版　2024年3月第5次印刷
印数：15,221—16,270
ISBN 978-7-5325-7899-3
Ⅰ·2996　定价：88.00元
如有质量问题，请与承印公司联系